D1868108

Franz Lutzius

Ich, der Vater, kriege das Kind

Franz Lutzius

Ich, der Vater, kriege das Kind

Künstliche Befruchtung

Roman

Populär Verlag

Die wissenschaftliche Beratung für diesen Roman
übernahm der Frauenarzt Professor Dr. Peter F. Tauber,
der durch seine Arbeiten zu Fragen der Reproduktionsmedizin,
unter anderem auch während eines längeren
Studienaufenthaltes in den USA, international bekannt wurde.
Die Beratung bezog sich nur auf Sachfragen der künstlichen Befruchtung,
nicht auf ihre Ethik. Für die Handlung, Personen, Interpretation und
Formulierung ist allein der Autor verantwortlich.

1. Auflage Juli 1986
Copyright © by
Populär Verlag, Asbachtal 50, D-4300 Essen 15, ☏ (0201) 48 40 10
Alle Rechte vorbehalten
Schutzumschlag: Friedrich Dodo de Boer, Bremen
Satz: WS Studio, Essen
Druck und Bindearbeiten: Spiegel Buch GmbH, Ulm-Jungingen
Printed in Germany
ISBN 3-925455-01-9

Hauptpersonen

Heinz Dallberg
krebskranker Mathematiker und Inhaber einer Computer-Firma, der vor der Hodenoperation seinen Erben als Embryo in der Kryobank einfrieren läßt

Ingeborg Dallberg
seine ihn nicht liebende und deshalb gebärunwillige Ehefrau, die testamentarisch den Embryo in ihren Uterus aufnehmen soll

Dr. Edward Sally
Gynäkologe, Gentleman und Besitzer der Eifeler gynäkologischen Privatklinik »Humanitas«

Dr. Horst Fiebinger
Testamentsvollstrecker wider Willen

Dr. Jan Fresar
ehrgeiziger Frauenarzt und Stellvertreter des Klinikchefs

Fred Bertram
Journalist, der für die »Rheinische Zeitung« eine Artikelserie über die extrakorporale Befruchtung schreibt

Andrea Pohl
seine Freundin, die sich auf eine Chiffre-Anzeige als »Leihmutter« bewirbt

Kinderloses Paar
dem durch die Samenspende eines Dritten zum Kind verholfen wird, das aus moralischen Gründen den außerehelichen körperlichen Verkehr ablehnt, nicht aber die Insemination mit Fremdsamen

Dr. Klaus Andacht

meist unrasierter Gynäkologe und Genetiker, der rund um die Uhr
in der Privatklinik arbeitet und durch
einen Autounfall selbst zeugungsunfähig wurde

Carolin Sherry

Klinik-Dolmetscherin mit dunkler Stimme, Amerikanerin,
auch als Abhör-Agentin ausgebildet,
hilft dem Journalisten bei seinen Recherchen über die Klinik

Ehepaar

er angesehener Geschäftsmann, sie alkoholsüchtige Malerin,
kinderlos, sucht gegen hohes Honorar eine Leihmutter

Prof. Dr. Friedhelm Leipner

Moraltheologe an der Bonner Universität,
trägt bei seinen Vorlesungen mit Vorliebe verknitterte Hosen
mit grellen Pullovern;
rechtfertigt die Haltung der katholischen Kirche in Fragen
der künstlichen Befruchtung

Londoner Biologe

Verfechter der Theorie,
den Pubertätssamen vor Mutationsschäden zu schützen
und ihn deshalb in bleiausgekleideten, strahlensicheren
Samenbanken für die Zeugung in der Ehe aufbewahren

Geistlicher

junger Kaplan, hofft auf die Aufhebung des Zölibats
und läßt deshalb
heimlich sein Sperma für später einfrieren

Chefredakteur

ist Vollblut-Journalist und deshalb
für die Veröffentlichung von Bertrams brisanten Ermittlungen
über die Privatklinik "Humanitas"

Dr. Herbert Winzer

autoritärer Leiter
der Wissenschafts-Redaktion, ist gegen Bertram
und seine Veröffentlichungen

Ilona Dallberg

als Embryo in fünfjährigen Kälteschlaf versetzt, leidet unter ihrer künstlichen Zeugung;
studierte Volkswirtschaft, um mit 25 Jahren die Leitung der Computer-Firma zu übernehmen

Dietmar Wellershaus

Bankierssohn; Freund von Ilona,
sie fragt sich, ob er impotent ist

Thomas Hendrich

selbständiger Architekt, eine Zufallsbekanntschaft von Ilona;
züchtet in seinem Privathaus "blutende Bäume" und "intelligente Pflanzen", die sich mit ihren verströmenden tödlichen Giften und Haftstoffen an den Menschen rächen wollen, weil sie ihre pflanzlichen Vorfahren ausrotteten

Richard Winkler

Fluglehrer, verlor seine Frau bei einer Übungsstunde;
er wird der erste Mann
in der Geschichte der Humanmedizin, dem die besessenen Gynäkologen zur Schwangerschaft und Geburt verhelfen

Dr. Peter Boeck

Gefäßchirurg, assistierte bei der Transplantation der Gebärmutter

Eva

die Tochter von Ilona,
die in Paris und München Modezeichnerin und Grafik-Design studierte und ihr Geld
als Buch-Illustrator und Grafikerin verdient

Christian Winkler

Maler, der in einer Kunstgalerie in Berlin-Kreuzberg erstmalig seine eigenwilligen Bilder
ausstellt und dabei Eva kennenlernt

Vorbemerkung

Es hilft alles nichts: der Fluch oder Segen der “künstlichen Befruchtung” ist nicht mehr aufzuhalten; allenfalls können wir ihre schlimmsten Auswüchse und praktischen Anwendungen “moralisch” ächten. Doch die Ethik allein wird die Eingriffe in die Menschwerdung nicht verhindern können. Die experimentierenden Ärzte berufen sich mit Recht auf die Freiheit der Forschung und Lehre. Aber ebenso kann sich der Autor auf die Freiheit der Meinungsäußerung berufen, wenn sich einige Ärzte, Wissenschaftler, Theologen und Standesorganisationen durch die Romanhandlung angeblich diskriminiert fühlen. Natürlich werden die Ethiker und Skeptiker auf die Barrikaden gehen, was sogar ihre Pflicht ist. Denn der Roman ist keineswegs Utopie: was er an Extremen, aber auch Positivem über die “Reproduktionsmedizin” schildert, geschieht schon täglich überall auf der Welt, wenn auch noch unter Ausschluß der Öffentlichkeit. Der schwangere Mann zum Beispiel ist heute – in diesem Augenblick – und schon seit gestern nicht mehr eine Frage der technischen Durchführung, also der operativen Implantation einer Gebärmutter oder anderen Möglichkeiten, sondern eher ein rechtliches und moralisches Problem.

Das naturgegebene Alleinrecht der weiblichen Schwangerschaft und Geburt ist durch die Machbarkeit der männlichen Schwangerschaft und ihre Kaiserschnitt-Geburt bereits aufgehoben. Die Operation zur Transplantation einer weiblichen Gebärmutter in den Bauch des Mannes wurde in dem Buch so detailliert geschildert, daß sie praktisch von jedem geschickten

Operateur nachvollzogen werden kann. Man wird diesen chirurgischen Eingriff nicht einmal verbieten können. Der medizinische Fortschritt ist eben unaufhaltsam.
Das Buch soll weder eine Anklage, noch eine Verherrlichung der "künstlichen Befruchtung" sein. Alle darin beschriebenen Methoden und Anwendungen sind medizinisch und wissenschaftlich sachkundig und belegbar.

Franz Lutzius

Die Gynäkologen spielen Gott! Ihre Eingriffe in die Menschwerdung sind kaum noch zu kontrollieren.

Erstes Kapitel
Die Andersgeborenen

Trotz der drei Adumbran-Tabletten hatte Ingeborg Dallberg schlecht geschlafen. Die eine Hälfte des Doppelbettes in dem geräumigen Schlafzimmer war schon seit langem unbenutzt. Ihr Mann starb vor fünf Jahren an den Folgen des Hodenkrebses. Er erreichte nicht einmal den 40. Geburtstag.

Heinz Dallberg hinterließ seiner jetzt 38jährigen Ehefrau eine gutgehende Computerfirma und mehrere befruchtete Eizellen, die als winzige Embryonen in einem Tiefkühlbehälter der Kryobank in der Eifeler gynäkologischen Privatklinik »Humanitas« seit über fünf Jahren bei minus 196 Grad auf ihr Auftauen warteten, um in die Gebärmutter der verwitweten Ingeborg Dallberg eingepflanzt zu werden.

Ihr verstorbener Mann war ein begabter Mathematiker und Tüftler, der von der Logik mehr hielt als von Gefühlen. In seinem beruflichen und privaten Leben plante er wichtige Entscheidungen bis aufs Kleinste. Weil ihm durch die Gebärunlust seiner Frau zu Lebzeiten Kinder versagt blieben, ließ er vor der Hodenoperation vorsorglich die Eizellen seiner Frau mit seinem Sperma im Reagenzglas befruchten und einfrieren. Durch die Zeugung in der Petrischale hoffte Heinz Dallberg, daß sein auf Eis gelegter Nachkomme eines Tages die Computerfirma übernehmen würde.

Wenn es nach den Gefühlen der Ingeborg Dallberg ginge, verzichtete sie auf das Kind aus der Kryobank. Eigentlich wollte sie nie Kinder haben. Schon gar nicht von ihrem mathematisch begabten Mann mit seiner extremen Neigung, auch ihr Leben bis in die geheimsten Träume und Sehnsüchte durch selbstaufgestellte Formeln und Gleichungen zu bestimmen. Sie hatte ihren Mann nie aufrichtig geliebt. Ihr Verkehr mit ihm verlief lustlos und eintönig. Den Entnahmen der sechs Eizellen aus ihrem Eierstock unterzog sie sich nur widerwillig. Die Befruchtung der Eizellen im Reagenzglas außerhalb des Ehebettes war für Ingeborg Dallberg ein bloßer technischer Akt zur Zeugung eines Zweckkindes. Doch sie war, wie Tausende andere Ehefrauen auch, von ihrem Mann zu einer guten Schauspielerin erzogen worden, um der Gesellschaft ein intaktes Eheleben vorzugaukeln.

Heute, im Januar, war es soweit. Laut Testament mußte sich Ingeborg Dallberg, wenn sie das Erbe nicht verlieren wollte, in der Eifeler Privatklinik »Humanitas« endlich ihrer Gebärpflicht unterziehen. Seit Tagen mußte sie deshalb auf Anordnung der Eifeler Gynäkologen zur Vorbereitung auf den Embryonen-Transfer stimulierende Hormon-Präparate einnehmen. Denn in den nächsten Tagen hatte sie die aufgetauten Embryonen zur Einleitung der Schwangerschaft in ihrer Gebärmutter aufzunehmen.

So beschämend es für ihre Intimsphäre auch war, der Testamentsvollstrecker, Rechtsanwalt und Notar Dr. Horst Fiebinger, hatte den Schwangerschaftsakt unwiderruflich auf Anfang Januar festgelegt. Daß sie bis zu diesem letzten Termin wartete, lag allein an ihr. Seit dem Tode ihres Mannes war sie in ihren Entscheidungen, Neigungen und Wünschen selbständig geworden; Ingeborg Dallberg erlebte bewußt ihre verschütteten Gefühle, wollte aber nicht die Frau sein, die um jeden Preis ein Kind bekommt. Sie war damals gegen die Zeugung im Reagenzglas gewesen, die von der Jahrtausende alten geschlechtlichen Fortpflanzung abwich. Aber das mußte sein. Schließlich gehörte sie mit ihren fast vierzig Jahren nicht mehr zu den Idealfällen für eine komplikationslose Geburt. Daß sie die aus dem Kälteschlaf aufgetauten Embryonen in ihren Uterus aufzunehmen hatte, schrieb der »Geburtsparagraph« im Testament vor. Er verlangte von ihrem Schoß, daß er wie eine gut funktionierende Gebärmaschine für die Zukunft des Unternehmens seinen Beitrag zu leisten hatte. Daß sie dabei das Opfer der kaltblütigen Machbarkeit des reproduzierten Lebens wurde, erfüllte sie mit Scham. Wenn der Erbe so gezeugt würde, wie es normalerweise in einer Ehe oder in einer engen Partnerschaft seit Menschengedenken üblich ist, hätte sie schließlich doch ja zu der Geburt gesagt, selbst wenn das Neugeborene nicht unbedingt zu den Wunschkindern gehörte. Doch was ihr gegen alle Gebote der natürlichen Generationsfolge als Vermächtnis eines längst Verstorbenen aus dem stickstoffgekühlten Thermobehälter der Embryonenbank zeitversetzt zur Geburt in den Leib implantiert werden sollte, versetzte sie in Angst. Warum macht man so etwas nicht mit den Männern? dachte sie verbittert, als sie sich im Spiegel ihres Toilettentisches betrachtete. Sie bemerkte die Fältchen in ihrem Gesicht, die jede Frau als Zeichen des unabwendbaren Alterns zunächst in Panik versetzen. Die schlaflosen Nächte und die Schuldgefühle ihrem Mann gegenüber, aber vor allem die unbestimmte Angst und Sorge um den Embryo, der seit fünf Jahren auf sein heranwachsendes Leben warten mußte, hatten dunkle Ringe unter ihre grau-blauen Augen gezeichnet. Sie übertünchte Augenringe, Fältchen und Gesichtsblässe mit Puder und Schminke. Viel Zeit konnte sie sich beim Ankleiden nicht mehr nehmen. Die Haushälterin drängte zur Eile, weil der Chauffeur schon vor der Villa wartete. Die Gynäkologen der Eifeler Klinik verlangten von ihren prominenten Klientinnen absolute Pünktlichkeit.

In ihrem dezenten Kostüm sah sie weder umwerfend schön, noch häßlich aus. Sie gehörte zu der Kategorie Durchschnittsfrauen, deren Schicksal es ist, von Männern, die reich und mächtig werden wollen, wegen ihres Vermögens oder der gesellschaftlichen Stellung geheiratet zu werden. Lediglich elegant sah sie in ihrem maßgeschneiderten Kostüm aus. Weil sie sich an ihre testamentarisch bestimmte Mutterrolle unausweichlich gewöhnen mußte, wünschte sie aus Trotz, daß aus dem noch eingefrorenen Leben nicht ein Sohn, sondern eine Tochter entstünde, die ihr ähnelte. Der Tochter sollte erspart bleiben, was ihrer Mutter jetzt bevorstand. Ihre Tochter sollte einmal

Kinder zur Welt bringen, die auf natürliche Weise gezeugt wurden – und ihren genetischen Vater nicht auf dem Friedhof zu besuchen brauchten.

Die Autofahrt von ihrer Kölner Vorortvilla zur Eifeler gynäkologischen Privatklinik wurde für Ingeborg Dallberg immer mehr zum Alptraum. Sie dachte mit Widerwillen an den im flüssigen Stickstoff tiefgekühlten Keimling. Nichts verband sie mit dem eingefrorenen winzigen Leben, das mit bloßen Augen kaum als stecknadelkopfgroßes rotes Klümpchen zu erkennen ist und trotzdem als geheimnisvolles Wunderwerk der Natur in seinem Inneren mehr als 50.000 Erbanlagen der genetischen Eltern speichert.

Wie würde der aufgetaute Winzling reagieren? Könnte er sich überhaupt in der Wärme ihres Uterus wohlfühlen, nachdem er fünf Jahre lang in die Kältetruhe der Kryobank verbannt wurde? Denn kaum waren die aus ihrem Leib entnommenen Eier durch Befruchtung mit dem Samen ihres Mannes im Reagenzglas zum Leben erwacht, hatte man sie durch den Kälteschock zur gnadenlosen Starre verurteilt.

Ingeborg Dallberg wußte nicht viel von den Techniken zur künstlichen Befruchtung. Die damalige Eispende duldete sie als notwendige Operation, um einem Übel abzuhelfen, woran sie die Schuld trug. Sie war gebärunwillig aus seelischen Gründen. Rein körperlich war bei ihr alles in Ordnung. Sie erduldete den Eingriff in ihren Bauch als eine Buße für ihre Frigidität und zugleich aus Mitleid gegenüber ihrem todgeweihten krebskranken Mann. Während ihrer ganzen Ehe mit Heinz Dallberg, der aus seiner Logik und den mathematischen Fähigkeiten Kapital schlug, indem er die Computerfirma gründete, war der Beischlaf mit ihm nur eine lästige Ehepflicht, die oft einer körperlichen Vergewaltigung gleichkam. Wenn das gemeinsame Kind nicht aus Liebe gezeugt werden konnte, dann eben auf diese technische und künstliche Art, hatte er befohlen. Kein Wunder, daß die gynäkologischen Babymacher gegen ein ansehnliches Honorar und mit viel beruflichem Ehrgeiz gnadenlos mit dünnen Operationsröhrchen in ihre Bauchhöhle eindrangen und in den Eierstöcken nach befruchtungsfähigen Eizellen fahndeten. Als sie dann fündig wurden, schoben sie ihr eine Punktionsnadel in den Bauch und verbanden sie mit einer Vakuumpumpe. So mit allen Raffinessen mikro-chirurgischer Technik ausgerüstet, saugten sie ihr die Follikel aus dem Eierstock, die sie in einer »Eizellenfalle« außerhalb des Leibes auffingen. Sie spürte dabei, daß man ihr ein Stück Weiblichkeit aus der Gebärmutter riß. Ihre Eizellen, durch Tausende Generationen an die Dunkelheit und Wärme des Uterus gewöhnt, wurden ins grelle Neonlicht des Kliniklabors gezerrt, wo sie vermutlich begutachtet, selektiert, gewaschen und gemessen wurden, bevor sie zur keimfreien Spermabefruchtung freigegeben wurden. So weit durfte der Eingriff zur Gewinnung der Urquellen des menschlichen Lebens nicht gehen. Die Zweckentfremdung der Eizelle außerhalb ihrer Gebärmutter ist unverantwortlich, klagte sie damals stumm die Ärzte und ihren Mann an. Doch sie hatte nicht den Mut, sich laut und energisch gegen die Eiplünderung aus ihrem Bauch zu wehren.

Und wenn bei der gewaltsamen Eispende etwas passiert war? Die Eizellen auf dem Wege ins Reagenzglas oder in den Tiefkühlbehälter der Kryoeinrichtung beschädigt worden waren, ohne daß die Ärzte es bemerkten? War dann womöglich fünf Jahre lang ein beschädigtes oder völlig unbrauchbares Leben eingefroren worden?

Sie erschauderte bei dem Gedanken, daß in ihrem Schoß ein Kind heranwuchs, das vielleicht geistig oder körperlich behindert war. Daß sich die ganze Prozedur ihrer künstlichen Befruchtung nicht gelohnt hatte. Der Eingriff in die dunkle Höhle der Menschwerdung zum Fluch wurde, eine nicht wieder gutzumachende Blamage für die Mutter und ihre gesellschaftliche Umwelt. Nein, sie wollte im Gegensatz zu den meisten Frauen keine Mutter werden. Dazu fühlte sie sich nicht gut genug. Dazu fehlte ihr die echte Liebe zu dem mitzeugenden Partner. Daß sie überhaupt der Liebe fähig war und sich Gefühle in ihr regten, die sie in ihrer Ehe nicht kannte, weil sie schon viel zu früh unter dem seelischen Geröll verschüttet waren, erlebte sie erst als Witwe.

Wieder erwachte ihr Trotz, den sie immer verspürte, wenn

sie in eine schwierige Situation geriet. Der bevorstehende Embryonen-Transfer war für sie eine Bedrohung. Sie kam sich wie eine Glücksspielerin vor, die zum Spielroulett nach Bad Neuenahr fuhr. Dorthin war sie früher zur Ablenkung oft allein oder mit ihrem Mann gefahren. »Kinderkriegen ist auch so eine Glückssache, besonders, wenn sie auf unkontrollierten Umwegen jenseits der natürlichen Befruchtung gezeugt werden«, dachte sie etwas naiv vereinfachend.

Die Autofahrt durch die verschneite Eifel war schneller verlaufen als sie glaubte. Doch sie hatte keine Lust, früher in der Klinik einzutreffen als verabredet. »Halten Sie bitte erst in Prönsgens«, wies sie den Fahrer an. Er wußte, daß er sie vor dem alten Gasthaus absetzen mußte, das einzige weit und breit in der gottverlassenen Gegend. Damals, als er sie zum erstenmal zu der Eifeler Klinik fuhr, war sie auch erst ins Dorfgasthaus gegangen, bevor sie die Klinik aufsuchte. Sie trank in der alten Gaststube einen Kaffee mit Cognac – oder umgekehrt. So war es auch in den nachfolgenden Jahren gewesen, wenn sie auf Drängen ihres Mannes regelmäßig zur Überprüfung der zyklischen Funktionen in die Eifel fuhr. Sie müsse zur Krebsuntersuchung, belog sie den Chauffeur. Dem Fahrer blieb nicht verborgen, daß seine Chefin eine große Abneigung gegen die Privatklinik hatte. Jede Gelegenheit nutzte sie, den Schritt durch den Klinikeingang zu verzögern.

Der Wirt, ein echter Eifeler Bauer, der aus Zufall hinter den Tresen geriet, weil sein Vater plötzlich verstarb und ihm den alten Dorfkrug vererbte, kannte nicht nur jeden Bewohner von »Prönsgens«, sondern auch die Ärzte und Dauerpatientinnen der knapp drei Kilometer entfernt liegenden Frauenklinik. Er wußte auch einiges von ihren Ehemännern und Freunden. Zuweilen kamen die jungen Männer zu ihm in die Gaststube, die für zweihundert Mark ihr Sperma für die anonyme Samenspende verkauften. Manchmal sollte der Samenerguß auch für die wissenschaftliche Untersuchung benutzt werden, beteuerten die Spender. Der Wirt wußte auch so manches, worüber man an seinem Stammtisch nur Spekulationen anstellte. Daß man in der Privatklinik künstliche Befruchtungen an reichen

Patientinnen durchführte, war für die Bewohner von »Prönsgens« zwar kein Geheimnis mehr, nur wie es gemacht wurde und welche sonst noch legalen oder illegalen Versuche man durchführte, darüber konnte niemand etwas Genaues sagen.

Der Wirt kannte Ingeborg Dallberg nur als schweigsame Dame aus besseren Kreisen. Daß sie aus Köln kam, sah er an dem Nummernschild ihres Luxuswagens. Wenn sie im Dorfkrug ihren Kaffee mit Cognac trank, schwiegen unwillkürlich auch die einheimischen Gäste an den Tischen. Doch sie war immer höflich und sehr großzügig mit dem Trinkgeld. Auch diesmal begrüßte die Patientin aus Köln den Gastwirt höflich, ohne durch joviale Äußerungen die Grenze der gesellschaftlichen Distanz zu überschreiten. Aus dieser vornehmen Frau war der Wirt nie klug geworden. Sie trank stets mit mühsam unterdrückter Nervosität in kleinen Schlucken ihren mit Cognac gemischten Kaffee. Das Neue an ihr war, daß sie diesmal ihrer Handtasche ein Zigarettenetui entnahm, was von dem Wirt als Aufforderung verstanden wurde, ihr Feuer zu reichen. Doch sie lehnte dankend ab, um ihr eigenes goldverziertes Feuerzeug zu benutzen. Komisch, dachte der Wirt, als sie das letzte Mal hier war, rauchte sie noch nicht.

Ingeborg Dallberg schaute auf ihre Armbanduhr. Sie schien noch Zeit zu haben. Der Wirt wollte endlich einmal mit der geheimnisvollen Dame ins Gespräch kommen. »Bei uns hat sich eigentlich nichts verändert. Was sollte sich auch in unserem abseits gelegenen Dorf schon groß ändern?« begann er seinen Gesprächsversuch.

»Ja, ja«, erwiderte sie, »meistens bleibt alles beim alten. – Können Sie denn von Ihrem Gasthof überhaupt leben?«

»Doch. Wer in der näheren und weiteren Umgebung Durst auf ein frisch gezapftes Bier oder Appetit auf eine gut bürgerliche Hausmannskost hat, muß schon zu mir kommen. Die Leute hier in der Eifel sind zwar nicht reich, dafür aber umso geselliger«, beteuerte der Wirt.

»Gibt es wenigstens etwas Neues in der Klinik?« wollte sie von ihm wissen.

»Ich hörte, daß die Klinik immer voll belegt ist. Das habe ich von einigen Pflegern erfahren, sie kommen ab und zu zum Mittagessen. Manchmal feiern sie hier auch den Geburtstag eines Kollegen. Sie scheinen aber Redeverbot zu haben. Redseliger dagegen sind die Angehörigen der Patientinnen. Die speisen bei mir gern zu Abend, weil das Klinikessen nicht schmeckt. Oft übernachten sie auch in unseren einfach eingerichteten Zimmern. Darin fühlen sie sich wohler als in den piekfeinen und teuren Privatzimmern der Klinik.«

»Und was erzählen sie so?« bohrte Ingeborg Dallberg weiter.

»Na ja, daß man in der Privatklinik manchen Frauen auch dann noch zum Kind verhilft, wenn es selbst in den Universitätskliniken nicht klappt. Man munkelt auch von Leihmüttern, die gegen Geld Kinder für betuchte Frauen austragen. Die Klinikärzte werden bestimmt eines Tages noch ganz berühmt.«

»Mag sein. Immer mehr Ehepaare leiden unter Kinderlosigkeit. Und weil es so lange dauert, ein Kind zu adoptieren, nimmt die künstliche Befruchtung zu«, behauptete sie.

»Aber irgendwo gibt es doch Grenzen. Meine Frau würde so etwas nicht mitmachen«, beteuerte der Wirt.

»Was nicht mitmachen?« wollte sie wissen.

»Wie man so hört, verpflanzen sie befruchtete Eizellen von einer Gebärmutter in die andere. Irgendwie bringen die es in der Klinik eines Tages fertig, den Frauen das Kinderkriegen ganz zu ersparen.«

»Und wodurch?« fragte sie interessiert.

»Vielleicht durch eine künstliche Gebärmutter. Ein Angehöriger, der hier übernachtete, erzählte mir, daß sie auf dem Gutshof –«

»In der Klinik«, unterbrach sie ihn.

»Ich vergesse immer, daß der ehemalige Gutshof in eine Klinik umgewandelt wurde. Sie sollen dort an Brutkästen basteln, in denen sie Kinder großziehen. Eine richtige Gebärmutter sei schließlich auch nichts anderes als eine Wärmekiste.«

»Vielleicht erfinden die noch viel Schlimmeres«, befürchtete Ingeborg Dallberg.

»Sie wollen doch auch auf Umwegen ihr Baby bekommen. Weil es vielleicht in ihrer Ehe auf natürliche Weise nicht klappt«, vermutete der Wirt, der froh war, daß die elegante Dame aus Köln überhaupt mit ihm redete. Das Thema war ja heikel genug.

»Wenn Sie es genau wissen wollen, ich bekomme einen aufgetauten Embryo eingepflanzt«, verriet sie ihm mit spöttischem Lächeln.

Verlegen meinte der Wirt: »So genau will ich es gar nicht wissen.«

»Aber Sie wissen doch, daß alle Frauen, die zur Privatklinik in die Eifel fahren, Nachwuchsprobleme haben«, ergänzte sie mit schonungsloser Offenheit. Sie erhob sich und legte einen 50-Mark-Schein auf den Tisch. »Behalten Sie den Rest.« Sie schien ihre Höflichkeit zu vergessen, als sie grußlos aus der Gaststube ging.

Draußen war es kalt. Der eisige Wind rötete ihr blasses Gesicht. Der Fahrer öffnete ihr die Autotür. Doch Ingeborg Dallberg winkte ab. »Ich gehe ein Stück zu Fuß.«

Ringsum war es totenstill. Nirgendwo auf der abseits gelegenen, schneeverwehten Straße fuhren Autos. Diese Gegend am Ende der Welt schien ohne Menschen zu sein, oder sie hielten sich aus unerklärlichen Gründen versteckt. Die Felder und Wiesen lagen unter einer dicken Schneedecke, die jeden Laut verschluckte. So kalt, einsam und menschenleer konnte es nur am anderen Ende der Welt sein.

Ingeborg Dallberg mußte wieder an den Embryo in der Kälte denken, der dort nicht allein eingefroren war. Hunderte dieser Winzlinge mit Millionen Genen in ihren Mikrozellen schlummerten im Kälteschlaf. Darunter viele, deren Eltern schon lange tot waren oder von ihren Erzeugern nicht mehr benötigt wurden, einfach in Vergessenheit geraten waren. Erst wenn sie auftauten und ihrer Geburt entgegenwuchsen, würden sie von ihrer Umwelt ernst genommen, sozusagen in den Stand des Menschwerdens erhoben. In ihrem augenblicklichen erstarrten Zustand waren sie noch rechtlos, zum endgültigen Verlöschen verurteilt, wenn sie zu den Überzähligen gehörten, die keinen Platz mehr in dem warmen Uterus fanden oder von dort verdrängt wurden, weil sie zu schwach waren, den gnadenlosen

Kampf zur Geburt gegen die Mitkonkurrenten in der Gebärmutter zu gewinnen. Die Gynäkologen pflanzten aus Erfolgsgründen maximal drei befruchtete Eizellen in die Gebärmutter. Eine von ihnen würde vielleicht den Wettlauf zum Geborenwerden gewinnen. Vielleicht gelänge es zwei oder auch drei Embryonen, als Zwillinge oder Drillinge auf die Welt zu kommen. Aber oft erreichten die mitkonkurrierenden Embryonen den das Überleben sichernden Nistplatz in der Gebärmutter nicht. Ob dann die überlebende Eizelle auch die beste war, wußte niemand.

Vor Aufregung und Übermüdung fror Ingeborg Dallberg doppelt in der rauhen Eifellandschaft. Sie flüchtete vor dem Frost in die Polster ihres beheizten Autos.

Auf der schneegesäuberten Auffahrt zur Privatklinik »Humanitas« parkten die teuren Limousinen der Patientinnen und ihrer Besucher. Der Luxus in Chrom paßte eigentlich nicht zu dem alten Gutsgebäude, in dem die Klinik untergebracht war. Das klobige Gemäuer, erbaut mit dem Sandstein, der aus den Steinbrüchen der Eifel stammte, sah aus wie eine mittelalterliche Festung. Die Kunst an dem Gemäuer war zu kurz gekommen. Als einzige Zierde thronte über der breiten Eingangspforte das steinerne Wappen-Tier der Gutsherren-Dynastie. Es stellte einen Stier dar. Der Zahn der Zeit hatte sein Aussehen lädiert. Wind, Regen und Frost bohrten große Löcher in seinen steinernen Körper. Die seit über hundert Jahren bestehende Dynastie der Gutsherren glaubte, in alle Ewigkeit auf ihrem Grund und Boden zu bleiben; sie war zu geizig, ihr Wappentier ausbessern zu lassen. Vor knapp zehn Jahren mußte der letzte Gutsherr wegen totaler Verschuldung das Gutshaus verkaufen. Der neue Besitzer wurde der Gynäkologe Dr. Edward Sally. Er stammte aus England, hatte in Oxford Medizin studiert und später in Deutschland seine Frau, eine Frauenärztin, geheiratet.

Der weißhaarige Gentleman Sally war eine Mischung aus kaltschnäuzigem Geschäftssinn und wissenschaftlichem Enthusiasmus. Er richtete in dem Gutshaus seine umstrittene gynäkologische Privatklinik ein. Reich wurde er durch die Privathonorare für künstliche Befruchtungen. Einen Teil seines Geldes steckte er in die Gen-Forschung. Offiziell. Daß er seiner Klinik ausgerechnet den ethisch klingenden Namen »Humanitas« gab, kreideten ihm seine Neider und Feinde als Hohn an.

Die Inneneinrichtung der Klinik in dem ehemaligen Gutshof war besser als die Außenansicht des schroffen Gemäuers vermuten ließ. In den geräumigen Kaminzimmern mit ihren rauchgeschwärzten Holzvertäfelungen an Decken und Wänden verspürte man einen Hauch von Wärme und Geborgenheit. Dagegen waren die umgebauten und nach hygienischen Gesichtspunkten eingerichteten Patientenzimmer die reinste Nüchternheit.

Der Chauffeur hielt vor dem Klinikeingang mit dem in Stein gemeißelten Wappentier, das sich auch gut als Markenzeichen für eine Tierzuchtanstalt eignete. Ingeborg Dallberg näherte sich dem Eingang mit zögernden Schritten. Unwillkürlich brachte sie den Zuchtbullen im Wappen mit der Hauptbeschäftigung der Klinik in Verbindung: aus Sperma und Eizellen neues Leben zu reproduzieren.

Die Empfangsdame trug statt der üblichen Schwesterntracht ein blaues Maßkostüm. Sie empfing die Kölner Patientin mit perfekt einstudierter Höflichkeit: »Herr Chefarzt Dr. Sally erwartet Sie schon in seinem Besprechungszimmer«, sagte sie lächelnd. Ingeborg Dallberg folgte ihr wortlos über den langen Korridor, dessen Wände noch immer die Ölgemälde der meist stattlichen Gutsherren schmückten. Die kostbaren Orientteppiche, die der Klinik von überglücklichen Potentaten aus den Scheichtümern als Dank für die im Reagenzglas gezeugten Nachkommen geschenkt wurden, milderten das Knarren der alten Holzdielen. Der Korridor führte auch zu einem der holzgetäfelten Kaminzimmer. Durch die geöffnete Tür sah Ingeborg Dallberg dunkelhaarige Frauen, die in freudiger Erwartung Strampelanzüge für ihre Babys strickten. Der Anblick auf die untrügliche Vorbereitung zur Mutterschaft widerte Ingeborg an. Die geschulte Empfangsdame schien es zu erraten: »Eigentlich sind es nur die orientalischen Frauen, die sich hier die Zeit mit dem Stricken von Säuglingswäsche vertreiben, die deutschen Patientinnen lesen lieber ein gutes Buch«, bemerkte sie.

Chefarzt Dr. Edward Sally begrüßte Ingeborg Dallberg mit der souveränen Gelassenheit eines Aristokraten, der weiß, daß er sein Fach nicht nur beherrscht, sondern darin auch eine seltene Kapazität ist. Er war über sechzig Jahre alt, mittelgroß, schlank und in tadellosem blauen Maßanzug mit feinen Nadelstreifen gekleidet. So wie er wie aus dem Ei gepellt dastand, mit dichtem, weißen Haar, konnte man ihn auch für einen englischen Lord oder Nobelpreisträger halten. Daß Unbekannte ihn oft für ein geadeltes Mitglied des englischen Königshauses hielten und in ihm nicht den professionellen Kindermacher vermuteten, wußte Dr. Sally genau. Selbst im harten und oft bis an die Grenzen des Erlaubten reichenden Umgang mit Samen, Eizellen und tiefgekühlten Embryonen blieb er der beherrschte Gentleman. So trank er der Etikette wegen seinen obligatorischen Tee nie, ohne sich vorher den Arztkittel auszuziehen. Seine Patientinnen empfing er beim ersten Besuch stets in Zivil gekleidet und aufrecht stehend, wie das vorweggenommene Denkmal eines Pioniers der künstlichen Befruchtung, die von den Fachleuten als »Reproduktions-Medizin« umschrieben wurde.

Er bot seiner Kölner Patientin aus der kostbar bemalten Porzellankanne auf dem Stövchen eine Tasse Tee an. Doch sie lehnte mit kühler Höflichkeit ab: Weil sie alles in dieser Klinik haßte, besonders Dr. Sally, der sie mit Gewalt zur Mutterschaft zwang. Dr. Sally war es gewesen, der bei der Bauchpunktion mit der Spezialkanüle die befruchtungsfähigen Eier aus ihrem Eierstock saugte und dann mit dem Samen ihres damals noch lebenden Mannes befruchtete. Der Chefarzt selbst würde ihr auch die aufgetauten Embryonen wieder einpflanzen.

Noch konnte sie sich weigern, ihren Bauch als Gebärmaschine und Brutkasten für die testamentarisch vorgeschriebene Schwangerschaft bereitzustellen. Sie glaubte, in Dr. Sallys Besprechungszimmer vor einer Hinrichtung zu stehen, bei der ihr Bauch zur Fruchtbarkeit vergewaltigt wurde. Sie wollte weglaufen, sich irgendwo verkriechen. »Ich habe das Recht auf einen ungeschwängerten Bauch«, schrie sie innerlich auf. Dr. Sally ahnte ihren Widerstand gegen den Embryo. Ruhig sagte er: »Ich kenne Ihre Abneigung, Mutter zu werden. Wir brauchen den Embryo-Transfer nicht durchzuführen, wenn Sie darauf bestehen. Aber sprechen Sie bitte erst noch einmal mit Ihrem Anwalt. Eigentlich müßte er schon hier sein.«

»Wie ist es mit der Rechtslage? Kann man mich überhaupt noch zwingen, einen vor fünf Jahren eingefrorenen Embryo in meinem Leib aufzunehmen?« fragte sie.

»Ich bin kein Jurist«, wich der Gynäkologe aus.

»Aber Sie sind doch für die Implantation verantwortlich, Dr. Sally«, warf sie ihm erregt vor.

»Ich bin nur Ihr Arzt, aber nicht Ihr Psychologe, Frau Dallberg. Es mag sein, daß die von Ihnen und Ihrem verstorbenen Gatten gezeugten Embryonen niemandem gehören. Doch das ändert sich in dem Augenblick, in dem sie in Ihre Gebärmutter implantiert werden.«

»Und wenn ich mich trotzdem weigere?«

»Dann stehen wir vor dem großen Problem, was wir mit Ihren Embryonen anfangen sollen.«

»Das ist nicht meine Angelegenheit«, sagte sie trotzig.

»Es ist ein ethisches Problem. Wir dürfen die Embryonen weder töten, noch leichtfertig für Forschungszwecke benutzen. Und ewig können wir sie in der Tiefkühl-Bank nicht aufbewahren«, erläuterte Dr. Sally.

Er war froh, daß seine Sekretärin eintrat und den sich verspätenden Testamentsvollstrecker, Dr. Horst Fiebinger, ankündigte. Der schmächtige Notar mit seinem schütteren Haar und etwas langsamer Sprechweise wirkte auf den ersten Blick schüchtern und unbeholfen. Doch das täuschte. Wenn er eine juristische Angelegenheit übernahm, beschäftigte er sich ausgiebig mit dem Fall, wobei er selbst scheinbar unbedeutende Details ermittelte, die sich dann zur Verblüffung des Gerichts oder seiner gegnerischen Anwaltskollegen oft genug als brauchbare, wenn nicht sogar als prozeßentscheidende Beweise herausstellten.

In seiner linkischen Art begrüßte Dr. Fiebinger Ingeborg Dallberg mit dem in ihren Kreisen üblichen Handkuß, der bei ihm aber komisch wirkte.

»Entschuldigen Sie bitte meine Verspätung, gnädige Frau, aber ich bin etliche Kilometer über die falsche Autobahn gefahren.«

Er begrüßte auch Dr. Sally. »Ich kenne Sie eigentlich nur vom Telefon her oder durch unseren Schriftverkehr«, lächelte er vielsagend.

»Wollen Sie sich nicht erst einmal in meiner Klinik umsehen?« schlug Dr. Sally dem Notar vor.

»Später, wenn meine Zeit es noch erlaubt«, wandte er diplomatisch ein. Er war einer von denen, die immer in Zeitnot sind. Vielleicht wollte er auch nur seinen recht ungewöhnlichen testamentarischen Auftrag so schnell wie möglich erledigen. Denn der rechtlich umstrittene Embryo-Transfer bereitete ihm große Sorgen. Lange Zeit hatte er überlegt, den Auftrag zur Testamentsvollstreckung zurückzugeben. Aber an wen, mußte er sich schließlich vergeblich fragen. Ihm war nicht wohl dabei, den letzten Willen eines längst verstorbenen Klienten an seiner lebenden Ehefrau zu »vollstrecken«.

»Frau Dallberg, gibt es noch Fragen zu dem Embryo-Transfer?« begann er, um das Peinliche endlich hinter sich zu bringen.

»Ja, Frau Dallberg ist gegen die Implantation der Embryonen. Zumindest hat sie noch rechtliche Bedenken«, erklärte Dr. Sally, der nicht gewohnt war, in seiner Klinik die Erledigung heikler Angelegenheiten auf die lange Bank zu schieben oder sich davor zu drücken.

Ermutigt durch den Chefarzt sagte der Notar: »Gut, dann fragen Sie. Dafür bin ich ja schließlich zu unserem heutigen Termin in die Eifel gekommen.«

»Mir wäre lieber, Sie führten das Gespräch mit Frau Dallberg unter vier Augen, Herr Notar«, wandte Dr. Sally ein.

»Nein, es ist besser, daß für alle Parteien Klarheit geschaffen wird. Vielleicht habe ich noch einige Fragen an Sie, Dr. Sally.«

Der Notar schien auf sein Plädoyer für die Embryonen-Übertragung gut vorbereitet zu sein. Statt umfangreiche Akten aus seinem Koffer zu holen, zog er lediglich einen kleinen handgeschriebenen Zettel aus seiner Rocktasche. Er schien die Rechtslage im Kopf zu haben.

»Wo fangen wir an, gnädige Frau?« Man merkte ihm an, wie sehr er sich mit der Gen-Materie beschäftigt hatte.

»Es gibt noch viele Unklarheiten«, erwiderte Ingeborg Dallberg.

»Natürlich. Aber wir sollten uns auf das Wesentliche Ihres Falles beschränken«, riet er.

»Vielleicht sollten Sie Frau Dallberg erst einmal über die Rechtsgrundlage der befruchteten Eizellen aufklären«, regte Dr. Sally an.

»Gern. Die Rechtsgrundlage für die Embryonen sieht derzeit vor, daß sie im tiefgefrorenen Zustand noch niemandem gehören, also rechtlos sind.«

»Dabei spielen die Anzahl der überstandenen Tage und die Zellteilung eine Rolle, ab wann wir tatsächlich von dem Beginn des natürlichen oder ethischen Lebens sprechen können«, warf Dr. Sally ein.

»Wir müssen davon ausgehen, wie im Augenblick die verfassungsrechtliche Seite ist, Dr. Sally.«

»Sie müssen doch zugeben, Dr. Fiebinger, daß zur Zeit recht unterschiedliche Auffassungen und Begründungen bei der extrakorporalen Befruchtung bestehen. Die Juristen beurteilen sie anders als die Moraltheologen.«

»Das stimmt. Allgemein wird anerkannt, daß der Embryo im Augenblick seiner Befruchtung als menschliches und deshalb zu schützendes Leben anzusehen ist. Dennoch gilt er zur Zeit als eine Sache, über die man beliebig verfügen kann, etwa zur Tötung oder für Laborversuche. Unser Zivilrecht geht davon aus, daß niemand an dem eingefrorenen Embryo das Eigentumsrecht besitzt«, erläuterte der Anwalt.

Mit den Ausführungen Dr. Fiebingers schien Dr. Sally nicht einverstanden zu sein.

»Dann erklären Sie mir einmal, was wir mit den tiefgekühlten Embryonen anfangen sollen, deren genetische Eltern plötzlich durch einen Autounfall umkommen, das Genmaterial deshalb nicht mehr in den Uterus zurückverpflanzt werden kann«, forderte Dr. Sally den Notar auf. Denn die Rechtsnatur der Embryonen war für seine Klinik äußerst wichtig.

»Dann müssen die verwaisten Embryonen erst einmal tiefgefroren in der Kryobank aufbewahrt werden«, behauptete der Anwalt.

»Und wie lange? Etwa ewig? Wer darf darüber entscheiden, ob solche Embryonen vernichtet oder für die Forschung verwendet werden?« wollte Dr. Sally wissen.

»In diesen Ausnahmefällen müßten Sie sich an Ihre zuständige Landesärztekammer wenden«, riet mit versteckter Ironie der Anwalt.

»Das heißt, wir müssen den Justitiaren der Ärztekammern die überzähligen Embryonen in Tiefkühlbehältern per Post zuschicken?« mokierte sich der Gynäkologe.

»Das ist Sache Ihrer Ärztefunktionäre. Jedenfalls haben sie auf ihrer Bundesärzteversammlung die Forderung erhoben, von den überzähligen Embryonen unterrichtet zu werden.«

»Es ist nicht das erste Mal, daß die Bundesärztekammer praxisfremde Schreibtisch-Vorschriften verabschiedete.« Diesen Seitenhieb auf die Standesfunktionäre ließ sich Dr. Sally nicht entgehen, zumal er in ständigem Streit mit der Bundesärztekammer lag.

»Kann ich die Einpflanzung der Embryonen noch ablehnen, Dr. Fiebinger?« schaltete sich endlich Ingeborg Dallberg ein.

»Sie haben damals den Vorschlag Ihres Gatten akzeptiert, daß eine extrakorporale Befruchtung im Reagenzglas erfolgte und die befruchteten Eier vorsorglich tiefgefroren wurden. Dafür müssen Sie jetzt die Verantwortung tragen.«

»Sie haben es in erster Linie mit mir zu tun, Herr Dr. Fiebinger. Ich frage Sie deshalb, gibt es juristische Möglichkeiten, die Schwangerschaftseinleitung durch den Embryo nach fünf Jahren abzulehnen, zumal mein Mann längst verstorben ist?«

»Sie meinen aus Gründen des Generationensprungs?«

»Auch aus ethischen Gründen. Wie wird das Kind eines Tages darauf reagieren, wenn es erfährt, wie es gezeugt wurde und wie lange es im Kälteschlaf auf seine Geburt warten mußte?«

»Sie selbst haben doch den Embryo so lange in seinem eingefrorenen Zustand gelassen. Sie hätten ihn gleich nach dem Tode Ihres Gatten auftauen lassen können. Das hat Dr. Sally Ihnen immer wieder angeboten, Frau Dallberg«, warf er ihr vor.

Als Dr. Sally sah, wie die Scham ihr das Blut ins Gesicht trieb, spielte er den Vermittler. »Ich bitte Sie, Dr. Fiebinger, alle polemischen Äußerungen gegenüber meiner Patientin zu unterlassen.«

»Ja, ich entschuldige mich dafür! – Um Ihre Frage zu beantworten, gnädige Frau: In der Regel sollten die befruchteten Eizellen nur kurzfristig in dem Tiefkühlbehälter bleiben, höchstens bis zu zwei Jahren. Doch in Ihrem Fall handelte es sich um eine Ausnahme.«

»Das ist nicht ungewöhnlich. Die Lagerungszeit spielt bei der heutigen Kältetechnik keine Rolle mehr. Embryonen können praktisch auf unbestimmte Zeit im Kälteschlaf bleiben, ohne später beim Auftauen Schaden zu erleiden«, verteidigte der Chefarzt seine Patientin.

»Das bezweifle ich, Herr Dr. Sally«, widersprach sie ihm.

»Bitte, überlassen Sie die Beurteilung darüber uns Ärzten, Frau Dallberg«, belehrte Dr. Sally sie kühl.

»Und wenn trotzdem mit dem Embryo etwas passiert? Wie ist in diesem Fall die Rechtslage, Herr Dr. Fiebinger?«

»Nun, es besteht der Grundsatz...«,

»Handelt es sich lediglich um einen Grundsatz oder um eine Rechtspflicht?« wollte sie es von dem Anwalt genau wissen.

»Die Schadenersatzverordnung besagt...«

Sie unterbrach ihn abermals. Ihre Stimme klang erregt. »Was nützt mir eine finanzielle Entschädigung, wenn ich mich zeitlebens mit einem behinderten Kind abgeben muß. Seelisch darunter leide, meine Herren?«

»Bitte, beruhigen Sie sich, gnädige Frau. – Der Arzt ist verpflichtet, für sein schuldhaftes Fehlverhalten zu haften«, erläuterte der Anwalt.

»Sie wissen doch selbst, daß es fast unmöglich ist, einem Arzt pflichtwidriges Verhalten nachzuweisen, Herr Dr. Fiebinger.«

»Natürlich. Um aber auf die testamentarische Abmachung zurückzukommen: Falls Sie sich weiterhin gegen die Aufnahme des Embryos weigern, wird die Firma aufgelöst und ihr Vermögen einer Stiftung geschenkt. Sie würden lediglich eine

Abfindung erhalten«, erklärte ihr unverblümt der Testamentsvollstrecker.

»Soll das eine Drohung sein, Herr Dr. Fiebinger?« fragte sie aufgebracht.

»Nein, ich sagte nur, was im Testament steht.«

»Ich würde praktisch enterbt.«

»Formulieren wir es so: Sie würden lediglich entschädigt. Dafür können Sie mich nicht verantwortlich machen. Ich hatte auf den Inhalt des Testaments keinen Einfluß. Ich bin Testamentsvollstrecker wider Willen geworden, das können Sie mir glauben, gnädige Frau.« Dr. Fiebinger meinte es tatsächlich ernst. Die Angelegenheit war ihm höchst peinlich. Er drängte auf eine schnelle Klärung. »Wir sollten so oder so zu einem Ergebnis kommen.«

»Ist denn wenigstens die Erbfolge geklärt?« wollte Ingeborg Dallberg wissen, die immer mehr die Aussichtslosigkeit ihrer Ablehnung einsah. Sie war finanziell abhängig von dem Testament. Andererseits wollte sie die Embryonen nicht Dr. Sally und seinen ehrgeizigen Mitarbeitern für Versuchszwecke überlassen. Im Grunde wurden die Embryonen in der Absicht gezeugt, daß ihrem unheilbar krebskranken Mann auch nach seinem Tode noch der Firmenerbe geboren werden konnte.

»Der Embryo erlangt mit seiner Geburt die volle eheliche Rechtsstellung. Er ist dann testamentarischer Erbe«, stellte Dr. Fiebinger fest.

»Und wenn es ein Mädchen ist?«

»Dann ist selbstverständlich die Tochter die Firmenerbin. Auch das ist im Testament verbrieft«, bekräftigte der Anwalt.

»Gut, dann nehme ich den Embryo an«, entschied Ingeborg Dallberg.

Sie konnte es sich nicht leisten, den letzten Willen ihres verstorbenen Mannes auszuschlagen. Ihr Leben war zu anspruchsvoll geworden. Mit ihren fast vierzig Jahren lag es noch vor ihr. Was nützten ihr die Freiheit ihres Handelns, ihre erwachten Gefühle, wenn sie nur von einem Pflichtalmosen leben mußte? Nein, sie wollte das Leben in vollen Zügen genießen. Dazu brauchte sie das Geld. Und sie wußte jetzt, daß ihr

Mann sie auch so eingeschätzt hatte, als er sein Testament aufsetzte. Nicht die Verantwortung und Liebe gegenüber dem Embryo, sondern das Geld hatte sie zu ihrer Mutterrolle überredet.

»Wir werden morgen den Embryo-Transfer vornehmen«, riß Dr. Sally sie aus ihrer Selbsterkenntnis.

»Werden Sie es selbst machen?« fragte sie versöhnlich, weil sie jetzt ihre ganze Hoffnung auf das Können der Ärzte setzte. Sie wollte ein gesundes Baby zur Welt bringen. Denn in einem Winkel ihres Herzens begann sich das Muttergefühl zu regen. Noch unbestimmt, und doch ahnend. Sie konnte ihre Weiblichkeit nicht verleugnen. Hatte sie sich vielleicht unbewußt schon immer nach einem Kind gesehnt?

Sie hörte Dr. Sally sagen: »Ich mache es nicht allein. Mein erster Assistent, Dr. Fresar, wird mir dabei helfen. Sie können unbesorgt sein, es wird alles gutgehen«, beruhigte er sie. Der Chefarzt war heilfroh, daß sie endlich zustimmte. Ihr Fall war nicht alltäglich. Die seit fünf Jahren in Kälteschlaf versetzten Embryonen aufzutauen und der genetischen Mutter wieder in den Uterus zurückzugeben, kam selbst in seiner Privatklinik nur selten vor. Die wissenschaftliche Seite, die Machbarkeit der künstlichen Befruchtung, die Grenze des eigenen ärztlichen Könnens waren für die Gynäkologen der Privatklinik äußerst interessant; dabei dachten sie weniger an die ethische und moralische Seite.

»Sie müssen nach dem Embryo-Transfer einige Tage zur Beobachtung in der Klinik bleiben, damit wir wissen, ob die Schwangerschaft auch tatsächlich eingetreten ist. Sie klappt nicht immer auf Anhieb«, klärte der Klinikchef sie auf.

»Was machen Sie, wenn der erste Transfer nicht zur Schwangerschaft führt?«

»Darüber machen Sie sich keine Sorgen. Klappt es nicht das erste Mal, dann bestimmt nach der zweiten oder dritten Einpflanzung. Wir haben aus der damaligen Behandlung sechs Embryonen eingefroren.«

»Kann es passieren, daß Sie mir aus Versehen einen falschen Embryo einpflanzen?«

»Nein. Das ist bei uns nicht möglich. Jeder im Gefrierbehälter lagernde Embryo hat seine eigene Codierung. Sie steht auf jeder Ampulle mit dem Genmaterial. Darüber hinaus führen wir ein Eintragungsprotokoll. Es wird im Tresor aufbewahrt. Sie sollten sich morgen unsere Kryo-Bank einmal ansehen. Wir zeigen Ihnen gern die aufgetauten Embryonen, bevor wir sie in Ihren Uterus implantieren«, bot Dr. Sally der Patientin an.

»Nein, ich möchte sie nicht sehen.«

»Wir implantieren Ihnen bis zu drei Embryonen, das ist sicherer und auch üblich.«

»Also werden einige in meinem Uterus zugrunde gehen, weil nur eine befruchtete Eizelle darin Platz hat.«

»Das ist ein Irrtum, Frau Dallberg. Es können auch zwei oder drei Embryonen durchkommen. Die Chance, daß Zwillinge oder Drillinge geboren werden, ist nach einem Embryonen-Transfer erheblich größer als nach einer normalen Zeugung«, erläuterte Dr. Sally.

Der Klinikchef schaute auf seine Platin-Armbanduhr. »Wir sehen uns morgen wieder. Die Sekretärin wird Sie auf Ihr Zimmer bringen, sobald Sie alle Formalitäten mit Ihrem Anwalt erledigt haben. Man wird Ihnen zur Stimulierung Ihrer Eierstöcke weiterhin Medikamente geben. Sie können sich danach ungeniert in der Klinik umschauen.« Und an Dr. Fiebinger gewandt: »Haben Sie noch ärztliche Fragen an mich, Herr Notar?«

Er winkte ab: »Im Augenblick nicht.«

»Dann lasse ich Sie mit Frau Dallberg allein.«

Freundlich verabschiedete er sich von den beiden.

Der Notar hielt sich nicht lange mit der Vorrede auf. »Es geht sehr schnell. Ich habe die Dokumente zur Unterschrift vorbereitet.«

»Und was soll ich unterschreiben?«

»Eine Erklärung, daß Sie zu dem Embryo-Transfer nicht durch Anwendung unerlaubter Mittel gezwungen wurden.« Er legte ihr das unterschriftsreife Dokument vor.

»Von einer freiwilligen Zustimmung dürfte wohl keine Rede sein, Herr Dr. Fiebinger«, wandte Ingeborg Dallberg ein. Doch sie unterließ weitere Äußerungen, um den Zweifel des Notars an der Rechtmäßigkeit seines Auftrages nicht noch zu verstärken. Womöglich würde er aus plötzlich aufkommenden Gewissensgründen die ganze Transaktion der Embryo-Einpflanzung als ungesetzlich erklären.

Sie unterschrieb und war heilfroh, daß der Anwalt keine weiteren Forderungen stellte. Sie hatte das Bedürfnis, jetzt, nachdem die Entscheidung zum Auftauen der Embryonen gefallen war, allein zu sein. Auch Dr. Fiebinger wollte nach Erledigung seines rechtlich und ethisch umstrittenen Auftrages nicht eine Minute länger als nötig in der Klinik bleiben. Heimlich bezeichnete er sie als "Befruchtungsanstalt". Er ekelte sich vor den hochmodernen medizinisch-technischen Apparaten zur künstlichen Befruchtung. Hier in der Klinik wurde nicht auf normalem Wege gezeugt. Hier wurden die spektakulärsten und raffiniertesten Maßnahmen angewandt, um beispielsweise auch Frauen ohne Uterus oder Eierstöcke durch eine Leihmutter zum Baby zu verhelfen. Hier war nicht die Einsicht vor den Grenzen des machbaren Lebens gefragt, sondern die Technik der ärztlichen Wissenschaft, gleichgültig, ob sie mit Gesetz und Moral im Einklang stand. Er schwor sich, einen solchen Auftrag, der allerdings seine Schuldgefühle zu spät in ihm wachrief, nicht noch einmal durchzuführen. »Ich erkundige mich in den nächsten Tagen, ob der Embryo-Transfer geglückt ist. Viel Erfolg!« Als er es gesagt hatte, erkannte er die Doppelzüngigkeit seiner Äußerung. Es war einfach lächerlich, dem aufgetauten Leben Glück und Erfolg zu wünschen, so wie man es täglich bei allen möglichen Anlässen tat. Aber doch nicht bei einer so zeitversetzten Schwangerschaft. Geburt und Eltern gehörten zusammen. Die unheilbar Kranken und Sterbenden sollten nicht das Recht haben, Leben zu zeugen, das wenige Tage nach der Befruchtung in der Kälte erstarrt, damit man es als Embryo nach dem Tode seines Erzeugers wieder auftaut. Ohne Ingeborg Dallberg die verlogene Referenz durch den lächerlichen Handkuß zu erweisen, verließ er sie diesmal mit einem flüchtigen Händedruck.

Die Sekretärin kam lautlos ins Zimmer. »Kommen Sie, Frau

Dallberg, ich zeige Ihnen Ihr Zimmer. Sie müssen das Hormon-Präparat wieder einnehmen.«

Eigentlich wollte der Journalist Fred Bertram schon immer eine Artikel-Serie über die verschiedenen Methoden der extrakorporalen Befruchtung schreiben. Doch im Archiv der Tageszeitung »Rheinische Allgemeine«, bei der er als freier Mitarbeiter für die Seiten »Medizin« und »Aus Forschung und Technik« arbeitete, fand er nur wenige Informationen, die er als Hintergrundmaterial für seine Arbeit benötigte. Er brauchte einen »Exklusiv-Fall«, eine Story, die er allein recherchierte und schrieb. Die Arbeit an der »extrakorporalen Befruchtung« hatte er sich schon aus dem Kopf geschlagen, als er vor einigen Wochen in der Bielefelder Tageszeitung »Neue Westfälische« zufällig eine Chiffre-Anzeige entdeckte, in der »Leihmütter« zum Austragen von fremden Embryonen für begüterte Paare gesucht wurden. Erst glaubte er seinen Augen nicht zu trauen, als er das unverhohlene Angebot las, hinter dem sich wahrscheinlich ein schwunghafter Handel mit Embryonen verbarg. Er war lange genug im Journalismus tätig, um alle Tricks bei den Recherchen anzuwenden. Er telefonierte mit dem zuständigen Sachbearbeiter im Düsseldorfer Justizministerium; er wollte von ihm Näheres über die Rechtslage bei der künstlichen Befruchtung erfahren. Aber der Beamte wußte nur, daß die Befruchtung mit dem Samen eines fremden Spenders, die sogenannte »heterologe Insemination«, nicht strafbar war. Auch für das Anwerben von Leihmüttern, die ihren Uterus gegen Geld neun Monate lang an eine Gebärunfähige oder aus beruflichen Gründen nicht schwangerschaftswillige Frau vermieteten, konnte ihm der Ministerialbeamte keine klare gesetzliche Regelung nennen. Fred Bertram hatte den Eindruck, daß der Beamte nicht einmal wußte, wie die Verpflanzung befruchteter Eizellen in die Gebärmutter fremder Frauen überhaupt möglich war. Doch Fred Bertram wollte sich nicht allein auf die telefonische Auskunft des Sachbearbeiters im Düsseldorfer Justizministerium verlassen. Der geschiedene Journalist, der zuviel unterwegs war, um ein glückliches Familienleben zu führen oder eine feste Partnerschaft einzugehen, überredete seine augenblickliche Freundin Andrea, sich auf die Anzeige in der »Neue Westfälische« zu bewerben. Mit ihren fünfundzwanzig Jahren und angeblich arbeitslos – in Wirklichkeit war sie eine gutbezahlte Sekretärin – kam sie vielleicht in die engere Wahl. Fred Bertram wollte nur herausbekommen, wer hinter der Chiffre-Anzeige steckte. Doch nach mittlerweile vier Wochen hatte der Inserent sich immer noch nicht bei seiner Freundin gemeldet.

Fred Bertram war soeben von einer Dienstreise in sein Düsseldorfer Appartement zurückgekehrt, als das Telefon läutete. Andrea war am Apparat.

»Hallo Fred, ich versuche seit drei Tagen, Dich zu erreichen.«

»Ja, die Recherchen dauerten länger als eingeplant. – Deine Stimme klingt so fröhlich, also ist niemand aus der Familie oder dem Bekanntenkreis gestorben.«

»Stimmt.«

»Also sag schon, was ist los?«

»Der Inserent der Leihmütter-Anzeige hat sich telefonisch bei mir gemeldet. Ich habe gute Chancen, den Job als Ersatzmutter zu bekommen.«

»Donnerwetter, daran habe ich gar nicht mehr geglaubt.«

»Jedenfalls stärkt es mein Selbstvertrauen, als angeblich Arbeitslose wenigstens mit der Vermietung meiner Gebärmutter Geld zu verdienen«, sagte sie ironisch.

»Und wieviel sollst Du dafür bekommen?«

»Das will man erst nach der persönlichen Vorstellung und gründlichen Überprüfung meines Gesundheitszustandes mit mir aushandeln.«

»Etwas Schriftliches hast Du nicht?« fragte er voller Spannung.

»Nein.«

»Hast Du ein Bild mit eingereicht?«

»Klar, das schien ihm zu gefallen, sonst hätte er sich wohl nicht gemeldet«, stellte sie fest.

Sie sah tatsächlich gut aus, war mittelgroß, schlank und mit allen Attributen der Weiblichkeit ausgestattet. Sie konnte eigentlich fast jeden Mann begeistern. Fred war zwar wesentlich älter als sie. Doch was sie an ihm besonders bewunderte, waren sein Durchsetzungsvermögen, seine kaltblütige Gelassenheit selbst in schwierigen beruflichen und privaten Situationen. Außerdem besaß er Phantasie und Mutterwitz.

»Sag mir endlich, wer Dich als Gebärmutter engagieren will?« drängte Fred.

Andrea wußte genau, daß sie ihn mit ihrem Zögern auf die Folter spannte. Aber sie wollte auch einmal die Besserwissende, die Überlegene sein. Durch sie kam er zu seiner Story.

»Kennst Du die gynäkologische Privatklinik »Humanitas«?« lüftete sie das Geheimnis.

»Nein! Wo soll sie sein?«

»In der Eifel, in Nähe der Ortschaft Prönsgens.«

»Noch nie gehört.«

»Ich soll so schnell wie möglich telefonisch mit der Klinik einen Termin zur Vorstellung vereinbaren. Sie zahlt mir selbstverständlich Reisekosten und Spesen.«

»Bei Prönsgens, sagst Du? Wahrscheinlich ist das eine Gegend, wo sich Fuchs und Hase gute Nacht sagen. Gib mir die Telefonnummer.«

Er notierte sich die Nummer.

»Genügt Dir das oder soll ich tatsächlich hinfahren und über meinen Bauch verhandeln? Das Angebot als Leihmutter bekomme ich nicht alle Tage«, meinte sie ironisch.

»Untersteh' Dich! Du läßt einfach nichts mehr von Dir hören. Ich kriege schon heraus, was in der Klinik geschieht.«

»Und wie willst Du bei Deiner Story vorgehen?«

»Ich werde den Klinikchef ganz offiziell anrufen. Ihm sagen, daß ich über sein Haus schreiben möchte. Daß mich seine Arbeit interessiert. Er kann es mir nicht abschlagen. Es liegt im öffentlichen Interesse«, meinte er.

»Und wann beginnst Du mit Deinen Ermittlungen?«

»So schnell wie möglich. Ich bin wirklich gespannt, was ich in der Eifeler Privatklinik herausbekomme.«

Er hatte Andrea nur als Köder benutzt, um auf die Spur des Leihmütterhandels zu kommen. Die List, sie auszunutzen, gehörte zu seinen Recherchen. Dabei war Fred kein Sensations-Reporter. Er schrieb eher seriöse Artikel für die Seiten »Medizin« und »Aus Forschung und Wissenschaft«. Meist gab es nichts Sensationelles zu berichten. Sachverstand und Detailkenntnisse waren gefragt. Der gesunde Ehrgeiz hatte ihn deshalb gepackt wie plötzlich auftretendes Fieber. Das war endlich ein lohnendes Thema, bei dem es um Gene, Embryonen, In-vitro-Fertilisation und Insemination mit fremdem Samen oder Eizellen ging. Das alles war bislang immer noch weitgehend tabuisiert. Niemand wußte so recht Bescheid. Auch die Juristen nicht. Die Öffentlichkeit bekam nur zu hören, was die Gynäkologen, Genetiker und Ethiker für veröffentlichungsreif hielten. Die ganze extrakorporale Befruchtung entzog sich einer strengen Kontrolle durch die Öffentlichkeit. Natürlich mußte die im Grundgesetz garantierte Freiheit der Forschung und Lehre erhalten bleiben. Doch vieles wurde aus Konkurrenzgründen in den Laboratorien unter absoluter Diskretion erforscht. Bei der künstlichen Befruchtung ging es um Segen oder Mißbrauch in der Fortpflanzungsmedizin. Der in Goethes Faust in der Retorte gezeugte "Homunkulus" schien Wirklichkeit zu werden. Das alles ging ihm durch den Kopf, ohne zu bemerken, daß Andrea sein plötzliches Schweigen als Desinteresse auslegte und deshalb das Gespräch beendete. Als er es bemerkte, rief er Andrea wieder an.

»Klar, daß Du sauer bist, Andrea. Ich war aber in Gedanken schon bei meinem Artikel«, entschuldigte er sich.

»Soll ich heute abend zu Dir kommen? Ich habe Dich eine Woche nicht gesehen. Ich möchte mit Dir schlafen.«

Sie kannte Fred zu gut, um die Antwort auf ihre Frage schon vorher zu wissen.

»Nein, bitte nicht, Andrea. Ich werde gleich die Klinik anrufen. Vielleicht fahre ich noch heute in die Eifel. Du mußt das verstehen, die Story brennt mir auf den Nägeln«, bestätigte er, was sie bereits voraussah.

»Dann wünsche ich Dir viel Erfolg.« Pikiert legte sie den Hörer abermals auf.

Sie liebte Fred und war zugleich wütend auf ihn. Sie ärgerte sich oft über sein überlegenes Gehabe, wenn er sie fast väterlich mit seiner schon abgedroschenen Einleitung »Hör mal zu, mein Mädchen« über irgend etwas belehren wollte. Dabei wurde ihr das Generationsproblem deutlich; oft vertrat er Ansichten und Standpunkte, die etwas verstaubt nach »gestern« klangen. Immerhin war Fred fast fünfundzwanzig Jahre älter, genau ein Vierteljahrhundert. Sie fragte sich oft, ob sie die Weisheit des »reifen Alters« auf die Dauer ertragen konnte. Wenn Fred bei ihr war, hatte sie kaum die Chance, etwas falsch zu machen, etwas Eigenständiges zu entwickeln. Fred, der reife Freund, wußte immer Rat oder glaubte es wenigstens; er benahm sich, als sei er mit seinen knapp fünfzig Jahren die Weisheit selber. Sie kam sich oft wie seine Tochter vor. Alle wichtigen Entscheidungen überließ sie ihm allein. Und wenn sie doch einmal etwas entschied, war er beleidigt. Dabei stand ihr wie jedem das Recht zu, Fehler zu machen, um daraus zu lernen.

Sie mochte Fred, aber in seiner Gegenwart fühlte sie sich immer mehr eingeengt und bevormundet; sie kam sich vor, als habe er einen Blanko-Scheck auf ihre Entscheidungen. In letzter Zeit atmete sie regelrecht auf, wenn sie aus seinem Appartement in ihr kleines, aber geschmackvoll eingerichtetes Zuhause zurückkehrte. War das der Anfang vom Ende einer glücklichen Beziehung, weil er ihr zu wenig Platz für ihr eigenes Ich, ihre Selbstbestimmung ließ?

Andrea wollte Fred beweisen, daß sie nicht sein bloßes hübsches Anhängsel war. Sie wartete auf die Gelegenheit, sich einmal gegen ihn durchzusetzen, egoistisch und selbstsüchtig zu sein. Der verwegene Gedanke, ihm zu widersprechen, gegen seinen »allwissenden Rat« zu handeln, erweckte ihren Trotz. Ohne Fred darüber zu informieren, entschloß sie sich, das Angebot der Klinik zur persönlichen Vorstellung anzunehmen. Sie wollte selbst ihre Erfahrungen mit dem brisanten Gebärmutter-Verleih sammeln. Spontan rief sie in der Eifelklinik an und vereinbarte mit Dr. Sallys Vorzimmerdame kurzfristig einen Besprechungstermin.

Auch Fred Bertram wählte die Nummer der Privatklinik »Humanitas«. Ohne Erfolg. Klinikchef Dr. Sally war nicht mehr im Hause. Fred sollte ihn am anderen Tag anrufen, riet ihm die freundliche Sekretärin, die zum engsten Vertrautenkreis von Dr. Sally gehörte.

Der Tag, an dem Ingeborg Dallberg in die Eifeler Privatklinik kam, wurde nicht willkürlich gewählt. Sie war jetzt in der Mitte ihres Monatszyklus, nachdem sie schon seit einigen Tagen stimulierende Medikamente einnahm.

Nach der ersten in der Klinik verbrachten Nacht begannen an ihr weitere Vorbereitungen für den Embryo-Transfer. Gegen neun Uhr kam die Schwester mit einer Flasche Wasser in Ingeborg Dallbergs Zimmer. Sie bat die Patientin, den Inhalt der Flasche möglichst in kurzen Abständen zu trinken, damit ihre Blase für die Ultraschall-Untersuchung gefüllt sei. Als Ingeborg Dallberg die Flüssigkeit getrunken hatte, rief die Schwester das Vorzimmer von Dr. Sally an.

»Sagen Sie bitte dem Chef, daß Frau Dallberg für den Ultraschall vorbereitet ist!«

»Der Chef hat ein Ferngespräch. Er wird Ihnen die Anweisung geben, sobald er sein Telefonat beendet hat«, sagte die Sekretärin.

Dr. Sally telefonierte mit dem Düsseldorfer Journalisten Fred Bertram.

»Ich weiß nicht, warum Sie ausgerechnet über meine Klinik schreiben möchten, Herr Bertram. Unsere Behandlungsmethoden unterscheiden sich kaum von den gynäkologischen Eingriffen in den Universitätskliniken. Dort hat man bestimmt mehr Zeit für Sie«, versuchte Dr. Sally in nicht gerade bester Frühlaune den Journalisten am Telefon abzuwimmeln. Doch er täuschte sich über die Hartnäckigkeit seines Gesprächspartners.

»Ich habe meine Gründe, ausgerechnet über Ihre Klinik zu schreiben, Herr Dr. Sally«, widersprach Fred.

»Wollen Sie damit sagen, in meiner Klinik geht es nicht mit rechten Dingen zu, Herr Bertram?« Der Ärger in seiner Stimme war unüberhörbar.

»Warum habe ich bisher von Ihrer Privatklinik noch nichts gehört? Sie scheint fast unbekannt zu sein.«

»Vielleicht für Sie, Herr Bertram. Wir haben es im Gegensatz zu anderen Kollegen nicht nötig, unsere Erfolgsergebnisse zu publizieren. Unsere Pressearbeit ist gleich Null. Ehrlich gesagt, meine Mitarbeiter und ich haben kein gutes Verhältnis zur Presse. Vielleicht, weil wir im Umgang mit den Presseleuten zu unerfahren sind.«

»Immerhin beschäftigen Sie sich mit der künstlichen Befruchtung, Herr Dr. Sally. Die Öffentlichkeit hat ein Anrecht, darüber informiert zu werden.«

»Natürlich. Aber die Zeitungen schreiben über die Fortpflanzungsmedizin meistens nur dummes Zeug. Bitte, fühlen Sie sich nicht persönlich angesprochen, Herr Bertram. Sicher gehören Sie zu den berühmten Ausnahmen und berichten objektiv.«

»Wir werden ja sehen, Herr Dr. Sally. Wenn so viele Horrormeldungen über die künstliche Befruchtung in den Medien verbreitet werden, sind die Informanten meist selbst daran schuld. Weil sie keine verständlichen Auskünfte erteilen und mit der Wahrheit oft hinterm Berg halten«, gab Fred Bertram den versteckten Vorwurf zurück.

»Ich sehe, meine Klinik braucht dringend einen Pressesprecher. – Wir haben nichts zu verheimlichen. Kommen Sie, wann es Ihnen paßt, Herr Bertram. Wir werden uns um objektive und verständliche Auskünfte bemühen. Einer meiner Mitarbeiter, Dr. Fresar, war einige Jahre im Ausland. Dort lernte er den Umgang mit den Journalisten und versteht es besser als ich, mit ihnen zu sprechen. Sie können sich ungehindert in der Klinik umsehen, vorausgesetzt, die ärztliche Schweigepflicht wird nicht verletzt«, versprach Dr. Sally.

»Ich nehme Sie beim Wort.«

»Mir bleibt ja gar nichts anderes übrig. Ich weiß, daß Presseleute hartnäckig sind, wenn sie erst einmal eine Story im Kopf haben. Reporter sind zwar ein lästiges, aber notwendiges Übel«, versuchte der Klinikchef zu scherzen.

»Wenn es Ihre Zeit erlaubt, komme ich noch heute zu Ihnen in die Klinik«, schlug Fred Bertram vor.

»Gut, kommen Sie. Wenn ich mich aus Zeitgründen nicht persönlich um Sie kümmern kann, dann wird Dr. Fresar Ihnen die Informationen geben. – Wissen Sie überhaupt, wie Sie fahren müssen, um unser abseits gelegenes Haus zu finden?«

»Ja, die Ortschaft heißt Prönsgens.«

»Eine supermoderne Klinik werden Sie allerdings nicht vorfinden. Hier weht noch Landluft. Wir sind in einem ehemaligen Gutshof untergebracht. Was uns noch fehlt, sind einige grasende Kühe und Schafe vor der Klinik. Doch was nicht ist, kann ja noch werden«, lachte Dr. Sally. Ein Zeichen dafür, daß sich seine morgendliche Laune gebessert hatte. »Ich erwarte Sie also noch heute in der Klinik. Ich freue mich, Sie dann persönlich kennenzulernen, Herr Bertram«, versicherte er charmant.

»Ich bedanke mich, Herr Dr. Sally«, antwortete Fred Bertram mit gespielter Höflichkeit.

Die Sekretärin kam herein und berichtete Dr. Sally, daß Ingeborg Dallberg für die Ultraschall-Untersuchung vorbereitet sei. Doch der Chef entschied, noch bis zum Nachmittag zu warten.

Er schaute auf seine Uhr und rief das Labor an. »Fresar, wir müssen das Auftauen der Dallberg-Embryonen bis zum Nachmittag verschieben. Wir ziehen deshalb den Eingriff an der Patientin von Zimmer Neun vor.«

»Die heterologe Insemination?«

»Ja, bereiten Sie alles vor, sobald der Samenspender eingetroffen ist.«

»Er wartet schon seit einiger Zeit und ist ziemlich aufgeregt«, berichtete Dr. Fresar.

»Er ist ein Freund des Ehepaares und macht es zum ersten Mal.«

»Hoffentlich gibt es keine Schwierigkeiten, pünktlich seinen Samen zu erhalten,« wandte Dr. Fresar ein.

»Er ist eben kein professioneller Samenspender. Er braucht zur Masturbation wahrscheinlich mehr als eine halbe Stunde. Bringen Sie ihm taktvoll bei, daß er sich beeilen soll, Fresar. Durch seine Überpünktlichkeit hilft er uns aus der Zeitklemme.«

»Geht in Ordnung, Chef.«

Die Befruchtung der Frau mit dem Samen eines Dritten, weil der Ehemann aus körperlichen Gründen steril ist, gehörte zu den Routineeingriffen in der Eifeler Privatklinik. Dr. Sally und seine Mitarbeiter wählten die Spender nach strengen Kriterien aus, wobei sie auch die Gefrierbarkeit des Spermas überprüften. Denn die Samenproben der regelmäßig Spendenden besaßen nicht alle die gleichen »idealen« Voraussetzungen, ohne Schaden auf eine Temperatur von minus 196 Grad eingefroren, dann monatelang eingelagert und schließlich wieder aufgetaut zu werden. Als Spender wurden nur körperlich und geistig gesunde Männer im Alter zwischen zwanzig und vierzig Jahren berücksichtigt. Sie mußten über eine hohe Intelligenz verfügen, die zumindest über dem Intelligenzquotienten der zu inseminierenden Frau lag. Die Samenspender sollten auch in Körpergröße und Haarfarbe dem zeugungsunfähigen Mann ähneln. Zwangsläufig nahmen die Gynäkologen der Klinik eine »Typen-Auslese« vor. Für jede Samenspende bekamen die Männer zweihundert Mark.

Damit die Samenspender jedoch nicht alle vier Wochen jeweils an zwei aufeinanderfolgenden Tagen ihr Sperma innerhalb von dreißig Minuten abgeben mußten und der Klinik die ständige Suche nach neuen Spendern erspart blieb, wurde die durch mehrere Masturbationen gewonnene Samenflüssigkeit in sterilen Gläsern aufgefangen und nach der gründlichen Spermauntersuchung in der klinikeigenen Samenbank eingefroren. Mit dem Sperma-Vorrat auf Zeit konnten die befruchtungsreifen Frauen jederzeit inseminiert werden. Allerdings mußten die Gynäkologen darauf achten, daß die tiefgekühlte Samenmenge und die Schwangerschaften vom gleichen Spender begrenzt blieben, weil sonst die Gefahr bestand, daß womöglich ein Paar heiratete, dessen Vater der anonyme Samenspender war. So würden Geschwister Kinder bekommen, ohne zu ahnen, daß sie Inzest begehen. Alle Samenspender mußten die schriftliche Erklärung unterschreiben, als biologischer Vater anonym zu bleiben. Doch das war bei der augenblicklichen Rechtslage nicht so sicher. Das Justizministerium bereitete deshalb ein Gesetz vor, wonach die Gerichte in Vaterschaftsprozessen oder bei Klagen der künstlich gezeugten Kinder, die ihre Abstammung erfahren wollten, die Anonymität des Vaters aufheben können, um ihn zur Unterhaltspflicht zu zwingen. Das betroffene Kind müßte bei dieser Feststellungsklage allerdings sechzehn Jahre alt sein.

Für die von Dr. Fresar vorzunehmende Insemination an der Patientin von Zimmer Neun war diesmal ein Freund der Eheleute als Samenspender vorgesehen. Nach langen Gesprächen mit dem Ehepaar war er bereit, als Ersatz für den impotenten Ehemann den Samen für das so sehnsüchtig gewünschte Kind abzugeben.

Die Sperma-Übertragung auf dem Umweg über das Glasgefäß könnte sich die Frau ersparen, wenn sie mit dem Freund des Hauses den natürlichen Koitus durchführte, spottete Dr. Fresar heimlich.

Doch das nicht unvermögende Paar lehnte aus moralischen Gründen den Direktverkehr mit einem Dritten ab, der Ehemann mehr aus Eifersucht, als aus ethischen Gründen. Er sah darin einen perfekten Ehebruch. Beide Partner waren streng katholisch. Sie wußten genau, daß sowohl die katholische als auch die evangelische Kirche die »heterologe Insemination«, also die Befruchtung der Ehefrau mit dem Samen eines Dritten, als »Entweihung der Ehe« ansahen und deshalb strikt ablehnten. Der Papst verurteilte die Fremd-Insemination sogar als »Todsünde«. Das alles erzählten die Eheleute freimütig dem Gynäkologen. Doch sie waren fest davon überzeugt, nur der natürliche Zeugungsakt durch Eindringen des fremden Gliedes in die Scheide der Ehefrau sei moralisch verwerflich, nicht aber das Einführen des Fremdsamens mit Hilfe der Spritze.

Dr. Jan Fresar war die rechte Hand des Klinikchefs. Er wußte genau, daß er alle Techniken der extrakorporalen Befruchtung besser beherrschte als sein Chef, der nach Fresars Einschätzung mehr das Zeug zu einem perfekten englischen Gentleman, als zum kindermachenden Gynäkologen besaß. Dr. Fresar wußte auch, daß sein Klinikchef ihn dringend brauchte. Jan Fresar war das karrierebewußte Einzelkind aus gutbürgerlicher Familie. Sein Vater brachte es bis zum Ingenieur. Der Sohn sollte es nach dem Willen des Vaters im Beruf noch weiterbringen. Deshalb mußte der Sohn das Gymnasium besuchen, um später Diplom-

Ingenieur zu werden. Doch der intelligente Sohn entschied sich schon in seiner Gymnasialzeit, Medizin zu studieren. Ganz besonders beeindruckte ihn die Fortpflanzungsmedizin, die »Machbarkeit« des künstlich gezeugten Menschen. Die Physik und Biologie wurden für ihn als Vorbereitung auf sein Medizinstudium zum Hobby. Im Abitur, mit dem er spielend den Numerus clausus übersprang, glänzte er mit den Noten »sehr gut« in Biologie, Physik und Mathematik. Glänzend hatte der schlanke und jetzt 32jährige Gynäkologe sein Medizin-Examen geschafft und die Doktorarbeit an der Universitätsklinik Freiburg. Danach war er für einige Jahre nach England, Amerika und Australien gegangen, um sich auf dem Gebiet der neueren experimentellen Gynäkologie und schwerpunktmäßig in der extrakorporalen Befruchtung weiterzubilden.

Er war stets – wenn auch mit Hilfe der Höhensonne – braungebrannt; mit seiner sportlichen Figurgröße von 1,75 m, dem auffallend kantigen Gesicht, den stahlblauen, stechenden Augen und zusammengewachsenen Augenbrauen wirkte er auf die Patientinnen attraktiv. Dr. Fresar war noch unverheiratet und lebte mit seiner Freundin zusammen, die in Aachen eine Boutique besaß. Doch in letzter Zeit hatte er erhebliche sexuelle Schwierigkeiten mit ihr, teils aus Zeitgründen, aber auch wegen seiner beruflichen Belastung. Nicht zuletzt, weil er mit seinen zweiunddreißig Jahren noch immer keine Kinder haben wollte, seine Freundin Petra sich aber nach einer Familie sehnte. Ihm ging sein Beruf vor, von dem er geradezu besessen war. Selbst in seiner Freizeit dachte er meist an die Machbarkeit des Lebens, wobei ihm keine Methode zu extrem und gewagt erschien. Er würde selbst die gesetzlichen und ethischen Grenzen überschreiten, wenn Chefarzt Dr. Sally ihn mit Samenzellen, Embryonen, Genen und anderem biologischen Material ungehindert experimentieren ließe. Dr. Fresar verfolgte unbeirrt sein Ziel, Nachfolger von Dr. Sally zu werden, der ihm schon heute ein außergewöhnlich hohes Gehalt und erhebliche Nebeneinkünfte gewährte. Man munkelte in der Klinik, daß Dr. Sally sich damit die Loyalität seines ersten Mitarbeiters Fresar regelrecht erkaufte. Und der junge Gynäkologe war dazu auch bereit, solange die gemeinsamen Ziele der Privatklinik sowohl in der praktischen Anwendung der Reproduktionsmedizin, als auch auf dem Gebiet der experimentellen Forschung mit Genen verwirklicht würden. Doch er war entschlossen, seine Loyalität gegenüber dem Klinikchef aufzukündigen, wenn seine Pläne und Vorstellungen durch Dr. Sally blockiert würden. Dann blieb Fresar vielleicht noch die Rückkehr zur Universität. Mit seinen in den australischen Experimentier-Laboratorien gesammelten Erfahrungen, organisatorischen Fähigkeiten und dem kaltschnäuzigen Durchsetzungsvermögen konnte er auch Karriere an einer namhaften deutschen Universität machen.

Er ging zu dem Aufenthaltsraum, wo der aufgeregte Samenspender bereits seit Stunden wartete. Der Mann war gepflegt und hatte gute Manieren. Doch die außergewöhnliche Mission, als Vater ein Teil des Befruchtungsaktes zu sein, machte ihn unsicher. Dr. Fresar vermied absichtlich, den Mann mit seinem Zunamen anzureden. Das war er von den anonymen Samenspendern gewohnt, die er am liebsten mit ihrer Codenummer ansprach, die er alle auswendig kannte, weniger aber ihre richtigen Namen.

»Wir können gleich anfangen. Die Insemination an Ihrer Bekannten wird vorgezogen. Gut, daß Sie schon früher kamen.«

»Ich habe so etwas noch nie gemacht«, erwiderte er verlegen. »Aber glauben Sie mir, Herr Doktor, ich würde es nicht freiwillig tun, wenn mich meine Bekannte und ihr Mann nicht auf den Knien darum gebeten hätten. Ich bin selbst verheiratet und weiß, wie glücklich meine Frau und ich waren, als endlich der Nachwuchs kam«, sagte er fast entschuldigend.

»Daß Ihre Bekannte Sie als den genetischen Vater auswählte, ist doch ein großer Vertrauensbeweis«, beschwichtigte Dr. Fresar ihn. Der junge Gynäkologe schien alle Befunde im Kopf zu haben. »Nach den Befunden Ihrer Voruntersuchung, die mein Kollege Dr. Andacht durchführte, sind Sie kerngesund. Auch die übrigen Kriterien stimmen. Trotzdem müssen wir vorsichtshalber unmittelbar nach Ihrer Samenspende Ihr Sperma untersuchen.«

»Und warum?« wollte der biologische Vater in spe wissen.

»Wir nehmen eine Spermienpräparation vor, damit wir uns über die Qualität Ihrer Spermien absolut sicher sind. Deshalb wird Ihr Ejakulat mehrmals gewaschen und zentrifugiert. Unter dem Mikroskop prüfen wir dann die Beweglichkeit und Dichte der Spermien. Immerhin müssen mindestens hunderttausend Samenfäden pro Milliliter diese Beweglichkeit und Dichte erreichen, sonst sind sie für die Befruchtung unbrauchbar«, erläuterte Dr. Fresar geduldig.

»Und wie soll ich es machen, Herr Doktor?« fragte er verlegen.

»Haben Sie noch nie Hand an sich gelegt?«

Der Arzt wunderte sich, daß der auserwählte Freund des Ehepaares überhaupt solche naive Frage stellte.

»Ja, schon, aber...«, druckste er herum.

»Ohne Masturbation geht es nicht. Wir geben Ihnen dafür ein Glasgefäß. Das übrige müssen Sie selbst erledigen.«

»Gut, ich werde mich bemühen«, versprach der verschüchterte Samenspender.

Dr. Fresar forderte ihn auf: »Kommen Sie, ich bring Sie ins Spendenzimmer.«

Der Augenblick der Wahrheit, wo er lustlos etwas Intimes spenden mußte, wozu ihn lediglich die enge Freundschaft verpflichtete, trieb ihm jetzt deutlich sichtbar die Schamröte ins Gesicht.

Das Masturbations-Zimmer sah aus wie ein weißgekachelter Toilettenraum. Die Ausstattung bestand aus einer Liege mit weißem Kunststofflaken, breitem Waschbecken mit zwei Wasserhähnen, einen für warmes, der andere für kaltes Wasser. Auf dem Hocker stand das obligatorische Glasgefäß. Frische Handtücher hingen fein säuberlich gebügelt neben dem Toilettentisch. Unromantisches grelles Licht spendete die Neonleuchte an der Decke. Der kleine Raum hatte nur ein Oberlichtfenster. In der Wand neben der Tür war eine kleine hölzerne Klappe, die dazu diente, das mit dem Samen gefüllte Glas durchzureichen. Einige abgegriffene Pornohefte auf der Liege waren alles, um dem Samenspender die Ejakulation zu erleichtern.

»In einer halben Stunde sollten Sie mit der Samenspende

fertig sein. Klopfen Sie dann gegen die Durchreiche. Morgen müssen Sie noch einmal Ihren Samen spenden. Es ist üblich, die Insemination mit frischem Sperma zu wiederholen. Es wird schon gutgehen«, ermunterte Dr. Fresar den ungeübten Samenspender.

Während er sich mit der Spermagewinnung abmühte, wurde die Frau vom Zimmer Neun in das Behandlungszimmer neben der Samenbank und dem Labor geholt. Sie mußte sich auf den gynäkologischen Stuhl legen.

Nachdem ihr Bekannter tatsächlich nach knapp einer halben Stunde sein Ejakulat durch die kleine Wandöffnung reichte und alle Kontrolluntersuchungen erledigt waren, spritzte Dr. Fresar einige Kubikzentimeter des Samens in ihren Gebärmutterhals. Sie mußte sich danach zwanzig Minuten hinlegen, dann war der Eingriff beendet.

»Sie können jetzt aufstehen und gehen. Wir hoffen, daß Sie schwanger werden. Doch um Ihre Befruchtungschancen zu erhöhen, wiederholen wir morgen die Insemination«, klärte Dr. Fresar die mit Fremdsamen behandelte Patientin auf.

Der weißgestrichene Raum, in dem zwei Samenbank-Gefrierbehälter von 1,30 m Höhe und 60 cm Durchmesser standen, erweckte auf den ersten Blick den Eindruck eines Molkereibetriebes. Die Deckel der Konservierungsgeräte waren gespickt mit Temperaturmeß- und Kontrollgeräten für den Stromausfall und das Absinken der Kältetemperatur. In den Kryo-Behältern lagerten eingebettet im Flüssigstickstoff bei minus 196 Grad Celsius die luftdicht verschlossenen Plastikröhrchen mit den zu Klumpen erstarrten Spermien und rosaroten Embryonen. Die Anonymität des in Kälteschock versetzten Gen-Materials garantierte eine Codenummer, die mit einer unverwischbaren Tinte auf jedes Röhrchen geschrieben war.

Das Einfrieren von genetischem Material war für die Privatklinik »Humanitas« die Voraussetzung für ihre künstlichen Befruchtungen und Forschungsarbeiten.

Die Tieftemperatur-Konservierung wurde in den letzten zehn Jahren durch neue Gefriermittel und Langzeitlagerung verbessert. Dr. Sally und sein hochbezahltes Team arbeiteten unter strenger Geheimhaltung an einer neuen Konservierungsmethode für menschliche Eizellen, die eine Revolution bedeutete. Nach ihrem neuen Verfahren würde das Einfrieren der Embryonen nach dem augenblicklichen Stand der Kältetechnik überflüssig. Die Eifeler Samenbank-Spezialisten experimentierten mit einem Frostschutzmittel, das den befruchteten Eiern vor ihrer Tiefkühlung das Wasser entzog. So würde es möglich sein, die empfindlichen Zellen vor der Beschädigung oder totalen Zerstörung durch Eiskristalle zu bewahren.

In der Samenbank der Eifeler Klinik ließen viele Männer, bei denen der Verlust ihrer Zeugungsfähigkeit durch Strahleneinwirkung oder ein zu hohes Berufsrisiko zu befürchten war, ihren Samen oder die gemeinsamen Embryonen einfrieren. Zu diesem Kreis gehörten unter anderem die Besatzungen von Überschallflugzeugen, die Techniker in den Kernkraftwerken, Astronauten und Rennfahrer; aber auch Patienten, die sich einer Krebsbehandlung mit der Strahlentherapie und Chemotherapie unterziehen mußten. Ferner Männer, die vor der Operation zur Entfernung ihres Hodentumors standen oder an fortschreitenden Krankheiten litten, die mit Sicherheit zur Impotenz führten.

Würde den Eifeler Forschern ihre neue revolutionierende Konservierungstechnik gelingen, hätte das nicht nur große Vorteile für die Tiefkühlung von Sperma und Embryonen. So ließen sich auch menschliche Knochenteile, Arterien, Augenhornhäute oder ganze Gewebeteile noch besser und schonender in der Kältekonservierung lagern, um sie bei Bedarf für den operativen Eingriff wieder aufzutauen. Der Zeitpunkt war nicht mehr fern, daß auch Gebärmütter eingefroren würden.

Es war jetzt Nachmittag, der Zeitpunkt, wo das mit Spannung erwartete Auftauen des fünf Jahre in der Kälte erstarrten Lebens der Dallberg-Embryonen erwartet wurde. Ingeborg Dallbergs Untersuchungswerte am späten Nachmittag des dreiundzwanzigsten Zyklustages waren für den Embryonen-Transfer fast ideal. Doch die erfahrenen Gynäkologen wußten, daß den Embryonen auf ihrem Weg zwischen Auftauen und

Einbringen in den Gebärmutterhals noch viele unkalkulierbare Gefahren drohten.

Vor dem Tiefkühlbehälter hatten sich die Gynäkologen Edward Sally, Jan Fresar und Klaus Andacht sowie einige Biologen und Laborantinnen versammelt. Die Spannung in dem neonbeleuchteten Raum ließ selbst die erfahrenen Babymacher verstummen. Sie umringten den Tiefkühlbehälter wie ein sakrales Gefäß. Das Neonlicht zeichnete gespenstische Schatten von den umstehenden Köpfen auf den silberglänzenden Edelstahldeckel des Konservierungsbehälters. In ihm schlummerte das hundertfach eingefrorene Leben mit seinen Millionen Genen.

Was die Gynäkologen in dem Kältebehälter auf Abruf oder Verderben lagerten, war die größte Konkurrenz der Natur. Die Ärzte spielten Gott. Die Natur konnte das Leben nur über einen begrenzten Zeitraum bis knapp über hundert Jahre erhalten. Den Gynäkologen und Einfriertechnikern würde es dagegen in absehbarer Zeit gelingen, befruchtete Eizellen über noch längere Zeiträume in Kältestarre zu versetzen, um sie dann in einem anderen Jahrhundert wieder zum Leben in einer völlig veränderten Umwelt aufzutauen.

Dr. Fresar stülpte sich die Handschuhe über und öffnete den Behälterdeckel. Eine weiße Stickstoffwolke schlug ihm entgegen. Würde er jetzt seine ungeschützte Hand in den flüssigen Stickstoff von minus 196 Grad halten, erstarrte sie in wenigen Sekunden zu einem bizarren Eisgebilde, das sich wie sprödes Glas zerbrechen ließ. Schnell zog er mit einem Isolierstab die mit dem Codezeichen markierten zwei Röhrchen mit den drei Dallberg-Embryonen aus der wallenden Kälte und legte sie auf den mit roten Fliesen bedeckten Tisch. Nur langsam und widerwillig löste sich der verkrustete Eispanzer an den Plastikröhrchen auf. Es würde noch einige Minuten dauern, bis sie von innen erwärmten und den Blick auf den Inhalt freigaben.

Dr. Sally konnte den letzten Akt des geheimnisvollen Erwachens aus der Kälte nicht miterleben. Man meldete ihm, daß der

Düsseldorfer Journalist Fred Bertram soeben eingetroffen war. Er wollte Dr. Sally sprechen.

»Es erübrigt sich darauf hinzuweisen, wie wichtig das Gelingen des Embryo-Transfers ist, Fresar. Führen Sie ihn allein durch. Ich muß mich um den Journalisten kümmern. Er will über unsere Klinik eine Artikel-Serie schreiben – wir sprachen schon darüber.«

»Wie lange will er bleiben?« erkundigte sich Dr. Fresar.

»Wahrscheinlich einige Tage – oder auch Wochen. Das weiß man bei den Journalisten nie so genau. So viel Zeit habe ich nicht. Dann müssen Sie ihn betreuen, Fresar«, entschied Dr. Sally.

»Gern. Und was darf ich ihm sagen?«

»Nur das, was der Öffentlichkeit gegenüber vertretbar ist.«

»Also nichts von unseren Versuchen?«

»Kein Wort davon! – Fragen Sie noch einmal Frau Dallberg, ob sie nicht die aufgetauten Embryonen sehen will.«

Nur ungern verließ er die Samenbank. Auch er hatte seine privaten Ansichten über das künstlich gezeugte Leben. Er konnte sogar darüber philosophieren. Und die besten Gedanken kamen ihm beim Beobachten der auftauenden Embryonen. Doch niemand konnte seiner Miene entnehmen, was er tatsächlich dachte.

Dr. Fresar rief Ingeborg Dallberg auf Ihrem Zimmer an, wo sie nervös darauf wartete, daß man sie in den Behandlungsraum bat. »Nein, ich möchte die aufgetauten Embryonen vorher nicht sehen. Es genügt, wenn ich sie später in meinem Leib spüre«, blieb sie bei ihrer Ablehnung.

Man ließ die Embryonen in Ruhe auftauen. Als die Röhrchen durchsichtig waren, kamen Dr. Fresar und sein Kollege Dr. Andacht in den Raum der Samenbank zurück.

»Von diesen winzigen Embryonen passen etwa fünfzig Millionen in die Schale eines Hühnereies. Die Genträger eines ganzen Volkes könnte man in einer Eierschale unterbringen«, bemerkte Dr. Andacht, der ein guter Analytiker war und sich in plastischen Bildern ausdrücken konnte.

»Ja, ein Wunderwerk der Natur, aus so einer kleinen Samenzelle, die kaum die Größe eines Stecknadelkopfes erreicht, einen Menschen zu entwickeln, der bei seiner Geburt durchschnittlich sieben Pfund wiegt«, ergänzte Dr. Fresar. Doch der Kollege mit dem frommen Namen wußte nie, ob Fresar es spöttisch oder ernst meinte.

»Wir verlegen gegen alle Regeln der Natur die Hochzeitsnacht einfach ins Reagenzglas; was dabei entsteht, ist ein befruchtetes Ei. Doch wir haben nicht die geringste Ahnung, wie das künstlich gezeugte Kind sich später entwickelt«, sinnierte Klaus Andacht. Er war in seinem Äußeren das Gegenteil von Jan Fresar. Mit seinem meist unrasierten Gesicht, als Folge der langen Nächte vor dem Forschungs-Mikroskop, und seinen langen Haaren, es fehlte ihm die Zeit, sie regelmäßig schneiden zu lassen, sah er ungepflegt aus.

Seine Arbeitszeit in der Klinik, die oft rund um die Uhr andauerte, teilte er mit dem fünfzehn Jahre jüngeren Jan Fresar. Das kollegiale Verhältnis zwischen ihnen war nur ein berufliches Zweckverhältnis. Eine Art Stillhalteabkommen. Damals, nach einer langen Nacht im Forschungslaboratorium der Klinik, als gegen Morgen das Ergebnis eines gewagten Gen-Experimentes im letzten Augenblick von Dr. Sally gestoppt wurde, drehte Fresar fast durch. Er wollte unbedingt das Experiment zu Ende führen. Doch der Klinikchef blieb hart:

»Verdammt noch mal, wollen Sie uns die Ethik-Kommission der Ärztekammer und den Staatsanwalt auf den Hals hetzen?« schrie der sonst so beherrschte Dr. Sally seinen jungen Mitarbeiter an. Jan Fresar wollte in seiner Wut und Enttäuschung die Petrischale mit einer aufschlußreichen Kultur zertrümmern, die das Forschungsergebnis eines langwierigen »legalen« Gen-Experimentes war. Er wollte die Glasschale auf dem Steinboden zertrümmern, wenn Kurt Andacht, den Fresar immer noch mit »Sie« ansprach, ihm nicht geistesgegenwärtig die Petrischale aus der erhobenen Hand gerissen hätte. Später, als Fresar ausgeschlafen war und sein Jähzorn sich gelegt hatte, bedankte er sich bei Kurt Andacht und bot ihm das kollegiale »Du« an. Doch ein freundschaftliches Verhältnis wurde nie daraus.

Dr. Kurt Andacht war nicht nur ein ausgezeichneter Gynäkologe, er arbeitete auch als Genetiker. Sein Wissen über die künstliche Befruchtung hatte er durch experimentell-wissenschaftliche Arbeiten in namhaften Laboratorien in England erweitert. Theoretisch und praktisch war er eine gefährliche Konkurrenz für Fresar. Doch dem erfahrenen Kurt Andacht fehlten die guten Manieren und das sichere Auftreten, vor allem aber das rücksichtslose Durchsetzungsvermögen. Dr. Kurt Andacht war das Opfer eines unverschuldeten Autounfalls, bei dem er einen Hoden total und den anderen bedingt verloren hatte. Dadurch büßte er seine Fertilität ein. Daran ging auch seine Ehe kaputt, sie hatte nur sieben Jahre gedauert. Im Gegensatz zu seinem Kollegen Fresar wünschte er sich Kinder. Möglichst viele, weil er selbst in einer kinderreichen Familie in Frankfurt aufgewachsen war. Wenn er den Samen oder die befruchteten Eizellen von Tumorpatienten für eine spätere Zeugung einfror, fragte sich Andacht zuweilen auch heute noch vorwurfsvoll, warum er damals, als die Privatklinik »Humanitas« die Samenbank in Betrieb nahm, nicht auch für unvorhergesehene Fälle sein Sperma in der Kälte aufbewahrte. Er lebte seit der Scheidung ohne Frau. Weil er keine Verpflichtungen gegenüber einem nahestehenden Menschen hatte, übernachtete er meist in seinem Ärztezimmer in der Klinik. Er war ein Typ, den die Frauen nicht unbedingt mochten. Obwohl es auch Ausnahmen gab. So unvorteilhaft sah Dr. Kurt Andacht auch wieder nicht aus, wenn er nur mehr Wert auf sein Äußeres legte.

Er fühlte sich am wohlsten im Forschungslaboratorium der Klinik, wenn er sich ungestört mit der Matrize der menschlichen Erbmasse beschäftigte, die aus mehreren hunderttausend Genen oder Genpaaren besteht. Davon konnten einzelne Gene gefährlich sein, wenn sie als »falsches Protein« den chemischen Ablauf im menschlichen Körper störten. Physikalisch betrachtet war ein Gen das an einem fast unendlichen Faden aufgereihte Molekül der komplizierten Desoxyribolnukleinsäure, die von den Fachleuten abgekürzt DNS genannt wird.

Dr. Kurt Andacht spielte oft mit dem Gedanken, den Fachbereich zu wechseln und Gen-Chirurg zu werden, weil ihn auf

Dauer die künstliche Zeugung menschlichen Lebens um jeden Preis nicht befriedigte. Als Chromosomen-Chirurg könnte er dann den Menschen mit kranken Genen vielleicht besser helfen und sie heilen, anstatt an ihnen riskante Zeugungen vorzunehmen, die oft die Vermehrung defekter Gene bedeuteten, woran er mitschuldig wurde. Als Analytiker und Praktiker machte er sich nichts vor: Die Befruchtung außerhalb des Mutterleibes war trotz der gewaltigen medizinischen Fortschritte immer noch ein hohes Risiko, wobei die einmal begangenen Fehler an den Körpern und Seelen der künstlich gezeugten Kinder meist nicht wieder gutzumachen waren.

»Es ist gleich soweit. In wenigen Minuten können wir der Dallberg die Embryonen transferieren«, stellte Fresar fest.

»Ich sehe es, Jan«, meinte lakonisch Kurt Andacht. Fresar beugte sich über das Glasröhrchen und betrachtete durch das Vergrößerungsglas die deutlich zu erkennenden sechs rosaroten Klümpchen. Er bat die Schwester, Frau Dallberg zur Implantation ins Behandlungszimmer zu bringen.

Die beiden Gynäkologen gingen mit den Plastikröhrchen ins nebenan liegende Laboratorium. Dr. Fresar zog die sterilen Gummihandschuhe an, band sich den Mundschutz zusammen und füllte die Petrischale mit der Nährlösung. Dann öffnete er die dichten Pfropfen der zwei kleinen Pailletten und entnahm ihnen mit der Pipette vorsichtig die sechs Embryonen, die er in die Petrischale legte. Er schob die flache Glasschale unter das Mikroskop. Die starke Vergrößerung ließ an den Keimlingen aber keine äußeren Beschädigungen erkennen.

»Sie scheinen in Ordnung zu sein«, signalisierte er Kurt Andacht. »Schau bitte vorsichtshalber auch nach«, bat er den älteren Kollegen.

Bevor Andacht ihm den Gefallen tat, legte er ebenfalls den Atemschutz an. Er war in der Beurteilung und im Umgang mit den Embryonen der Erfahrenste in der Klinik. Doch auch er bemerkte keine äußeren Defekte an den aufgetauten Keimlingen.

»Okay, Jan! Schade, daß wir nicht in sie hineinschauen können, um festzustellen, ob ihre Gene in Ordnung sind«, bedauerte er. Als er die Mundmaske abnahm, fragte er Fresar: »Wieso wurden damals sechs Dallberg-Embryonen eingefroren?«

Fresar zuckte die Schultern: »Das mußt Du den Chef fragen. Er entnahm damals der Dallberg die sechs Eier und ordnete nach der Befruchtung im Reagenzglas ihr Einfrieren an.«

»Warum willst Du ihr nur drei Embryonen transferieren?« bohrte Kurt Andacht weiter.

»Der Chef hat es so angeordnet. Vielleicht will er uns die drei überzähligen Embryonen für unsere Forschungsarbeit überlassen«, meinte Fresar lakonisch. »Im übrigen solltest Du nicht so kleinlich sein, Kurt. Jeder kann sich mal verzählen.«

»Du weißt genau, daß wir mit den Embryonen nicht experimentieren dürfen, Jan.«

»Ich weiß nur, daß sie im eingefrorenen und wieder aufgetauten Zustand niemanden gehören. Praktisch rechtlos sind und damit auch für Forschungszwecke benutzt werden können...«

»Falls sich keine Frau findet, sie in ihrem Uterus aufzunehmen«, unterbrach und ergänzte ihn Kurt Andacht.

»Wenn Du ethische Bedenken hast, kannst Du sie ja zur Erforschung der Erbkrankheiten verwenden. Dagegen hat die Ethik-Kommission wohl nichts einzuwenden.«

»Wir fragen den Chef, was mit den übriggebliebenen Embryonen geschehen soll«, schlug Kurt dem Kollegen vor.

»Sei nicht so naiv, Kurt. Wer viel fragt, bekommt auch viele Antworten. Darunter ist bestimmt die falsche, so wie ich den Chef kenne. Wir lassen die drei überzähligen Embryonen vorerst in der Kryobank«, entschied Fresar in herrischem Ton.

»Wir sollten die Mutter fragen, ob sie uns die Embryonen für die Forschung überläßt. Ich spreche mit ihr«, versuchte Andacht, seinen Kollegen umzustimmen.

»Du weißt genau, daß die Dallberg zu der Schwangerschaft gezwungen wird. Die haßt uns deswegen. Der Dallberg ist es eigentlich gleichgültig, ob ihre überzähligen Keimlinge weiter in der Kälte bleiben oder was sonst mit ihnen geschieht. Nur uns wird sie die Embryonen nicht überlassen. Aus Rache, das muß Dir doch einleuchten. Die Frau ist eigentlich ein psychischer Fall«, erregte sich Fresar.

»Komm, rege Dich nicht auf, Jan!« lenkte Andacht beschwichtigend ein.

Kurt wußte genau, daß damit das Schicksal der drei übriggebliebenen Dallberg-Embryonen besiegelt war. Im Grunde hatte Fresar recht, gab Andacht zu. Sie konnten nicht ewig den Platz in dem Tiefkühlbehälter blockieren. Es warteten genug Männer, die den knapp gewordenen Platz in dem Kühlbehälter für ihre Samenproben benötigten. Andererseits war der Gynäkologe und Genetiker Dr. Andacht auch mit Leib und Seele Forscher. Ihn reizte es, Näheres über die Dallberg-Embryonen zu erfahren, die fünf Jahre in der Kälte verbrachten. Das konnte er aber nur, wenn er mit ihren Zellen experimentierte – und sie schließlich tötete. Er machte sich an die Arbeit, um die zum Absterben verurteilten Keimzellen wieder einzufrieren.

Währenddessen ging Dr. Fresar mit den drei Embryonen ins Behandlungszimmer. Die Schwester hatte Ingeborg Dallberg schon auf den verstellbaren Gynäkologen-Stuhl gesetzt. Man sah ihr deutlich an, daß sie nur widerwillig die Anweisungen der Schwester befolgte.

Das wird eine Mutter wider Willen, ging es Fresar durch den Kopf. Alle Frauen, die sich bisher in der Klinik »Humanitas« ein Kind auf die verschiedenen Arten machen ließen, kamen freiwillig; sie waren glücklich und brachen in Freudenschreie aus, wenn sie endlich schwanger waren. Dafür zahlten sie hohe Honorare. Aber die Dallberg, so schwor Dr. Fresar, würde ein Vermögen zahlen, wenn man ihr die künstliche Befruchtung ersparte.

»Wir müssen Sie für die Übertragung in die Knie-Ellenbogenlage bringen«, erläuterte Dr. Fresar und brachte den Gynäkologen-Stuhl in die entsprechende Lage.

Sie sagte aus Trotz kein Wort und ließ passiv alles mit sich geschehen.

Wenn das nur gutgeht. Die Dallberg ist gar nicht bereit, die drei Embryonen aufzunehmen, befürchtete Fresar.

Das Gelingen des Eingriffs war ihm wichtiger als ihre seelische Verfassung. Die Privatklinik wollte mit dem gelungenen Transfer der Fachwelt beweisen, daß auch das Einfrieren der

Embryonen über lange Zeiträume mit anschließender Zurückverpflanzung in die Gebärmutter möglich war.

Die Schwester reichte dem Gynäkologen einen weichen Plastikschlauch. Er war mit einer Führungshülse versehen, in die Dr. Fresar die drei Embryonen legte und sie mit einigen Tropfen der Nährlösung übergoß.

Danach schob er den Schlauch mit der Führungshülse langsam in ihren Gebärmutterhals.

»So, wir sind fertig, Frau Dallberg. Sie können sich wieder anziehen. Nach sieben Tagen stellen wir durch Laboruntersuchungen fest, ob eine Schwangerschaft eingetreten ist. Dr. Sally sagte Ihnen bereits, daß es besser ist, solange in der Klinik zu bleiben.«

Ingeborg Dallberg blieb weiter stumm. Doch sie war heilfroh, daß es so schnell ging. Nachdem sie angekleidet war, verließ sie wortlos den Behandlungsraum.

Dr. Fresar hätte gern gewußt, was sie jetzt dachte, nachdem die Keimlinge in ihrem Uterus den gnadenlosen Kampf um's Einnisten begannen.

Klinikchef Dr. Sally empfing den Düsseldorfer Journalisten Fred Bertram in seinem Privatzimmer. Es lag neben seinem offiziellen Arbeitszimmer. In dem geschmackvoll mit englischen Stilmöbeln eingerichteten Raum traf er fast alle wichtigen Entscheidungen. Meist allein. Die Einrichtung seines Mahagoni-Zimmers ließ auf einen englischen Gelehrten schließen. Es war – wie Dr. Sally gegenüber seiner Sekretärin erwähnte – »das letzte private Refugium« in seiner Klinik, in dem er nur äußerst selten Mitarbeiter oder Gäste empfing. Ob seine Ehe mit der deutschen Ärztin glücklich war oder nur noch aus gesellschaftlichen Gründen aufrechterhalten wurde, wußte niemand in der Klinik. Selbst seine vertraute Sekretärin nicht.

Zu den stilvollen Mahagoni-Möbeln paßte haargenau der breite Kamin. Dr. Sally hatte ihn eigens von einem englischen Kaminbauer aus seinem Heimatort Brighton bauen lassen.

Die Sekretärin wunderte sich, daß ihr Chef entgegen seiner Gepflogenheit den Journalisten Bertram in sein privates Refugium bat. Selbst seine prominenten Patientinnen und ihre Ehemänner, worunter Industrielle und steinreiche Scheichs aus den Ölländern waren, bat er meistens nur in das nicht weniger geschmackvoll eingerichtete Empfangszimmer neben dem Sekretariat.

Dr. Sally forderte Bertram auf, in dem Sessel am Kamin Platz zu nehmen.

»Trinken Sie Tee, Herr Bertram?«

»Lieber einen echten schottischen Whisky, wenn ich ehrlich bin.«

»Gern«, lächelte Dr. Sally und goß das scharfe Getränk ein.

»Bevor ich mich in Ihrer Klinik umsehe, möchte ich mich erst einmal in groben Zügen über die extrakorporalen Befruchtungen informieren.«

»Auch über die intrakorporale Insemination«, ergänzte Dr. Sally.

»Bitte, Herr Dr. Sally.«

»Grundsätzlich machen wir keine mikro-chirurgischen Operationen, die überlassen wir den Universitätskliniken. Wir beschäftigen uns mit der Kinderlosigkeit als Folge der Unfruchtbarkeit.«

»Wieviele Ehepaare sind davon betroffen?«

»Etwa zehn bis fünfzehn Prozent aller Ehepaare in der Bundesrepublik sind unfähig, auf normalem Wege ein Kind zu zeugen, wobei die Ursachen der Kinderlosigkeit etwa zur Hälfte bei dem Mann liegen.«

»Ist diese Zahl nicht übertrieben, Herr Dr. Sally?«

»Nein, eher noch untertrieben, Herr Bertram. Die männliche Sterilität wurde von der Gesellschaft bis vor einigen Jahren kaum anerkannt. Wohl aus männlichem Hochmut. Auch die Fachärzte tabuisierten sie.«

»Können Sie die aufschlußreiche Zahl bitte näher begründen, Herr Dr. Sally?«

»Gern. Früher gab man pauschal der Frau die Schuld an der Kinderlosigkeit. Heute wissen wir ziemlich genau, daß die Zeugungsunfähigkeit in zehn Prozent aller Fälle allein bei dem Manne liegt und weitere vierzig Prozent zum größten Teil auf das Konto des männlichen Partners gehen. Das sind die neuesten Zahlen«, berichtete der Frauenarzt Dr. Sally.

»Und was sind die Ursachen dafür?«

»Entweder hat er gar keine oder zu wenig Samenzellen oder die Beweglichkeit der Samenfäden ist zu gering.«

»Können Sie mir das bitte erläutern, Herr Dr. Sally?«

»Ich will es versuchen. Weil der nur schwerbewegliche Samen des Mannes in der fruchtbaren Zeit der Frau ihr Ei nicht erreicht, kann sowohl das Ehepaar selbst, aber bestimmt der Gynäkologe eine wirksame Befruchtungshilfe leisten. Der Mann masturbiert und bringt mit Hilfe einer Spritze das Sperma direkt in den Gebärmutterhals. Der Weg zum Ei wird also verkürzt«, erläuterte Dr. Sally dem Journalisten.

»Welche Ursachen sind sonst noch für die Sterilität des Mannes verantwortlich?«

»Abgesehen von den bösartigen Tumoren, die meist eine Totaloperation im Genitalbereich erfordern und damit den betroffenen Mann impotent macht, führen auch schwere Unfälle oder sonstige Krankheiten zur männlichen Unfruchtbarkeit. Darüber hinaus gibt es die psychisch bedingte Sterilität. Etwa durch ständige berufliche und private Ängste, Leistungsdruck, der den berühmten Streß hervorruft, den man heute für alle möglichen Erkrankungen verantwortlich macht. Oder wenn die Ehe psychosexuell schwer gestört ist.«

»Und worauf ist die Unfruchtbarkeit der Frau in erster Linie zurückzuführen?«

»Neben psychosomatischen Erkrankungen ist die weibliche Sterilität auf die gestörte Funktion der Eileiter zurückzuführen, wenn sie etwa verklebt sind oder die Eierstöcke nicht in der Lage sind, Eizellen zu produzieren.«

»Und was tun Sie dagegen, Herr Dr. Sally?« stellte Bertram die Kernfrage.

»Um es deutlich zu sagen, wir leisten in unserer Klinik Fortpflanzungshilfen, Herr Bertram.« Er sagte es mit einem Unterton der Ironie.

»Auch umstrittene?« Bertram wollte den Klinikchef, der wohl glaubte, ihn mit seinem Charme von dem Mißbrauch der künstlichen Befruchtung ablenken zu können, bewußt aus der Reserve locken. Damit er sich womöglich doch noch durch eine unbeherrschte Äußerung verriet. Aber so leicht konnte man dem Gentleman Dr. Sally mit dem sicheren Gespür für Geld und Babymachen nicht auf die Spur kommen.

»Was meinen Sie mit "umstritten", Herr Bertram?« fragte Dr. Sally kühl.

Wie viele Methoden der künstlichen Befruchtung gegen die Natur und unser Rechtsempfinden verstoßen«, präzisierte der Journalist unverblümt.

»Unsere Methoden, einem Ehepaar zum Kind zu verhelfen, obwohl einer der beiden Partner aus unverschuldeten Gründen zu einer normalen Zeugung nicht fähig ist, mögen für den Intoleranten umstritten sein oder gegen das religiöse Empfinden verstoßen. Nicht aber der erfolgreiche Zweck, den sehnlichen Wunsch des Ehepaares nach einem Kind zu erfüllen, Herr Bertram. Wenn Sie wollen, heiligt der Zweck alle Methoden, die zum künstlich gezeugten Kind führen«, verteidigte Dr. Sally gelassen die umstrittene Arbeit seiner Klinik.

»Glauben Sie nicht auch, daß es für ein zeugungsunfähiges Paar Grenzen gibt, um auf Kinder ganz zu verzichten, Herr Dr. Sally?«

»Das sollten wir den Eltern überlassen – und nicht etwa der Bevormundung durch den Staat und die Kirchen. – Natürlich haben Sie recht, daß der Sohn oder die Tochter für viele Paare nur ein Statussymbol ist. Allerdings würden etwa siebzig Prozent der zeugungsunfähigen Paare auf das künstlich gezeugte Kind verzichten, wenn sie ein Baby adoptieren könnten.«

»Ich weiß, die Behörden arbeiten zu langsam oder sind zu übervorsichtig bei der Auswahl der Adoptiveltern«, gab Fred Bertram zu.

»Nicht nur das. Viele Eltern sind nach Ansicht der Behörden für die Adoption entweder zu alt oder zu jung. Außerdem gibt es heute nicht genug Adoptions-Kinder. Dagegen ist die Zahl der Abtreibungen in der Bundesrepublik auf jährlich dreihunderttausend angestiegen.«

»Nehmen Sie die künstliche Befruchtung an jeder Frau vor?«

»Nicht an jeder, Herr Bertram«, widerspricht Dr. Sally.

»Zum Beispiel?«

»Beispielsweise nicht an unverheirateten und alleinstehenden Frauen, die aus Prinzip oder angeblich emanzipatorischen Gründen einen männlichen Partner ablehnen. Ihn nur als Samenspender akzeptieren. Oder psychisch gestört sind«, behauptete der Klinikchef.

»Ist die Legalisierung dieser Ausnahmen nicht eine Frage des Honorars, Herr Dr. Sally?« fragte Fred Bertram provokatorisch.

Ohne eine Spur von Erregung erwiderte Dr. Sally: »Sie erwarten auf diese anmaßende Frage doch keine Antwort, Herr Bertram?«

Wahrscheinlich hatte Dr. Sally diesen Vorwurf erwartet.

Bertram zog es vor, das brisante Thema zu versachlichen: »Meine Frage war unhöflich. Entschuldigen Sie bitte.«

Dr. Sally winkte großzügig ab. »Schon vergessen, Herr Bertram.«

»Unsere Krankenkassen zahlen Millionenbeträge für die Abtreibung. Auf der anderen Seite sind sie nicht bereit, bei krankhaft bedingter Sterilität die Kosten für die künstliche Befruchtung zu übernehmen.«

»Ich gebe zu, daß es ein Widerspruch ist. Doch meine Klinik ist davon nicht betroffen. Wir behandeln ausschließlich Privatpatientinnen.«

»Also können sich nur Privilegierte das künstlich gezeugte Kind erlauben, Herr Dr. Sally?«

»Diesen Vorwurf müssen Sie den Krankenkassen oder dem Staat machen, Herr Bertram. Wir sind eine Privatklinik. Die Patientinnen kommen freiwillig. Ich gebe zu, daß sich zur Zeit nur Bessergestellte den Luxus eines künstlich gezeugten Kindes erlauben können. Aber außergewöhnliche Wünsche werden auch in anderen Branchen gut honoriert«, konterte Dr. Sally wieder mit leicht ironischem Unterton.

»Mich interessiert, welche Methoden Sie bei der künstlichen Befruchtung in Ihrer Klinik anwenden.«

»Die gleichen, wie sie auch in den Kliniken und Privatpraxen nicht nur in Deutschland, sondern überall in der Welt angewandt werden. Dazu gehören auch die gynäkologischen Abteilungen in den Universitätskliniken. Die Fortpflanzungsmedizin ist international.«

»Dann sind alle Befruchtungsmethoden rechtlich und ethisch gestattet?« zweifelte der Journalist.

»Bis auf einige Ausnahmen! Ich gebe zu, daß die in unserer Klinik entwickelten Methoden und Eingriffe nicht immer von den Ärztekammern und Moraltheologen akzeptiert werden.« Dr. Sally spielte bei den heikler werdenden Fragen weiterhin den beherrschten Gentleman. »Darf ich Ihnen noch einen Whisky anbieten, Herr Bertram?«

»Ja, bitte.«

Fred Bertram trank etwas zu hastig den nachgeschenkten Whisky pur. Dr. Sally jedoch beherrschte sich auch beim Trinken. Nur in kleinen Schlucken trank er aus dem Whiskyglas. Er forderte den Journalisten auf: »Fragen Sie ruhig weiter, Herr Bertram. Sie sollen nicht den Eindruck haben, ich hätte etwas zu verbergen.«

»Ich sagte es bereits, mich interessieren für meine Artikel-Serie die einzelnen Befruchtungsmethoden.«

»Sie meinen vor allem die Leihmütter?«

»Auch. Und ob sie dafür bezahlt werden.«

»Es gibt auch Leihmütter, die es umsonst tun. Weil sie einer unfruchtbaren Frau helfen möchten. Das ist dann meistens die Schwester oder eine enge Verwandte der Gebärunfähigen.

»Oder der Gebärunwilligen! – Wie geschieht es?«

»Es gibt Frauen, die keine Eierstöcke und keine Gebärmutter besitzen und deshalb auch keine befruchtungsfähigen Eizellen produzieren können. In diesen Fällen wird einer fremden Frau das Ei entnommen und in den Uterus der sogenannten Leihmutter eingepflanzt. Der Mann der gebärunfähigen Ehefrau befruchtet dann durch normalen Koitus das von der anonymen Spenderin stammende Ei im Leib der Ersatzmutter. Nach der Geburt wird das Kind an den genetischen Vater und seine unfruchtbare Frau abgegeben. Das Kind besitzt dann wenigstens die Eigenschaften des Ehemannes. Praktisch hat das später geborene Kind drei Mütter, und zwar eine, die anonym das befruchtungsfähige Ei spendete und die Leihmutter, die schließlich die Schwangerschaft übernahm. Hinzu kommt dann noch die unfruchtbare Pflegemutter, die sich aber meist als die richtige Mutter ausgibt. Das klingt alles sehr kompliziert«, erläuterte Dr. Sally die Embryowanderung von einer Gebärmutter in die andere.

»Gibt es noch andere Varianten?« wollte der Journalist wissen.

»Ja. Noch viel kompliziertere. Die Frau ohne Gebärmutter zum Beispiel. Tausenden Frauen fehlt aus medizinischen Gründen oder auch seit der Geburt die Gebärmutter. Doch ohne dieses äußerst wichtige Organ wird sie niemals ein Kind austragen können. Das leuchtet Ihnen doch ein, Herr Bertram?«

»Ja.«

»Doch selbst der gebärmutterlosen Frau können wir den Kinderwunsch erfüllen. Weil bei ihr wenigstens die Eierstöcke funktionieren, kann sie auch ein befruchtungsfähiges Ei liefern, das dann im Glas mit dem Samen befruchtet und einer Leihmutter zur Austragung implantiert wird. Auch dieses Kind hat dann zwei Mütter, eine genetische und eine, in deren Bauch es heranwuchs«, erläuterte Dr. Sally nicht ohne Stolz die Zeugung selbst unter komplizierten Umständen.

»Können Sie dem Ehepaar auch dann noch zum Kind verhelfen, wenn der Frau keine befruchtungsfähigen Eizellen zur Verfügung stehen und ihr Mann außerdem steril ist, etwa durch eine Krebsoperation?« wollte Bertram erfahren, der sich innerlich gegen die Manipulationen mit Eizellen, Gebärmutter und Sperma wehrte.

»Ja, das können wir auch. Allerdings machen wir es nur selten. Drängt das Paar dennoch auf ein Kind, werden der Ehefrau fremde befruchtete Eier in den Uterus übertragen. Sie trägt dann ein Kind aus, das weder ihre genetischen Eigenschaften, noch die ihres Mannes besitzt. Doch durch die selbsterlebte Schwangerschaft und Geburt bekommt sie eine enge Beziehung zu dem Kind, deren Adoptivmutter sie wird. – Im übrigen kann Ihnen auch mein Mitarbeiter Dr. Fresar nähere Erläuterungen und weitere Auskünfte geben«, sagte Dr. Sally mit einem Blick auf seine Armbanduhr.

»Ich möchte noch kurz etwas über die Belegzahl der Klinik und die sozialen Schichten der Patientinnen erfahren, Herr Dr. Sally.«

»Wir haben zwanzig Betten, die stets belegt sind. Die Wartezeit für unsere künstlichen Befruchtungen können bis zu einem Jahr dauern, also länger als eine normale Schwangerschaft. Nicht nur Patientinnen betreut unsere Klinik, auch viele Männer aus der mittleren und gehobenen Bevölkerungsschicht, die für die Familienplanung ihr Sperma oder die von ihnen befruchteten Eizellen in unserer Samenbank vorsorglich einfrieren lassen. Es sind mittlerweile so viele geworden, daß wir gezwungen waren, eine Warteliste anzulegen. Wir haben uns deshalb entschlossen, zusätzliche Einfriergeräte für die Kryo-Konservierung anzuschaffen.«

»Wieviele Tiefkühlgeräte werden Sie zusätzlich aufstellen?«

»Mindestens drei. Sie sind schon seit Monaten bestellt. Wir erwarten sie jeden Tag. Wie so ein Spezialbehälter aussieht, kann Ihnen Dr. Fresar zeigen.«

»Und woher kommen Ihre weiblichen und männlichen Patienten?«

»Aus der ganzen Welt. Schwerpunktmäßig aus der Bundesrepublik und den angrenzenden Nachbarländern. Viele auch aus den Scheichtümern«, berichtete Dr. Sally mit gespielter Gleichgültigkeit, als sei der internationale Kundenkreis das Selbstverständlichste auf der Welt. Er sah wieder auf seine Armbanduhr. »Sie können sich in der Klinik selbst umsehen und auch mit den Patientinnen sprechen, wenn sie einwilligen. Doch schalten Sie bitte Dr. Fresar ein, er wird Sie betreuen.« Er gab seinem Gesprächspartner flüchtig die Hand. »Wenn es meine Zeit erlaubt, gebe ich Ihnen gern weitere Auskünfte, Herr Bertram.« Er ging zur Tür. Doch dann blieb er stehen und fragte Bertram: »Wie lange wollen Sie in der Klinik bleiben, Herr Bertram?«

»Ich weiß es noch nicht, Herr Dr. Sally. Zunächst einige Tage.«

»Wenn Sie wollen, können Sie in einem unserer Besucherzimmer übernachten, falls noch eins frei ist. Doch das klären Sie bitte mit meiner Sekretärin.«

»Danke! – Gibt es auch Möglichkeiten, außerhalb der Klinik zu übernachten?«

»Ja. Im Gasthaus von Prönsgens. Sie können es nicht verfehlen. Es gibt nur das eine weit und breit.«

Dr. Sally hatte es jetzt tatsächlich eilig. »Ich muß wirklich gehen.«

»Natürlich, Herr Dr. Sally. Es wird bestimmt nicht das letzte Gespräch mit Ihnen gewesen sein«, prophezeite ihm der Journalist.

»Das glaube ich auch«, lächelte charmant der agile Klinikchef und verließ sein Privatzimmer.

Fred Bertram machte sich noch einige Notizen. Er überlegte, ob er das Angebot zur Übernachtung in der Klinik annehmen sollte.

Bertram wollte das großzügige Angebot von Dr. Sally, sich ungehindert in der Klinik umzusehen und mit den Patientinnen zu sprechen, für seine Recherchen nutzen. Er war auf der Suche nach den Leihmüttern. Bewußt hatte er in dem Gespräch mit Dr. Sally die Frage vermieden, ob die Klinik die Ersatzmütter selbst besorgte oder durch Mittelsmänner anwerben ließ. In der Antwort auf die chiffrierte Zeitungsanzeige gab die Klinik »Humanitas« zwar ihre Anschrift als Kontaktadresse an, damit war aber noch nicht bewiesen, ob sie den Handel mit Ersatzmüttern auf eigene Rechnung betrieb oder nur als kostenlose Vermittlerin für unfruchtbare Paare auftrat, die anonym bleiben wollten. Bertram unterließ alles, was durch übertriebene Neugier in der Klinik Verdacht erregen könnte. Er erwähnte auch mit keinem Wort, was er durch seine Freundin bereits wußte.

Daß eine gynäkologische Privatklinik mit internationalem Kundenstamm sich ausgerechnet in der abseits vom Verkehr gelegenen Eifellandschaft geradezu »versteckte«, mußte doch einen Grund haben, überlegte Fred Bertram. Auch die Vergrößerung der Samenbank durch drei zusätzliche Tiefkühlbehälter auf insgesamt fünf Einfrierstellen erschien ihm für eine Privatklinik verdächtig. Warum ließen die weltweiten Kunden ihr Sperma oder die befruchteten Eizellen ausgerechnet in der Eifeler Privatklinik einfrieren? Sie könnten es aus berechtigten Gründen auch in den westdeutschen Universitätskliniken.

Er ging in den Aufenthaltsraum, wo sich die exotischen Frauen aufhielten. Ihr lautes, temperamentvolles Reden verstummte, als sie den Fremden sahen. Sie lächelten ihn scheu an, manche verdeckten ihr Gesicht mit dem orientalischen Schleier. Bertram kam sich wie in einem Harem vor. Durchweg waren es junge Frauen, die aber durch den früh einsetzenden Alterungsprozeß schon leicht gezeichnet waren. Doch alle waren in hoffnungsfroher Erwartung. Die Gynäkologen hatten die einen bereits künstlich befruchtet, die anderen warteten ungeduldig auf die Insemination. Nur die Frauen, bei denen die extrakorporale Zeugung nach mehreren Behandlungen bisher mißlang, machten auf Bertram einen depressiven Eindruck. Doch das war wegen der Enttäuschung durchaus verständlich, leuchtete es ihm ein. Er sprach einige Frauen auf französisch und englisch an. Doch die Frauen verstanden ihn nicht. Sie sprachen nur ihre Muttersprache. Dann hatte er doch noch Glück. Eine junge Araberin, die zu den Frauen mit Schulbildung gehörte, zog ihn auf das Sofa der Sitzecke neben dem Fenster. Sofort räumten einige andere Frauen das Sofa. Die junge Orientalin genoß scheinbar besondere Achtung bei den Frauen, obwohl sie nicht schwanger war. Vielleicht war sie gebildeter und entstammte einer noch einflußreicheren Familie als die anderen Frauen, deren Männer und Freunde ebenfalls nicht arm waren; wie hätten sie sonst die teure Privatbehandlung in Deutschland bezahlen können?

Die orientalische Schönheit sah ihn neugierig an. Der Journalist schien ihr zu gefallen. Sie lächelte verführerisch. Doch als Bertram sie fragte, ob auch sie ein Kind erwarte, erlosch das Lächeln. Sie schüttelte traurig den Kopf. Warum sie noch nicht schwanger sei, wollte Bertram wissen. Sie zuckte mit ihren Schultern. Das wunderte Bertram. Er fragte sich, warum sie überhaupt in der Klinik war. »Konnte Dr. Sally Ihnen nicht helfen?« fragte er sie auf englisch.

Sie sah sich vorsichtig im Aufenthaltsraum um, ob niemand zuhörte. Dann fiel ihr ein, daß sie nicht gut Englisch sprach und überlegte deshalb eine Weile, bevor sie antwortete.

Bertram nahm ihren betäubenden exotischen Duft wahr, den die Ingredienzen-Mischer als erotische Stimulans für die orientalischen Frauen herstellten. Ihre unter kostbarem Seidenstoff verhüllten Glieder erweckten die Phantasie der Männer. Alle diese schönen und schnell verblühenden Frauen in dem Aufenthaltsraum hatten scheinbar nichts anderes im Sinn, als den Männern zu gefallen, damit sie ihnen Kinder zeugten. Denn erst dann wurden sie als vollwertige Frauen von ihren autoritären Männern und der Gesellschaft anerkannt. Doch sie hatten in ihren Heimatländern erfahren müssen, daß selbst ihre raffiniertesten Verführungskünste doch nicht zur Zeugung der Kinder führten. Sie empfanden diese Demütigung und Schmach als persönliche Niederlage und gaben sich die alleinige Schuld an der Unfruchtbarkeit. Sie waren deshalb mit allen Methoden zur Schwangerschaft einverstanden, wenn sie ihrer Religion und ihrem Stand entsprachen. Die durch die künstliche Zeugung entstehenden psychischen Schädigungen an ihren eigenen und den Körpern der später Andersgeborenen ängstigten sie nicht, weil sie darüber nicht aufgeklärt wurden. Das gesund geborene Kind war die eigentliche und größte Aufgabe ihres Lebens; erst durch das Kind waren ihr Ansehen und die Sicherung ihrer Existenz garantiert. Diese unwissenden orientalischen Frauen waren für Dr. Sally und sein Team die bequemsten Patientinnen. Sie fragten nie, was mit ihnen geschah, sie ertrugen geduldig alle Schmerzen in der Hoffnung auf das sehnlichst erwünschte Kind, das ihnen die Achtung und Anerkennung in der Familie geben würde.

Dr. Sally benutzte die unwissenden Schönheiten auch rücksichtslos als Versuchsobjekte für die Weiterentwicklung der künstlichen Befruchtung und die anderen in der Klinik zu erforschenden Manipulationen mit den Urzellen des menschlichen Lebens.

Die verführerische Weiblichkeit der orientalischen Schönheit blieb nicht ohne Wirkung auf Fred Bertram. Sie flüsterte ihm mit geheimnisvoll klingender Stimme in gebrochenem Englisch zu, daß sie nach Deutschland in die Klinik gekommen sei, um das Kind einer fremden Frau auszutragen, die sie aber nicht kannte. Ihr reicher Scheich, Freund oder Mäzen – Fred Bertram kannte sich in den Sitten und Gebräuchen, familiären Verpflichtungen und gesellschaftlichen Zwängen ihres Heimatlandes nicht aus – habe ihr die Leihmutterschaft befohlen. Daß sie dem Deutschen ihre Brutkastenfunktion verriet, war entweder ihrer Naivität zuzuschreiben oder ein bewußter Racheakt für die erduldete Erniedrigung. Sie sehnte sich selbst nach einem Baby. Ihre Herabsetzung zur Leihmutter schien sie so zu verletzen, daß sie dem Journalisten einen weiteren Tip gab. Umständlich riet sie ihm, die Klinik-Dolmetscherin zu fragen, von ihr könne er mehr erfahren. Sie sei eigens als Übersetzerin und Betreuerin für die orientalischen Frauen eingestellt worden. Die junge Araberin nannte Fred Bertram auch die Nummer ihres Zimmers in der Klinik.

Die Zimmer des Klinikpersonals befanden sich in einem Seitentrakt der Klinik. Dort lagen auch die Gästezimmer. Niemand hinderte Bertram daran, bei der Dolmetscherin anzuklopfen. Eine dunkle Stimme bat ihn, einzutreten. Er zögerte, weil ihm die Stimme zu männlich klang, er glaubte, sich in der Tür geirrt zu haben.

»Kommen Sie herein, Sie sind an der richtigen Tür«, hörte er wieder die tiefe Stimme. Er trat ein – und war sichtlich erstaunt, eine schlanke, etwa vierzig Jahre alte, attraktive Frau zu sehen, zu der die dunkle Stimme eigentlich nicht paßte. Sie war dabei, einen Bericht zu schreiben. Handschriftlich. Er stellte sich etwas verlegen vor: »Entschuldigen Sie die Störung, ich heiße Fred Bertram.«

»Ich weiß. Sie sind Journalist und wollen über die Klinik schreiben«, sagte sie selbstsicher und etwas belustigt mit ihrer rauhen Stimme.

»Ja, Dr. Sally gestattete mir, die Patientinnen in der Klinik selbst zu befragen.«

»Ich weiß, Herr Bertram. Aber das gilt eigentlich nicht für das Klinikpersonal.« Sie lachte herzlich. »Daß ich trotz meiner dunklen Stimme eine Frau bin, hat sie verwirrt. Sie sind aber nicht der einzige, dem das angebliche Attribut eines männlichen Wesens einen Streich spielt. Die Natur hat sich mit mir einen Scherz erlaubt. – Ich heiße Carolin Sherry.« Sie gab ihm die Hand und deutete ihm an, Platz in dem orientalischen Sessel zu nehmen, der – wie fast alles in dem Zimmer – ein Geschenk aus dem Orient war.

»Es stimmt, ich war im ersten Augenblick verlegen. – Sie sind Engländerin?«

»Nein, Amerikanerin; aber nur mit Namen und Paß. Irgendwann wurde ich irgendwo in Deutschland geboren. Meine Eltern sind gebürtige Deutsche. Aufgewachsen bin ich aber zwischen Amerika, Europa und dem Orient. Meine Eltern standen im diplomatischen Dienst der Bundesrepublik; man versetzte sie von einem Land ins andere. Ein Zeichen dafür, daß sie als Diplomaten nicht so ernst genommen wurden.«

»Sie übertreiben«, wandte Fred Bertram ein.

»Meistens besuchte ich die amerikanischen Colleges. Die gibt es auch in dem kleinsten Land. Zwangsläufig liefen mir mehr amerikanische Freier als deutsche über den Weg.«

»Klar, daß Sie einen Amerikaner heirateten.«

»Richtig gewitzelt, Herr Bertram.«

»Wieso gewitzelt?«

»Weil meine Ehe mit dem Amerikaner tatsächlich ein Witz war. Ich ließ mich deshalb scheiden und tingelte als Dolmetscherin für große Firmen durch die halbe Welt. Nun fragen Sie wohl erstaunt, wieso kommt die Carolin Sherry nach Deutschland in die Privatklinik »Humanitas«?«

»Sie sind aber direkt, Miss Sherry.«

»Daß ich nach Deutschland zurückkam, war rein zufällig. Ich mußte vor Jahren einen arabischen Geschäftsmann hier in die Klinik als Dolmetscherin begleiten, damit man wegen der nichtmöglichen Sprachverständigung von seinem Sperma nicht irrtümlich zu wenig einfror. Er wollte von mehreren Frauen Kinder haben; eine große Familie zeugen. Dazu fehlte ihm aber bei seinen Partnerinnen der Samenerguß zum richtigen Zeitpunkt. Für die Gynäkologen der Klinik wurde er zum Alptraum, weil er ein paar Wochen brauchte, bis er die ausreichende Menge Sperma zum Einfrieren für den Bedarfsfall lieferte. Ich mußte nicht nur seine Flüche und Beschimpfungen mit anhören, sondern sie auch noch übersetzen. Das hat meine Achtung vor den arabischen Männern gewaltig erschüttert. Zu meinem Unglück verliebte ich mich in einen jungen und wirklich liebenswürdigen Assistenzarzt der Klinik. Er war etwa zehn Jahre jünger als ich, also umgekehrt als in der Normalsituation, wo die Männer erheblich älter und ihre jüngeren Frauen in der Liebe temperamentvoller sind. Ich blieb also hier in der Klinik und ließ mich als dringend gesuchte Dolmetscherin für die fremdländischen Patientinnen engagieren. Immerhin spreche ich sechs Sprachen«, auch das sagte sie ironisch.

Carolin Sherry goß ihm einen Scotch ein, ohne erst zu fragen. Fred Bertram wußte nicht, in welche Kategorie er diese Frau einordnen sollte. Ihr herber, aber trotzdem weiblicher Charme war eine Mischung aus natürlicher Sinnlichkeit und Abenteuerlust. Vielleicht war sie aber auch nur eine Mischung aus kaltblütiger Intelligenz und großer Männerverachtung, die nur auf den Augenblick der Abrechnung für ihre nicht bewältigten Kränkungen wartete.

»Ihr Verhältnis mit dem jungen Assistenzarzt ging kaputt?« nahm Bertram das Gespräch wieder auf.

»Sie haben richtig geraten, unsere Liebesnächte und einsamen Spaziergänge durch die Wiesen und Wälder der Umgebung endeten, bevor sie noch so recht begonnen hatten. Es lag an mir. Weil ich zu reif und erfahren und überlegen war, wollte ich nicht die Mutter für ihn sein, für die er mich hielt. Mir wurde schnell bewußt, daß ich mit einem Muttersöhnchen schlief. Er brauchte wie die unfruchtbaren Paare eine Ersatzmutter. Er weinte mehr in meinen Armen, als daß er mich liebte. Bis ich sein ständiges Gejammer endlich leid war. Ich brauchte einen richtigen Mann, bei dem ich mich selbst ausweinen konnte, wenn mir danach zumute war.«

»Warum erzählen Sie mir Ihre Liebesgeschichte, die mich eigentlich nichts angeht?« versuchte Bertram das Gespräch abzubrechen und in eine andere Richtung zu bringen.

»Ich erzähle Ihnen das nicht, um mich interessant zu machen. Ich möchte nur, daß Sie über mich Bescheid wissen. Eine Art Schicksalsgemeinschaft mit mir eingehen. Ich suche einen Verbündeten, weil ich die Klinik hasse. Hier geht es nicht mit rechten Dingen zu. Ich wundere mich, daß sich bisher noch kein Journalist für die zweifelhaften Methoden und dunklen Geschäfte der angeblich humanen Privatklinik interessierte«, sagte sie unverblümt.

Bertram war erstaunt, aber dennoch vorsichtig. »Wieso glauben Sie, daß ich etwas vermute?«

»Ich weiß nicht, wie Sie auf die Spur von Dr. Sally gekommen sind. Jedenfalls haben Sie es mit dem größten Geschäftemacher der Handelswaren Babys, Embryonen, Spermen und Feten zu tun.«

»Sind Ihre Behauptungen nicht zu emotional, zu gewagt?«

»Bitte, hören Sie mir zu, wenn Sie tatsächlich ein kritischer Journalist sind. Mir ist letzten Endes gleichgültig, ob Sie von mir denken, daß ich eine rachsüchtige Frau bin, die von den Liebhabern in der Klinik bitter enttäuscht und ausgenutzt wurde. Zugegeben, ich habe die Moral nicht gepachtet. Aber was hier geschieht, ist nicht länger zu verantworten. Dr. Fresar experimentiert im Labor mit Embryonen und Dr. Andacht macht Versuche mit fetalem Material, das aus Fehlgeburten aus den gynäkologischen Abteilungen der Kliniken stammt.«

»Die Namen der Krankenhäuser können Sie mir nicht nennen?«

»Nein. Die künstlichen Befruchtungen sind scheinbar nur der Deckmantel für Versuche, die gegen Ethik und Gesetz verstoßen.«

»Zum Beispiel?«

»Sie versuchen, durch Verschmelzen von menschlichen Eizellen mit dem Samen männlicher Tiere neue Wesen, sogenannte Chimären oder Mensch-Tier-Hybriden, zu schaffen. Oder durch Klonen die Ableger von Menschen herzustellen. So könnte sich vielleicht schon in nächster Zeit jeder Mensch sein Abbild durch Klonen schaffen. Oder es werden von ausgesuchten Menschentypen in unbegrenzter Zahl Kopien hergestellt.

Außerdem beschäftigen sie sich mit der Entwicklung einer künstlichen Gebärmutter. Dr. Sally schwebt sogar vor, einen Mann durch operative Eingriffe so umzubauen, daß er das Kind kriegt. Dadurch soll das Jahrtausende alte Vorrecht der Frauen, Kinder zu gebären, durch den Mann abgelöst werden. Damit er, endlich triumphierend, verkündet: Ich, der Vater, kriege das Kind!«

»Unglaublich –! Was ist mit der Samenbank und den Leihmüttern?« fragte Bertram.

»Die Zahl der Einfrierbehälter wird erhöht, weil die Konservierung von ausgesuchtem Sperma ebenfalls ein lohnendes Geschäft für Dr. Sally wird. Ich kann Ihnen das alles wissenschaftlich nicht so genau erklären. Was die Leihmütter anbetrifft, so haben Sie vorhin in dem Aufenthaltsraum mit einer jungen Araberin gesprochen, die gegen ihren Willen ein Kind für eine fremde Frau aus ihrer Heimat austragen soll.«

»Woher wissen Sie, daß ich mit der Araberin darüber sprach?« entrüstete sich Bertram.

»In dieser Klinik überläßt man gewisse Dinge nicht dem Zufall. Es gibt Sicherheitsvorrichtungen.«

»Kontroll- und Überwachungsanlagen?«

»Genau!« Sie öffnete eine Tür des Einbauschrankes. »Schauen Sie, Herr Bertram, was sich im Augenblick im Aufenthaltsraum tut«, forderte sie den verdutzten Journalisten auf.

Bertram konnte tatsächlich auf dem im Wandschrank versteckten Monitor das Geschehen im Aufenthaltsraum beobachten. Die meisten Orientalinnen strickten wieder an der Babywäsche, auch die, bei denen bisher alle Befruchtungsversuche mißlangen. Nur die junge Araberin, die Bertram den Tip gab, las in einem Buch.

»Heißt das, überall in der Klinik sind versteckte Kameras und Mikrophone angebracht?«

»Nein. Soviel ich weiß, nur in dem Aufenthaltsraum für die orientalischen Frauen. Weil es unter ihnen oft zu handgreiflichen Auseinandersetzungen kommt«, erläuterte Carolin Sherry dem Journalisten.

»Warum kommt es dazu?«

»Wenn die künstliche Befruchtung bei einer dieser orientalischen Frauen geglückt ist, erweckt ihre Schwangerschaft bei den angehenden Müttern statt Freude und Mitgefühl meist nur Neid und Haß. Besonders die Frauen, bei denen es trotz mehrerer Behandlungen noch nicht klappte oder die aus medizinischen Gründen länger warten müssen, verlieren dann leicht die Nerven und werden handgreiflich. Solche leidenschaftlichen Neidausbrüche kommen meistens spontan. Damit ich auch dann eingreifen kann, wenn ich nicht in der Nähe bin, wurde der Monitor in meiner Schrankwand eingebaut. Aber ganz offiziell.«

»Und wenn Sie nicht im Hause sind?«

»Dann werden die Kamerabilder auf den Monitor der Zentrale übertragen, damit auch das übrige Personal die Streitereien schlichten kann«, erläuterte sie.

»Wieso glauben Sie, daß nicht auch in anderen Klinikräumen Überwachungsanlagen installiert sind?« bohrte Fred Bertram weiter. Schließlich war es für ihn äußerst gefährlich, Nachforschungen in der Klinik durchzuführen, die abgehört wurden.

»Hier in meinem Zimmer bestimmt nicht. Ich kenne mich in der Installation von Überwachungsanlagen aus. Ich war einige Jahre in einer amerikanischen Botschaft tätig. Dort brachte man uns aus Sicherheitsgründen bei, wie man die Überwachungsgeräte anbringt, aber auch in den eigenen oder verdächtigen Räumen aufspürt. Ich besitze seitdem ein eigenes Aufspürgerät. Damit überprüfte ich heimlich die wichtigsten Räume in der Klinik. Alle paar Tage – manchmal auch täglich – untersuche ich mit dem Aufspürgerät vorsichtshalber mein Zimmer.«

»Könnten Sie auch eine Überwachungsanlage in dem Forschungslaboratorium der Klinik oder sogar in Dr. Sallys Privatzimmer anbringen?« stellte er ihr die gefährliche Frage.

»Nur versteckte Mikrophone. Visuelle Überwachungsanlagen wie kleine Kameras und Monitore allerdings nicht. Das ist zu kompliziert«, gab sie zu.

»Haben Sie auch mein Gespräch mit der Araberin mitgehört?« wollte er wissen.

»Nein, die orientalischen Frauen sind dafür nicht interessant genug. Die haben außer ihrem täglichen Klatsch und den Männergeschichten nichts zu berichten, was von Wichtigkeit wäre. Aber dennoch weiß ich, was Ihnen die Kleine erzählte, Herr Bertram«, behauptete sie mit einem überlegenen Lächeln.

»Das verstehe ich nicht.«

»Ich konnte es von ihren Lippen ablesen. Und nicht nur bei ihr. Das haben mir die Amerikaner in der Botschaft ebenfalls beigebracht. Im übrigen ist die kleine Araberin arm dran. Dr. Sally erprobt an ihr ein noch nicht zugelassenes Hormonpräparat zur Stimulierung ihrer Ovulationen. Über mehrere Zyklen wird ihr die Überproduktion an Eizellen für die Weiterverwendung bei anderen Frauen durch operative Eingriffe aus dem Eierstock abgesaugt«, berichtete sie schonungslos.

»Hat Dr. Sally es überhaupt nötig, sich mit Medikamentenversuchen zu beschäftigen?« zweifelte Bertram.

»Er muß es tun. Auftraggeber ist ein einflußreiches Vorstandsmitglied aus der Pharmaindustrie, das mit erheblichen Privatgeldern und Geschäftsanteilen seines Konzerns an der Klinik beteiligt ist. Die orientalische Schönheit weiß natürlich nichts von den Hormonversuchen. Man zögert ihre künstliche Schwangerschaft mit dem Embryo der fremden Frau bewußt so lange hinaus, bis genügend Erfahrungen mit dem neuen Ovulations-Präparat an ihren Eierstöcken gesammelt sind.«

»Sie erzählen mir Dinge, die fast unglaublich sind, Frau Sherry«, bezweifelte Fred Bertram ihre Behauptungen.

»Ich kann verstehen, daß Sie skeptisch sind«, sagte sie lakonisch.

»Ich frage mich, warum Sie ausgerechnet mir das alles erzählen? Sie könnten sich um Kopf und Kragen reden. Wieso vertrauen Sie mir?«

»Weil mir keine andere Wahl bleibt, Herr Bertram. Die Verhältnisse hier in der Klinik sind für mich zu einer belastenden Gewissensfrage geworden. Über die Manipulationen mit den menschlichen und tierischen Eizellen muß die Öffentlichkeit endlich informiert werden. Sie können durch Ihren Zeitungsartikel den Mißbrauch mit dem Genmaterial aufdecken.«

»Warum bieten Sie Ihre Beweise nicht einer anderen Zeitung

zur Veröffentlichung an, praktisch aus erster Hand«, fragte er sie prüfend.

»Man würde mir nicht glauben.«

»Und warum nicht?«

»Darüber möchte ich nicht sprechen!«

»Dann sage ich es Ihnen: Sie sind attraktiv, selbstsicher und intelligent, alles Eigenschaften, die auch Dr. Sally beeindrucken. Sie hatten ein Verhältnis mit ihm.«

»Ich möchte darüber nicht sprechen«, wiederholte sie verbittert.

»Dann ist es also doch ein Racheakt aus Eifersucht«, behauptete er schonungslos. Er mußte unbedingt die Beweggründe erfahren, bevor er ihr weiter zuhörte und womöglich in das gefährliche Abenteuer des blinden Mitwissers schlitterte.

»Gut, ich war seine Geliebte. Je vertrauter ich mit ihm wurde, um so unvorsichtiger wurde er, mich in seine dunklen Geschäfte und weiteren Planungen einzuweihen. Eines Tages bekam ich es mit der Angst zu tun. Mich widerte seine Kaltblütigkeit unter der Maske des Gentleman an. Ich geriet in Zwiespalt mit meinen Gefühlen und der Logik. Ich mußte mich zwischen meiner Leidenschaft und den moralischen Skrupeln entscheiden. Ich liebte einen Mann, der ein toller Liebhaber im Bett, aber ein Wahnsinniger in seinem Forschungslaboratorium und seinen Ideen war. Ich konnte die unerlaubten Experimente nur stoppen, wenn ich handfeste Beweise in die Hände bekam. Deshalb besorgte ich mir winzige Mikrophone und versteckte sie in seinem Privatzimmer, wo wir die meisten Nächte miteinander verbrachten. Die Abhöranlage versteckte ich hier in meinem Zimmer. Eines Nachts, als ich wieder einmal nicht schlafen konnte, schaltete ich intuitiv das Abhörgerät ein, obwohl ich annahm, daß Sally nicht in der Klinik war. Er hatte mir gesagt, er wolle in Bad Neuenahr einen wichtigen Geschäftsfreund treffen und nach erfolgreicher Verhandlung mit ihm ins Spielkasino gehen. Das war gelogen. Ich mußte mit anhören, wie er in seinem Privatzimmer mit einer anderen liebte.«

»Wie reagierten Sie darauf?«

»Ich beendete das Verhältnis nicht abrupt, weil ich Angst

hatte, er könnte mißtrauisch werden und herausbekommen, daß ich ihn abhörte. Ich entfernte deshalb die Mikrophone aus seinem Zimmer und schaffte auch mein Abhörgerät aus der Klinik. Dann sagte ich ihm, daß ich kein Interesse mehr an ihm hätte. Er begriff das nicht. Obwohl ich ihm für mein Verhalten keine plausiblen Gründe nannte, fragte er nicht weiter. Im Gegenteil, er spielte auch in dieser Lage wie immer den beherrschten Gentleman, dem man nicht ansah, was in ihm vorging. Er machte mir weder eine Szene, noch berufliche Schwierigkeiten. Er blieb der Gentleman im Maßanzug, den scheinbar auch eine persönliche Niederlage nicht aus der Fassung bringt.« Sie sagte es mit einem Ton der Bewunderung.

»Ich glaube, ich sollte jetzt Ihr Zimmer verlassen, um keinen Verdacht zu erregen. – Könnten wir das Gespräch außerhalb der Klinik fortsetzen?« fragte er jetzt fast bittend.

»Glauben Sir mir endlich?« fragte sie zurück.

»Ja. Und ich verspreche Ihnen, alles zu publizieren, was hier mißbräuchlich geschieht«, versicherte Bertram.

»Ich habe einmal in der Woche vom frühen Nachmittag bis zum anderen Morgen frei. Oft fahre ich dann zu Bekannten und bleibe die Nacht fort. Das wissen hier alle. Es fällt also nicht auf, wenn ich mich an den freien Tagen mit Ihnen außerhalb der Klinik treffe. Nur Sie müssen sich dann etwas Plausibles einfallen lassen, warum Sie an dem Nachmittag und in der Nacht ebenfalls nicht in der Klinik sind, falls Sie überhaupt noch hier sind und im Gästezimmer übernachten.«

»Nachdem, was ich alles von Ihnen erfuhr, werde ich noch länger in der Klinik bleiben. Ich will alles gründlich nachprüfen.«

»Gut, ich helfe Ihnen dabei. Wenn ich etwas Neues erfahre, erhalten Sie eine schriftliche Nachricht von mir«, schlug sie ihm vor.

»In Ordnung. Ich werde jetzt Dr. Sallys Sekretärin bitten, mir ein Gästezimmer zu besorgen.«

Bertrams Freundin Andrea Pohl betrat mit klopfendem Herzen die Privatklinik »Humanitas«. Sie war mit ihrem Auto in aller Frühe von Düsseldorf in die Eifel gefahren. Vor lauter Aufregung aß sie keinen Bissen. Sie trank nur eine Tasse Kaffee. Das flaue Gefühl in ihrem leeren Magen und die Ungewißheit, vielleicht Fred in der Klinik zu begegnen oder von den Ärzten durchschaut zu werden, daß sie nur aus Neugierde, Trotz und Abenteuerlust die Scheinverhandlung als Leihmutter führte, brachte ihr seelisches Gleichgewicht durcheinander. Sie konnte sich bei der Fahrt nur schwer auf den Verkehr konzentrieren. Dreimal fuhr sie in die falsche Richtung. Je näher sie der Ortschaft »Prönsgens« kam, um so elender wurde ihr vor Angst und Aufregung. Als sie schließlich über den breiten Kiesweg zur Klinik fuhr und das nicht gerade einladende schmucklose Steingebäude des ehemaligen Gutshofes sah, hinter dessen Fassade die Ärzte mit dem künstlich gezeugten Leben hantierten, war sie drauf und dran umzukehren und von der nächsten Telefonzelle aus der Klinik ihre Absage mitzuteilen, daß sie es sich inzwischen anders überlegt hatte. Doch ihr Trotz, einmal auf eigene Faust etwas zu erleben und ihre Selbständigkeit zu beweisen, die vielleicht der erste Schritt für die Trennung von Fred war, machte sie stark.

Sie meldete sich im Sekretariat von Dr. Sally.

»Ich bin Andrea Pohl«, sagte sie ganz ruhig. Jetzt, wo es darauf ankam, die Nerven zu behalten und ihre Rolle als angehende »Leihmutter« glaubhaft zu spielen, bekam sie ihre Ängste und Unsicherheiten unter Kontrolle. Das hatte Andrea noch nie erlebt – nicht erleben können, weil Fred ihr alle wichtigen Entscheidungen abnahm und sie mit seinen fast immer richtigen Ratschlägen versorgte. Er war ihr Vordenker. Sie brauchte nur zu befolgen, was er riet. Die Ängste und Spannungen bei Eigenentscheidungen hatte Fred ungewollt in ihr unterdrückt; sie war an seiner Seite nicht reifer und selbständiger, sondern abhängiger und unselbständiger geworden.

»Sie sind trotz des schlechten Winterwetters sehr pünktlich, Frau Pohl«, lobte die Sekretärin sie freundlich, aber mit Distanz. »Ich bringe Sie zu Dr. Fresar, er wird alles Nähere mit Ihnen besprechen.«

»Wer ist Dr. Fresar?« fragte Andrea Pohl äußerlich

beherrscht, innerlich waren die Angst und Nervosität noch nicht ganz verflogen.

»Dr. Fresar ist ein guter Frauenarzt. Er vertritt unseren Klinikchef Dr. Sally«, erläuterte die höflich-distanzierte Vertraute des Chefarztes.

In Dr. Fresars zweckmäßig in nüchternem Weiß eingerichteten Besprechungszimmer mußte Andrea Pohl noch eine Weile auf den Vertreter des Klinikchefs warten.

Sie legte sich einige plausibel klingende Antworten auf die zu erwartende Frage zurecht, warum sie »Leihmutter« werden wollte. Ihr begann es jetzt sogar Spaß zu machen herauszubekommen, wer die tatsächlichen Mieter ihrer Gebärmutter sein würden. Warum sie den ungewöhnlichen Mietvertrag abschließen wollten. Sie war fest entschlossen, das getarnte Spiel zur Vermietung ihres Leibes bis an die äußerste Grenze zu treiben, um möglichst viele Fakten – wie Fred es ausdrückte – über das seltsame Geschäft und seine Hintergründe zu erfahren.

Dr. Fresar kam ins Zimmer. In seiner narzißtischen Neigung war er sich seiner Wirkung auf die Patientinnen durchaus bewußt. Seine äußere Erscheinung und sein sicheres Auftreten beeindruckten auch Andrea Pohl. Er begrüßte sie galant mit einem Handkuß, als wolle er damit den Eindruck erwecken, daß sie zu den Angehörigen der besseren Kreise gehörte, die sich in der Privatklinik behandeln ließen. »Guten Morgen, gnädige Frau. Ich freue mich, daß Sie gekommen sind«, sagte er höflich.

»Ich hatte eigentlich die Auftraggeber erwartet, Herr Dr. Fresar«, wandte sie ein.

»Sie werden Sie kennenlernen, sobald gewisse medizinische Voraussetzungen erfüllt sind. Das Paar, für das Sie die Leihmutter sein sollen, ist sehr prominent«, erläuterte er rhetorisch.

»Was sind das für Untersuchungen, dic Sic durchführen müssen?«

»Mehr oder weniger Routineuntersuchungen, wie sie beispielsweise auch von den Lebensversicherungen verlangt werden. Außer der obligatorischen Blutkontrolle und Überprüfung der wichtigsten Organe wie Herz, Lunge und Nieren muß ich auch eine gynäkologische Untersuchung bei Ihnen vornehmen.

Sie verstehen, daß wir sichergehen müssen, ob Ihre Gebärmutter – und darum geht es ja – in Ordnung ist, Frau Pohl.«

»Natürlich. Ist das alles?«

»Wir werden bei Ihnen noch einen Vorsorgeabstrich machen. Aber der ist auch nur Routine.«

»Was geschieht, sobald alle Ergebnisse zufriedenstellend sind?«

»Dann teile ich sie dem Auftraggeber mit. Danach wird er sich sofort mit Ihnen in Verbindung setzen, Frau Pohl.«

»Wie lange dauern die Untersuchungen?«

»Bis heute abend liegen alle Ergebnisse vor. Sie bleiben die Nacht in der Klinik und übernachten in unserem Besucherzimmer. Morgen früh fällt dann die Entscheidung, wann und wo das Gespräch mit dem Auftraggeber stattfindet.«

»Ich denke, doch hier in der Klinik. Oder?«

»Das kann ich Ihnen nicht sagen, Frau Pohl. Es kann auch außerhalb der Klinik sein. An einem von dem Auftraggeber zu bestimmenden Ort.«

»Vorausgesetzt, ich bin damit einverstanden.«

»Sicher, Frau Pohl. Es ist Ihr gutes Recht, den Treffpunkt wie auch die Leihmutterschaft abzulehnen. Es drängt Sie niemand. Es muß Ihre freie Entscheidung sein«, beteuerte Dr. Fresar etwas theatralisch.

»Wieso übernehmen Sie die Vermittlung?«

»Die meist anonym bleibenden Paare bitten uns lediglich um die Vermittlung des Gesprächs mit der potentiellen Leihmutter. Wir übernehmen dann die medizinischen Untersuchungen an der in Aussicht genommenen Leihmutter. Damit gibt sie aber noch nicht ihre Zustimmung. Die endgültige Entscheidung kann nur nach dem Kontaktgespräch mit den Adoptiveltern fallen.«

»Muß ich mich nach dem Gespräch mit den Auftraggebern sofort entscheiden?«

»Nein, Sie können sich Ihre Antwort in aller Ruhe überlegen. Sagen wir, innerhalb von drei Tagen.«

»Erhalten Sie für die Vermittlung des Kontaktgesprächs eine Provision?«

»Nein. Wir bekommen nur die Eignungsuntersuchungen und die Befruchtung bezahlt. Die kostenlose Vermittlung gehört zu unserem Patienten-Service«, lächelte Dr. Fresar nun aber etwas gequält. Er war derartige Fragen und Antworten nicht gewöhnt. Doch unbeirrt fuhr Andrea fort: »Melden sich viele Frauen für die Leihmutterschaft?«

»Ja, aber nach unseren Erfahrungen erfüllen die wenigsten Frauen im gebärfähigen Alter die körperlichen, geistigen und seelischen Voraussetzungen für die Leihmutterschaft. Ohne mir ein endgültiges Urteil zu erlauben, glaube ich aber, daß alle diese Voraussetzungen bei Ihnen vorliegen. Ich könnte mir nicht vorstellen, daß Sie sich trotz eines Erbfehlers oder einer ansteckenden Krankheit um die Leihmutterschaft bewerben. Allerdings kann ich Ihren psychischen Zustand nicht beurteilen. Ich bin Gynäkologe und kein Psychiater«, betonte er.

»Und was sind nach Ihren Erfahrungen die Hauptgründe, daß eine gebärfähige Frau bereit ist, ein Kind für ein fremdes Paar auszutragen, Herr Dr. Fresar?«

»Wenn Sie mich so direkt fragen, in erster Linie tun sie es aus materiellen Gründen. Es sind Frauen, die von ihren Ehemännern finanziell nicht mehr abhängig sein wollen oder in Geld schwierigkeiten gerieten und Schulden haben oder ihren Arbeitsplatz verloren.«

»Wie hoch ist der Preis für den Gebärmutterverleih?« nervte sie den Gynäkologen, dem das Gespräch immer peinlicher wurde. Er zuckte übertrieben mit den Schultern, um zu dokumentieren, wie gleichgültig ihm das kommerzielle Geschäft mit dem Bauch im Grunde war. Entsprechend war auch seine Antwort: »Ich bin Arzt und kein Geschäftsmann. Mich interessiert nicht das von den Adoptiveltern zu zahlende Honorar. Das ist immer eine private Vereinbarung, in die beide Parteien niemanden einweihen«, behauptete Fresar.

»Dann erklären Sie mir bitte noch, wie die Befruchtung bei mir erfolgt«, forderte sie den Gynäkologen auf.

»Wir können Ihnen eine befruchtete Eizelle in die Gebärmutter transferieren...«

»Wobei die Auftraggeber die genetischen Eltern sind«, unterbrach sie ihn etwas voreilig, wobei sie das Gefühl hatte, daß er etwas bemerkte.

»Richtig. Diese Eizelle kann sowohl extrakorporal im Reagenzglas, als auch intrakorporal durch den natürlichen Geschlechtsakt befruchtet sein. Sie wird dann ausgespült und der Mietmutter implantiert. Es besteht auch die Möglichkeit, die Eizelle der Leihmutter durch den Koitus mit dem Auftraggeber zu befruchten. Dann wären Sie allerdings die genetische Mutter«, erläuterte Dr. Fresar unverblümt.

»Und die andere Alternative?«

»Daß Ihnen die Eizelle einer anonymen Spenderin implantiert wird, die innerhalb oder außerhalb des Frauenkörpers bereits befruchtet wurde. Oder es handelt sich um ein fremdes unbefruchtetes Ei, das in die Gebärmutter der Leihmutter gebracht wird zur Befruchtung durch den Geschlechtsverkehr mit dem Mann der unfruchtbaren Ehefrau.«

»Um es deutlich zu sagen, der Ehemann der sterilen Frau schläft mit mir, damit das Ei der anonymen Spenderin in meinem Uterus befruchtet wird.«

»Bitte, wenn Sie es so deutlich ausdrücken, Frau Pohl«, wandte Dr. Fresar lakonisch ein.

»Ich müßte meinen Uterus also nicht nur als Brutkasten, sondern auch als geschäftlichen Gegenstand für einen dem Gesetz nach perfekten Ehebruch zur Verfügung stellen. Der Mann schläft mit mir im Auftrage seiner Frau, damit sie Adoptivmutter wird«, spottete Andrea.

»Das ist Ihre drastische Interpretation, Frau Pohl. Ich betone noch einmal: Sie allein entscheiden, ob und nach welcher Methode die Befruchtung zur Leihmutter erfolgt.«

Seine Stimme klang verärgert. Der eitle Gynäkologe erlebte selten, daß die Patientinnen ihm widersprachen und Behandlungen verweigerten, die er schon fest einplante. Er besaß die narzißtische Neigung, in seinen eigenen Körper und sein Wesen verliebt zu sein und den übersteigerten Ehrgeiz, durch seine äußere Erscheinung und sein fachliches Wissen jede Behandlungsmethode bei den Frauen durchzusetzen. Die Behandlung der sterilen Männer, deren Unfruchtbarkeit auf eine gestörte

Spermienproduktion oder ungenügende Beweglichkeit der Samen zum Erreichen der Gebärmutter zurückzuführen war, lehnte er meist ab. Andrea Pohl bemerkte seine Verärgerung. Instinktiv ahnte sie, daß der Gynäkologe ihre kritischen Fragen als Angriff auf seine Persönlichkeit auffaßte und ihm deshalb zuzutrauen war, daß er das Gespräch mit ihr abbrach. Diese Art Männer mit ihrem krankhaften Berufsehrgeiz und übersteigerten Selbstbewußtsein duldeten nicht, daß man sie nicht blindlings anerkannte. Andrea wollte den Abbruch des Gesprächs und damit auch den Abbruch der Untersuchungen als Voraussetzung für die Kontaktaufnahme mit den Auftraggebern nicht weiterhin provozieren. Einlenkend und mit gespielter Unterwürfigkeit versicherte sie: »Ich möchte keineswegs Ihre Methoden nach ehelichen oder moralischen Grundsätzen beurteilen. Ich bewerbe mich um den Job einer Leihmutter. Nicht zuletzt aus finanziellen Gründen, Herr Dr. Fresar.«

Dieses klare Bekenntnis gefiel ihm. Er betrachtete es als Ergebnis seiner Ausstrahlungskraft und überzeugenden Argumentation. »Gut, dann beginnen wir mit den Untersuchungen«, bestimmte er, sichtlich froh, daß die angehende Leihmutter sich doch noch der männlichen Logik unterwarf. Er stellte dann noch die Frage: »Sind Sie verlobt?«

»Nein.«

»Sie haben aber einen festen Freund?«

»Ja. Warum ist das wichtig für Sie, Herr Dr. Fresar?«

»Für meine Untersuchungen muß ich wissen, ob Sie in den letzten vierundzwanzig Stunden mir Ihrem Freund Verkehr hatten.«

»Nein, mein Freund ist seit Tagen auf einer Dienstreise.«

»Darf ich erfahren, was Ihr Freund beruflich macht?«

Andrea stockte für einen Augenblick der Atem. Sie befürchtete, daß seine indiskrete Frage auf dem begründeten Verdacht beruhte, der Journalist Fred Bertram sei ihr Freund, mit dem sie in der Privatklinik gewisse zweifelhafte Befruchtungsmethoden aufdecken wollte. Andrea unterdrückte gewaltsam ihren Schrecken. »Mein Freund ist Vertreter«, log sie geistesgegenwärtig. Zum Glück deutete Dr. Fresar seine Frage als Peinlichkeit, deren Beantwortung sie verlegen machte. Er verzichtete deshalb darauf, Näheres über die Reisetätigkeit ihres Freundes zu erfahren und unterließ es auch, Andrea nach ihrem Beruf zu fragen.

Die Untersuchungen waren tatsächlich bis zum späten Nachmittag abgeschlossen. Die Auswertung der letzten Ergebnisse mit dem abschließenden Bericht über ihre Tauglichkeit als Leihmutter sollte am anderen Morgen vorliegen. Dr. Fresar konnte Andrea Pohl aber schon am Abend mitteilen, daß alle Untersuchungen und medizinischen Tests zu ihren Gunsten ausfielen. Sie schien nach seinen Erfahrungen körperlich und auch psychisch die geeignete Leihmutter zu sein.

Andrea Pohl blieb nach den Untersuchungen in dem Gästezimmer. Die Schwester brachte ihr das Abendessen deshalb aufs Zimmer. Aus Gründen der Anonymität wolle sie nicht in den Speiseraum gehen, gab Andrea an. Sie erfand die Ausrede, um nicht das Risiko einzugehen, plötzlich Fred zu begegnen, von dem sie annahm, daß er bereits seit Tagen in der Klinik war, aber nicht wußte, ob er dort auch übernachtete. Sie hatte von der freundlichen und etwas rundlichen Schwester erfahren, daß alle Gästezimmer auf dem gleichen Flur im Nebentrakt der Klinik lagen. Vielleicht ist Fred sogar mein Zimmernachbar, dachte sie mit einer Art Galgenhumor.

Sie war erleichtert, daß sie den ersten und sicher schwierigsten Akt in dem makabren Spiel des Gebärmutterverleihs so perfekt überstanden hatte. Sie kam sich wie eine Schauspieler-Debütantin vor, die ihre erste große Rolle in einem spannenden Kriminalstück oder Drama erfolgreich über die Bühnenrampe brachte. Noch war der letzte Akt in dem gefährlichen Spiel nicht zu Ende.

Andrea öffnete das Fenster. Sie blickte auf die verschneiten hügeligen Wälder und Wiesen der Hocheifel. In der untergehenden Abendsonne verwandelte sich das glatte Wintertuch in glitzernde rotgesprenkelte Eiskristalle. Der Flimmertanz des farbverfälschten Schnees blendete die Augen. Sie mußte sie mit den Händen gegen den reflektierenden Sonnenuntergang schützen. Weil alles ringsumher, soweit sie auch schaute, gegensätzlich war, bestand auch die Musik zum Auf und Ab der von der Abendsonne bewegten Eiskristalle nur aus Stille. Diese Lautlosigkeit tat ihren mühsam beruhigten Nerven gut. Der Gedanke, durch ihr eigenes Erleben vielleicht mitzuhelfen, den Handel und Mißbrauch des keimenden Lebens zu unterbinden, erfüllte sie mit Stolz und Zuversicht. Lautlos und diskret wurden in dieser Privatklinik künstlich Kinder gezeugt, deren Schreie über das vergewaltigte und manipulierte Leben vielleicht eines Tages die Eltern und verantwortlichen Ärzte zu spät erschreckten. In der Stille ihres Zimmers und der grandiosen Einsamkeit der flimmernden Natur sehnte sie sich plötzlich nach Fred. Sie wollte in seine beschützenden Arme fliehen, sich wie ein gekrümmter Fetus in seinen Körper verkriechen. Sie wollte der Embryo in seinem männlichen Leib sein. Vielleicht immer dort bleiben. Das Leben im Männerbauch mußte schöner und sicherer sein, weil der Mann stärker ist als die Frau. Er könnte deshalb auch das heranwachsende Leben in seinem Leib besser schützen und verteidigen. Warum hatte die Natur ihm die Rolle des Stärkeren zugewiesen? Warum überließ sie seit Beginn der Menschheit der sensibleren und schwächeren Frau die Beschwerden der Schwangerschaft und Schmerzen der Geburt? Warum mußte ausgerechnet die Frau, als der schwächere Teil des Geschlechts, die Schwangerschaft und Geburt allein bewältigen? Wieso hatte die Natur die Ungerechtigkeit begangen, den lustvolleren Anteil zur Schaffung des neuen Lebens dem stärkeren Mann zu überlassen und den schmerzhafteren Akt des heranwachsenden Lebens neun Monate lang allein auf die Frau abzuwälzen? Und wer würde freiwillig diese Jahrtausende alte Fehlentscheidung endlich korrigieren? Der Mann selbst, indem er durch die Kunst der Ärzte und Wissenschaftler seinen Körper zur Geburt umbauen ließe? Beide, Mann und Frau, sollten körperlich und seelisch fähig sein, das Kind zu empfangen und zu gebären, wünschte sich Andrea.

In dem Gedanken an Fred, in den sie hineinkroch, damit er sie beschützte, schlief sie ein.

Sie wachte am anderen Morgen erst auf, als die Schwester ihr das Frühstück ins Zimmer brachte.

»Guten Morgen, Frau Pohl. Es ist gleich neun Uhr. Dr. Fresar fragte bereits nach Ihnen. Ich sagte ihm, daß Sie noch schliefen. Nach all den Untersuchungen hatten Sie den tiefen Schlaf auch verdient. Ich glaube, Dr. Fresar ist mit allen Untersuchungsergebnissen zufrieden«, plapperte sie freudig drauflos.

»Wissen Sie denn, warum ich mich der Prozedur unterzog?« fragte Andrea.

»Die Schwester lächelte vielsagend: »Natürlich, Frau Pohl. Sie sind nicht die Einzige, die sich dem medizinischen Eignungstest für die angehende Leihmutterschaft unterziehen muß.«

»Wann war die letzte Leihmutter hier?«

»Vor drei Tagen. Mal sind es viele Frauen, dann wieder dauert es eine Weile, bis sich eine Leihmutter-Anwärterin den Tests unterzieht. Die letzte Bewerberin schlief auch in diesem Zimmer. Sie war richtig glücklich, daß sie die medizinischen Untersuchungen bestand. Sie brauchte das Geld dringend. Sie war arbeitslos«, plauderte die Schwester aus.

»Wie erfahren die Frauen eigentlich von dem Job als Leihmutter?« versuchte Andrea die Schwester auszuhorchen.

»Eigentlich darf ich darüber nicht sprechen, Frau Pohl«, zierte sich die korpulente Schwester.

»Bitte, sagen Sie es mir. Es bleibt unter uns. Letzten Endes werde ich selbst eine Leihmutter.«

»Die Klinik gibt chiffrierte Anzeigen auf. Dann gibt es noch regelrechte Agenten, die Leihmütter vermitteln. Diese Leute bieten der Klinik die austragungswilligen Frauen an. Ob sie dafür ihre Provision direkt von der Klinik oder von dem auftraggebenden Paar bekommen, weiß ich nicht. Nur, daß die Leihmütter-Agenten die gesund aussehenden jungen Frauen meistens auf den Gängen der Arbeitsämter ansprechen. Manche Vermittler haben auch gute Beziehungen zu den Angestellten und Beamten der Arbeitsämter, die gegen Honorar Tips geben, welche Frauen unbedingt Geld verdienen müssen. Eine gut bezahlte neunmonatige Schwangerschaft ist immer noch besser, als vom Arbeitslosengeld zu leben. Viele Leihmütter können nach der Übergabe des Kindes an die Auftraggeber mit dem verdienten Geld eine neue Existenz beginnen«, verriet die redselige

Schwester. Schließlich bemerkte sie, daß sie schon zu lange im Zimmer von Andrea Pohl war. »Ich muß jetzt gehen, Frau Pohl. Aber bitte kein Wort über unser Gespräch«, mahnte sie.

»Nein, Sie können sich auf mein Schweigen verlassen«, versprach Andrea Pohl.

Als sie gegen zehn Uhr in das Untersuchungszimmer von Dr. Fresar kam, war der Abschlußbericht schon fertig. Der Gynäkologe begrüßte sie freundlich: »Guten Morgen, Frau Pohl. Ich wollte Sie nicht früher wecken lassen. Ein tiefer Schlaf ist unbezahlbar. – Bei Ihnen ist alles in Ordnung. Von medizinischer Seite bestehen keine Bedenken für das Austragen des Babys. Ich habe das Ergebnis dem Auftraggeber schon telefonisch mitgeteilt. Ich soll Ihnen ausrichten, daß Sie von dem Fahrer des Ehepaares gleich abgeholt werden.«

»Und wohin fährt er mich?«

»Ich weiß es nicht, Frau Pohl. Nur, daß es sich dabei nicht um eine Entführung handelt. Dafür garantiere ich. Das Paar ist einfach zu prominent.«

»Ja, Sie sagten es bereits gestern«, bemerkte sie etwas spöttisch.

»Diese Leute können es sich erlauben, Ihre Gäste oder Geschäftspartner bis ans Ende der Welt zu bestellen, übertrieben gesagt«, witzelte er.

»Gut, ich bin damit einverstanden«, sagte Andrea Pohl.

»Wenn Sie sich über die Art der künstlichen Befruchtung und den Preis einig sind, sehen wir uns wieder. Ich führe dann die Befruchtung bei Ihnen durch. Sie ist schmerzlos. Sie brauchen keine Angst zu haben. Wir werden Sie auch nach der eingetretenen Schwangerschaft bis zur Geburt weiter betreuen, falls Sie es wünschen«, bot Dr. Fresar ihr an.

»Ich werde es mir überlegen, Herr Dr. Fresar.« Sie gab ihm die Hand. »Auf Wiedersehen«, log sie schadenfroh. Sie wußte genau, daß sie in diese Klinik nicht zurückkommen würde. »Ich warte solange auf meinem Zimmer.« Andrea hatte es jetzt eilig, seinen prüfenden Blicken und vielleicht noch weiteren Fragen aus dem Wege zu gehen. Im letzten Augenblick durfte einfach nichts mehr schiefgehen, nicht der geringste Verdacht auf ihr bloßes Scheingeschäft fallen. Sie fühlte, wie die Angst und Aufregung erneut in ihr erwachten. Sie verließ überstürzt das Zimmer, gefolgt von den erstaunten Blicken des Gynäkologen.

Kaum hatte sich die Tür hinter Andrea geschlossen, wählte Dr. Fresar die Telefonnummer des Gasthauses in Prönsgens. Der Wirt meldete sich. »Hier ist Dr. Fresar. Sagen Sie bitte dem wartenden Chauffeur, daß er die Patientin von der Klinik abholen kann.«

Zehn Minuten später hielt der große Mercedes vor dem Klinikeingang. Höflich nahm der Fahrer seine Mütze vom Kopf und öffnete mit der rechten Hand die Wagentür des Fonds: »Bitte, steigen Sie ein, gnädige Frau.«

In Prönsgens vor dem alten Gasthaus hielt der Chauffeur an. »Darf ich Sie um Ihren Autoschlüssel bitten, gnädige Frau? Ich gebe ihn beim Wirt ab. Einer unserer Fahrer bringt Ihren Wagen nach Düsseldorf«, sagte er höflich.

Sie händigte ihm den Autoschlüssel aus, mit dem er im Gasthaus verschwand und sofort wieder herauskam. Kein Zweifel, alles war bestens organisiert. Die Vorsichtigkeit der noch unbekannten Auftraggeber erhöhte Andreas Spannung. Sie wartete ab, ob der Chauffeur ihr sagen würde, wohin die Fahrt ging. Seltsamerweise brauchte Andrea jetzt den Nervenkitzel. Auch ihr Selbstbewußtsein war in den letzten vierundzwanzig Stunden gewaltig gestiegen. Sie vermied es, den Fahrer nach dem Reiseziel zu fragen. Neugierde ist eine Charakterschwäche, redete sich Andrea ein. Diese reichen Leute hatten ihren Uterus nötig. Das Poker um ihren Gebärmutterverleih wollte Andrea nicht mit einem Gespräch führen, das lediglich aus dem unterwürfigen ja oder nein bestand.

Was ist diesen Leuten ein Kind wert? Gleichgültig, ob sie damit genetisch verbunden sind oder nicht? Ist es ein Prestigeobjekt oder der letzte Versuch, eine brüchige Ehe zu kitten?

Als der Chauffeur die verschneite Hocheifel verließ und mit erhöhter Geschwindigkeit über die Autobahn fuhr, überkam sie wieder der Galgenhumor. Sie mokierte sich selbst über ihr Ratespiel nach dem Ziel der Autofahrt. Aber lieber wollte sie sich die

Zunge abbeißen, als den Fahrer nach dem Bestimmungsort zu fragen. Einerseits war ihre nicht gestellte Frage nach dem Reiseziel ein Zeichen der vornehmen Zurückhaltung, andererseits ein bodenloser Leichtsinn, beurteilte Andrea selbst ihr Verhalten. Doch die Ungewißheit klärte sich schon bald auf. Der Fahrer steuerte den Mercedes am Autobahnkreuz in Richtung Wiesbaden. Jetzt war es der Chauffeur, der seine Zurückhaltung, die scheinbar darin bestand, nur knapp zu antworten, wenn er gefragt wurde, aufgab.

»Wir fahren in Richtung Wiesbaden. In knapp einer halben Stunde sind wir am Ziel, gnädige Frau.«

Der Auftraggeber wohnte außerhalb von Wiesbaden in einer waldreichen Gegend. Die Villen dieses Wohngebietes lagen versteckt hinter hohen Hecken und Mauern. Vor dem großen schmiedeeisernen Tor mit seinem undefinierbaren Phantasie-Wappen betätigte der Fahrer einen Sender. Lautlos, wie von Geisterhand, öffnete sich das Tor. Eine Allee aus den verschiedensten exotischen Sträuchern und sonstigen Gewächsen säumte die mit Bruchsteinen gepflasterte Auffahrt. Der Fahrer hielt vor dem kleinen Schlößchen mit den zwei markanten Türmchen, die sozusagen die Eckpfeiler der etwa dreißig Meter langen Vorderfront bildeten. Der Fahrer öffnete wieder mit der Mütze in der Hand die Autotür und bat Andrea in stummer, vielleicht gespielter Ehrfurcht, auszusteigen.

Geräuschlos öffnete sich das anheimelnde Portal, das in seiner Größe zu dem etwas verträumt aussehenden Schlößchen paßte. Es war eher klein, dafür aber geschmackvoll gestaltet. Der in vornehmem Blau gekleidete Butler begrüßte Andrea: »Guten Tag, gnädige Frau. Ich bitte Sie, mir zu folgen.«

Über den mit kostbaren Teppichen bedeckten Flur führte er Andrea in das Empfangszimmer des Hausherrn. Der Raum war ebenfalls mit Teppichen übersät. Handgefertigte eichene Einbauschränke, die mit ihrem sparsamen Schnitzwerk die kühle Eleganz unterstrichen, schmückten den Raum. An den freien Wänden hingen alte und zeitgenössische Gemälde. Auch der Hausherr, ein hochgewachsener Mann mit fast idealem Gewicht und leicht gewelltem grauen Haar, paßte zu der kühl-männlichen Einrichtung. Er gehörte zu den Männern, deren Alter schwer zu schätzen ist: Er konnte knapp über fünfzig, aber ebenso über sechzig Jahre sein. Sein konservativer graublauer Anzug mit grauer Unikrawatte ließ vermuten, daß er vielleicht zu den Bankiers gehörte. Er begrüßte Andrea mit der zurückhaltenden Herzlichkeit eines smarten Geschäftsmannes, der nicht nur mit Geld, sondern auch mit der gehobenen Lebensweise umgehen kann. »Ich danke Ihnen, daß Sie gekommen sind, Frau Pohl«, begrüßte er sie mit dem obligatorischen Handkuß. Er nannte bewußt nicht seinen Namen, ein Hinweis dafür, daß Distanz und Anonymität gewahrt bleiben sollten.

»Darf ich Ihnen meine Frau vorstellen?«

Die Hausherrin trug im Gegensatz zu ihrem modisch konservativen Mann einen enganliegenden roten Lederrock mit einer bunten reinseidenen Bluse und roten Lederweste. Alles wirkte sehr poppartig. Die Frau war wesentlich jünger als ihr Mann, doch noch im gebärfähigen Alter. Sie war dezent geschminkt. Graugefärbte Strähnen durchzogen ihr naturschwarzes Haar. Ihre Blicke hatten etwas Unstetes. Sie war sichtlich nervös. Der Hausherr bat Andrea, in dem Sessel Platz zu nehmen. Er bot ihr einen Drink an. Doch bevor Andrea dazu kam, an ihrem Glas zu nippen, hatte die Frau ihren Cognacschwenker bereits geleert. Dem Hausherrn war es peinlich: »Meine Frau ist Künstlerin. Sie trinkt etwas mehr als sie eigentlich sollte.«

»Malerin«, sagte sie und machte eine Handbewegung, die das Führen eines Pinsels ausdrücken sollte. Sie goß sich den Cognac nach. Das ist eine Trinkerin, erkannte Andrea bereits nach den ersten Minuten.

Auch der Hausherr wollte sich nicht lange um das Thema der Leihmutter herumdrücken, wohl aus der Erfahrung, daß seine Frau alle Spannungen mit Alkohol betäubte.

»Ich brauche den Alkohol für meine künstlerische Arbeit«, sagte sie unmotiviert. Sie war eine Neurotikerin.

»Es hat keinen Zweck, Ihnen etwas vorzumachen, Frau Pohl. Meine Frau ist Alkoholikerin. Wir beide gehören zwar nicht zu den zwanzig Prozent der deutschen Ehepaare, die gegen ihren Willen kein Kind bekommen, doch es ist einfach unverantwortlich, ein Baby mit einer Mutter zu zeugen, die alkoholkrank ist.«

»Und woher kommt das befruchtete Ei, das ich für Sie austragen soll?« erkundigte sich Andrea.

»Ich ließ mir vor einiger Zeit in der Eifeler Privatklinik »Humanitas« einige Eizellen entnehmen und mit dem Samen meines Mannes befruchten und einfrieren«, lachte sie schrill, wobei ihr Körper von einem nervösen Zittern geschüttelt wurde.

»Bitte!« mahnte er sie.

»Dann könnte doch Ihre Gattin das Kind selbst austragen«, bemerkte Andrea.

»Nein, meine Frau würde es durch ihre Trinkerei bereits im Mutterleib töten oder durch Alkoholschäden gefährden. Sie ist auch nicht dazu geeignet, einen Lebenswandel zu führen, der für eine Schwangerschaft erforderlich ist. Wir brauchen Sie deshalb als Leihmutter«, sagte er freimütig.

»Und wer kümmert sich um das Baby, wenn es geboren ist?«

»Ich natürlich«, lachte die Trinkerin und schwenkte ihr Cognacglas.

Das hatte Andrea nicht erwartet. Das Gespräch wurde immer peinlicher.

»Nein, wir würden eine Kinderschwester einstellen, Frau Pohl«, widersprach er seiner neurotischen Frau.

»Müssen Sie nicht befürchten, daß Ihre eingefrorenen Embryonen bereits alkoholgeschädigt sind? Was geschieht, wenn ich Ihr genetisches Kind mit schweren Schäden zur Welt bringe? Sie würden es mir doch nicht abnehmen, weil Sie ein gesundes Baby verlangen«, wandte Andrea ein.

»Wir können vertraglich regeln, daß wir das Baby in jedem Falle, auch wenn es behindert sein sollte, abnehmen, Frau Pohl.«

»So schlimm wird es doch nicht sein, Frau Pohl. Wir kennen eine Menge guter Ärzte...«

»Bitte«, mahnte er seine Frau. »Es gibt noch eine bessere oder genauer gesagt, eine risikoärmere Lösung, Frau Pohl.«

Er ging jetzt sichtlich nervös im Raum auf und ab. Man sah ihm an, daß ihm der zu unterbreitende Vorschlag peinlich war. Seine schon etwas lallende Frau forderte ihn herrisch auf: »Sag' es ihr schon, verdammt noch mal!« Sie kniete sich vor Andrea nieder und ergriff ihre Hände. Der Körper der alkoholsüchtigen Malerin zitterte jetzt wie unter der Parkinsonschen Krankheit.

»Schlafen Sie mit meinem Mann, bitte! Liefern Sie das Ei. Dann brauche ich keine Angst zu haben, daß dem Baby etwas geschieht. Daß es womöglich behindert zur Welt kommt. Der Samen meines Mannes ist in Ordnung. Er ist ein Asket. Er trinkt und raucht nicht. Er ist der reinste Vegetarier. Doch er schläft nicht mehr mit mir. Verstehe ich ja. Mit Ihnen sollte er es. Sie sind gesund, Frau Pohl. Das hat uns heute Dr. Fresar bestätigt. Bitte, lassen Sie sich von meinem Mann befruchten!«

Sie verbarg ihren Kopf in Andreas Schoß.

Ist alles nur Theater, ein gut inszeniertes Rührstück, damit sie ein gesundes Kind bekommen? durchfuhr es Andrea.

»Dann wäre ich wenigstens der Vater«, sagte mit abgewandtem Rücken der Hausherr.

Das Gespräch und die betrunkene Malerin ekelten Andrea an. Alles hatte sie erwartet, nur nicht diese Demütigung eines Paares, dem alles recht war, um den krankhaften Wunsch der dominierenden Frau nach einem Kind zu erfüllen. Wie konnte diese neurotische und alkoholsüchtige Künstlerin jemals ein Kind erziehen? Krampfhaft überlegte Andrea, wie sie den Besuch abbrechen konnte.

»Ich zahle jeden Preis für die Leihmutterschaft, ganz gleich, auf welche Art und Weise sie erfolgt«, nahm der Hausherr das Gespräch wieder auf.

Obwohl Andrea für keinen Preis der Welt ihren Uterus vermieten würde, wollte sie wissen, wie hoch mit dem Austragen des Embryo gepokert wurde. Das war eigentlich das Letzte, was sie in dem makabren Handel noch erfahren wollte. Als Abschreckung.

Die Frage des Preises schien bei der alkoholsüchtigen Malerin die Hoffnung als »Adoptivmutter« oder auch genetische Mutter zu bestärken. Sie richtete sich auf, trocknete ihre Tränen von den verschmierten Wimpern und flüsterte Andrea ins Ohr:

»Seien Sie klug, fordern Sie Ihren Preis. Wir sind reich. Wir zahlen jeden Preis. Bitte, nennen Sie die Summe!« quälte sie.

»Sagen wir zwanzigtausend Mark, Frau Pohl«, schlug der Ehemann vor.

Doch seine Frau schrie: »Zuwenig! Viel zuwenig, verdammt noch mal! Ich will ein Kind haben. So oder so! Der Preis spielt keine Rolle. Fordern Sie fünfzigtausend Mark oder mehr. Von mir aus auch eine halbe Million! Verdammt noch mal, was sollen wir sonst mit dem Geld machen?«

Sie trank wieder hastig aus dem Glas. Der Alkohol schien sie für einen Augenblick zu beruhigen.

»Sag' ihr doch, was auf dem Spiel steht! Los!« befahl sie wieder ihrem Mann.

»Auch unsere Ehe steht auf dem Spiel«, gestand er.

»Glauben Sie, daß ein Kind Ihre brüchige Ehe noch retten kann?« erregte sich Andrea.

»Das ist doch allein unsere Angelegenheit«, behauptete die Malerin. »Bitte, fordern Sie Ihren Preis. Ich bin mit allen Befruchtungsmethoden einverstanden, ob Sie mit meinem Mann schlafen oder nicht. Sie können auch Ihr Ei mit dem Sperma meines Mannes im Reagenzglas befruchten lassen. Oder unsere eigenen Embryonen aus dem Kühlbehälter auftauen lassen. Bitte!« Sie griff erneut zum Glas, füllte es und lallte: »Prost, auf unser Kind!«

Andrea wandte sich angewidert ab. Sie wollte nach Hause. Das hier war die Hölle. Ein Ehepaar wollte sich auf Kosten eines Kindes das verlorene Glück zurückkaufen.

»Bitte, Frau Pohl, gehen Sie noch nicht«, bat der Hausherr.

»Ich werde mir meine Entscheidung überlegen. In drei Tagen sage ich Ihnen telefonisch Bescheid. Geben Sie mir Ihre Telefonnummer.«

»Nein, ich rufe Sie an. Sollten Sie sich früher entscheiden, dann benachrichtigen Sie bitte Dr. Fresar. Sie sollten mir Ihren Preis nennen!« forderte er sie abermals auf.

»Nicht jetzt«, wich Andrea aus.

»Gut, überlegen Sie es sich. Wir sind nicht kleinlich. Vertraglich kann alles abgesichert werden.«

»Wie komme ich nach Düsseldorf zurück? Das Gespräch mit Ihnen hat mich ziemlich erschüttert«, betonte Andrea.

»Ja, das verstehe ich. Entschuldigen Sie bitte. Der Chauffeur wird Sie nach Hause fahren. Ihr Wagen ist schon unterwegs nach Düsseldorf.«

»Danke.«

Andrea verabschiedete sich kühl von dem Ehepaar.

»Bitte, kommen Sie wieder, Frau Pohl. Geben Sie mir in drei Tagen Ihre versprochene Antwort. Sicher wird sie positiv sein«, hoffte er.

Fred Bertram war durch seine Freundin Andrea und die Amerikanerin Carolin Sherry plötzlich in den Besitz von brisanten Informationen gelangt, die sich nicht nur für einen aufsehenerregenden Artikel eigneten. Mit diesen Fakten konnte er die Privatklinik »Humanitas« in Schwierigkeiten bringen. Es lag nun allein in seinem Ermessen, in die Rolle des Zensors und Moralisten zu schlüpfen. Unter dem Deckmantel der »journalistischen Aufklärungspflicht« den Richter oder Staatsanwalt zu spielen. Er konnte sich aber auch sein Schweigen, die Nichtveröffentlichung, durch ein hohes Schmiergeld abkaufen lassen. Sein Wissen für Erpressungen benutzen. Nur mußte alles beweisbar und nachprüfbar – also »journalistisch wasserdicht« – sein.

Auch Fred geriet bei seinen Ermittlungen ständig in Konflikt mit der tatsächlichen und manipulierten Wahrheit. Der große Bericht stand in den seltensten Fällen auf dem Sockel der »lupenreinen Wahrheit«. Die Möglichkeiten der Manipulationen: das Wahre unwahr zu machen oder umgekehrt, wegzulassen, wo etwas geschrieben werden müßte, oder hinzuzufügen, wo kein Wort stehen durfte, waren der tägliche Widerstreit des Journalisten.

Fred Bertram wußte aus seiner langjährigen publizistischen Arbeit, daß es die »absolute Objektivität« der Berichterstattung nicht gab, solange die Journalisten weiterhin gezwungen wurden, spannende Geschichten zu schreiben. Journalisten eigneten sich als Ermittler zur Wahrheitsfindung und Aufdeckung von Mißständen, nicht aber als Moralisten, Ethik-Fanatiker und Richter. Wenn es die lupenreine Wahrheit also nicht gab, so mußten auch Moral und Ethik käuflich sein, wußte Fred Bertram.

Auch die christliche Religion berichtet seit Jahrhunderten über den Aufstand ihrer himmlichen Engelschar, die sich in Gute und Abtrünnige spaltete, obwohl doch alle ursprünglich die ewige Glückseligkeit erlangten. Der Abtrünnige »Luzifer« bekleidete nach der christlichen Engelbeschreibung sogar die himmlische Vorrangstellung als Oberengel, bevor er nach dem Engel-Putsch zum verdammten Oberteufel degradiert wurde.

Fred Bertram war fest entschlossen, Carolin Sherry zum Einbruch in Dr. Sallys Privatzimmer zu überreden, um dort noch einmal die winzigen Mikrophone anzubringen. Die Gespräche sollte sie dann in ihrem Zimmer auf dem versteckten Aufzeichnungsgerät mitschneiden. Vielleicht war sie auch bereit, die »Wanzen« in die Forschungslaboratorien der Klinik zu schmuggeln.

Nachdem Fred Bertram sich auf dem Korridor davon überzeugt hatte, daß niemand ihn beobachtete, kam er in Carolin Sherrys Zimmer, um mit ihr den Besprechungsort außerhalb der Klinik zu verabreden. Als Treffpunkt für ihren nächsten freien Tag schlug er ein Hotel in Aachen oder seine Wohnung in Düsseldorf vor.

»Nein, Düsseldorf ist mir zu weit«, lehnte sie ab. »Im übrigen bleibe ich immer über Nacht fort.«

Bertram wollte ihr vorschlagen, in seiner Wohnung zu übernachten. Doch er unterließ es, damit sie ihn nicht mißverstand.

»Wir treffen uns in dem Haus meiner Bekannten in Bitburg. Das ist näher«, bestimmte sie.

Fred Bertram blieb nichts anderes übrig, als damit einverstanden zu sein, obwohl er befürchtete, das Bitburger Ehepaar könnte bewußt oder ungewollt das Gespräch mithören. Davon durften Dritte aber kein Wort erfahren.

Sie schrieb Bertram die Adresse des Bitburger Treffpunktes auf einen Zettel. »Um keinen Verdacht zu erregen, daß wir beide abwesend sind, sollten Sie Sallys Sekretärin beiläufig mitteilen, daß Sie an dem Tag zu einer Besprechung in Ihre Redaktion müssen«, schlug sie ihm vor.

»Ja, das ist ein plausibler Grund«, gab er zu.

Ihre Selbständigkeit und ihr Einfallsreichtum verunsicherten ihn. Carolin Sherry war das Gegenteil von seiner sanften und kritiklosen Freundin Andrea. Diese Amerikanerin wußte genau, was sie wollte; sie konnte ihm nützlich, aber auch gefährlich sein, erkannte Fred Bertram. Er schwor, bei ihr äußerst vorsichtig zu sein. Er mußte ihr gegenüber Anzeichen der Sympathie vermeiden, private Äußerungen unterlassen, sie lediglich wie eine Geschäftspartnerin behandeln und nicht den Fehler der intimen Annäherung machen. Diese Frau hatte mit ihrem Geist und Körper den beherrschenden und kaltblütigen Arzt und Geschäftsmann Sally so beeindruckt, daß er mit ihr über geheime Dinge sprach, die den Gentleman Sally womöglich vor Gericht oder zumindest vor die Ethik-Kommission der Ärztekammer bringen konnten, die befugt war, ihm die Ausübung seines Berufes zu verbieten. Die Zitierung vor das ärztliche Ehrengericht wegen Mißachtung der Berufs-Ethik würde seinen Ruf so schädigen, daß seine reichen und prominenten Patienten es kaum noch wagen würden, die Eifeler Privatklinik zu betreten. Bertram nahm sich vor, die Story seines Lebens nicht durch ein flüchtiges Bett-Abenteuer aufs Spiel zu setzen.

Das Haus der Bekannten von Carolin Sherry in der Eifeler Kreisstadt »Bitburg« stand außerhalb des Ortskerns auf einem Hügel, von dem sich herrliche Ausblicke auf die herbe Landschaft boten. Es war ein großer Bungalow, dessen Außenwände vorwiegend aus verschiebbaren Glaswänden bestanden. Er machte den Eindruck eines riesigen Glaskastens, der sowohl einem Maler, Bildhauer oder Architekten als Atelier für seine Arbeit hätte dienen können, um sich durch das aus verschiedenen Himmelsrichtungen einflutende Tageslicht inspirieren zu lassen. Um so erstaunter war Fred Bertram, daß ihm nicht – wie erwartet – die Bekannten von Sherry die Tür öffneten. Carolin selbst empfing ihn an der Glastür. Sie trug enganliegende weiße Jeans und einen schwarzen Pullover, der ihre weiblichen Formen betonte. Ihre Füße steckten in weißen Turnschuhen. Ihre schlanke, sportliche Figur machte sie selbstsicher und überlegen. Sie wußte genau, daß ihre äußere Erscheinung keine Komplexe in ihr hervorriefen. Auch intellektuell war sie in Gesprächen mit Männern nie in Verlegenheit geraten. Daß ihre Verhältnisse mit dem anderen Geschlecht immer wieder scheiterten, lag meistens an ihr; sie hatte nie den Mann gefunden, der ihr auf Dauer überlegen war, der sie an die Hand nahm, bei dem sie sich ausweinen konnte, ohne daß er gleich mitweinte und sie bedauerte. Daß sie immer wieder an den falschen Mann geriet, verdankte sie ihren weiblichen Gefühlen, die ihre Logik überstimmten. Das war ihr großes Problem. Aber sie war eine Frau mit sinnlicher Ausstrahlung. Die Liebe fragte nicht nach der Logik der Beziehung. Nicht nur bei ihr.

»Hallo!« begrüßte sie Bertram lachend. Und mit spöttischem Unterton ergänzte sie: »Ich bin allein. Meine Bekannten sind wieder einmal auf Reisen. Deshalb habe ich auch den Hausschlüssel. Sie brauchen also kein Blatt vor den Mund zu nehmen.«

Er hatte den Eindruck, daß ihre dunkle Stimme wegen der akustischen und architektonischen Eigenart heller klang.

Sie führte den Journalisten in einen überdimensionalen Raum. Seine Augen mußten sich mühsam einen Bezugspunkt suchen, um auszuruhen. Die gewohnten Innenwände mit ihrem Bilderschmuck ersetzten kühle Glasfenster, die scheinbar ungehindert die kalte Winterlandschaft in den Raum ließen. Dieser fast endlose Raum ohne Ruhe und anheimelnde Wärme war der Ausdruck des ausgefallenen Geschmacks seiner Besitzer, von denen Fred Bertram gern Näheres erfahren wollte. Carolin Sherry wußte, wie fremde Besucher auf die große "Glasvitrine" reagierten. Das hatte sie oft genug miterlebt.

»Ich sehe es Ihnen an, der Raum ist nicht nach Ihrem Geschmack«, behauptete sie, ohne seine Antwort abzuwarten.

»In dieser kühlen Nüchternheit könnte ich nicht arbeiten und wohnen. Er ist mir zu steril«, urteilte er freimütig.

»Das geht den meisten so.«

»Was sind Ihre Bekannten von Beruf?«

»Ihr Bungalow steht in krassem Gegensatz zu ihrem Beruf. Sie sind Kunstsammler, Antiquitäten-Händler. Sie reisen deshalb durch die halbe Welt.«

»In ihrem Bungalow scheint die Kunst aber nicht zu Hause zu sein.«

»Zu Ihrer Beruhigung, es gibt in diesem Glashaus auch noch Privaträume, in denen die Kunst ihren festen Platz hat. Doch das ist nicht unsere Angelegenheit«, stellte sie fest. »Wir sollten zum Thema kommen«, sagte sie direkt.

Bertram glaubte sie mittlerweile so gut zu kennen, daß Sie über ihre Bekannten kein Wort mehr verlieren wollte.

»Wenn ich mich in meinem Artikel mit den Methoden der Privatklinik kritisch auseinandersetze, muß ich dafür auch Beweise haben«, begann Fred Bertram reserviert.

»Dazu lieferte ich Ihnen genügend Informationen.«

»Sie haben sie mir nur unter vier Augen mitgeteilt. Sally und seine Mitarbeiter werden alles abstreiten. Letzten Endes steht die Existenz der Klinik auf dem Spiel.«

»Es ist ganz unmöglich, Ihnen vertrauliche Schriftstücke als Beweis zu liefern. Weil ich sie nicht habe. Meine mündlichen Informationen müssen Ihnen genügen. Es ist Ihre Sache, sie zu beweisen. Wozu sind Sie Journalist? Wenn Sie nur aus schriftlichen Unterlagen zu zitieren brauchen, ist das kein Kunststück. Abgesehen davon, daß auch angeblich vertrauliche Schriftstükke gefälscht sein können. Aber wem sage ich das?« meinte sie verärgert.

»Zugegeben, so unvorsichtig im Umgang mit brisanten Unterlagen sind die Verantwortlichen in der Klinik nicht. Wir müssen deshalb gründlicher vorgehen.«

»Wie meinen Sie das?«

»Daß wir ihre Gespräche abhören.«

»Fällt Ihnen nichts Besseres ein?« spottete sie.

»Es ist aber die beste und sicherste Methode, sie zu überführen«, sagte Bertram jetzt mit seiner gewohnten Hartnäckigkeit.

»Ich soll also das Risiko für Sie eingehen, Mikrophone in die Arbeitsräume zu schmuggeln?«

»Genau!«

»Und wenn ich es ablehne, Herr Bertram?« fragte sie prüfend.

»Dann werden meine Ermittlungen auch nach monatelangem

Aufenthalt in der Klinik keine beweisbaren Fakten für die Aufdeckung der Mißstände erbringen.«

»Sie würden den Artikel unter diesen Umständen nicht schreiben?«

»Nein. Was ich offiziell von Sally und seinem Mitarbeiter Fresar erfahre, mag zwar umstritten sein, aber nicht den Tatbestand einer strafbaren Handlung erfüllen. Keine seriöse Zeitung kann es sich erlauben, Beschuldigungen zu erheben, die lediglich auf Vermutungen beruhen. Nicht nur ich als Verfasser, auch mein Chefredakteur und Verleger würden zur Rechenschaft gezogen, falls die im Artikel aufgestellten Behauptungen nicht beweisbar sind.«

Die Amerikanerin ging in dem großen Raum auf und ab. Sie dachte angestrengt über die gefährliche Lauschaktion nach. Sie ging das große Risiko ein, beim Anbringen der Mikrophone in den ohnehin von Fremden nicht zu betretenden Forschungslabors erwischt zu werden. Es war eine Angewohnheit von ihr, den Entschluß aus ihren Überlegungen durch eine ruckartige Kopfbewegung anzukündigen.

»Gut, ich will versuchen, die Wanzen in den Räumen zu verstecken.«

»In Sallys Privatzimmer und in den Versuchslaboratorien«, ergänzte er.

»In Sallys Privatzimmer kann es nur nachts geschehen, wobei wir berücksichtigen müssen, daß er oft darin übernachtet. Doch ich habe einen Nachschlüssel.«

»Weiß Sally davon?«

»Nein. Bevor ich damals die Mikrophone aus seinem Zimmer entfernte, machte ich mir vorsorglich einen Abdruck von seinem Zimmerschlüssel.«

»Ausgezeichnet«, lobte er sie.

»Doch schwieriger wird es, in die Laboratorien zu kommen. Irgendeiner der Ärzte und Forscher arbeitet bei wichtigen Versuchsreichen auch nachts in den Labors.«

»Und tagsüber?«

»Da ist es noch schwieriger. Aber mir wird schon etwas einfallen. Ich lasse mir die Räumlichkeiten noch einmal genau durch den Kopf gehen. Wenn ich im voraus die Stelle kenne, an der ich das Mikrophon anbringen will, dauert es nur wenige Minuten, falls alles gut vorbereitet ist. Doch ein Nervenkitzel bleibt es«, wandte sie ein.

»Ich weiß. Aber es bleibt uns gar nichts anderes übrig.«

»Was heißt uns, Herr Bertram? Ich muß es allein tun. Sie warten nur auf meine Vollzugsmeldung. Das ist einfach«, stellte sie fest.

»Dann sagen Sie mir, wie ich Ihnen beim Installieren der Mikrophone helfen kann, Carolin.« Ihr Vorname war ihm im Eifer des Gesprächs unwillkürlich herausgerutscht. Vielleicht war es schon die Vorankündigung zur Anbahnung eines Vertrauensverhältnisses, das für die gefährliche Aktion einfach notwendig war.

Sie hatte seine persönliche Anrede nicht überhört. Einen Mitwisser zu haben, der über ihren Einbruch ins Chefzimmer und in die Laboratorien genau informiert war, den sie aber noch zu wenig kannte, um seine Vorzüge und Schwächen abschätzen zu können, bedeutete für Carolin Sherry ein großes Wagnis. Wenn die Aktion schiefging, würde man Bertram die Beschaffung von Informationen auf illegalem Weg wegen seiner beruflichen Neugier vielleicht eher verzeihen als ihr. Sie überlegte einen Augenblick, ihre weiblichen Reize als Mittel zum Zweck einzusetzen, alle Verführungskünste anzuwenden, um mit ihm ins Bett zu gehen. In der entspannten Ruhephase nach dem intimen Akt würde er sich wohl wie fast alle Männer verhalten, daß sie von ihrem Beruf oder ihren familiären Schwierigkeiten erzählen; er würde mit ihr wieder die riskante Abhöraktion erörtern. Dabei aber vertrauter und offener mit seinen Informationen sein. Sie war als Frau in der Lage, ihm Zärtlichkeit, Leidenschaft, einen Höhepunkt vorzutäuschen. Doch nicht er. Sein Orgasmus war die beste Kontrolle.

Er war ihr nicht unsympathisch. Im Gegenteil. Und er hatte als Journalist die besseren Möglichkeiten, Mißstände an die Öffentlichkeit zu bringen. Gut, er besaß die Macht, mit dem geschriebenen Wort etwas zu erreichen – sie aber mit den Mitteln des ewig Weiblichen. Der Ort wichtiger Entscheidungen war immer noch das Bett. Hier fielen und fallen nach dem Samenerguß selbst weltbewegende Entschlüsse.

Auch Fred Bertram hielt es nicht mehr auf seinem Platz im Sessel. Er wußte, daß sie sich jetzt entscheiden mußte.

Sie blieb vor ihm stehen. Er bemerkte das Flackern in ihren Augen. Ihr Atem ging schneller. Er sah, wie ihre Brustwarzen unter dem engen Pullover anschwollen. So wie sie in ihrer sexuellen Ausstrahlung vor ihm stand, mit halbgeöffnetem Mund und begehrenden Blicken, vergaß er seinen Vorsatz, sie nicht anzurühren. Auch sie spürte das plötzliche Verlangen, in seine Arme zu fliehen, Frau zu sein, ihm zu sagen, wie groß ihre Angst vor dem Anbringen der Mikrophone sei. Daß er sie nicht in seine Arme nahm, verhinderte sie selbst. Nicht jetzt, noch nicht, besser nie, durchfuhr es sie. Der Trotz gegen die männliche Überlegenheit gab ihr das Stopp-Signal. Statt ihrer Lippen reichte sie ihm die Hand. »Gut, ich werde die Mikrophone einbauen. Wir gehen dabei gemeinsam das Risiko ein. Wir sind Partner, Fred.«

Er hielt ihre Hand, irritiert und unschlüssig, wer Herr der Lage war. Er versuchte, ihre Hand zu streicheln, doch sie entzog sie ihm abrupt.

»Lassen wir das, Fred! Wir haben Wichtigeres zu tun «, sagte sie ernüchtert. Spott klang in ihrer dunklen Stimme mit. Er empfand ihre Zurückweisung nach so vielen weiblichen Aufforderungs-Signalen als Demütigung, die er ihr so schnell nicht vergessen würde. Er gehörte zu den Männern, die eine Abweisung und Kränkung durch eine Frau mühsamer verkraften konnten als eine schwere berufliche Niederlage.

»Ja, es ist auch besser so! – Geben wir trotzdem das formelle Sie auf?«

»Klar! Du mußt unbedingt Deinen Artikel schreiben!«

»Ohne Deine Abhöranlage schaffe ich es nicht.«

»Ich werde das Tonbandgerät wieder in meinem Zimmer verstecken und alles mitschneiden. Die Bänder kannst Du dann außerhalb der Klinik auswerten.«

»Mach ich!«

»Versprich mir, alles zu veröffentlichen«, forderte sie.

»Natürlich, Carolin!«

»Bitte, sage es mir unmißverständlich.«

»Ich verspreche Dir, alles zu veröffentlichen. – Zufrieden?«

»Ja!«

»Bleibst Du die Nacht hier?«

»Ja.«

»Dann fahre ich jetzt in meine Wohnung nach Düsseldorf. Ich muß die Post durchsehen. – Oder willst Du mitfahren?«

»Nein, ich bleibe lieber hier und denke nach. Es ist besser so für uns«, beteuerte sie.

Er ging hinaus.

Als sie hörte, wie er den Motor seines Wagens anließ, wollte sie ihn zurückholen, ihn bitten, die Nacht bei ihr zu bleiben. Das plötzliche Alleinsein und ihr Versprechen, die Mikrophone in die Räume zu schmuggeln, versetzten sie in panische Angst. Irgendwie ahnte sie, daß sie damit einen gefährlichen Schritt tat. Sie wollte von Fred die Bestätigung erhalten, daß alles gutging. Daß er sie schützen würde, wenn sie doch auffiel. Doch abermals gewann der Stolz die Oberhand in ihrem aufgewühlten Inneren. Sie blieb regungslos stehen und lauschte, wie er wegfuhr. »Verdammt noch mal, wie schwer ist es manchmal, eine Frau mit Gefühlen zu sein und obendrein noch den Stolz zu bewahren«, schrie sie durch den kühl anmutenden Raum, der ihr jetzt wie ein gläserner Sarg vorkam.

Fred Bertram rief von seiner Düsseldorfer Wohnung aus Andrea an. Als sie ihm von ihren Erlebnissen berichtete, machte er ihr heftige Vorwürfe, weil sie ihn vorher nicht gefragt hatte. »Was nützen mir Deine Erfahrungen, wenn sie nicht beweisbar sind«, warf er ihr wütend vor.

»Was sollte ich denn machen? Glaubst Du, sie hätten es mir schriftlich gegeben?« erwiderte sie gereizt.

»Du hättest mich einweihen müssen...«

»Wieso müssen?«

»Solche Dinge erfordern außergewöhnliche Mittel.«

»Außergewöhnliche Mittel hört sich fast kriminell an! Welche zum Beispiel?« wollte sie wissen.

»Du hättest die Gespräche mit einem versteckten Tonbandgerät aufnehmen können.«

»Um Dir dann das Band auszuhändigen?«

»Ja. Nur ich kann damit etwas anfangen,« behauptete er.

»Ich kann meine Informationen selbst an die Zeitung geben«, erwiderte sie.

»Man wird Dir nicht glauben, alles als Fälschung abtun«, beharrte er eigensinnig.

»Du meinst, nur Du bist glaubhaft?«

»Jedenfalls glaubhafter als Du«, meinte er überheblich.

»Also gut, wenn der Wiesbadener Interessent mich anruft, werde ich das Telefonat auf Band aufnehmen.«

»Dann mußt Du den Anrufer in ein längeres Gespräch verwickeln, angeblich auf sein Angebot als Leihmutter eingehen, ihn auch nach dem Honorar fragen. Du kannst dazu mein Tonbandgerät benutzen. Es läßt sich mit einem Handgriff an Dein Telefon anschließen. – Ich bringe es Dir! Oder kommst Du zu mir und bleibst die Nacht hier? Ich muß morgen wieder früh in der Klinik sein.«

»Nein, ich brauche Dein Aufzeichnungsgerät nicht. Ich besorge mir selbst eins – vielleicht«, lehnte sie sein Angebot ab.

»Wie soll ich das verstehen, Andrea?«

»Daß ich Dir das Band mit dem aufgezeichneten Telefonat nicht geben werde.«

»Und warum nicht?« fragte er erstaunt.

»Weil ich mich nicht länger von Dir bevormunden lasse. Ich habe keine Lust, nur Mittel zum Zweck für Deine Story zu sein«, warf Andrea ihm vor.

»Du lehnst es also ab, zu mir zu kommen?« erregte er sich, immer noch nicht ahnend, daß Andrea sich in den letzten Tagen verändert hatte.

»Du hast richtig gehört, ich komme nicht zu Dir!«

»Dann komme ich eben zu Dir!«

»Ich will es nicht. Vielleicht rufe ich Dich noch einmal an, wenn Du zufällig wieder in Düsseldorf bist«, erklärte sie selbstbewußt und legte den Hörer auf.

Fred war wütend. Was habe ich bei ihr nur falsch gemacht?

fragte er sich. Nein, so ohne weiteres wollte er auf Andreas Tonbandbeweise nicht verzichten. Sie würde sie ihm geben, morgen oder übermorgen, wenn ihr Ärger verflogen war. Bisher hatte er sich noch immer bei ihr durchsetzen können; sie würde bestimmt auch dieses Mal wieder nachgeben. Vielleicht war es falsch gewesen, ihr heftige Vorwürfe zu machen.

Um allen Schwierigkeiten aus dem Wege zu gehen, muß ich mich bei ihr entschuldigen, zu ihr in die Wohnung fahren und für alle Fälle das Tonbandgerät an ihr Telefon anschließen, beschloß er.

Er rief deshalb bei Andrea an. Doch sie meldete sich nicht. In den nächsten Stunden versuchte er pausenlos, Andrea ans Telefon zu bekommen. Vergebens.

Ihm war die Lust vergangen, die Nacht allein in seiner Wohnung zu verbringen. Aus taktischen Gründen war es auch besser, noch in der Nacht in die Klinik zurückzukehren, um jeden Verdacht auf eine Verabredung mit der Dolmetscherin Sherry zu vermeiden. Carolin würde erst am anderen Tag gegen Mittag wieder in der Klinik eintreffen. Er wollte ihr deshalb zuvorkommen. Fred Bertram packte eilig einige Wäschestücke und andere Sachen zusammen und fuhr dann mit überhöhtem Tempo über die Autobahn in Richtung Eifel. Er schaffte es noch vor Mitternacht, die Klinik »Humanitas« zu erreichen. Er schellte an der verschlossenen Pforte. Die Nachtschwester öffnete ihm. »Verzeihen Sie, Schwester, daß ich Sie noch so spät störe«, entschuldigte er sich und schaute dabei auf seine Armbanduhr. »Immerhin ist es kurz vor Mitternacht«, bemerkte er nicht ohne Absicht.

»Macht nichts, Herr Bertram. Sie sind ja kein Patient«, meinte die Nachtschwester freundlich.

Als Fred Bertram über den Korridor der Gästezimmeretage ging, begegnete ihm ein junger Mann, der ein wenig scheu und unbeholfen wirkte. Er trug einen dunklen Anzug. Der erfahrene Journalist vermutete sofort, daß es sich um einen Geistlichen handelte. Er war scheinbar auch erst zu später Stunde in der Klinik eingetroffen. Jedenfalls mußte er zum ersten Mal hier sein, weil er sich auf dem Flur nicht auskannte. Entweder besuchte der vermeintliche Geistliche eine Angehörige oder er selbst war Patient. Sein spätes Eintreffen und das unsichere Benehmen bestärkten Fred Bertram in seiner Annahme, daß es sich um einen Priester handelte. Doch was hatte er hier zu suchen? Falls er eine Familienangehörige besuchte, die Patientin der Befruchtungsklinik war, mußte er es in aller Heimlichkeit tun. Seine Kirche war gegen jede Form der künstlichen Befruchtung.

Fred Bertram wollte es herausfinden.

»Guten Abend«, grüßte er den jungen Mann freundlich. »Ich müßte eigentlich schon längst auf meinem Zimmer sein, der Hausordnung nach. Aber die Schwester hat ein Auge zugedrückt. Mir wäre es peinlich, wenn der Klinikchef Dr. Sally von meiner wiederholten Verspätung erführe. Es ist in dieser Woche schon das zweite Mal, daß ich als Patient gegen die Hausordnung verstoße und so spät komme. Ich hoffe, Sie schwärzen mich nicht an«, heuchelte Bertram, um den dunkelgekleideten Patienten oder Besucher in ein Gespräch zu verwickeln.

»Warum sollte ich Sie anschwärzen? Ich kenne Sie doch gar nicht!«

»Dr. Sally ist sehr streng mit seinen Patienten. Er ist der reinste Pünktlichkeitsfanatiker. Sein Terminkalender ist auf Monate hinaus ausgebucht. Ich bin froh, daß er mich überhaupt noch behandelt, nachdem ich vergeblich bei vielen Ärzten war. Ich sei ein hoffnungsloser Fall, erklärten sie mir unverblümt. Mein Samen ist nicht in Ordnung«, log der Journalist, um durch sein freimütiges Bekenntnis das Vertrauen des späten Gastes zu gewinnen. »Sind Sie schon lange hier?« fragte Bertram ihn direkt.

»Nein, ich bin erst vor einer Stunde angekommen.«

»Dann wissen Sie noch nicht, wie streng die Ärzte hier sein können. Dr. Fresar zum Beispiel.«

»Wie meinen Sie das?«

»Ich kann Ihnen einige brauchbare Ratschläge geben, wie Sie ohne Ärger und vor allem termingerecht Ihre Behandlungen durchführen können. Ich bin hier schon Dauergast. Ich habe so ziemlich alle Fertilitätsbehandlungen mitgemacht«, übertrieb Bertram.

»Interessant«, erwiderte der junge Mann.

»Ich nehme an, Sie sind Patient?« sagte Bertram. »Wenn Sie wollen, erzähle ich Ihnen Näheres über die Klinik. Ich bin noch nicht müde. Eine halbe oder auch ganze Stunde würde ich mich noch gern mit Ihnen unterhalten. Ich wohne dort in dem vierten Zimmer rechts. – Bertram ist mein Name«, stellte er sich vor.

»Gern. Ich kann auch noch nicht schlafen. Ich muß aber erst noch...«

»Ich weiß, zur Toilette. Sie liegt etwas ungünstig am Ende des Flures.«

»Danke, Herr Bertram, ich komme danach noch für kurze Zeit zu Ihnen«, versprach er, ohne seinen Namen zu nennen.

Aus der kurzen Unterredung wurde doch noch ein längeres Gespräch in Bertrams Zimmer.

Es dauerte einige Zeit, bis der junge Mann so viel Vertrauen zu dem angeblichen Patienten Bertram gewann, um ihm zu gestehen, daß er katholischer Kaplan war. Er sei deshalb auch erst kurz vor Mitternacht in die Klinik gekommen, damit man ihn nicht sah oder durch das Autokennzeichen seine Identität feststellen könnte. Sein größter Wunsch sei, zu heiraten, eine Familie zu gründen, möglichst viele Kinder zu haben. In seiner Pfarre kenne er eine junge Frau; sie sei im kircheneigenen Kindergarten als Erzieherin beschäftigt. Etwas über dreißig Jahre, also in seinem Alter. Er würde die Frau sofort heiraten und mit ihr Kinder zeugen. Aber das Lehramt untersage den katholischen Priestern die Ehe.

»Ein Kind ist ein Geschenk Gottes. Ich möchte an dem neu zu schaffenden Leben beteiligt sein. Aber uns katholischen Geistlichen ist es untersagt, Vater zu werden oder zu heiraten«, beklagte der junge Kaplan. Er fuhr hoffnungsvoll fort: »Doch ewig kann Rom die Heirat der katholischen Priester nicht verbieten. Ich kann nur hoffen, daß der Papst schon in absehbarer Zeit den Zölibat aufhebt. Vielleicht dauert es aber auch noch Jahrzehnte. Deshalb habe ich auf Empfehlung eines Amtsbruders, der genauso denkt wie ich, Dr. Sally gebeten, vorsorglich meinen Samen einzufrieren.«

»Rechnen Sie denn wirklich damit, daß der Papst überhaupt jemals seine unnachgiebige Haltung zum Zölibat aufgeben wird?« versuchte Bertram herauszubekommen.

»Mit Gottes Hilfe und weil ich kinderlieb bin, hoffe ich es. Auch wenn es mir oft wie eine Illusion erscheint.«

»Das Einfrieren Ihres Samens ist also eine Vorbeugungsmaßnahme?«

»Ja. Für den Fall, daß ich zwar eines Tages heiraten und Kinder zeugen darf, aber dann vielleicht schon zu alt dazu bin, Herr Bertram.«

»Verstehe. Aber befürchten Sie nicht, daß Ihr Samen, wenn er nach Jahrzehnten für eine Befruchtung im Reagenzglas oder zur Insemination aufgetaut wird, womöglich zu alt ist? Ihr Sperma durch die lange Tiefkühlung sogar die Ursache für behinderte Kinder sein kann, Herr Kaplan?«

»Es kommt darauf an, wie lange mein Sperma in der Samenbank verbrachte. Die Einlagerungszeit bei Beachtung der vorgeschriebenen Kältetemperaturen ist nach Ansicht der Fachleute kein Problem.

»Altersmäßig könnten Sie dann schon Prälat oder sogar Kardinal sein«, spottete Bertram.

»Mag sein. Aber viel wichtiger ist im Augenblick, ob mein Sperma für die spätere Zeugung in Ordnung ist. Bevor es eingefroren wird, soll es gründlich untersucht werden. Ich muß deshalb einige Tage in der Klinik bleiben«, erläuterte der Kaplan.

Bis zum Morgengrauen diskutierte Bertram noch mit dem jungen Kaplan. Er fragte sich, ob der katholische Geistliche ein lebensfremder Spinner war, der an eine Aufhebung des priesterlichen Zölibats glaubte.

Bertram hielt es für seine journalistische Pflicht, von einem Moraltheologen so bald wie möglich die offizielle Stellungnahme der katholischen Kirche zur künstlichen Befruchtung einzuholen.

Ingeborg Dallberg war durch die Übertragung der drei Embryonen tatsächlich schwanger geworden. Der Klinikchef selbst teilte ihr das positive Ergebnis der Laboruntersuchungen mit.

Dr. Sally hatte befürchtet, daß sie auf das ungewollt herbeigeführte »freudige Ereignis« ablehnend und wütend reagieren würde. Doch zu seiner Überraschung schien sie darauf vorbereitet gewesen zu sein, eigentlich darauf gewartet zu haben. Vielleicht wäre sie sogar tief enttäuscht gewesen und in Tränen ausgebrochen, hätte Dr. Sally ihr die Nachricht von der mißglückten Embryonen-Verpflanzung überbracht.

Der Klinikchef und sein Ärzteteam waren stolz auf ihren Erfolg, der umso höher zu bewerten war, weil es sich bei der Rückverpflanzung um Embryonen handelte, die immerhin fünf Jahre lang tiefgefroren in der Kryobank verbrachten. Die Erfolgsrate bei der Übertragung von Embryonen, die außerhalb des weiblichen Leibes im Reagenzglas durch Zusammenführen der weiblichen Eizellen mit dem Sperma des Mannes befruchtet worden waren, lag zwischen zehn und dreißig Prozent. Die Reproduktionsmediziner der Eifeler Klinik waren deshalb bemüht, die Erfolgsquote der Fortpflanzungsmethode zu erhöhen, weil sie sich vor Nachfragen für die in-vitro-Fertilisierung vor allem aus den reichen und hochentwickelten Ländern kaum noch retten konnten. Führende deutsche Gynäkologen schätzten, daß in nächster Zeit in der Bundesrepublik jährlich etwa eintausendfünfhundert »Retortenbabys« gezeugt werden würden.

Ingeborg Dallberg hatte die Nachricht von ihrer geglückten Schwangerschaft schweigend entgegengenommen. Sie äußerte sich dazu mit keinem Wort. Doch dem erfahrenen Gynäkologen Dr. Sally war ihr flüchtiges Lächeln nicht entgangen, dem er entnahm, daß sie sich mit dem Baby abgefunden hatte, ihre Mutterrolle nunmehr akzeptierte.

Auch Fred Bertram erfuhr von der geglückten Schwangerschaft der Ingeborg Dallberg. Dr. Sally hatte es ihm gesagt. Letzten Endes war es eine gute Nachricht.

»Wir alle sind stolz auf das Kind, das so lange im Kälteschlaf der Kryobank schlummerte«, berichtete er fast poetisch. »Wissen Sie, Herr Bertram, irgendwie fühle ich mich auch als Vater mitverantwortlich und nicht nur als Arzt, der Hilfestellung für die Zeugung leistete. Solche Ereignisse sind die schönsten

Augenblicke in meinem Leben. Dann hat man die Genugtuung, die Natur doch noch zum freudigen Ereignis überlistet zu haben, nachdem sie das Urteil der Kinderlosigkeit fällte.«

Bertram fühlte sich peinlich berührt von diesen Gefühlsäußerungen, die Dr. Sally stets hinter seinem unnahbaren Wesen verbarg.

Doch dann wurde er wieder sachlich: »Diesen Erfolg verdanken wir zum großen Teil unseren modernen Tiefkühleinrichtungen. Sie sollten sie sich einmal ansehen und erklären lassen«, riet der Klinikchef dem Journalisten.

Bertram war damit einverstanden. Er ging in den Raum, wo die zwei Tiefkühlbehälter standen. Dr. Andacht erläuterte ihm in groben Zügen die Einfrierungsmethoden: »Zunächst werden die befruchteten Eizellen zehn Minuten lang bei einer Temperatur von plus 37 Grad Celsius mit einem Gefrierschutzmittel behandelt, danach dreißig Minuten in eine andere Speziallösung gelegt und schließlich – meist paarweise – in ein fünf Zentimeter langes Plastikröhrchen gegeben und mit einem Pfropfen verschlossen.«

»Wie dick ist das Röhrchen?«

»Sein Durchmesser beträgt etwa drei Millimeter.«

»Bevor Sie mir die Tiefkühlung weiter erklären, möchte ich gern wissen, warum die Erfolgsrate der zurückverpflanzten Embryonen nur bis zu dreißig Prozent beträgt, Herr Dr. Andacht.«

»Die Erfolgsquote von dreißig Prozent ist nach meiner Ansicht stark übertrieben. Ich schätze sie auf fünfzehn Prozent. In unserer Klinik ist sie allerdings sehr hoch. Sie liegt weit über den Erfolgsquoten anderer Kliniken, die sich mit der Reproduktionsmedizin befassen«, behauptete er nicht ohne Stolz.

»Und warum gehen so viele Embryonen zugrunde?«

»Das beginnt schon bei der Entnahme der Eier aus dem Eierstock der Frau. Weitere Verluste entstehen beim Transport bis zum Reagenzglas. Eine außerhalb des weiblichen Körpers zu befruchtende Eizelle ist stets gefährdet. Den winzigen Embryonen wird fast Unmenschliches zugemutet. Sobald sie dem Eierstock entnommen und im Glas befruchtet wurden, müssen sie eingefroren und schließlich eines Tages wieder durch Auftauen aus der Starre erweckt werden.«

»Und wenn Sie einer Frau immer wieder Embryonen einpflanzen? Einmal müßte die Schwangerschaft dann doch eintreten.«

»Natürlich kann man den Embryonen-Transfer mehrmals wiederholen. Allerdings gibt es dabei auch Grenzen. Doch auch die Anzahl der in die Gebärmutter übertragenen Keimlinge ist für die Schwangerschaft ausschlaggebend. Heute implantiert man im Durchschnitt nur zwei bis drei Embryonen auf einmal. Werden mehr befruchtete Eizellen in die Gebärmutter übertragen, erhöht sich damit auch das Risiko für Mehrlingsgeburten. Natürlich ist die Chance für den Eintritt einer Schwangerschaft um so höher, je mehr Embryonen implantiert werden«, erläuterte Dr. Andacht, der jetzt ganz in seinem Element war.

»Also bleibt es im Normalfall bei der Verpflanzung von höchstens drei Embryonen?«

»So sollte es sein. Nur klappt es nicht immer bei dem ersten Transfer. Man muß die Übertragung deshalb öfter in verschiedenen Zyklen wiederholen. Dazu ist es nötig, daß der Arzt durch mehrere Bauchspiegelungen zum Ovulationszeitpunkt der Frau ihrem Eierstock genügend befruchtungsfähige Eizellen entnimmt, die dann nach der Befruchtung im Reagenzglas der Patientin in ihren aufeinanderfolgenden Zyklen übertragen werden.«

»Ja, das verstehe ich«, behauptete der Journalist, obwohl er längst nicht alles begriffen hatte.

»Wenn wir genügend Embryonen für die Übertragung zu dem jeweils günstigen Zyklus der Frau in unserer Kryobank bereithalten und den Embryonen-Transfer mehrmals wiederholen können, ist auch die Aussicht auf eine Schwangerschaft größer.«

»Und wie geschieht die Einfrierung?«

»Wir müssen die Kältetemperatur stufenweise absenken, bis sie die benötigte Minustemperatur von 196 Grad Celsius erreicht. Weil der Embryo einen Wassergehalt von achtzig Prozent besitzt, muß er genügend Zeit für die Wasserabgabe haben, die ihn bis zu dreißig Prozent seines ursprünglichen Volumens schrumpfen läßt«, berichtete redebegeistert Dr. Andacht, der sich alle Mühe gab, dem Laien Bertram den komplizierten Vorgang verständlich zu machen.

»Was passiert bei einer zu schnellen Abkühlung?«

»Dann sind die Zellen der Embryonen nicht in der Lage, ihr Wasser auszuscheiden. Es kommt zur Eisbildung, wodurch sich Kristalle bilden. Sie können beim Einfrieren und Wiederauftauen Schäden an den Zellen der Embryonen hervorrufen.«

»Und wie entsteht die Kälte?«

Dr. Andacht deutete auf den chromblitzenden Kryobehälter. »In diesem Behälter ist flüssiger Stickstoff, der sich durch Verdunsten in Gas auflöst und dadurch bis zu minus 196 Grad erreicht.«

»Die für die Kryokonservierung der Embryonen benötigte Kühltemperatur?«

»Ja. Wenn die Geräte genau funktionieren, ist die Lagerzeit der eingefrorenen Embryonen fast unbegrenzt.«

»Können Sie mir noch das Auftauen der Embryonen erläutern, Herr Dr. Andacht?»

»Gern. Schade, daß ich es Ihnen im Augenblick nicht an einem praktischen Beispiel zeigen kann. – Nachdem ein oder zwei Plastikröhrchen aus dem Tiefkühlbehälter geholt wurden, läßt man sie erst in Ruhe in der normalen Zimmertemperatur auftauen. Oder man legt die Röhrchen in ein auf fünfzehn Grad erwärmtes Wasserbad. Danach werden die Röhrchen geöffnet und die aufgetauten Embryonen für jeweils fünf Minuten in zwei Reinigungslösungen gelegt, um das Gefrierschutzmittel zu entfernen. Danach erfolgt die sogenannte morphologische Begutachtung der aufgetauten Embryonen. Hierfür verwenden wir unter anderem ein Umkehrmikroskop, um festzustellen, ob die Keimlinge äußerlich beschädigt wurden. Oft werden auch Fotos zur Begutachtung herangezogen, die vor der Einfrierung von den Embryonen angefertigt wurden.«

»Ich glaube, wenn Sie mir noch mehr von Ihrer Samenbank erzählen...«

Dr. Andacht unterbrach ihn: »Sie müssen grundsätzlich unterscheiden, ob es sich um eingefrorenes Sperma oder um die

Kryokonservierung von Embryonen handelt. Für beide Arten gibt es unterschiedliche Lagerungszeiten, Herr Bertram.«

»Danke für den Hinweis, Herr Dr. Andacht. Ich muß erst einmal alles in meinem Gehirn verarbeiten.«

»Sehen Sie, das ist auch so eine Sache mit den Gehirnzellen -.«

Doch Bertram bremste Dr. Andacht in seinem Erklärungseifer. »Nein, bitte jetzt keine Erläuterungen auch noch über das Gehirn. Wenn ich weitere Fragen habe, komme ich zu Ihnen.«

»Oder gehen zu meinem Kollegen Dr. Fresar.«

»Natürlich.«

Für Fred Bertram war es ein beklemmendes Gefühl, vor den Tiefkühlbehältern mit dem eingefrorenen genetischen Humanmaterial zu stehen, aus dem Menschen entstehen.

Als sich Bertram in seinem Zimmer Notizen über die Erläuterungen Dr. Andachts zur Konservierung von Sperma und Embryonen machte, rief Ingeborg Dallberg ihn an:

»Entschuldigen Sie bitte die Störung, Herr Bertram.«

»Wer sind Sie denn?«

Vor Aufregung vergaß sie, ihren Namen zu nennen. »Ich bin Ingeborg Dallberg.«

»Die werdende Mutter, bei der die Gynäkologen einen nicht alltäglichen Embryonen-Transfer durchführten? Ich hörte davon. Herzlichen Glückwunsch zur Schwangerschaft, Frau Dallberg«, sagte er höflich.

»Danke, Herr Bertram. Ich verlasse morgen die Klinik. Vielleicht auch noch heute.«

»Warum haben Sie es denn auf einmal so eilig, nachdem doch alles so gut klappte, Frau Dallberg?«

»Nein, mein Aufenthalt hier in der Klinik hat mich seelisch schwerer belastet, als ich glaubte. Ich bin gegen meinen Willen nach so langer Zeit schwanger geworden. Ich möchte Ihnen die Hintergründe erzählen, weil ich erfahren habe, daß Sie über die Problematik der künstlichen Befruchtung einen Artikel schreiben wollen.«

»Wahrscheinlich wird daraus eine Artikelserie.«

»Meine Erlebnisse könnten dazu beitragen. Sind Sie daran interessiert?«

»Natürlich, Frau Dallberg. Aber bitte nicht am Telefon.«

»Nein, das hatte ich auch nicht vor. Können wir uns in einer Stunde an der Wanderweg-Tafel treffen?«

»Einverstanden! In einer Stunde. Ich bin pünktlich!«

Ingeborg Dallberg war bei den anderen deutschen Patientinnen nicht beliebt, weil sie sich stets von ihnen absonderte, kaum mit jemandem sprach, außer daß sie höflich die Tageszeit sagte. Ihre Mitpatientinnen legten es als Hochmut aus. Wenn diese eitel wirkende Frau ihn aus eigenem Entschluß anrief, mußte sie einen wichtigen Grund dazu haben. Fred Bertram hatte ohnehin von Dr. Sally erfahren wollen, warum ihr erst nach fünf Jahren die Embryonen transferiert wurden. Doch der Klinikchef verweigerte ihm die Auskunft:

»Ich muß mich auf meine Schweigepflicht berufen. Das müssen Sie akzeptieren, Herr Bertram«, schlug Dr. Sally ihm die näheren Auskünfte über seine Patientin Dallberg aus, als er ihn über ihre geglückte Schwangerschaft persönlich informierte.

Die Ankündigung der Kölner Patientin machte Fred Bertram neugierig. Je mehr er über die lange Wartezeit ihrer eingefrorenen Embryonen nachdachte, um so fragwürdiger erschienen ihm die Möglichkeiten der Frauen, den Zeitpunkt der Schwangerschaft mit Hilfe der Reproduktionsmedizin selbst zu bestimmen. Die geburtsfähigen Frauen konnten beispielsweise des Berufes oder der Karriere wegen den Zeitpunkt für das Kinderkriegen so bestimmen, wie er ihnen paßte. Sie konnten aus irgendwelchen Gründen die befruchteten Embryonen von Leihmüttern austragen lassen, auch wenn sie physisch und psychisch selbst dazu in der Lage waren. Diese Fälle wird es geben, erkannte der Journalist.

Fred Bertram malte sich aus, wie schockierend es für die erwachsenen Kinder sein mußte, wenn sie erfuhren, wie sie gezeugt wurden. Oder in welchem Leib sie heranwuchsen und zur Welt kamen. Würden die Tochter oder der Sohn es seelisch verkraften, daß eine fremde Frau sie zur Welt brachte, nur weil die eigene Mutter die Beschwerden der Schwangerschaft und Geburt aus Zeit- oder Berufsgründen nicht auf sich nehmen wollte? – es sei denn, sie war dazu gesundheitlich nicht in der Lage.

Gehörte Ingeborg Dallberg zu den Frauen, die den Zeitpunkt der Schwangerschaft bis in die Nähe der naturbedingten Wechseljahre immer wieder hinauszögerte?

Unwillkürlich empfand auch er eine Abneigung gegen Ingeborg Dallberg, obwohl er nur einige Worte mit ihr gesprochen hatte, sie nur flüchtig sah, wobei ihm nichts Besonderes an ihr auffiel. Ihr Äußeres reichte nicht aus, um Aufmerksamkeit zu erregen, die Blicke der Männer auf sich zu ziehen und andere Frauen neidisch zu machen. Gegen ihren Willen sei sie schwanger geworden, erinnerte sich Bertram skeptisch an ihre Behauptung. Mit großen Vorurteilen ging er zu dem verabredeten Treffpunkt.

Doch Ingeborg Dallberg war charmanter als er annahm. Sie hatte sich hübsch gemacht. Ihr tadellos sitzender Ozelot-Mantel und die dazugehörenden Accessoires paßten zu dem dezenten Make-up. Sie wirkte gelöst.

»Ich freue mich, Herr Bertram, daß Sie gekommen sind. Ich möchte Ihre Zeit mit meinen Erlebnissen nicht allzu sehr in Anspruch nehmen. Dennoch müssen Sie mir versprechen, meinen Namen in Ihrem Artikel nicht zu erwähnen.«

»Gut, ich halte mich daran. Was Sie mir erzählen werden, bleibt mein Informanten-Geheimnis.«

»Was heißt das bitte?«

»Daß ich zwar das Recht habe, die Informationen zu veröffentlichen, nicht aber den Namen meines Informanten zu nennen. Auch bin ich verpflichtet, alle Detailschilderungen zu vermeiden, die zur Aufdeckung der Informationsquelle führen können«, erläuterte er ihr die Spielregeln.

»Danke! Damit bin ich einverstanden.«

»Wir sollten uns für die Mitteilung Ihrer Erlebnisse und die Beantwortung meiner Fragen genügend Zeit nehmen, Frau Dallberg.«

Bertram deutete auf den Wegweiser, der nicht nur die Ziele der ausgeschilderten Wanderwege angab, sondern auch ihre Kilometerlängen und die dazu benötigten Wanderzeiten.

»Ich glaube, wir gehen den Weg zur »Wasserschlucht«, er dauert nur gut eine Stunde. Dort begegnet uns niemand. Wenn der Weg uns zu lang wird, können wir jederzeit wieder umkehren«, schlug er ihr vor.

Ingeborg Dallberg war auch damit einverstanden.

Sie erzählte ihm, wie es zu der Schwangerschaft gekommen war, die sie nun doch akzeptierte. Er wunderte sich, daß sie ihm so freimütig Einblick in ihr Privatleben gab. Ihr größter Wunsch war jetzt, daß sich das Kind aus der Kälte normal in ihrem Leib entwickelte und gesund zur Welt kam. Ingeborg Dallberg hatte das Bedürfnis, mit jemandem über ihre Sorgen und Freuden zu sprechen, nachdem sie in den fast vierzehn Tagen ihres Klinikaufenthaltes mit niemandem geredet hatte. Sie hatte einfach Vertrauen zu ihm.

Von ihr erfuhr Bertram auch beiläufig, daß Dr. Sally und seine beiden engsten Mitarbeiter, Dr. Fresar und Dr. Andacht, übermorgen für drei Tage zu einem internationalen Gynäkologen-Kongreß nach Zürich fliegen wollten. Sie gab dem Journalisten ihre Kölner Anschrift und bat ihn, sie zu besuchen. Er könne dann das Testament und andere Dokumente für die »befohlene Geburt« einsehen. Bertram erkannte sofort, daß der »Geburtsparagraph« in dem Testament juristisch anfechtbar war. Doch er behielt sein Wissen für sich.

Am späten Abend besuchte Bertram Carolin Sherry auf ihrem Zimmer. Er unterrichtete sie darüber, daß Dr. Sally und seine beiden Mitarbeiter in den nächsten Tagen zu dem Züricher Gynäkologen-Kongreß reisten.

»Ausgezeichnet! Das trifft sich gut. Ich habe die Mikrophone und das Aufzeichnungsgerät aus der Bitburger Wohnung mitgebracht. Ich hatte sie dort versteckt«, verriet sie ihm. Falls die führenden Gynäkologen tatsächlich übermorgen die Klinik verließen, wollte die Dolmetscherin noch in der Nacht die kleinen Mikrophone in Sallys Privatzimmer und in den Forschungsräumen installieren.

Die beiden Verschworenen hatten Glück. Carolin Sherry gelang es, ohne Komplikationen mit dem Nachschlüssel in Sallys Zimmer zu kommen und anschließend auch in den Laboratorien die “Abhör-Wanzen” zu verstecken. Bertram blieb in ihrem Zimmer und bediente die Abhöranlage. Carolin konnte ohne Zeitdruck ihre Mikrophone anbringen und zugleich die »Flüsterprobe« an Ort und Stelle durchführen. Bertram zeichnete sie zur Kontrolle auf dem Tonband in ihrem Zimmer auf.

Als die Amerikanerin in ihr Zimmer zurückkam, wunderte sich Bertram, daß man ihr die ausgestandenen Ängste nicht ansah.

»Man könnte glauben, Du kommst von einem harmlosen Spaziergang. Hattest Du überhaupt keine Angst?« wollte er wissen.

»Zuerst schon, aber dann war ich die Ruhe selbst. Das Risiko war diesmal nicht groß«, gab sie ehrlich zu. Sie lachte ihn spitzbübisch an. »Eigentlich möchte ich jetzt mit Dir auf die gelungene Aktion eine Flasche Sekt trinken.«

»Und warum tun wir es nicht?«

»Dazu ist es schon zu spät.«

»Ist das der einzige Grund?« forschte er weiter. Sie bemerkte seinen begehrenden Blick. Sie wußte, daß es jetzt an ihr lag, was in den nächsten Stunden geschah. Sie spürte wieder ihre Überlegenheit den Männern gegenüber. Die Macht ihres Körpers erregte ihre Sinnlichkeit, sie spürte das Verlangen, von ihm geküßt, gestreichelt und körperlich erobert zu werden, obwohl sie oft erlebte, daß sie hinterher in Komplikationen geriet. Die Erfahrung, daß die Männer glaubten, mit ihr schlafen zu können, wann sie Lust dazu hatten, an ihr zu vollziehen, was selbst der dümmste Mann konnte, schreckte sie ab. »Nein, hier ist nicht der richtige Ort, um Sekt mit Dir zu trinken«, meinte sie ausweichend.

Bertram empfand die abermalige Zurückweisung wie eine kalte Dusche. Er unterdrückte seine Niederlage mit der lakonischen Bemerkung: »Du hast recht. Hier ist nicht der rechte Ort, die Sektflasche zu öffnen. Wir werden sie irgendwo außerhalb der Klinik leeren«, hoffte er.

Die zwei Tage, an denen Dr. Sally und seine Mitarbeiter Dr. Fresar und Dr. Andacht noch auf dem Gynäkologen-Kongreß in Zürich waren, nutzte Fred Bertram, um die Stellungnahme der katholischen Kirche zur Samenspende und zur extrakorporalen Befruchtung einzuholen. Er verabredete sich deshalb mit dem Moraltheologen Prof. Dr. Friedhelm Leipner in der Bonner Universität.

Der freundliche Professor war bei seinen Studenten äußerst beliebt; er scheute sich nicht, zuweilen auch im Rollkragenpullover die Ethik zu lehren; dabei sah man ihm seine bevorstehende Pensionierung nicht an. Er wirkte sehr sportlich, und man hatte den Eindruck, daß seine lebhaften Augen immer nach neuen geistigen Streitthemen suchten; doch nie versuchte er, seine Studenten und andere Gesprächspartner herablassend zu belehren oder ihnen seine moraltheologische Meinung als der »Weisheit letzter Schluß« aufzudrängen.

Doch in der Kernaussage seiner Moraltheologie blieb er konsequent. Er gehörte nicht zu den Berufs-Moralisten, die zwei Meinungen in ihrer Brust trugen: die offizielle und von der Kirche geforderte Moraltheologie und die private, die erheblich – wenn nicht sogar völlig – von der beruflich zu vertretenden Lehre abwich. Weil der glänzende Rhetoriker mit Witz und Ironie auch die vom Papst und seinen vatikanischen Fachausschüssen beeinflußte Moraltheologie zu erläutern verstand, waren seine Vorlesungen bis auf den letzten Platz gefüllt. Dem mit beiden Beinen fest im »Diesseits« stehenden Moraltheologen war ohne weiteres zuzutrauen, in verbeulten Cordhosen und grellem Pullover den angehenden Theologen ebenso brillant den Sexismus zu erklären.

Der Professor empfing Fred Bertram in seinem Arbeitszimmer in der Universität. Es war vollgestopft mit Büchern, umherliegenden Publikationen, Akten und sonstigen nutzlosen und praktischen Utensilien, wozu auch die Kaffeemaschine gehörte, die der Moraltheologe meist zur späten Abendstunde eigenhändig in Gang setzte und sich damit zwar nicht gegen den Heiligen Geist, wohl aber gegen sein Herz versündigte, weil der selbstgebraute Kaffee viel zu stark war. In seinem Arbeitszimmer herrschte die kreative Unordnung.

Bertram hatte deshalb Mühe, einen leeren Stuhl ausfindig zu machen.

»Entschuldigen Sie die Unordnung«, lächelte der Professor;

er machte eine durch Bücher und Zeitschriften blockierte Sitzgelegenheit frei, indem er die Publikationen neben den Stuhl auf den Fußboden legte. Als der Gast auf dem geräumten Stuhl untergebracht war, setzte sich Professor Leipner in den zerschlissenen Schreibtischsessel und stellte dem Journalisten die üblichen Routinefragen, warum und für welche Zeitung er über das brisante Thema der künstlichen Befruchtung ausführlich schreiben wolle? Nachdem er lange genug das Minenspiel des Pressemannes beobachtet hatte, legte er mit der Bemerkung »Sie erlauben«, seine Beine auf die dafür noch freigelassene Schreibtischplatte. Genüßlich zündete er eine Zigarre an und blies die mit spitzem Mund kunstvoll erzeugten Rauchkringel vor sich hin, die wie Heiligenscheine durch den Raum schwebten.

Bertram ließ den Professor seinen Standpunkt erklären. Über seine Ausführungen machte er sich Notizen in seinem Stenoblock.

Grundsätzlich gehe die katholische Moraltheologie davon aus, daß ein verheiratetes Paar den Geschlechtsverkehr nur deshalb durchzuführen habe, um ein Kind zu zeugen. Sollte er nicht zu der angestrebten Zeugung führen, dürfe das Ehepaar nicht die Methoden der künstlichen Befruchtung in Anspruch nehmen. Die katholische Kirche untersage alle Formen der Zeugung, die von dem natürlichen Befruchtungsvorgang abwicnen. Selbst die Befruchtungshilfe, nach dem Verkehr den durch Masturbation gewonnenen Samen des Ehemannes mit der Spritze in die Gebärmutter der Ehefrau zu bringen, um ihre Befruchtungschancen zu erhöhen, gelte nach der katholischen Sittenlehre als schwere Sünde. Eindeutig habe der Vorsitzende der Deutschen Bischofskonferenz, Kardinal Höffner, bereits nach der Geburt des ersten Retortenbabys im Jahre 1978 erklärt, daß jede Form der extrakorporalen Befruchtung »sittenwidrig« sei.

Diese Haltung des Kölner Kardinals decke sich auch mit den Ausführungen von Papst Pius XII., der schon 1949 die künstliche Befruchtung »ohne Einschränkung« verwarf, weil sie den Menschen auf die Stufe des Tieres erniedrigen und dadurch »den heimischen Herd und das Heiligtum der Familie in ein bloßes biologisches Laboratorium verwandeln würde«. Im Mai 1956 erklärte der gleiche Papst: »Der eheliche Akt ist in einem natürlichen Gefüge eine persönliche Betätigung, ein gleichzeitiges und unmittelbares Zusammenwirken der Gatten, das durch die Natur der Handelnden ein Ausdruck des gegenseitigen Sich-Schenkens ist«. Dies sei viel mehr als die Vereinigung von zwei Keimen, die auch künstlich zustande kommen könnte, also ohne die natürliche Handlung des Gatten. Wörtlich zitierte Professor Leipner aus dem Schriftstück: »Der eheliche Akt, so wie die Natur ihn angeordnet und gewollt hat, ist ein persönliches Zusammenwirken, zu dem die Eheleute im Eheabschluß sich gegenseitig das Recht übertragen.«

Das leuchtete Bertram nicht ein. Er fragte den Moraltheologen, der trotz seines fortgeschrittenen Alters beim Lesen immer noch ohne Brille auskam: »Aber warum halten sich viele Katholiken trotzdem nicht an das Gebot ihrer Kirche? Sie haben nichts dagegen, die Befruchtungshilfe mit der Spritze nach dem Verkehr anzuwenden; auch katholische Männer lassen ihr Sperma vor einer schweren Krebsoperation oder aus anderen wichtigen Gründen in der Samenbank einfrieren«, widersprach der Journalist.

»Ich gebe zu, daß viele Standpunkte der katholischen Moraltheologie in alten Wurzeln verästelt sind. Aus dem Blickwinkel der modernen Medizin antiquiert und längst überholt erscheinen. Doch alle künstlich anzuwendenden Techniken bei der Entstehung neuen Lebens sind unerlaubte Eingriffe in den von Gott gewollten natürlichen Zeugungsakt«, verteidigte der Moraltheologe die strengen Entscheidungen seiner Kirche.

»Zwischen den kirchlichen Geboten und ihren Befolgungen liegen oft Welten. Selbst strengkatholische Ehepaare, die auf natürliche Weise keine Kinder bekommen, verzweifeln immer wieder an der starren Haltung der katholischen Kirche. Entweder, so befehlen ihnen die Theologen und Moralisten, bekommt ihr auf natürliche Weise euren Nachwuchs oder ihr müßt ganz darauf verzichten, wenn es nicht klappt. Doch sie könnten trotzdem glückliche Eltern werden, wenn sie das Verbot der künstlichen Zeugung außerhalb des Mutterleibes mißachten würden«, wandte Bertram ein.

»Es gibt zwar viele Katholiken, aber nicht alle sind strenggläubig und befolgen die Gebote und Verbote der Kirche. Es stimmt, daß selbst auch die eifrigsten Katholiken nicht mit allem einverstanden sind, was die Kirche verbietet –.«

»Was Rom verbietet«, warf Bertram ein.

»Gut, was der Papst verkündet«, gab Professor Leipner zu.

»Nicht nur viele praktizierenden Katholiken setzen sich über die meist sexualfeindlichen und lebensfremden Verbote und Lehrmeinungen des Papstes und seiner Bischöfe hinweg, auch viele Priester mißachten immer häufiger die Anordnungen aus Rom«, behauptete Fred Bertram.

»Können Sie das beweisen, Herr Bertram?« fragte der Moraltheologe.

»Die meisten katholischen Priester halten beispielsweise den vom Papst verhängten Zölibat für falsch. Sie sehen darin sogar einen maßlosen Irrglauben gegen den gottgewollten Zeugungsakt. Sie bezweifeln, daß ein bloßes Ja-Wort vor dem Traualtar die einzige moralische Rechtfertigung für die Zeugung neuen Lebens ist. Daß der geheimnisvolle Zeugungsakt sanktioniert wird durch einen Fingerring und das Versprechen für eine lebenslange Bindung«, erläuterte Bertram seine Zweifel.

»Wissen Sie, Herr Bertram, das mit dem Zölibat ist doch ein vieldiskutierter alter Hut. Solange es Priester gibt, werden auch die Diskussionen für oder gegen die Heirat der katholischen Priester nicht verstummen«, stellte der Moraltheologe fest.

»Sie können nicht bestreiten, daß viele geistliche Würdenträger Freundinnen haben. Sie würden sie vielleicht heiraten, wenn der Zölibat sie nicht daran hinderte.«

»Das behaupten Sie so einfach, ohne es beweisen zu können, Herr Bertram.«

»Ich könnte Ihnen auf der Stelle zahlreiche Würdenträger mit Freundin nennen«, beharrte Bertram auf seiner Aussage.

»Na schön, auch Priester sind irrende Menschen. Die Verlokkungen der Sexualität sind zu groß. Katholische Priester sind keine kastrierten Männer. Die Sünde lauert ihnen überall auf. Selbst im Beichtstuhl. Wenn die Beichtenden allzu detailliert ihre sexuellen Verfehlungen schildern. Unsere Erde ist nun einmal kein günstiger Nährboden für Heilige und die Nächstenliebe«, erläuterte der Professor.

Doch unbeirrt fuhr Bertram fort: »Sie wissen genauso wie ich, daß viele Priester Väter sind, ohne daß ihre Gemeinden davon wissen. Es gibt sogar Geistliche, die ihr Sperma einfrieren lassen für den Tag, an dem der Papst endlich den Zölibat aufhebt. Aus Sorge, daß sie dann vielleicht zu alt sind, um gesunde Kinder zu zeugen, lassen sie ihr Sperma in jungen Jahren für alle Fälle in der Samenbank aufbewahren.«

»Das ist makaber, was Sie da behaupten, Herr Bertram«, entrüstete sich der Professor.

»Makaber vielleicht, weil der Papst die heiratslustigen Priester dazu zwingt, das Produkt ihrer Manneskraft vorerst auf Eis zu legen«, erwiderte Bertram ironisch.

»Das sind seltene Ausnahmen.«

»Nein, noch vor einigen Tagen erfuhr ich von so einem Fall. Der junge Kaplan ließ sein Sperma nicht nur für seine eigenen Zwecke vorsorglich einfrieren. Den überschüssigen Samen spendete er der Klinik zur freien Verwendung. So wie man dem Roten Kreuz seine Blutspende überläßt.«

Der Moraltheologe überging die peinliche Behauptung in dem Bewußtsein, daß der Journalist maßlos übertrieb. Er blies neue künstliche Heiligenscheine aus Zigarrenrauch gegen die Decke, nahm die Beine vom Schreibtisch und sagte überzeugt: »Nicht nur die katholische Kirche, auch die Lutheraner und die jüdisch-orthodoxe Kirche verbieten die künstliche Befruchtung. Fast alle christlichen Kirchen sind dagegen.«

»Im großen und ganzen. Sie machen heute bereits Ausnahmen bei der extrakorporalen Befruchtung, falls es sich um Paare mit kirchlichem Trauschein handelt. Dagegen bleibt die katholische Kirche bei ihrer strikten Ablehnung. Das wissen Sie doch besser als ich.«

»Nein, das stimmt nicht, Herr Bertram. Auch die Kirche von England lehnt sie aus moralischen, theologischen, rechtlichen und sozialen Gründen ebenso kompromißlos ab, wie die katholische Kirche«, belehrte ihn der Moraltheologe.

Einige Tage nach der Rückkehr des Klinikchefs von dem Gynäkologen-Kongreß in Zürich hatte er mit seinem Freund Dr. Robert Smith in seinem Privatzimmer ein längeres Gespräch unter vier Augen, das Carolin Sherry auf dem in ihrem Zimmer versteckten Tonbandgerät mitschnitt. Der Gast aus London war Biologe. Dr. Sally hatte ihn zu dem vertraulichen Gespräch eingeladen. Es ging um Sallys Plan, einen »Sperma-Katalog« aufzustellen, in den nur hervorragende Persönlichkeiten aus allen Bereichen der Wirtschaft, Kunst, Kultur, Wissenschaft und des Sportes aufgenommen werden sollten, die sich bereits durch außergewöhnliche Erfolge ausgezeichnet hatten. Der Katalog sollte auch ihre wichtigsten Daten enthalten, allerdings in verschlüsselter Form. Wer in dem »Sperma-Katalog« verzeichnet war, mußte zuvor sein Sperma für mindestens fünf Fremd-Inseminationen in der Samenbank der Eifeler Klinik einfrieren lassen. Dafür wurde eigens der dritte Tiefkühlbehälter angeschafft.

»Mit dem Projekt könnten wir sofort beginnen. Wir haben schon über zwanzig Bewerber, die für eine Aufnahme in den Katalog geeignet sind«, erläuterte Dr. Sally dem Freund.

»Hast Du ihren Samen schon eingefroren?« wollte er wissen.

»Noch nicht. Wir brauchen sie nur anzurufen.«

»Die meisten verzichten auf das Honorar. Weil sie stolz darauf sind, zu den Auserlesenen zu gehören, die ihre Fähigkeiten weitervererben dürfen –.«

»Das glauben sie wirklich?« fragte ungläubig der Biologe.

»Natürlich glauben sie das«, lächelte Dr. Sally.

»Und wie teuer ist ein Nobelpreisträger aus Deinem Sperma-Katalog?« spottete Dr. Smith.

»Noch habe ich keinen«, erwiderte Dr. Sally.

»Wenn ich Dich recht verstehe, willst Du einer Frau, deren Mann zeugungsunfähig ist, den hochqualifizierten Samen zur Insemination verkaufen?«

»Es geht mir in erster Linie um eine positive Eugenik. Ich biete intelligenten Frauen, deren meist noch intelligenteren Männer aus irgendwelchen Gründen steril sind, einen annähernd gleichwertigen Ersatz durch den qualifizierten Fremdsamen an. Ich beziehe mich dabei auf die wahrscheinlichen Kombinationen.«

»Zum Beispiel, Edward?« hakte der Biologe ein.

»Wird eine inseminationsbereite Frau, deren Intelligenz-Quotient beispielsweise einhundert beträgt, von einem Mann befruchtet, dessen IQ einhundertzwanzig erreicht, so ist es höchstwahrscheinlich, daß sie ein Kind mit dem Intelligenz-Quotienten einhundertzehn bekommen.«

»Gut, das bestreite ich nicht. Doch so wahrscheinlich ist es nicht, daß zwei intelligente Partner ein Kind zeugen, das zwangsläufig auch begabt ist. Wenn Deine inseminationsbereite Klientin als Samenspender beispielsweise einen Physiker wünschte, könnte sie auf den Gedanken kommen, daß dann auch ihr Kind die gleichen wissenschaftlichen Fähigkeiten besitzen würde. Womöglich den seligen Albert Einstein durch eine noch bessere Relativitätstheorie übertrifft.«

»Du solltest mein Vorhaben ernster nehmen, Robert.«

»Um es deutlich zu sagen: Ich bin dagegen! Weil ich nicht glaube, daß es der Wunsch von Eltern sein kann, durch eine bewußte Samen-Auslese bei den Kindern eine höhere Intelligenz zu erreichen, wodurch andere positive Eigenschaften womöglich verkümmern. Das ist bereits in der Tierzucht bewiesen worden. Genies wie Einstein und Beethoven wurden nicht etwa mit Genen geboren, in denen schon die Relativitätstheorie und die Neunte Symphonie schlummerten«, erläuterte der Biologe.

»Ich bat Dich um Deinen Rat, Robert«, sagte Sally mit leichtem Vorwurf.

»Dein Sperma-Katalog hat den großen Nachteil, daß es sich bei den angeblich wertvollen Samenspendern doch wohl meistens um Männer im mittleren oder höheren Alter handelt. Ihr Sperma kann durch berufliche Arbeiten, etwa durch Strahlen oder sonstige Umwelteinflüsse, bereits geschädigt sein. Genaugenommen lassen wir einige Millionen Spermien, von deren Erbanlagen wir überhaupt keine oder nur eine blasse Ahnung haben, auf eine Eizelle los. Wir können deshalb immer nur hoffen, in der Vererbungslotterie zu gewinnen. Mit einem gesunden Kind belohnt zu werden.«

»Ich weiß, Du bist ein Verfechter des Pubertätssamens. Um sich gegen Mutationsschäden zu schützen, sollte nach Deiner Forderung jeder Mann bereits in der Pubertätszeit sein Sperma in strahlensicheren, bleiausgekleideten Samenbanken einfrieren lassen –.«

»Weil die Mutationsschäden erzeugenden Strahlen während des ganzen Lebens auf uns einwirken. Deshalb die frühzeitige Konservierung des Pubertätssamens in strahlengesicherten Tiefkühlbehältern.«

»Das ist eine lebensfremde Forderung, Robert. Welcher jungverheiratete Ehemann will schon auf den natürlichen Geschlechtsverkehr verzichten und statt dessen sein Sperma von der Samenbank abheben, um seine junge Frau mit der Samenspritze befruchten zu lassen? Nur um Mutationsschäden zu verhindern. Die dadurch auftretenden psychosexuellen Störungen wären größer als die Schädigungen der Erbmasse durch Umwelteinflüsse«, mokierte sich Dr. Sally.

»Ich weiß, daß meine Forderung kaum durchsetzbar ist. – Um auf Deinen Samen-Katalog zurückzukommen. Ich halte ihn für falsch und töricht. Deine spermiologische Auslese kann zu großen Irrtümern und enttäuschenden Resultaten führen, weil die Erwartungen meistens zu hoch sind. Deine Klientinnen müssen für den angeblich besonders wertvollen Samen ein hohes Honorar zahlen. Daraus schließen sie, daß ihnen auch ein schönes, gesundes und vor allem hochbegabtes Kind beschert werden wird. Das Gegenteil wird oft der Fall sein! Ich rate Dir als Biologe und Freund deshalb eindringlich, laß die Finger von dem Sperma-Katalog.«

Doch Dr. Sally ließ sich von seiner Idee nicht abbringen. Er hatte in das neue Vorhaben schon erhebliche Mittel investiert. »Trotzdem werde ich mein neues Projekt durchführen, Robert«, entschied er.

Fast Tag und Nacht lief das vesteckte Tonbandgerät im Zimmer der Dolmetscherin Carolin Sherry. Zu den brisantesten Aufzeichnungen gehörte ein Gespräch, das der Klinikchef Dr. Sally in seinem Privatzimmer mit Dr. Fresar unter vier Augen führte. Fresar wollte herausfinden, ob ein menschlicher

Embryo im Frühstadium für eine oder zwei Wochen in einer tierischen Gebärmutter überleben könnte, um ihn dann wieder in den Uterus einer Frau zurückzuverpflanzen. Für diesen absolut geheimzuhaltenden Versuch der heterologen Eitransplantation sollte einer der drei übriggebliebenen Embryonen der Ingeborg Dallberg benutzt werden.

»Er liegt noch im Tiefkühlbehälter und nimmt dort anderen dringend einzufrierenden Embryonen den Platz weg«, begründete Dr. Fresar die rationelle Verwendung der überzähligen befruchteten Eizelle. Als tierische Leihmutter war eine Rhesus-Äffin vorgesehen, der nach dem geglückten vierzehntägigen Aufenthalt im tierischen Organismus der Embryo wieder herausgespült und der menschlichen Leihmutter zur endgültigen Austragung implantiert werden sollte.

Doch Dr. Sally erschien das Experiment zu gewagt.

»Ich habe bereits mit einem Zoodirektor gesprochen und seine Genehmigung erhalten. Die Äffin wird zum richtigen Zyklus-Zeitpunkt zur Übertragung der Embryonen für höchstens ein paar Stunden in mein Labor gebracht«, erläuterte Dr. Fresar seinem Chef.

»Weiß der Zoodirektor oder sonst jemand, um was es geht?«

»Nein, nur daß es sich um einen harmlosen Genversuch handelt, wobei dem Tier nichts passiert.«

»Und wenn der Transfer aus dem tierischen Uterus in die menschliche Gebärmutter tatsächlich gelingt?« wandte Dr. Sally ein.

»Wir haben sowohl eine Leihmutter als auch Adoptiveltern für das Kind. Beide Eltern sind absolut unfruchtbar. Die drei Beteiligten werden von dem vorübergehenden Aufenthalt der Embryonen in der tierischen Zwischenwirtin nichts erfahren«, versuchte Dr. Fresar die Bedenken seines Chefs zu zerstreuen.

Nach einer längeren Überlegungspause hatte Dr. Sally sich zu einem Nein durchgerungen: »Ihr Versuch ist mir zu gefährlich. Was glauben Sie, wenn davon auch nur andeutungsweise etwas an die Öffentlichkeit gelangt? Dann haben wir es mit noch hartnäckigeren Presseleuten zu tun, als mit Bertram. Der ist bis jetzt doch ziemlich harmlos. Ihm fehlen die medizinischen Kenntnisse, er ahnt deshalb auch nichts von unseren Experimenten. Der interessiert sich anscheinend nur für die verschiedenen Anwendungsmethoden der künstlichen Befruchtung. Wobei er als Laie nicht einmal die einfachsten Begriffe der Reproduktionsmedizin kennt. Mit Bertram werden wir schon fertig. Doch wenn die Öffentlichkeit von Ihrem Tierversuch erfährt, können wir uns hier vor Journalisten nicht mehr retten, Fresar.«

Sein junger Vertreter blieb aber hartnäckig. Er berief sich auf die in der Praxis längst angewandte Methode, hochwertige Embryonen von Rindern und Schafen kostensparend von einem Kontinent in den anderen zu transportieren. So werden englischen Zuchtschafen wenige Tage nach der Befruchtung die winzigen Embryonen aus der Gebärmutter herausgewaschen und dann in die Fruchtträger von Kaninchen eingepflanzt. Da die kleinen Tiere als Zwischenmütter mehrere befruchtete Eier aufnehmen können, werden sie zur Einsparung von Frachtkosten mit dem Flugzeug in großer Zahl in die Aufzuchtgebiete von Australien, Südafrika und Amerika gebracht. Am Bestimmungsort entfernen die Veterinärärzte die Embryonen aus den Kaninchen und pflanzen sie gewöhnlichen Schafen und Rindern zum Austragen wieder ein.

»Ich will herausfinden, ob menschliche Embryonen auch eine vorübergehende Überlebenschance in der tierischen Gebärmutter haben«, rechtfertigte Dr. Fresar sein geplantes Experiment, wozu er aber die Einwilligung seines Klinikchefs benötigte.

»Wo sollte es schon vorkommen, daß zur Rettung eines menschlichen Keimlings ein tierischer Uterus benötigt wird?« bemerkte Dr. Sally zweifelnd.

»Tierorgane, wie beispielsweise die Affenleber, werden schon seit langem als letzte Möglichkeit für eine Transplantation bei todkranken Patienten benutzt«, konterte Dr. Fresar. Als sein Klinikchef immer noch auf seinem Nein beharrte, setzte der junge Gynäkologe alles auf eine Karte. Kaltblütig erklärte er seinem Chef: »Zum Glück wird es sich um Extremfälle handeln, daß tierische Ovarien als Zwischenwirte für das Weiterleben von menschlichen Embryonen benutzt werden müssen. Aber allein die Wahrscheinlichkeit, daß es solche außergewöhnlichen Fälle geben wird, rechtfertigt meinen Versuch. Solch ein Extremfall könnte auf Expeditionen in unterentwickelten Ländern oder in menschenleeren Gebieten eintreten. Wenn Sie mir Ihre Zustimmung verweigern, kündige ich«, drohte Dr. Fresar.

Seinen Stellvertreter zu verlieren, konnte Dr. Sally sich nicht erlauben. Deshalb gab er recht ungern und mit großen Bedenken Dr. Fresar doch die Genehmigung. »Aber seien Sie vorsichtig, daß nichts an die Öffentlichkeit kommt. Falls Ihr Experiment bekannt wird, muß ich mich ganz entschieden davon distanzieren. Sie womöglich fallenlassen, Fresar. Das ist Ihnen doch klar?«

»Natürlich, Chef. Ich würde behaupten, Sie haben nichts gewußt. Daß ich eigenmächtig handelte und dafür auch die volle Verantwortung übernehme.«

»Als Gynäkologe und Forscher wären Sie dann erledigt, Fresar. Keine angesehene Klinik würde Sie einstellen«, warnte Dr. Sally.

»Keine Angst, Chef! Ich würde bestimmt weiterarbeiten können. Wenn nicht in einer anderen Privatklinik oder in einem privaten Forschungszentrum, dann bestimmt irgendwo in Australien.«

»Doch kaum in Deutschland oder Europa.«

»Da wäre ich nicht so sicher, Chef. Sie selbst experimentieren mit heiklem Genmaterial –.«

»Dabei werden aber nicht die Grenzen der Ethik überschritten, Fresar –.«

»Und Ihr großer Traum, den Unterleib eines Mannes in einen Brutkasten, in eine Gebärmaschine zu verwandeln –?«

»Ich beschäftige mich nicht mit Utopien. Ich will keine Retortenmenschen schaffen, Fresar«, verteidigte sich Dr. Sally.

»In Ihrer Klinik beschäftigen wir uns mit den äußersten Grenzen der menschlichen Manipulation. Wir machen Klon-Versuche, experimentieren im Labor mit Mensch-Tier-Hybriden, aus denen artfremde Wesen entstehen, bei denen wir nicht mehr unterscheiden können, wo die Trennlinie zwischen Mensch und Tier verläuft. Wird nicht eines Tages aus unseren Retorten und

Reagenzgläsern vielleicht doch eine Art Homunkulus als Ergebnis unseres Wissensdranges entstehen, Dr. Sally?« Es klang wie eine Anklage.

»Ich suche nach konkreten und brauchbaren Ergebnissen auf dem Gebiet des reproduzierbaren Lebens. Ich nehme doch an, daß Sie, Dr. Andacht und unsere übrigen Mitarbeiter die gleiche Einstellung haben.«

»Natürlich, Chef. Deshalb auch unsere Versuche an Feten, Zellen, Genen – und der Rhesus-Äffin«, pflichtete ihm der junge Gynäkologe mit versteckter Ironie bei.

»Wann wollen Sie den Embryonen-Transfer an der Rhesus-Äffin vornehmen?«

»Ich denke in den nächsten Tagen.«

»Unterrichten Sie mich bitte rechtzeitig über den genauen Termin. Ich halte es aus bestimmten Gründen für ratsam, an dem Tag nicht in der Klinik zu sein.«

»Natürlich, Chef.«

Die in Dr. Sallys Privatzimmer versteckten Mikrophone übertrugen jedes Wort auf das mitlaufende Tonband.

Die Verpflanzung des aufgetauten Dallberg-Embryos in den Uterus der Rhesus-Äffin erfolgte einige Tage später in dem Klinik-Laboratorium. Bei der Implantation half Dr. Andacht seinem jüngeren Kollegen Fresar. Der zur Betreuung und Beruhigung der Äffin anwesende Tierpfleger hatte keine Ahnung, worum es ging. Um kein unnötiges Aufsehen zu erregen, wurde der Transfer am späten Abend vorgenommen und die Äffin gegen Mitternacht wieder in den Zoo zurückgebracht. Doch acht Tage später mußte sie wieder ins Labor der Eifeler Klinik. Dr. Fresar wollte bei seinem ersten Experiment mit einer tierischen Zwischenwirtin kein zu großes Risiko eingehen und schränkte die ursprünglich festgesetzte Beherbergungszeit von vierzehn Tagen auf zehn Tage ein. Auch die Entnahme des Dallberg-Embryos aus dem Tierkörper und seine Übertragung in den Uterus der menschlichen Leihmutter verlief ohne Komplikationen. Weder die Mietmutter, noch die zukünftigen Pflegeeltern erfuhren von der Embryo-Wanderung zwischen tierischer und menschlicher Gebärmutter.

Aus der Tonbandaufzeichnung ging später hervor, daß die Leihmutter schwanger wurde. Doch die Frage, ob der Dallberg-Embryo die zwei Übertragungen schadlos überstanden hatte, würden die von ihren Experimenten besessenen Gynäkologen der Eifeler Klinik wohl erst nach neun Monaten beantworten können.

Fred Bertram machte sich immer rarer in der Klinik. Er begründete seine tagelange Abwesenheit und sein sporadisches Auftauchen mit dringenden Nachforschungen für ein anderes und vor allem augenblicklich aktuelleres Thema. Dr. Sally und seinen Mitarbeitern leuchtete das ein. In Wirklichkeit wertete Fred Bertram in seiner Wohnung die Tonbänder aus, die Carolin Sherry ihm zuspielte.

Bertram hatte tatsächlich Mühe, alles zu verstehen, was auf den abgehörten Bändern gesprochen worden war. Es wimmelte nur so von Fachausdrücken. Er mußte mit Hilfe des Klinischen Wörterbuches »Pschyrembel« und anderer Nachschlagewerke die Fachsprache entziffern, die verschiedensten Experten anrufen oder sie persönlich aufsuchen, um Einblick in die Arbeit der Eifeler Klinik zu erhalten.

In mühsamer Kleinarbeit begann Fred Bertram, den ersten Entwurf für seine Artikel-Serie zu schreiben. Noch war er über das Stadium des Rohentwurfes nicht hinausgekommen. Aber die vorläufige Bilanz über die zahlreichen heimlich aufgezeichneten Gespräche, Anweisungen und die ins Diktiergerät gesprochenen Vorschläge, Gedanken und Vermerke bewies, daß die Eifeler Klinik allen Grund hatte, ihre Forschungsarbeiten geheimzuhalten. Neben dem Klonen, also der ungeschlechtlichen Vermehrung oder Schaffung eines elterlichen Ablegers, beschäftigte Dr. Andacht sich beispielsweise auch mit der Qualitätsauslese durch Gen-Manipulationen, aber auch mit ihrer Defektausmerzung.

Bertram mußte in der Fachliteratur nachlesen, wer die Väter des Klonens waren und wie sie darauf gekommen sind: Im Jahre 1966 hatten Oxforder Biologen in der Zeitschrift »Nature« über ein auf den ersten Blick harmlos erscheinendes Experiment berichtet, das die Arbeit eines Gärtners betraf, wenn er beispielsweise zur Vermehrung der Rosenstöcke einen Ableger vom Mutterstock in die Gartenerde steckte, damit daraus ein neuer Rosenstock wurde, nur mit dem Unterschied, daß er mit dem Urstock identisch, also sein Abbild war. Die Schaffung eines neuen Organismus aus dem Elternteil probierten die Oxforder Biologen an einem Frosch aus, indem sie aus seiner Eizelle den Kern mit dem Chromosom entfernten und ihn durch die Körperzelle eines anderen Frosches ersetzten. Diese Eizelle mit dem neuen Kern pflanzten sie einem weiblichen Frosch ein. Zwar kam dabei wieder ein Frosch heraus, der jedoch die genetische Kopie, der Zwilling, von einem der beiden Elternfrösche war. Durch Wiederholungen mit dem gleichen Spender erhielten sie davon einen ganzen Wurf.

Die meisten Biologen hielten es deshalb für möglich, die ungeschlechtliche Vermehrung auch bei Menschen durchzuführen. Deshalb waren die Fachleute in der Eifeler Klinik von der Möglichkeit überzeugt, daß in absehbarer Zeit jeder Mensch von seinem Ebenbild eine Kopie anfertigen lassen könnte. Diese je nach Auffassung faszinierende oder abschreckende Entwicklung in der Menschheitsgeschichte hing jedoch weitgehend davon ab, wie schnell es gelingen würde, die Gen-Chirurgie in den Griff zu bekommen.

Natürlich sahen die Forscher die große Gefahr, daß ihre Fortschritte auf dem rechtlich und ethisch umstrittenen Gebiet des Klonens von Diktatoren mißbraucht werden könnten. Von einem durch Gen-Manipulation geschaffenen willenlosen Untertanen oder ausgesuchten Menschentyp könnten sie in unbegrenzter Zahl Kopien herstellen lassen und damit Kasernen und Forschungslaboratorien füllen. Die Frauen brauchten sich nicht mehr dem schmerzhaften Geburtsvorgang zu unterziehen, sondern von sich selbst einen oder mehrere Ableger bei den Gentechnikern bestellen. Mit den Kopien von Ballkünstlern ließen sich mehrere Nationalmannschaften aufstellen, die dann gleichzeitig in den verschiedenen Stadien der Welt um Punkte und Siege spielten. Gute Chirurgen, Musiker, Künstler und sonstige außergewöhnlich Begabte ließen sich dutzendfach oder tausendfach vervielfältigen. Die Menschheit könnte der Versuchung nicht widerstehen, von ihren hochwertigen Individuen Massenkopien herstellen zu lassen, die Genialität in unserem genielosen Zeitalter in fast unbegrenzten Exemplaren zu reproduzieren. Die Kehrseite dieses genwissenschaftlichen Fortschritts wäre dann vielleicht die proletarische Genialität, aus der wiederum eine Art Übermensch als Kunstprodukt der Gene geschaffen werden müßte, der vor seiner Vervielfältigung ebenfalls nicht verschont bliebe.

Doch an diese Entartungen dachte Dr. Andacht bei seinen Klon-Versuchen nicht. Er wollte durch Klonen erforschen, wie die verheerenden Chromosomen-Defekte zu beheben oder besser von vornherein zu vermeiden sind, obwohl er in mancher durchforschten Nacht von den nagenden Zweifeln gequält wurde, ob es nicht gegen die Natur und den gesunden Menschenverstand sei, auf ungeschlechtliche Weise Menschen zu klonen, die durch ihre identischen Ableger die Individualität aufhoben, die bislang dem Zufallsspiel der Genpaare überlassen wurde.

Einige Biologen in den Laboratorien der Eifeler Klinik – wie übrigens überall in der Welt – beschäftigten sich damit, nicht mehr die Eizellen zur Konservierung für alle Fälle einfrieren zu lassen, sondern die Zellen, aus denen das Ei entsteht. In der Fachsprache heißen diese geheimnisvollen Zellen »Oogonien«. Das Problem ist nur, daß die Oogonien nur von bis zu sechs Monate alten, meist abortierten Feten gewonnen werden können, weil sie sich nach einem halben Jahr in Eizellen verwandeln. Würde es gelingen, die Oogonien im Reagenzglas zu reifen Eizellen weiterzuzüchten, dann verfügten die Ärzte über einen fast unerschöpflichen Vorrat an Eizellen, deren Befruchtung mit weniger Risiken verbunden sein würde.

»Es ist schon ein erregender Gedanke, wenn man sich die Auswirkungen dieser Methoden einmal genauer ansieht: Mit dem Tod eines meist nicht erwünschten Fetus würde es möglich, durch Entnahme seines Zellmaterials einem anderen Menschen – vielleicht sogar nach jahrzehntelangem Einfrieren – das Leben zu schenken«, schrieb Fred Bertram in seinem Rohmanuskript.

Zu den strenggeheimen Versuchsreihen in der Eifeler Klinik gehörte auch die Befruchtung tierischer Eizellen mit menschlichem Sperma. Dadurch konnten die Eifeler Forscher bislang Zellgewebekulturen gewinnen, die in ihren genetischen Anlagen teils menschlich und teils tierisch sind. Diese noch formlose Masse aus Körperzellen war aber noch weit davon entfernt, irgendeine bestimmte Form anzunehmen, die auch nur andeutungsweise einem Menschen oder Tier ähnelte. Sie wurde von den Biologen der Klinik »Humanitas« als somatisches Zellmaterial für die immunologische Forschung, die Dr. Sally für den Umbau zu einem gebärfähigen Mann besonders interessierte, und für andere Hybriden-Versuche benutzt.

Daß sich die in Glasvitriolen unter Verschluß gehaltenen gestaltlosen Massen aus menschlichen und tierischen Körperzellen in nächster Zeit bewegten oder gar Töne von sich gaben, war selbst für die Forscher der Eifeler Klinik noch reine Utopie.

Den Journalisten Fred Bertram zwangen die Hybriden-Versuche zu der Überlegung, ob die Vereinigung von menschlichem Sperma mit der Eizelle eines weiblichen Tieres überhaupt die Definition »Mensch-Tier-Hybride« rechtfertige. Auch die abschwächende Bezeichnung »halb menschliches Gebilde« war falsch. Denn als Mensch galt nach der Jahrtausende alten Erfahrung nur, wer von einer menschlichen Mutter geboren wurde. Sie würde niemals, vorausgesetzt, daß sie im Besitz ihrer geistigen Kräfte ist, freiwillig einen Mensch-Tier-Embryo in ihren Uterus implantieren lassen. Ein Hybride könnte – wenn überhaupt – nur von einem Muttertier ausgetragen werden. Er würde für den normal denkenden Menschen immer artfremd sein; seine Schöpfer in den Laboratorien müßten ihn vor den Augen, dem Zorn und die Scham der Menschen verstecken. Die meisten Menschen würde der Anblick eines Zwitters aus Mensch und Tier mit Grauen erfüllen, sie würden ihn nicht einmal im Zoo oder auf dem Jahrmarkt dulden. Sie würden ihn im Zorn womöglich töten, notierte Fred Bertram in seinem Manuskript. Hinter seiner Überlegung, wozu und mit welchem Anspruch zum Helfen und Heilen die Eifeler Forscher ihre Experimente mit Hybriden durchführten, mußte der Journalist ein großes Fragezeichen setzen.

Dr. Sally wußte als erfahrener Gynäkologe, daß der Uterus einer Frau für den heranwachsenden Embryo ein gefahrvolles Abenteuer ist. Die Natur hatte für die Zeit der neunmonatigen Schwangerschaft scheinbar nicht die allergrößte Sorgfalt bei der sicheren Ausgestaltung der Gebärmutter aufgebracht. Jeder Mensch kann deshalb heilfroh sein, wenn er ohne Schäden aus dem Mutterleib kommt, ihm sozusagen entflieht. Deshalb reizt es die Forscher überall in der Welt, einen künstlichen Uterus zu schaffen, in dem sich das Kind von seinem embryonalen Zustand bis zur Geburt entwickeln kann. Bis heute wurden die verschiedensten Systeme erprobt, doch mehr als ein paar Tage überlebte noch kein Embryo in einer künstlichen Plazenta.

Der Hauptgrund für die zahlreichen Fehlschläge war der Sauerstoffmangel. Auch die Umstellung des Fetus auf die Nahrungsaufnahme über den Blutkreislauf ist noch ein unbewältigtes Problem. Selbst das ausgeklügelste System von Plastikschläuchen und Pumpen könnte den Sauerstoffbedarf und die Nahrung nicht richtig dosieren. Der natürliche Uterus ist immer noch unersetzbar.

Die Biomediziner waren aber davon überzeugt, daß es eines Tages gelingen wird, den künstlichen Uterus zu entwickeln. Zu den Forschern auf diesem Gebiet gehörte auch Dr. Sally. Doch sein eigentliches großes Forschungsziel war der gebärfähige Mann. Dafür entwickelte er Operationspläne, die er in seinem Tresor verborgen hielt. Ihm schwebte vor, einem Mann die Gebärmutter von einer tödlich verunglückten jungen Frau in den Unterleib einzupflanzen. Auch darüber mußte Fred Bertram den Kopf schütteln. Er war eben kein besessener Forscher.

Die Beweise, daß die Eifeler Klinik gegen die Standesethik und das Gesetz verstieß, wurden durch die Tonbänder immer lückenloser und erdrückender. Den Journalisten Bertram erfüllte die Arbeit der Eifeler Ärzte mit Zorn und Verachtung. In »heiligem Zorn« wollte er die Privatklinik »Humanitas« durch seine Presse-Veröffentlichung endlich an den Rand ihrer Existenz bringen. Er durfte den Weg des Kompromisses durch

Weglassen, Abschwächen oder mildernde Formulierungen gar nicht mehr beschreiten. Er stand bei Andrea und Carolin Sherry im Wort, schonungslos alles zu veröffentlichen. Er wollte der Klinik die Macht der Presse zeigen. Auch fühlte er sich in seiner journalistischen Berufsehre durch Dr. Sally gekränkt, der ihn in dem mitgeschnittenen Gespräch in seinem Privatzimmer Dr. Fresar gegenüber lächerlich gemacht hatte, weil er Fred Bertram für zu naiv und unwissend hielt, um etwas über die geheimzuhaltenden Versuche in der Privatklinik herauszubekommen.

Fred Bertram fertigte ein Exposé für die Vorgesetzten seiner Zeitung an; darin schilderte er die brisantesten Vorfälle und Forschungsarbeiten in der Privatklinik. Bis spät in die Nacht feilte er an den Formulierungen. Fred Bertram wollte das Exposé morgen in seiner Redaktion abliefern.

Der Leiter der Redaktion »Aus Forschung und Technik«, Dr. Herbert Winzer, hatte das Exposé aufmerksam gelesen, das Fred Bertram ihm persönlich übergeben hatte. Bevor er die Entscheidung traf, ob seine Redaktion die brisante Artikelserie veröffentlichen würde, holte er sich Rückendeckung bei seinem Chefredakteur. Die beiden Journalisten diskutierten mit teils erregten und heftigen Worten die Ermittlungen des freien Mitarbeiters Fred Bertram.

Die Bedenken gegen eine Publizierung kamen nicht vom Chefredakteur, sondern ausgerechnet vom Redaktionschef der Seite »Aus Forschung und Technik«. »Bertram hat seine Informationen durch strafbare Methoden beschafft. Die illegal versteckten Mikrophone und die Tonbandaufzeichnungen könnten die Anwälte der Privatklinik für null und nichtig erklären. Auch die Richter müßten sie als Rechtsmißbrauch verurteilen. Für die Genehmigung von geheimen Abhöraktionen gelten in unserem Rechtsstaat strenge Vorschriften. Unsere Zeitung müßte mit hohen Schadenersatzansprüchen rechnen«, begründete Dr. Winzer seine Ablehnung.

Doch der Chefredakteur der »Rheinischen Allgemeinen«, der sein journalistisches Handwerk gründlich erlernt hatte, war zu sehr Pressemann, um der Ablehnung zuzustimmen. »Ich möchte, daß wir Bertrams Artikelserie publizieren. Über die Schattenseiten der künstlichen Befruchtung müssen wir die Öffentlichkeit aufklären«, entschied der Chefredakteur, ein im Schreiben und Recherchieren ergrauter Vollblut-Journalist, der in seinem Berufsleben so manches heikle Thema an die Öffentlichkeit gebracht hatte. Doch der Ressortchef pochte auf sein Mitspracherecht. »Die verschiedenen Methoden der extrakorporalen Befruchtung sind unter den Gynäkologen, Wissenschaftlern und Standesvertretern umstritten –.«

»Aber sie werden doch bereits angewandt, ob heimlich oder offiziell. Es handelt sich nicht um ein deutsches Thema. Die verschiedenen Methoden der künstlichen Befruchtung sind nicht etwa nur unter den Ärzten und Moraltheologen umstritten, selbst der Gesetzgeber hält sich zurück. Warum würde er sonst die Verbote und Bestimmungen immer wieder hinauszögern? Soviel ich weiß, hat das Bundesjustizministerium nicht einmal die Leihmutterschaft gegen Geld verboten«, attackierte der Chefredakteur seinen Ressortleiter.

»Dennoch bin ich dagegen, daß auf meinen Seiten Bertrams Enthüllungsjournalismus abgedruckt wird.«

»Dann veröffentlichen wir ihn eben auf einer anderen Seite, Herr Dr. Winzer. Bertram soll seine Berichte erst einmal in die endgültige Fassung bringen. Wir werden dann sehen, was wir eventuell streichen müssen«, ordnete der Chefredakteur an.

»Bertram läßt sich nicht wie ein Volontär behandeln. Er duldet nicht, daß in seinen Manuskripten herumgestrichen wird«, versuchte Dr. Winzer Zwietracht zu säen.

»Unsinn, Bertram kennt genau die Spielregeln, daß der Redaktionsleiter das letzte Wort über die Veröffentlichung hat. Ich unterhalte mich selbst mit ihm«, wünschte der Chefredakteur.

»Sie untergraben damit meine Autorität als Ressortchef«, protestierte Dr. Winzer.

»Hören Sie, es ist mir gleichgültig, wie Sie das auslegen. Wir können es nicht jedem recht machen, nicht jedes Wort erst zigmal auf die Goldwaage legen. Muß ich Sie daran erinnern, daß wir als Presseleute die verdammte Pflicht und Schuldigkeit haben, auf Mißstände hinzuweisen? Manchmal muß der Journalist zu ungewöhnlichen Mitteln greifen, um an Informationen, an die Wahrheit, zu kommen. Natürlich trifft das in den wenigsten Fällen für Ihr Ressort zu. In den von Ihnen abgesegneten Artikeln wird immer nur behauptet: So ist es – oder wie wäre es, wenn es nicht so ist? Der Journalist muß auch den Mut haben zu sagen: So wird es sein, wenn wir den Wissenschaftlern nicht auf die Finger sehen. Wenn sich ein Journalist in ein Forschungslaboratorium einschleicht, um dort Unterlagen zu entwenden, die eindeutig den Mißbrauch der Experimente beweisen, dann ist er juristisch zwar ein Einbrecher und Dieb, der aber nicht aus Eigennutz handelte. Fast alle großen Enthüllungen in der Presse sind auf verschlungenen Wegen recherchiert worden. Wenn Sie wollen, wurde das Recht erst einmal gebeugt, damit es wieder hergestellt werden konnte«, belehrte er seinen Ressortchef unwirsch.

Dr. Winzer wollte Bertram gegenüber seine Position und Autorität verteidigen: »Gut, ich spreche mit Bertram. Sage ihm, daß wir in jedem Fall sein Manuskript ändern müssen –«.

»Nein, das werden Sie ihm nicht sagen! Wir haben erst sein Exposé gelesen, aber noch nicht seine endgültige Fassung. Bertram ist erfahren genug, um beim Schreiben selbst zu beurteilen, was er unter Berücksichtigung der Rechtsgrundlage veröffentlichen kann oder nicht.« Sichtlich verärgert griff er zum Telefonhörer und wies seine Sekretärin an, Bertram zu ihm zu bitten. Unschlüssig stand Dr. Winzer vor seinem Schreibtisch. »Wir sollten das Gespräch mit Bertram gemeinsam führen«, schlug er vor. Der Chefredakteur, dem das arrogante Auftreten und die Besserwisserei seines Ressortchefs immer mehr auf die Nerven ging, drohte zu explodieren. Mühsam beherrscht und unmißverständlich erwiderte er: »Nein, ich spreche allein mit Bertram. Sie können gehen!«

Die Unterredung zwischen Bertram und dem Chefredakteur verlief sachlich und kollegial. Doch der jovial erscheinende Chefredakteur ließ Bertram wissen, daß er kein Anrecht auf die ungekürzte Veröffentlichung besaß. Er mußte damit einverstanden sein, daß seine Artikel durch Streichungen oder Umschreibungen geändert würden. Enttäuscht verließ Fred Bertram das Redaktionsgebäude der »Rheinischen Allgemeinen«.

In seiner Wohnung wurde ihm erst so recht bewußt, daß sich die Mühen seiner Recherchen durch das Änderungsrecht seiner Vorgesetzten publizistisch eigentlich nicht auszahlten. Aus vielerlei Gründen war es möglich, daß die Zeitung die Artikelserie überhaupt nicht veröffentlichen würde. Den brisanten Stoff einer Konkurrenzzeitung anzubieten, war aussichtslos. Alle Kollegen wußten, für welches Blatt er arbeitete. Sie würden mit Recht fragen, wieso seine Serie nicht von der Zeitung publiziert wird, für die er seit Jahren schreibt. Dann müßte mit seinen Recherchen etwas nicht stimmen. Die große Story, wovon eigentlich jeder Journalist träumt, drohte womöglich im Papierkorb zu landen. Und dann? fragte Bertram sich bangend. Gleichgültig, ob die Redaktion seine Manuskripte kürzte, änderte, umschrieb oder mit dem Vermerk »Zur Veröffentlichung nicht geeignet« zurückgab, er würde sein journalistisches Ansehen verlieren, eine empfindliche Niederlage erleben, die er nicht vergessen könnte. Sein erschütterter Glaube an die freie Meinungsäußerung würde ihm in Zukunft das Schreiben verleiden.

Fred Bertram zog Bilanz über sein bisheriges Leben und seinen Beruf. Darin einbezogen waren auch seine persönlichen Beziehungen. Andrea hatte ihn seit der Auseinandersetzung am Telefon nicht mehr angerufen. Auch seine vielleicht nicht gewollten, sich aber aus der außergewöhnlichen Situation ergebenden intimen Annäherungsversuche bei Carolin Sherry waren gescheitert. Bestimmt hatte er Andrea verloren. Ihn, dem sonst Selbstbewußten, befiel die Zukunftsangst. Er fühlte sich von seinem Vorgesetzten verraten und gedemütigt. Wie würde er jemals noch mit journalistischem Eifer für eine Zeitung schreiben können, die aus Feigheit vor juristischen Androhungen seine Story zusammenstrich oder sogar ins Archiv verbannte? Würden seine Artikel deshalb nicht zwangsläufig schlechter, nur noch aus Pflichtübung geschrieben, drohte ihm gar die Kündigung seines Vertrages bei der »Rheinischen Allgemeinen«? Dabei war er nicht mehr der Jüngste.

Die aufschäumende Wut über seine Machtlosigkeit forderte

seinen Trotz heraus. Er begann, sein bisheriges Leben, seinen Beruf und die »verdammte Zukunft« zu hassen. Krampfhaft suchte er nach einem Ausweg, sein zukünftiges Leben anders zu gestalten. Bisher hatte er immer an die Macht der Presse geglaubt, die durch ihre Veröffentlichungen etwas bewirken konnte. Aber es gab die vielleicht noch größere Macht des Schweigens.

Er griff zur Flasche. Nach dem fünften Whisky kam Fred Bertram die Erkenntnis, daß ein Journalist nicht nur durch seine Veröffentlichungen, sondern im Gegenteil, von seinen bewußt nicht publizierten Artikeln leben konnte. Die viel bewunderte und gefürchtete Macht übten die Journalisten oft viel wirksamer mit ihren unveröffentlichten Zeilen aus. Nach dem siebten Whisky war Bertrams Racheplan fertig: Er würde dem Klinikchef Dr. Sally die noch unveröffentlichten Ermittlungen zum Kauf anbieten. Warum sollte er sich überhaupt noch die Arbeit machen und die Artikelserie schreiben, wo er doch wußte, daß sie geändert oder überhaupt nicht veröffentlicht würde?

Als er am anderen Morgen mit ziemlich schwerem Kopf von dem reichlich getrunkenen Whisky aufwachte, war er aber klar genug im Kopf, seinen im Suff gefaßten Entschluß auch im nüchternen Zustand in die Tat umzusetzen.

Er kaufte in einem Düsseldorfer Photogeschäft Tonbänder, auf die er in seiner Wohnung die Originalbänder überspielte. Dazu benutzte er das in seiner Stereoanlage fest eingebaute Tonbandgerät. Tagelang war er damit beschäftigt, die wichtigsten Passagen der abgehörten Gespräche auf die Tonbänder seines tragbaren Reportergerätes zu übertragen. Die Originalbänder verschloß er vorsichtshalber in einem gemieteten Bank-Safe.

Mit Hilfe des Whiskys trank Bertram sich erst einmal Mut an, bevor er von seiner Wohnung aus Dr. Sally anrief.

»Ich habe Sie schon lange nicht mehr in der Klinik gesehen, Herr Bertram. Haben Sie die Lust verloren, über unsere Arbeit zu berichten? Oder fällt Ihnen nichts Berichtenswertes mehr ein?« versuchte der Gentleman Sally zu scherzen.

»Im Gegenteil, Herr Dr. Sally. Ihre Privatklinik geht in Konkurs, wenn die Öffentlichkeit durch meine Artikel erfährt, was wirklich in Ihrem Hause vorgeht«, konterte Bertram.

»Wie darf ich das verstehen, Herr Bertram?«

»Ihr Dr. Fresar pflanzte einer Rhesus-Äffin einen menschlichen Embryo ein, der nach acht Tagen in den Uterus einer Leihmutter übertragen wurde.«

»Wie kommen Sie darauf?« Der Klinikchef konnte die plötzliche Erregung in seiner Stimme nicht verbergen.

»Sie sind dabei, einen Sperma-Katalog über ausgesuchte Persönlichkeiten aufzustellen und ihren Samen bestimmten Frauen zur Insemination zu verkaufen. In Ihren Laboratorien führen Sie Versuche an Feten durch, Ihre Mitarbeiter experimentieren mit genetischem Zellmaterial, klonen und befruchten tierische Eizellen mit menschlichem Sperma. – Genügt Ihnen das?«

»Ja! – Es wäre naiv, Sie nach Ihrer Informationsquelle zu fragen. Reden wir also offen: Was wollen Sie, Bertram?«

»Ein Geschäft auf Gegenseitigkeit machen, Dr. Sally.«

»Gut, auch ich bin manchmal Geschäftsmann. – Ich nehme an, Sie wollen mir Ihre Recherchen verkaufen?«

»Vielleicht!«

»Handelt es sich dabei um die Vermutungen von geschwätzigen oder rachsüchtigen Mitarbeitern der Klinik?«

»Nein. Die Beweise sind echt. Und für Ihre Klinik tödlich, wenn ich sie veröffentliche«, pokerte Bertram und trank dabei hastig aus der Whiskyflasche.

»Also gut, Sie beweisen mir erst einmal, was Sie an belastendem Material gegen meine Klinik in Händen haben. Dann sehen wir weiter«, sagte Dr. Sally beherrscht, der den ersten Schock überwunden hatte und nun als Taktiker vermied, durch falsche Worte Bertram zum voreiligen Handeln zu provozieren. Er mußte einsehen, daß er den Journalisten Bertram unterschätzte. Zumindest war er davon überzeugt gewesen, daß der Journalist unbestechlich sei. Dr. Sally kam der Verdacht, daß Bertram von Anfang an vorhatte, etwas in seiner Klinik zu ermitteln, womit er ihn dann erpressen konnte.

»Ich schlage vor, Sie besuchen mich in meiner Wohnung in Düsseldorf. Damit wir alles Weitere besprechen können, Herr Dr. Sally.

»Gut, nennen Sie mir einen Termin!«

»Morgen – gegen Mittag.«

»Einverstanden. – Sagen Sie mir noch Ihre genaue Anschrift und wie ich fahren muß. Ich kenne mich in Düsseldorf nicht aus«, bat Dr. Sally gelassen. Bertram erklärte ihm mit etwas schwerer Zunge, wie er fahren mußte.

Dr. Sally kam pünktlich zu dem verabredeten Termin. Bertram bewunderte ihn heimlich, weil er seine Erregung so perfekt verbergen konnte, obwohl es womöglich um die Existenz seiner Klinik und sein persönliches Ansehen ging. Fred Bertram hielt sich nicht lange mit umständlichen Vorreden auf. Er spielte Dr. Sally einige Gesprächspassagen vor. Sie genügten dem Klinikchef, um einzusehen, wie ernst es um seine Privatklinik stand.

»Ich muß zugeben, daß Sie mich in der Hand haben, Bertram«, gab er offen zu. Dennoch versuchte Dr. Sally zu bluffen. »Aber wer sagt Ihnen, daß ich von den versteckten Mikrophonen nichts wußte? Daß deshalb alle mitgeschnittenen Gespräche absichtlich geführt wurden, damit Sie mit Ihrer Beweisführung in die Falle gingen?«

»Herr Dr. Sally, auf diese Ausrede falle ich nicht herein. Und kommen Sie mir bitte nicht mit der naiven Feststellung, daß die Mitschnitte illegal sind und vor Gericht nicht als Beweise vorgelegt werden könnten«, mokierte sich Bertram.

»Sie haben recht, Bertram. Aber wo hatten Sie das Tonbandgerät versteckt? Woher wußten Sie, wann und wo ein vertrauliches Gespräch stattfand?« rätselte Dr. Sally.

»Vielleicht war das Aufzeichnungsgerät in meinem Gästezimmer versteckt –.«

»Nein, diese Unvorsichtigkeit traue ich Ihnen nicht zu. Irgend jemand muß Ihnen geholfen haben?«

»Begnügen Sie sich damit, daß ich es allein war.«

»Nein, es muß Ihnen jemand geholfen haben, der sich in der Klinik genau auskennt. Seltsamerweise wurden Gespräche aufgenommen, die während Ihrer Abwesenheit geführt wurden. Das ist doch merkwürdig. Ich erhöhe das Schweigegeld, wenn Sie mir den Namen des Mitwissers oder der Mitwisserin verraten, Bertram.«

»Ich habe Ihnen überhaupt noch keine Summe genannt.«

»Ich werde es aber trotzdem herausfinden. Einen Verdacht habe ich schon. – Wie ist Ihr Preis, Bertram?« drängte Dr. Sally ihn zum Abschluß des Geschäftes.

»Meine Redaktion wartet ungeduldig auf die Artikel.«

»Weiß sie von Ihren strafbaren Abhörmethoden und kennt sie den Inhalt der Gespräche?«

»Ich muß Sie bitten, Ihre versteckten Drohungen zu unterlassen, Dr. Sally. Sie nützen Ihnen gar nichts. Wenn meine in der »Rheinischen Allgemeinen« veröffentlichten Behauptungen in Ihrer Klinik nachgeprüft werden – und das werden sie, glauben Sie es mir –, dann fragt keiner danach, auf welchen krummen Wegen die Recherchen zustande gekommen sind. Ihre Position ist aussichtslos, Herr Dr. Sally«, machte Bertram ihm klar.

»Dann nennen Sie mir endlich Ihre Bedingungen!«

»Bei meiner Redaktion bin ich im Wort, die Artikelserie abzuliefern. Sie weiß bereits, daß Sie in Ihrer Klinik zweifelhafte Methoden und Versuche durchführen. Allerdings nur pauschal. Nichts Definitives. Ich bin doch nicht verrückt, meine Informationen großzügig auf den Redaktionstisch zu legen, damit auch jeder Volontär daraus Schlüsse ziehen kann –.«

»Was meinen Sie damit?« unterbrach Dr. Sally ihn etwas gereizt.

»Nun, irgendwer aus der Redaktion könnte Sie beispielsweise damit erpressen.«

»Ja, das leuchtet mir ein, Bertram.«

»Wenn ich die angekündigte Artikelserie nicht in der Redaktion abliefere, davon keine Zeile publiziere, werden die tollsten Vermutungen und Spekulationen angestellt. An erster Stelle steht dann die Bestechlichkeit. Meine Vorgesetzten würden mir vorhalten, wenn du aus Angst vor einer Verleumdungsklage oder Schadenersatzansprüchen kalte Füße bekommst, kannst du zu deiner eigenen Beruhigung doch unseren Hausjuristen Einsicht in die Manuskripte geben. Die raten dir dann, was du tun sollst. Doch weil ich das nicht tue, kann es sich nur um eine

Bestechung handeln«, erläuterte Bertram ihm die Folgen seiner Nichtveröffentlichung.

»Sie müssen also damit rechnen, Ihren Job wegen Bestechlichkeit zu verlieren?«

»Genau.«

»Sie wollen Ihre finanzielle Zukunft absichern. Das sehe ich ein. Ich habe bereits auf der Hinfahrt darüber nachgedacht und schlage Ihnen deshalb eine langfristige und gutbezahlte Position als Pressesprecher der Klinik vor. So ein Mann fehlt uns schon lange. Außerdem werde ich Sie an dem Gewinn der Klinik beteiligen. Für die Übergabe oder Vernichtung der Beweise zahle ich Ihnen eine Abstandssumme, praktisch ein Ausfall-Honorar. Das steht Ihnen zu. Sie hätten sonst wochenlang umsonst recherchiert«, baute Dr. Sally ihm die Brücke zur Wahrung seines Gesichtes. Bertram war die unterdrückte Ironie nicht entgangen. Aber Dr. Sally gehörte auch nicht zu den Musterknaben seiner Zunft. Das, was der Klinikchef in seinen Laboratorien oder sonstwo durchführen ließ, ist verwerflicher und gefährlicher als das, was ich tue, redete sich der umgefallene Journalist ein.

»Ihr Schweigen – also die Nichtveröffentlichung – ist mir eine viertel Million wert. Hinzu kommen der langfristige Anstellungsvertrag und die Umsatzbeteiligung. Sind Sie damit einverstanden, Herr Bertram?«

Bertram war es. »Doch zuvor muß alles vertraglich abgesichert sein«, verlangte er.

»Ich bin selbst daran interessiert, daß alles schnellstens vertraglich geregelt wird. Ich möchte in Ihrer Zeitung nicht die Diffamierung meiner Klinik lesen. Ich gebe Ihnen mein Wort, daß wir jetzt Partner sind, Herr Bertram.« Er streckte ihm die Hand entgegen. Doch Bertram schlug sie aus mit der Bemerkung: »Ein Vertrag ist mir sicherer als Ihr Handschlag, Herr Dr. Sally. Damit schließt man vielleicht einen Pferdehandel ab.«

Dr. Sally unterdrückte die zynische Antwort, die ihm auf der Zunge lag.

Das Tonbandgerät in Carolin Sherrys Zimmer hatte das Telefongespräch mitgeschnitten. Fred Bertram wußte nicht, daß der

Klinikchef bei dem Anruf aus Düsseldorf in seinem Privatzimmer war und dort jederzeit abgehört werden konnte. Zwar nahm das Tonband nur Dr. Sallys Antworten auf, doch sie bewiesen eindeutig, daß Bertram Dr. Sally erpressen wollte. Auch daß sie sich in der Düsseldorfer Wohnung des Journalisten treffen wollten, um den Handel zur Nichtveröffentlichung abzuschließen, dokumentierte das Band.

Carolin Sherry hatte erst zwei Tage nach dem Düsseldorfer Treffen routinemäßig zur späten Stunde das Band mit Bertrams Angebot abgehört. Dieses Telefonat war der letzte Mitschnitt auf dem Tonband. Ihr war klar, daß Sally sofort nach dem Anruf durch Spezialisten die Räume nach den versteckten Mikrophonen absuchen und entfernen ließ. Carolin mußte damit rechnen, daß Bertram sie bei der Düsseldorfer Zusammenkunft als Mitwisserin verriet.

Sie war betäubt vor Angst und Enttäuschung. So sehr sie sich auch einredete, daß alles nicht wahr sei, mußte sie schließlich doch einsehen, daß jetzt auch ihre Existenz und ihr zukünftiges Leben auf dem Spiel standen. Vielleicht hatte man ihr Tonbandgerät ebenfalls schon gestern oder vorgestern entdeckt, aber auf Anordnung von Dr. Sally nicht entfernt. Er war ein Gentleman, der es nicht nötig hatte, in das Zimmer seiner früheren Geliebten einbrechen zu lassen, um das Aufzeichnungsgerät zu stehlen. Es war ohnehin nutzlos, nachdem man die »Wanzen« aufgespürt hatte.

Jetzt, da sie zur späten Nachtstunde wußte, daß Sally ihr unweigerlich auf der Spur war und wohl nur deshalb noch nichts gegen sie unternommen hatte, weil er Bertram vielleicht das Versprechen gab, seine Helferin in Ruhe zu lassen, wollte Carolin keine Stunde länger in der Klinik bleiben.

Sie hatte nur noch den Wunsch, Fred Bertram persönlich zu sprechen, ihm seine Gemeinheit ins Gesicht zu schreien. Sie verspürte Rachegefühle. Sie brächte es fertig, Bertram und Sally zu erpressen. Ihre Rache konzentrierte sich auf den »Verräter« Bertram, obwohl sie seine Gründe für den »grandiosen Umfall« nicht kannte.

In den letzten Wochen hatte es Augenblicke gegeben, wo sie diesen angeblich so mutigen und unbestechlichen Journalisten liebte, in seine Arme flüchten und sich ihm als Frau hingeben wollte. Sie hatte darauf gewartet, daß er seine Annäherungsversuche wiederholte; sie wußte, wenn es der geeignete Zeitpunkt und der passende Ort waren, würde sie nachgeben, ihm sagen, daß sie ihn liebte. Aber sie wollte erst seine Veröffentlichung lesen, als Beweis für sein Versprechen: alles schonungslos zu publizieren. Nach der Veröffentlichung würde sie ohnehin bei Sally in Verdacht geraten. Aber wenn Fred Bertram sie tatsächlich liebte – was sie sehnlichst hoffte –, würde er nach der Publizierung seiner Artikelserie bei ihr bleiben, mit ihr zusammenziehen und eine gemeinsame Zukunft aufbauen. Wenn nicht als Ehefrau, dann aber als Freundin.

Heirat! Sie konnte auch eine Strafe sein, der Erpresser-Preis. Sie könnte Fred Bertram damit drohen. Denn was nutzte es ihm, wenn er seinen Artikel nicht veröffentlichte, für seine vernichteten Beweise eine Menge Geld bekam, obwohl es sie als ewige Mitwisserin gab? Sie könnte jederzeit die vertraulichen Informationen einer Zeitung oder Illustrierten anbieten. Dann würde die Öffentlichkeit obendrein erfahren, daß der Journalist Fred Bertram gekauft wurde. Sallys Privatklinik käme trotzdem in die Schlagzeilen – und das träte ein, was der Erpresser und der Erpreßte verhindern wollten.

»Wenn ich es nüchtern überlege, bin ich jetzt die Schlüsselperson, die alles auffliegen lassen kann. Eigentlich müßten Sally und Bertram auch mit mir ein Schweigegeld aushandeln«, erkannte Carolin Sherry.

Doch dann erschrak sie über die Erkenntnis, daß sie bei dem gefährlichen Handel das Zünglein an der Waage war, wodurch ihr Leben bedroht wurde. Beide Männer, oder auch nur einer von ihnen, konnten sie umbringen oder einen Mörder engagieren. Geld spielte dabei wohl keine Rolle.

Sie mußte sich wehren und absichern. Den besten Schutz bot Fred Bertram, wenn sie ihn zwang, sie zu heiraten. Eine Ehefrau bringt man nicht so plump und kurzfristig um. »Wichtig ist, daß ich Zeit gewinne, dann fällt mir schon das Richtige ein.«

Die Entscheidung durfte aber nicht aufgeschoben werden. Sie packte eilig ihren Koffer mit den nötigsten Sachen und persönlichen Schriftstücken. Auch das Tonbandgerät und die noch nicht ausgewerteten Bänder nahm sie mit.

Bertram anzurufen und ihm mitzuteilen, daß sie auf dem Wege zu ihm war, wollte sie nicht riskieren. Vielleicht würde ihr Telefon jetzt abgehört. Sie würde ihn von unterwegs in seiner Düsseldorfer Wohnung anrufen.

Die Nachtschwester mußte Carolin Sherry die Eingangstür aufschließen. Sie wunderte sich, daß die amerikanische Dolmetscherin noch so spät mit einem Koffer die Klinik verließ. »Da haben Sie sich bei dem Sturm und Regen aber keine angenehme Nachtfahrt ausgesucht«, bedauerte die Schwester sie.

»Ich passe schon auf«, erwiderte Carolin.

Der Eifelwind drückte den Regen gegen die Windschutzscheibe. Die Scheibenwischer hatten Mühe, die Wassermassen wegzudrücken. Sie mußte angestrengt aufpassen, um das Nötigste auf der Fahrbahn zu sehen. Carolin Sherry geriet in eines der gefürchteten Eifeler Unwetter, wo der von den Höhen einfallende Sturm seine Richtung ständig änderte. Er peitschte den Regen zu Wasserwänden auf, um sie dann plötzlich in sich zusammenbrechen zu lassen. Wehe dem ortsunkundigen und unvorbereiteten Autofahrer, der das launische Spiel des Windes zu spüren bekam und in eine zusammenbrechende Wasserwand geriet.

Doch Carolin Sherry war mit ihren Gedanken zu sehr bei dem bevorstehenden Gespräch, um die ständig lauernden Gefahren auf der regengepeitschten Landstraße zu beachten. Außerhalb des Scheinwerferlichts herrschte fast totale Finsternis, aus der jeden Augenblick Kurven, Bäume, Leitplanken, Abgründe und Gebäude auftauchen konnten. Es war eine stockfinstere und vom Unwetter beherrschte Nacht, die selbst der erfahrenste Autofahrer mied.

Doch die Amerikanerin kannte die Straßen, die aus der rauhen Eifel führten. Sie kannte die Abzweigungen und Ortschaften und selbst die Telefonzellen entlang der Fahrbahnen.

Aber in dieser stürmischen Finsternis hatte sie große Mühe,

die nächsterreichbare Fernsprechzelle zu erkennen. Als sie endlich davor hielt, war sie außer Betrieb.

Sie mußte aber so schnell wie möglich Bertram anrufen, damit er auf sie wartete – falls er überhaupt in seiner Wohnung war. Wo sollte sie sonst bleiben? Vielleicht war er ihre Zuflucht, das Pfand für ihr eigenes Leben. Warum handelten die Männer so rücksichtslos und eigennützig? Brachen leichtfertig Schwüre?

Die Fahrbahn unter den Rädern wurde immer rutschiger. Der Wasserfilm trieb ihr Auto von einer Seite auf die andere. Zum Glück war sie allein auf der nächtlichen Landstraße.

Die zweite Telefonzelle, vor der sie hielt, war in Betrieb. Auf dem kurzen Weg in die Zelle, an deren Scheiben der Regen prallte und unaufhörlich in kleinen Sturzbächen herunterlief, war sie naß geworden. Wirre Haarsträhnen klebten auf ihrer Stirn. Der Sturm drückte gegen die Tür der Telefonzelle und drang durch alle Ritzen.

Carolin holte mit ihren nassen Fingern die Geldstücke aus der Manteltasche. Dann wählte sie vor Kälte und Aufregung zitternd die Telefonnummer von Bertram.

Noch nie hatte sie ein so großes Verlangen, seine Stimme zu hören – obwohl er in ihren Augen ein feiger Schuft war. Sie betete, daß er den Telefonhörer abnehmen würde. Der ringsum tobende Sturm zerrte jetzt auch an ihren angespannten Nerven. Vielleicht überhörte sie bei dem Heulen des Windes, ob er sich meldete; vielleicht hatte er zuviel Alkohol getrunken, um seinen journalistischen Umfall zu vergessen; vielleicht waren durch das Unwetter auch alle Telefonleitungen gestört – oder die Telefonzelle wurde in dem Augenblick weggeweht, wenn er den Hörer abnahm.

Doch Fred Bertram meldete sich: »Hier Bertram«, sagte er verschlafen.

»Ich bin's, Carolin Sherry. Ich muß Dich unbedingt sprechen.«

»Was ist das für ein Getöse im Hintergrund? Von wo aus rufst Du so spät noch an?«

»Hier tobt ein Sturm, als ginge die Welt unter. Kein Wunder!

Ich rufe von einer Landstraße in der Eifel an«, sagte sie mit erzwungener Ruhe.

»Und warum rufst Du an?«

»Weil Du vorgestern Sally angerufen hast.«

»Hat er es Dir gesagt?«

»Er führte das Gespräch mit Dir aus seinem Privatzimmer. Es wurde auf dem Band in meinem Zimmer mitgeschnitten. Ich habe es aber erst vor einer guten Stunde abgehört. Ich bin praktisch auf der Flucht.«

»Mir blieb keine andere Wahl. Die Redaktion hat Angst, meine Serie ungekürzt zu veröffentlichen. Sie will die Manuskripte umschreiben und wahrscheinlich überhaupt nicht veröffentlichen.«

»Das glaube ich Dir nicht.«

»Wir werden alles bei mir besprechen. Dr. Sally kann Dir keine Schwierigkeiten machen, wenn ich dagegen bin«, beteuerte Bertram.

»Hast Du nie daran gedacht, daß ich Dich und Sally ebenfalls erpressen kann?«

»Doch. Aber wir werden uns einigen.«

»Du wirst mich heiraten!« schrie sie in den Telefonhörer.

»Soll das eine Drohung sein?«

»Nein, nur meine Lebensversicherung. Wer könnte mich vor Sallys Rache besser schützen als der erpresserische Ehemann?«

»Beruhige Dich doch, Carolin.«

»Verdammt noch mal, mir ist elend zumute. Wie komme ich nur heil aus dem Unwetter heraus? Ich habe Angst vor dem Sturm, vor Dir, vor Sally.«

»Du brauchst keine Angst zu haben. Mit Sally werden wir schon fertig. Der tut, was wir wollen. Fahre bitte ganz langsam und vorsichtig. Auf ein paar Stunden kommt es nicht mehr an«, riet er ihr besorgt.

»Ich habe den Journalisten Fred Bertram geliebt. Hast Du es nicht gefühlt? Und was bist Du jetzt? – Ich muß Schluß machen, mir geht das Geld aus –.«

»Fahre vorsichtig, Carolin. Ich liebe Dich –.«

»Ich liebe Dich auch! Nein, ich hasse Dich –.«

»Ich brauche Dich, Carolin –.«

Sie antwortete nicht mehr. Das Gespräch brach ab.

Carolin hatte nur einen Gedanken, so schnell wie möglich zu ihm zu kommen. Sie übertrug ihre Ungeduld auf das Gaspedal. Als sie die Geschwindigkeit wieder reduzierte, hatte sie Schwierigkeiten beim Bremsen. Etwas schien mit ihrem Wagen nicht in Ordnung zu sein.

Vielleicht gab es tatsächlich Gründe, die Bertram keine andere Wahl ließen, um so zu handeln. Vielleicht konnte sie ihn sogar verstehen. Vielleicht würde die Zukunft an seiner Seite – ob mit Ehering oder ohne – alles wieder heilen. Das beste Wundpflaster ist die Zeit! Sally verdiente sein Geld mit seinen zweifelhaften Befruchtungsmethoden. Auch seine unerlaubten Versuche würden eines Tages Profit abwerfen. Was war dagegen schon die Summe für eine nicht veröffentlichte Artikelserie? redete sie sich ein.

Ihre angespannten Sinne gaukelten ihr sein Gesicht vor, das plötzlich aus der Dunkelheit vor ihrer Windschutzscheibe auftauchte. Unwillkürlich trat sie heftig auf die Bremse. Ihr Auto geriet ins Schleudern, streifte mit Wucht einen Baum. Der Wagen wurde durch den Aufprall wie ein mehrmals aufspringender Tennisball auf die Fahrbahn zurückgeworfen, bis er auf der Gegenseite an einem anderen Baum zerschellte.

Erst im Morgengrauen wurde der Unfall entdeckt. Der Sturm hatte sich gelegt, ein zarter Regen rieselte auf die Autotrümmer. Für Carolin Sherry kam jede Hilfe zu spät. Man mußte die Tote mit Schneidbrennern aus dem Blechchaos befreien.

Dr. Sally war der erste, der Fred Bertram von dem tragischen Unfall der Amerikanerin telefonisch benachrichtigte. »Wir werden in der Klinik eine würdige Gedenkfeier für Carolin Sherry veranstalten. Ich hoffe, auch Sie nehmen daran teil«, bat Dr. Sally ihn. Seine Stimme klang etwas pathetisch. Vielleicht war es echte Trauer, die seinen sonst so beherrschten Tonfall veränderte.

Bertram quälte sich stundenlang mit dem Gedanken, die Staatsanwaltschaft einzuschalten, damit die einwandfreie Unfallursache herausgefunden wurde. Vielleicht war Carolin das

Opfer eines Verbrechens geworden. Der einzige, der dafür einen Grund hatte, war Dr. Sally. Doch Bertram hatte selbst am Telefon miterlebt, wie sehr sie mit ihren Nerven fertig war. Und womit sollte er seinen Verdacht begründen?

Bertram lebte in den Tagen bis zur Totenfeier und Carolins Beerdigung fast nur vom Alkohol. Es gab Stunden, in denen er sich schwor, die Artikelserie doch zu veröffentlichen. Carolin zuliebe! Aber er glaubte, seine Entscheidung nicht mehr rückgängig machen zu können. Er war das Opfer seines verkauften Gewissens geworden.

In seiner Trauer um Carolin Sherry rief er Andrea an, um überhaupt mit einem nahestehenden Menschen zu sprechen. Doch sie zeigte ihm die kalte Schulter. Sie war eigenständig geworden; sie brauchte Fred nicht mehr. Sie hatte dem Wiesbadener Ehepaar ihre Absage telefonisch mitgeteilt. Sie wollte an ihre peinliche Rolle als angebliche Leihmutter nicht mehr erinnert werden. Ihr war es auch gleichgültig, ob Fred seine Ermittlungen veröffentlichte. Das war für sie Vergangenheit, ebenso wie Fred; sie wollte weder seine Artikel lesen, noch seine Stimme hören. Ihre Liebe zu ihm war endgültig erloschen. »Lebewohl, Fred! Und rufe bitte nicht mehr an!«

»Lebewohl, Andrea, lebewohl, Carolin«, sagte er trostlos, als Andrea den Hörer auflegte. Nun hatte er beide Frauen verloren. »Verdammt noch mal, was bist du doch für ein Schwein!« schrie er sein Gesicht im Spiegel an.

Bertram kündigte seinen Vertrag bei der »Rheinischen Allgemeinen«. Drei Wochen später trat er seine Stelle als Pressesprecher der Klinik »Humanitas« an.

Neun Monate später erfuhr er zufällig von Dr. Fresar, daß Ingeborg Dallberg ein gesundes Kind zur Welt brachte. Die Firmenerbin aus dem fünfjährigen Kälteschlaf wurde auf den Namen Ilona getauft.

Nicht weit von der Privatklinik lag der kleine Friedhof der Gemeinde »Prönsgens«, auf dem die Amerikanerin Carolin Sherry begraben war. Der Klinikchef hatte ihr einen prächtigen Grabstein gestiftet.

Oft, wenn der Eifeler Wind besonders heftig von den Höhen

wehte, besuchte Fred Bertram Carolins Grab. Er liebte es auch, beim Regen zwischen den Gräbern des kleinen Friedhofs spazierenzugehen. Sturm und Regen hatten eine schicksalhafte Bedeutung für ihn: Sie trieben in jener Nacht Carolin in den Tod.

Auf diesem stillen und scheinbar am anderen Ende der Welt gelegenen Totenacker, wo der Wind die Bäume und Sträucher immer in Bewegung hielt, der Schnee länger lag, die Blumen im Frühling später blühten, das Geschrei der Wildgänse gedämpfter klang und die vom Sturm getriebenen Wolken rastlos hinwegzogen, wollte Bertram auch einmal begraben sein.

Zweites Kapitel
Die Hoffenden

Ingeborg Dallberg erlebte seit der Geburt ihrer Tochter Ilona eine erstaunliche Wandlung. Sie, die eigentlich das Kind aus dem Tiefkühlbehälter als Vergewaltigung ihrer Mutterschaft und unerlaubten Eingriff in ihren Uterus empfunden hatte, entwickelte nach der komplikationslos verlaufenen Geburt ihrer Tochter eine abgöttische Liebe zu dem Kind, die im Laufe der Jahre immer mehr zum totalen Besitzanspruch ausartete.

Nun war das »aufgezwungene Kind« der Mittelpunkt ihres Lebens. Ihre mühsam errungene Selbstbefreiung von ihrem autoritären und alles für sie planenden Mann tauschte Ingeborg Dallberg gegen die Abhängigkeit von ihrer Tochter ein. Eigentlich war die aus dem aufgetauten Embryo herangewachsene Tochter Ilona der Racheakt von Heinz Dallberg für das ihm zu Lebzeiten verweigerte Kind.

Ingeborg Dallbergs Mutterliebe wurde krankhaft. Sie erkannte nicht mehr die Grenzen der distanzierten Zuneigung, um der heranwachsenden Tochter die benötigten Freiräume des eigenen Entscheidens und Selbsterkennens in den jeweils körperlichen und seelischen Entwicklungsphasen einzuräumen. Ihre übersteigerte »Liebeskrankheit« zu der Tochter war im Grunde die Angst und Sorge, daß Ilona in ihrer eingefrorenen embryonalen Phase vielleicht doch psychische Schäden erlitt, die plötzlich sichtbar werden könnten. Ihre krankhafte Mutterliebe, die wie ein Suchtmittel ihre Ängste, Schuldgefühle und Komplexe unterdrücken oder verdrängen sollte, war ein gefühlsbetonter Irrtum.

Ihr Mutterkomplex hing auch mit ihrer unbewältigten Kindheit zusammen. Die entbehrte Elternliebe mußte sie durch Puppen und Stofftiere zum »Liebhaben« ersetzen. Ihr Vaterhaus bestimmte ihren schulischen und beruflichen Weg, der fast nur aus Enttäuschungen und Mißerfolgen bestand. Sie schaffte den Abschluß im Gymnasium nicht, auch gelang es ihr nicht, in der elterlichen Firma eine qualifizierte Position zu bekleiden. Dazu war sie zu unselbständig. Als Tochter »aus gutem Hause« und nicht unvermögend rettete sie sich mit knapp zwanzig Jahren in die Ehe mit dem Logiker Heinz Dallberg. Aber später dieser Ehe zu entfliehen und die Scheidung einzureichen, wagte sie nicht.

Erwachsen war sie in dieser Ehe nie geworden. Außer ihrer Sehnsucht nach echter Zuneigung und Anerkennung brachte sie auch ihre Puppen mit in die Ehe. Erst nach dem Krebstod ihres Mannes verbannte sie das niedliche Spielzeug ihrer Kindheit auf den Dachboden, um fortan ihr Leben an andere Maßstäbe zu orientieren, ihr Leben selbst in die Hand zu nehmen und endlich ihre Selbstbefreiung zu verwirklichen.

Durch ihre Tochter Ilona glaubte Ingeborg Dallberg, eine neue Aufgabe als »Erzieherin« zu finden. Die Tochter sollte anders werden: freier, glücklicher, vor allem selbständiger, um in absehbarer Zeit die Computerfirma übernehmen zu können. Ihre Tochter sollte gescheiter, schöner und begehrenswerter sein. Einen Mann aus besseren Kreisen heiraten, der sie liebte. Natürlich gezeugte Kinder zur Welt bringen. Durch die Tochter Ilona sollten alle sehnlichsten Wünsche der Ingeborg Dallberg erfüllt werden.

In die Rolle der Alleinerziehenden gedrängt, in der ständigen Angst, Ilona könnte auf die schiefe Bahn geraten und zum Racheengel für die unnatürliche Zeugung werden, glaubte Ingeborg Dallberg, nur ein Verteidigungsmittel einsetzen zu müssen: Die Strenge mit all ihren Konsequenzen.

Seit Generationen wird dieses Folterwerk wider die körperliche und geistige Entwicklung der Kinder oft entweder von beiden oder zumindest von einem Elternteil eingesetzt. Und diese in ihrer Kindheit geschlagenen, gedemütigten und manchmal bis zur körperlichen und seelischen Erschöpfung gequälten Opfer schlagen später meist ebenfalls auf ihre Kinder ein. Frigidität, Masochismus und jede andere Ausartung in Brutalität und Grausamkeit haben ihre Ursache oft in dem angeblich behüteten, strengmoralischen und religiösen Elternhaus.

Ilona, die Tochter aus dem eisigen Stickstoffbehälter, war Gott sei Dank heil an Geist und Körper aus dem Leib ihrer Mutter entbunden worden. Sie war ein schönes und intelligentes Kind, das scheinbar als Entschädigung für seine künstliche Befruchtung ein natürliches Abwehrsystem gegen die strenge und besitzergreifende Mutter mit in die Wiege bekam: Denn je älter Ilona wurde, um so stärker und erfolgreicher wehrte sie sich gegen Ingeborg.

An dem Tag, als Ilona vierzehn Jahre alt wurde, erlebte die Mutter die erste große Machtprobe mit ihrer Tochter. Nachdem die vierzehn Kerzen niedergebrannt und die Geburtstagsgäste gegangen waren, mußte Ingeborg Dallberg ihrer Tochter die Art der damaligen Zeugung beichten, die Ilonas Leben fortan belastete. Von diesem Tag an wurde auch das Zusammenleben von Mutter und Tochter immer spannungsreicher. Doch Ilonas große Anklage wegen der nach ihrer Auffassung »widerlichen Zeugung« blieb sowohl nach der Geburtstagsfeier, als auch in den darauffolgenden Jahren aus. Aber beide wußten, daß die Stunde der »Abrechnung« noch bevorstand.

Vorerst entzog sich Ilona der eifersüchtigen Liebe ihrer Mutter und deren ständigen Bevormundungen durch den Aufenthalt in einem Schweizer Internat. Alle mütterliche Strenge und Autoritätsansprüche, alles Drohen, Betteln, alle hysterischen Schreie und Weinkrämpfe der Ingeborg Dallberg konnten den Auszug der Tochter aus der Kölner Villa nicht verhindern. Bei der Durchsetzung ihres Willens zeigte Ilona eine Gefühlskälte, die Ingeborg Dallberg erschrecken ließ; sie glaubte, die Schwaden der Stickstoffkälte zu spüren, in die Ilona als zweigeteilter Embryo ein halbes Jahrzehnt verbannt war. Diese Kälte und ihre rücksichtslose Durchsetzungskraft, wobei jedes Wort und jede Regung in ihren Gesichtszügen beherrscht waren, mußten die Mittel ihrer Verteidigung gegen die Mutter sein.

Doch Ilona wurde von der Verfolgung durch ihre Mutter nicht verschont. Ingeborg Dallberg siedelte ebenfalls in die Schweiz über. In der Nähe des Internats mietete sie sich eine Wohnung und begann, ihrer Tochter regelrecht aufzulauern. Oft gelang es ihr, sich mit Ilona zu treffen. Die gemeinsamen Gespräche beschränkten sich im wesentlichen auf praktische und alltägliche Dinge. Die Tochter blieb der Mutter gegenüber distanziert. Von sich aus kam Ilona nur selten in die Wohnung ihrer Mutter. Wenn Ilona längere Zeit weder telefonisch noch persönlich zu erreichen war, ließ Ingeborg Dallberg bei der Internatsleitung anrufen, um mitzuteilen, daß sie krank sei. Meistens sorgte dann die Schulleitung dafür, daß die Internatsschülerin Ilona ihre Mutter besuchte. Irgendeine Krankheit hatte die Mutter immer. Ilona konnte nicht beweisen, ob die Krankheiten von Ingeborg echt waren oder nur vorgespielt wurden.

Durch die dauernden Krankheiten ihrer Mutter, ihre Verfolgungen und ständigen Ermahnungen und Bevormundungen, Ingeborgs spontanen und maßlos übertriebenen Liebesbezeugungen, die aber an der Gefühlskälte der Tochter zerschmolzen und durch Geschenke ausgeglichen wurden, die Ilona nicht haben wollte, weil sie den Kitsch nicht brauchte, oder wenn es sich um Kleider handelte, die sie nicht trug und deshalb verschenkte, geriet die angehende Abiturientin in erhebliche Leistungsschwierigkeiten. Ilonas Lehrer erkannten, daß nur ihre Mutter die Ursache war. Nicht zuletzt auf Drängen von Ilona mußte die Internatsleitung Ingeborg Dallberg in aller Deutlichkeit bitten, ihre Tochter in Ruhe zu lassen. Und Ilonas Klassenlehrer brachte es schließlich fertig, die Mutter zur Rückkehr nach Köln zu überreden.

Nach dem bestandenen Abitur studierte Ilona in München Wirtschaftswissenschaften. Ihre Diplomarbeit schrieb sie über das komplexe Thema: »Steuerliche Behandlung von inländischen Anteilseignern an ausländischen Kapitalgesellschaften«. Zu ihrem bevorstehenden vierundzwanzigsten Geburtstag wollte sie ihre Freunde und Bekannten, aber auch die leitenden Mitarbeiter ihrer Computerfirma in die Kölner Villa ihrer Mutter einladen. Ilona würde an diesem Tag offiziell die Leitung der Firma übernehmen und auch das bestandene Examen als Diplom-Kaufmann feiern.

In der Kölner Villa bewohnte Ilona in der oberen Etage eine Drei-Zimmer-Wohnung. Sie lag am Ende der Korridors, wo auch die Gästezimmer waren, die meist aber nicht benutzt wurden, weil nur selten Bekannte oder Geschäftsfreunde bei ihrer Mutter übernachteten.

Doch das änderte sich, wenn Ilona in den Semesterferien bei ihrer Mutter wohnte. Die Tochter hatte viele Bekannte, die sie gern in Köln besuchten. Doch feste Beziehungen zu Männern ging sie nicht ein.

Seit fast zwei Jahren gehörte zu ihrem engeren Freundeskreis Dietmar Wellershaus, ein 30jähriger, stets dezent und modisch gekleideter Mann, der es scheinbar nie wagen würde, den Anzug mit dem passenden Hemd und der Unikrawatte gegen Hose und Pullover zu tauschen. Er war groß und sein schlanker Körper gut durchtrainiert. Sein blondes, fast glattes Haar war korrekt geschnitten und gescheitelt. Er verkörperte den Typ des zuverlässigen, gut angezogenen Mannes, den sich die Frauen gern als Ehemann und fürsorglichen Vater ihrer Kinder wünschen. Dietmar Wellershaus stellte die beste Eheversicherung dar. Er würde seiner Umgebung nie Anlaß geben, sich über ihn zu ärgern oder aufzuregen. Er war ein wohlerzogener Mann, der in seinem autoritären Elternhaus lernte, die Selbstbeherrschung zu bewahren, stets zurückhaltend zu sein, keine Regungen und Leidenschaften zu zeigen, auf welchem Gebiet auch immer. Er hatte zu seinem Charakter und Temperament auch den passenden Beruf: Er war Bankier in der väterlichen Bank. Zwar war er noch das letzte Glied im Vorstand, aber sein einflußreicher Vater würde ihn eines Tages an die Vorstandsspitze bringen.

Ilona lernte ihn durch ein Kreditgeschäft kennen, das ihre Firma bei seiner Bank abschloß. Seine vertrauenerweckende und zurückhaltende Art, nicht zuletzt sein gutes Aussehen und sicher auch die bevorstehende berufliche Karriere blieben nicht ohne Eindruck auf Ilona. Sie war damals in einer seelischen Krise und suchte einen Halt, jemanden, der ihr sagte, was sie tun sollte, wohin ihr Weg sie führte. In dem Schweizer Internat und später während ihres Studiums in München durchlitt sie immer wieder die kurz- oder längeranhaltenden Phasen ihrer Depressionen, die mit dem furchtbaren Gedanken an ihrer Zeugung zusammenhingen. Sie wurde als genetisches Produkt eines Vaters geboren, als er längst tot war, unter dem auf Firmenkosten angeschafften Grabmal schon fast vermoderte. Immer wieder daran erinnert zu werden, war eine Qual. Aber sie wollte sich von den ständig wiederkehrenden Alpträumen ihrer depressiven Phasen befreien. Sie suchte einen Psychiater auf. Im Ver laufe der Zeit waren es immer wieder andere. Niemand aus ihrer Umgebung wußte davon. Sie war Privatpatientin. Sie konnte es sich leisten.

Dietmar Wellershaus strahlte Ruhe und Ausgeglichenheit aus, die sie nicht besaß. Je öfter sie ihn auf Partys, bei geschäftlichen Besprechungen oder gesellschaftlichen und kulturellen Veranstaltungen traf, um so vertrauter wurde er ihr. Vielleicht war er mehr Bruder als Freund. Nie tat er etwas, was sie nicht wollte. Sie konnte mit ihm an den Wochenenden verreisen und in den Hotels Tür an Tür mit ihm wohnen, ohne ihre Zimmertür abschließen zu müssen. Natürlich liebkoste er sie. Seine Küsse entsprachen seinem Temperament: sie waren korrekt und nie leidenschaftlich. Wenn er ihre Brüste streichelte, war er nicht enttäuscht, daß ihre Brustwarzen keine Regung zeigten. Sie duldete sein Petting, das sie aber nicht so erregte, um mit ihm ins Bett zu gehen. Einmal, nach vielen Berührungen, wollte sie ihn belohnen und bat ihn, mit ihr zu schlafen. Er tat, worum sie ihn gebeten hatte. Beherrscht öffnete er zuerst den Knoten seiner Krawatte. Dann half er ihr galant beim Ausziehen. Zum erstenmal lag sie nackt neben ihm. Er tat fast pflichtgemäß alles, was in diesem Stadium der intimen Begegnung üblich ist. Sie jedoch nichts. Sie blieb passiv, obwohl sie ihn zum Lieben aufforderte. Sie konnte nicht verstehen, daß sein durchtrainierter Körper sie nicht erregte.

»Bist Du noch Jungfrau?« fragte er rücksichtsvoll.

»Ja. Aber nimm darauf keine Rücksicht«, log sie. Sie bemerkte, wie er mit sich kämpfte, ihr die Unschuld zu nehmen.

»Nein, ich kann es nicht! Nicht hier!« lehnte er ab.

»Dann eben nicht«, erwiderte sie mit gespielter Enttäuschung. Ilona hatte den Eindruck, daß er froh war, nicht in sie eindringen zu müssen. Eigentlich wollte sie es ebenfalls nicht. Sie hätte ihm hinterher sonst vorspielen müssen, daß er gut war, sie zum Höhepunkt brachte. Aber dazu war er ihr zu schade.

Er lag dann die ganze Nacht im Hotelbett neben ihr, ohne sie weiter zu berühren. Dabei kam ihr der furchtbare Gedanke, daß sie vielleicht gefühllos, frigide war oder er nicht der Mann, der sie erregen konnte. Das wußte sie bis heute immer noch nicht. Denn Dietmar Wellershaus hatte seit jener Nacht in dem erstklassigen Londoner Hotel nicht mehr erkennen lassen, daß er mit ihr schlafen wollte. Trotzdem beteuerte er, daß er sie liebe und heiraten möchte. Sein Antrag machte Ilona selbstsicherer und ihre Zuneigung zu ihm noch größer. Vielleicht brauchte sie nur Zeit, bis es ihm gelang, sie in Leidenschaft zu versetzen. Die große Liebe auf den ersten Blick war Dietmar Wellershaus nicht gewesen, aber vielleicht brächte die Zeit es mit sich, ihre Zuneigung zu ihm in eine lodernde Flamme zu verwandeln.

Sie würde ihn heiraten, mit ihm Kinder bekommen. Aber erst würden sie sich verloben.

»Bin ich überhaupt zur Liebe fähig?« fragte sie sich zweifelnd. »Aber wer bin ich denn?« fragte sie zurück. »Eine Andersgeborene, das Ergebnis geschickter Gynäkologen, die im Reagenzglas Sperma und Eizellen zusammenbrachten und nach geglückter Zellteilung mein erwachtes Leben in den tiefgekühlten Warteschlaf versetzten, bis meine Mutter endlich Zeit und Laune hatte, mich gnädigst in ihrem Uterus aufzunehmen«, schrie sie in ihrem depressiven Anfall.

Thomas Hendrich war der zweite Mann, der in Ilonas Leben trat. Er war selbständiger Architekt und Anfang dreißig, mittelgroß, untersetzt, mit einem Backenbart, der etwas verwildert aussah, dichtem krausen Haar, einer zu groß geratenen Nase und nicht zuletzt durch seine legere Kleidung das Gegenteil von dem eleganten und großen Dietmar Wellershaus. Thomas Hendrich trug mit Vorliebe verbeulte Hosen aus grobem Stoff, in die man nach Feierabend oder zur Ausübung seiner Hobbys schlüpft, dazu Pullover. Er war ein begeisterter Tennisspieler und Segler mit eigenem Boot, das am Starnberger See lag, obwohl er seine Wohnung und sein Architekturbüro in Frankfurt hatte.

Ilona hatte ihn vor knapp einem halben Jahr auf einer Party bei Freunden am Starnberger See kennengelernt. Er fiel durch seinen Witz und seine Ironie auf. »Das ist ein Spinner, bei dem man nie weiß, was sein nächster spontaner Einfall ist!« hatte die Gastgeberin Ilona lachend gewarnt.

Ilona saß in seiner Nähe, als einer der nicht mehr nüchternen Partygäste Thomas Hendrich den Rest aus seinem Sektglas über die obligatorische Cordhose goß. Vielleicht war es Absicht gewesen. Doch Hendrich reagierte gelassen. Er war bemüht, aus der prekären Situation etwas Positives zu machen. Er blickte sich unter den in der Nähe sitzenden Partygästen um. Seine Augen richteten sich auf Ilona. Sekundenlang trafen sich ihre Blicke, dann sagte er höflich, aber in der Erwartung, daß sie zustimmen würde: »Bitte, würden Sie mir den Flecken auswaschen? Ich habe mein Taschentuch verloren.«

Alle lachten und glaubten, daß es einer seiner spontanen Einfälle sei, jemanden auf den Arm zu nehmen. Ilona bekam einen roten Kopf.

»Wissen Sie, ich habe nur diese Hose. Damit muß ich morgen noch in die Münchener Staatskanzlei. Vielleicht hängt von der fleckigen oder sauberen Hose mein Auftrag ab«, erläuterte er mit versteckter Ironie.

»Was kümmert mich Ihr Hosenflecken?« erwiderte Ilona schlagfertig und kühl.

Er zog die Augenbrauen hoch, nahm sie galant an die Hand und zog sie beiseite, damit ihn niemand hörte. »Ich beobachte Sie schon den ganzen Abend, traute mich aber nicht, Sie anzusprechen«, lachte er.

»Und warum sind Sie so schüchtern – Herr ---?«

»Ich heiße Thomas Hendrich. Ich bin scheinbar zu der Party nur eingeladen worden, weil ich mein Boot am Starnberger See liegen habe. Zugegeben, es ist nicht klein und billig. Daraus schließen gewisse Leute, daß ich reich und prominent bin. Also werde ich überall, wo ich mit meinem Boot vor Anker gehe, eingeladen. So leicht ist es, zu einer Party eingeladen zu werden. Ich hätte den betrunkenen Kerl am liebsten geohrfeigt, aber dazu bin ich eben zu schüchtern. Eigentlich müßte ich dem Hosenbeschmutzer dankbar sein, weil er mir einen Grund gab, Sie endlich anzusprechen und kennenzulernen, – Frau ---?«

»Dallberg.«

»Und wie heißen Sie mit Vornamen?«

»Sie sind aber direkt, eine Spur zu aufdringlich«, spielte sie sein Kennenlernen herunter.

»Jeder Mensch hat einen Vornamen. Wenn wir uns alle mit dem Vornamen ansprechen würden, gäbe es gewiß nicht so viele Feindschaften untereinander. Ich habe Ihnen meinen Vornamen auch genannt – Thomas –.«

»Ich wollte ihn gar nicht wissen.«

»Ich konnte Sie doch nicht darum bitten, mir den Flecken aus der Hose zu entfenen, wenn Sie nicht einmal wissen, wie der unverschämte Kerl heißt, an dem Sie Ihre soziale Tat ausüben sollen.«

»Falls ich Ihnen diesen Reinigungsdienst überhaupt erweise, Herr Hendrich.«

»Ich kann mir mitten in der Nacht schlecht eine neue Hose kaufen. Obendrein noch eine wie diese. Die gibt es in Starnberg gewiß nicht. Meist nur in Trödelläden. Um neun Uhr muß ich in München in der Staatskanzlei sein.«

»Das ist doch eine Ausrede, Herr Hendrich.«

»Vielleicht! Aber wie sollen zwei Menschen, die sich auf den ersten Blick symphatisch finden, denn sonst kennenlernen, wenn sie nicht irgendeine dumme Ausrede finden, um sich gescheit zu unterhalten?«

»Woher wollen Sie wissen, daß ich Sie symphatisch finde und deshalb kennenlernen möchte?«

Das Lächeln erstarb auf seinen Lippen. Er wurde ernst.

»Nein, das glaube ich nicht. Entschuldigen Sie meine Aufdringlichkeit. Vielleicht sehen wir uns bei einer günstigeren

Gelegenheit wieder.« Er reichte ihr versöhnlich die Hand. Sie war auf die plötzliche Wende nicht vorbereitet. Vielleicht hatte sie ihn verletzt. Sie hielt einen Augenblick seine kräftige Hand unschlüssig fest und spürte dabei in ihrem Körper die aufsteigende Wärme. Er verstärkte seinen Händedruck, der jetzt auch ihre Brüste erregte. Seine umklammernde Hand, die sekundenlange Berührung hatten Gefühle in ihr geweckt, die sie nicht kannte. Erschrocken oder überwältigt – sie wußte es nicht – befreite sie ihre zarten Finger aus seiner vom Segeln schwielig gewordenen kräftigen Hand. Auch das faßte er falsch auf. »Vielleicht rufe ich Sie an. Gute Nacht.«

Verwirrt und enttäuscht sah sie ihm nach, wie er in der Dunkelheit des Parks verschwand. Sie wollte ihn zurückrufen. Doch dann verschloß sie ihren Mund mit der Hand, die in seiner gelegen hatte und zog sie sanft an ihre Lippen und küßte sie. Ilona hatte endlich ihre Sinnlichkeit entdeckt.

Es war deshalb natürlich, daß nun ihr Interesse an Thomas Hendrich erwachte. Sie bat ihre Bekannte, ihr Näheres über den Architekten zu erzählen. Er habe ein Architekturbüro in Frankfurt, nicht groß, etwa zehn Mitarbeiter, das aber einen guten Ruf besaß, weil Thomas Hendrich ausschließlich Häuser entwarf und baute, die von den üblichen Formen des Bauens und Wohnens abwichen. Er bepflanzte die Dächer und Zwischengeschosse mit seltenen Bäumen und anderen noch weitgehend unbekannten Gewächskulturen, die japanische Botaniker eigens für seine grünen Wohnhäuser züchteten. Doch in Deutschland habe er sich mit seinen futuristischen Wohnmodellen noch nicht durchsetzen können. Wohl aber in den Niederlanden und in anderen europäischen Nachbarländern.

»Bist Du verknallt in ihn?« fragte die Gastgeberin Ilona.

»Ich weiß nicht«, wich sie aus.

»Soll ich Dir seine Anschrift und seine Privatnummer geben?«

»Ja. Vielleicht rufe ich ihn an und entschuldige mich, daß ich ihm nicht den Flecken aus der Hose entfernte. Vielleicht bekommt er deswegen nicht den Auftrag in München«, versuchte Ilona zu scherzen.

»Du mußt die Männer nicht so ernst nehmen«, lächelte die Gastgeberin und gab ihr einen flüchtigen Kuß auf die Stirn.

Ilona Dallberg brauchte den Architekten nicht anzurufen, er kam ihr zuvor. Ihre Mutter hatte das Gespräch angenommen. Er würde abends noch einmal anrufen. Ilona war selten so aufgeregt.

»Was hast Du nur? Da will Dich ein Mann sprechen und Du bist ganz aufgeregt«, stellte ihre Mutter fest. »Sag schon, wer ist es?«

»Ich habe ihn auf der Party in Starnberg kennengelernt.«

»Ich glaube, der Mann ist wahnsinnig interessant. Erzähle mir mehr von ihm.«

»Ich lernte ihn nur flüchtig kennen.«

»Eine flüchtige Bekanntschaft kann Dich doch nicht so aufregen, Ilona.«

»Das verstehst Du nicht, Mutter.«

»Am Telefon hörte er sich ziemlich forsch an. Doch sei vorsichtig!« warnte sie eifersüchtig die Tochter.

»Bitte, Ingeborg, verschone mich mit Deinen Belehrungen.«

»Du solltest aber darauf hören. Ich bin doch verantwortlich für Dich!«

»Nein, das bist Du nicht! Nicht mehr! Begreife es endlich, Ingeborg«, verbat sich Ilona die Einmischung, die sie eigentlich gewohnt war. Aber bisher machten Ilona die eifersüchtigen Vorwürfe ihrer Mutter nur wenig aus. Wenn es nur bei der verbalen Äußerung blieb. Doch so konnte und durfte es nicht weitergehen. Wer wußte, wie unhöflich und schroff Ingeborg aus krankhafter Eifersucht gegen ihre neuen Freunde war, wenn sie anriefen. Vielleicht hatte sie Thomas Hendrich sogar beleidigt, als er morgens anrief, oder ihr nicht alles ausgerichtet. Vielleicht war ihm deshalb die Lust vergangen, abends noch einmal anzurufen. Eifersüchtige Mütter sind zu allem fähig, befürchtete Ilona.

Doch ihr Verdacht war unbegründet, daß Thomas Hendrich von Ingeborg am Telefon unhöflich behandelt worden war. Er rief gegen zwanzig Uhr aus Frankfurt an und sprach lange mit ihr. Er hatte sich noch einmal dafür entschuldigt, daß er sie auf der Party einfach im Park stehenließ und verschwand. Er bat sie, sich mit ihm zu treffen. Ilona willigte ein. Sie verabredeten sich für den anderen Tag zum Abendessen in Köln.

Es begann wunderbar. Hendrich überreichte ihr gelbe Rosen. Ilona sah bezaubernd aus. Er wirkte männlich. Kantiger. Seine etwas zu große Nase störte nicht, sie paßte zu seinem struppigen Bart, stellte sie fest. Er war ganz anders als der nüchterne und phantasielose Dietmar Wellershaus. Hendrich war ein Stück geballter Natur, ein Mann zum Anfassen, dem eine Frau sein zu weit geöffnetes Hemd – ohne Krawatte – zuknüpfen konnte, weil er es vielleicht vergaß, oder die Flusen von dem Jacket oder vom Pullover klauben konnte. Der in einer seiner Hosentaschen nach dem Autoschlüssel kramte und bei dem man darauf gefaßt sein mußte, daß er die Rechnung für das feudale Abendessen nicht bezahlen konnte, weil er die Brieftasche im Auto liegenließ. Das alles würde Dietmar Wellershaus nicht passieren. Der war immer tadellos gekleidet, wie aus dem Ei gepellt, mit korrekt sitzender Krawatte, gebügelter Hose und flusenfreier Anzugjacke.

Thomas Hendrich zog sie bei dem Abendessen mit seinen Ideen und Erlebnissen in Bann. Dabei sprühte er vor Einfällen und neuen Plänen.

»Wissen Sie, Ilona, daß Sie meine Gedanken beflügeln?«

»Ich bin doch nur eine einfache Frau«, wehrte sie ab. Da war es wieder, dieses etwas verlegene Lächeln, das ihre Wangen leicht erröten ließ, bemerkte er.

»Sie sehen nicht nur bezaubernd aus, Sie stellen auch kluge Fragen, die mich oft ganz schön in Verlegenheit bringen«, behauptete er.

»Wieso? Ich sage doch nicht viel. Sie erzählen, ich höre nur zu.«

»Sie haben recht, ich lasse Sie gar nicht zu Wort kommen. Dabei möchte ich gern mehr aus Ihrem Leben erfahren«, bat er sie.

»Und wo soll ich anfangen? Als ich in der Wiege lag? Oder was ich in dem Schweizer Internat erlebte? Oder aus meiner Studienzeit in München?«

»Erzählen Sie mir von Ihrem Vater. Meistens haben die Töchter die väterlichen Vorzüge geerbt. Doch die Schönheit bekommen Sie von den Müttern.«

Als er ihren veränderten Gesichtsausdruck sah, wußte er, daß er unbeabsichtigt ein Thema angeschnitten hatte, über das sie nicht sprechen wollte.

»Habe ich etwas Falsches gesagt, Sie beleidigt?« forschte Thomas Hendrich verlegen.

»Nein, ich möchte nicht über meine Eltern sprechen. Schon gar nicht über meinen Vater«, sagte sie verbittert.

Bis dahin war ihre Stimmung unbeschwert und heiter gewesen. Doch jetzt glitt sie wieder in ihre Depression. Sie hörte Thomas Hendrich kaum noch zu. Sie war mit ihren Gedanken ganz woanders, in einer Welt, die Thomas unbekannt war, die er wohl nie verstehen würde. Hendrich hatte den Eindruck, daß sie unter einem furchtbaren Erlebnis litt, das mit ihrem Vater, ihren Eltern zusammenhing. Ilonas hübsches Gesicht bekam etwas Starres, Maskenhaftes.

»Bitte, bringen Sie mich nach Hause. Ich fühle mich plötzlich nicht wohl«, bat sie ihn.

Er wußte, daß es eine Ausrede war. Nicht ein körperliches Unbehagen hatte sie plötzlich verwandelt, es mußte ein seelischer Schmerz sein, etwas Furchterregendes, das urplötzlich wie ein Dämon in ihre Seele drang und sie ängstigte.

Er fuhr sie in seinem Wagen nach Hause. Doch absichtlich verlangsamte er das Tempo seines schnellen Autos, weil er hoffte, daß ihre Stimmung wieder umschlug, die unbekannte schmerzliche Erinnerung der Heiterkeit wieder Platz machen würde. Doch sie saß teilnahmslos neben ihm auf dem Sportwagensitz. Selbst als sie vor der Villa ausstieg, hoffte er noch, daß sie ihn ins Haus bitten würde, um ihn ihren Eltern vorzustellen, oder ihn zu einem Drink einlud. Doch Ilona verabschiedete sich schnell und kühl. »Es war ein schöner Abend, Herr Hendrich«, bedankte sie sich mit jener verlogenen Floskel, die man herunterlog, obwohl der andere wußte, daß sie ein Hohn ist.

»Gute Nacht, Herr Hendrich«, wünschte sie ihm mit einem ebenso flüchtigen Händedruck.

So hatte Thomas Hendrich sich ihr Wiedersehen und den Abschluß des Abends nicht vorgestellt. Er grübelte in seinem Hotelzimmer vergeblich darüber nach, warum durch seine harmlose Äußerung ihre Stimmung so ins Gegenteil umschlug. Er kämpfte lange mit dem Gedanken, Ilona trotz der späten Stunde anzurufen, um sich nach ihrem Befinden zu erkundigen. Doch er wagte es nicht.

Einige Tage später rief Thomas Hendrich Ilona wieder an. Sie gab sich freundlich am Telefon. Von der Verstimmung war nichts mehr zu hören. Sie hatte seinen Anruf erwartet und sich für ihr plötzliches Stimmungstief eine Begründung zurechtgelegt. Seitdem traf sie sich öfter mit Thomas Hendrich. Doch es blieb zwischen ihnen nur beim Austausch von Zärtlichkeiten. Mehr räumte Ilona ihm nicht ein.

Durch die Begegnungen mit ihm gerieten ihre Gefühle durcheinander. Sie schwankte in ihrer Zuneigung zwischen Dietmar Wellershaus und Thomas Hendrich. Ihre Mutter tat alles, Ilona zu der Verlobung mit dem jungen Bankier zu überreden. Dietmar Wellershaus drängte selbst darauf. Doch die Vorbereitungen für ihre Geburtstagsparty zögerten die Entscheidung hinaus.

Ilonas Geburtstagsparty wurde ein organisatorisches Glanzstück von Ingeborg Dallberg. Für ihre Tochter war ihr nichts zu teuer. Wochenlang vorher wurden die vergilbten oder verschmutzten Brokat- und Stofftapeten in den Räumen der Villa erneuert, die Fensterdekorationen durch andere Gardinen und Vorhänge ersetzt, die Holztäfelungen aufgefrischt und dekorative Zusatzbeleuchtungen installiert. Mit diesen zügig durchzuführenden Renovierungen hatte Ingeborg eine Ausstattungsfirma beauftragt.

Abends würde ein prächtiges Feuerwerk in dem Park der Villa abgebrannt, das als Höhepunkt und Meisterwerk der Pyrotechniker einen Feuerreif mit Ilonas Vornamen und der Geburtstagszahl vierundzwanzig an den Himmel zaubern sollte.

Weit über hundert Gäste aus Ilonas Bekanntenkreis, ihrer Computerfirma, dem gesellschaftlichen Leben und dem Kreis der Kunden standen auf der Einladungsliste. Die meisten Gratulanten würden am späten Nachmittag vorfahren. Die engsten Bekannten, leitenden Mitarbeiter der Firma und besonders wichtige Geschäftspartner, wozu auch der Vater von Dietmar Wellershaus und seine Gattin gehörten, waren zum Mittagessen in die Villa eingeladen.

Es war Ilonas Wunsch, daß die Zahl der Mittagsgäste überschaubar blieb. Höchstens zwanzig, bat sie ihre Mutter. Ingeborg hielt sich daran.

Tagelang stritten sich Mutter und Tochter über die Tischordnung. Der umstrittenste Gast war der Architekt Thomas Hendrich, den Ingeborg nicht leiden konnte, weil er ihr zu forsch und seine gesellschaftlichen Umgangsformen zu salopp erschienen. Er sei ein »unkultivierter Grobian«, der sich weder an die Kleiderordnung, noch an die Anstandsformen hielt. Die Mutter spürte schon nach den ersten Stunden des Kennenlernens instinktiv, daß Thomas Hendrich einen größeren Einfluß auf Ilona ausübte, als der höfliche und zurückhaltende junge Bankier Dietmar Wellershaus. Hendrich war der Mann, der ihr die Tochter »entführen« würde.

Wenn er ihrer Tochter spontan dieses und jenes vorschlug, was sie unternehmen sollte, sei es Tennis zu spielen oder einfach hinauszufahren, irgendwohin, um sich am unbekannten Ziel überraschen zu lassen, und Ilona meist sofort zustimmte, steigerte sich Ingeborgs nur mühsam unterdrückte Eifersucht auf Thomas Hendrich zum Haß.

Die Mutter wollte nicht, daß der forsche und selbstsichere Architekt auf einem der oberen Plätze an der Tafel saß.

»Dietmar Wellershaus ist Dein heimlicher Verlobter«, behauptete sie. »Er allein muß neben Dir sitzen. Zwei enge Freunde, von denen niemand weiß, wer von den beiden Dein zukünftiger Ehemann sein wird, sollten nicht in Deiner unmittelbaren Nähe sitzen«, versuchte Ingeborg, Thomas Hendrich von einem der oberen Plätze fernzuhalten. Doch Ilona bestand darauf, daß er den gleichen Platz wie Dietmar Wellershaus an der Mittagstafel bekam.

An jedem Platz stand eine Büttenkarte mit dem in kunstvoller

Schrift gezeichneten Gästenamen. Der Sitzordnung nach nahm Ilona den Platz am Kopf der Tafel ein; rechts neben ihr, an der langgestreckten Tischseite, saß Dietmar Wellershaus, dann Ilonas Mutter und daneben der Vater des angeblich heimlichen Verlobten. Spiegelbildlich, an der linken Tischseite, sollte Thomas Hendrich neben der Mutter von Dietmar Wellershaus sitzen.

Heute, an ihrem vierundzwanzigsten Geburtstag, durfte Ilona vor dem Aufdecken der Tafel das geräumige Eßzimmer nicht mehr betreten. Die Mutter hatte es in ein Meer von rosa und weißen Blumen verwandeln lassen. Die festliche Tischdekoration mit dem weißen Tafeltuch und den zartrosa Servietten, die farbgetreu zu Ilonas Festkleid paßten, und die Sonderanfertigung des Porzellans als Geschenk der Mutter, sollten eine Überraschung sein.

Ilona empfing die zum Mittagessen eintreffenden Gäste in der Bibliothek der Villa. Das elegante, aber schlicht gearbeitete rosa Seidenkleid betonte ihre schlanke, mittelgroße Figur. Ihr braunes, langes Haar schmückte ein zierliches Diadem, das mit der kostbaren, aber schlichten Halskette harmonisierte. Ingeborg hatte ihr dieses diamantene Meisterwerk schweizerischer Juwelierarbeit damals zum bestandenen Abitur geschenkt, wohl eines der wenigen Geschenke, die Ilonas Geschmack trafen.

Die Mutter sonnte sich in dem Anblick ihrer hübschen Tochter, die charmant lächelnd die Glückwünsche der Gäste entgegennahm. Ingeborg Dallberg fühlte sich neben ihrer Tochter in ihrem Selbstbewußtsein gestärkt, aufgewertet und selbst in den Mittelpunkt gerückt, weil sie eine so hübsche, gescheite und begehrte Tochter zur Welt brachte, die jetzt alle Augen auf sich zog, wobei mancher anerkennende Blick auch ihr, der Mutter, galt. Was war aus dem fünf Jahre lang eingefrorenen Embryo geworden, den sie nicht in ihrem Uterus aufnehmen wollte? Eine junge Frau, der Mutter unerfüllter Traum: So schön und anerkannt zu sein. Die Tochter hatte alles, was Ingeborg nie erreichte, vielleicht auch gar nicht erreichen wollte – bis auf das Aussehen. Das hätte sie sich ein bißchen vorteilhafter gewünscht, obwohl sie auch nicht häßlich war. Ingeborg wußte von Ilona –

und darin war sie wirklich ehrlich –, daß sie als Mutter, die eigentlich schon längst Großmutter sein könnte, noch gut aussah. Besonders jetzt, da sie in dem bodenlangen, blauseidenen Modellkleid mit dem spitzen Ausschnitt neben dem Geburtstagskind stand. Außer einem mit Juwelen und Diamanten besetzten Halsreif und einem passenden Fingerring trug Ingeborg keinen Schmuck. Wo hat Ilona nur die Schönheit her? fragte sich die Mutter. Bestimmt nicht von mir, gestand sie sich freimütig ein. Wurden damals in der Eifeler Kryobank die Embryonen vertauscht? Unmöglich! wehrte sie den plötzlich aufkommenden neuen Grund für ihre Eifersucht ab. Nein, Ilonas Vater gehörte zu den Männern, die sich sehenlassen konnten. Sonst hätte ich ihn bestimmt nicht geheiratet, erinnerte sich Ingeborg. Ihr verstorbener Mann setzte sich ihr gegenüber immer durch. Auch in seinem Leben nach dem Tode. Die positiven Erbanlagen in des Vaters Genen, wozu auch die Schönheit und Intelligenz gehören, schienen in der Tochter weiterzuleben.

Noch waren die zum Mittagessen eingeladenen Gäste nicht vollzählig. Es war ja noch Zeit; auch hatte niemand abgesagt.

Als Dietmar Wellershaus mit seinen Eltern eintraf, mußte Ilona unwillkürlich an Thomas Hendrich denken. Die Bankiersfamilie war wie immer tadellos gekleidet, so wie es die Etikette und die gesellschaftliche Stellung verlangten. Dietmars »Herzlichen Glückwunsch zum Geburtstag« klang genauso laut oder leise, wie es nach den Anstandsregeln klingen mußte. Er küßte Ilona auf die Stirn. »Bezaubernd siehst Du aus!« lobte er sie. Aber auch diese höfliche Redensart klang so, als habe er eine begehrte Aktie zum günstigen Preis erworben. Dietmar Wellershaus unterließ es selbstverständlich nicht, auch der Mutter etwas Nettes zu sagen: Daß die Töchter ihren Charme und ihr Äußeres meist von den Müttern erben. Wenn die Tochter bezaubernd aussieht, muß zwangsläufig auch die Mutter hübsch sein – oder sie war es, wobei das charmante Wesen allerdings nicht vom Aussehen und Alter abhängig ist. Doch höfliche Behauptungen sind meist ohne Logik und Wahrheit. Aber wer ist schon gegen floskelhafte Komplimente gewappnet, wenn sie nur gut geschauspielert und charmant vorgebracht werden? Was Dietmars Vater ihr alles an Artigkeiten sagte, interessierte Ilona nicht. Sie hörte gar nicht hin, weil sie immer wieder an Thomas Hendrich denken mußte. Es belustigte sie innerlich, ja, sie erwartete es sogar, daß er irgendwie gegen die strengen Sitten der Pünktlichkeit und Kleiderordnung verstieß und etwas tat, was die anderen nicht zu tun wagten. Natürlich würde er zu spät kommen! Hoffentlich wenigstens eine gebügelte Hose tragen, wünschte sie sich heimlich. Sie würde ihm für seine Verspätung unterm Tisch einen Tritt gegen das Schienbein geben – allerdings nicht heftig – und ihm dann belustigt zuzwinkern.

Hoffentlich ist die Tischordnung auch so, wie ich sie mit Ingeborg abgesprochen hatte, dachte sie besorgt. Ihre Mutter war in ihrer krankhaften Eifersucht unberechenbar, wußte Ilona aus bitterer Erfahrung. Den einzigen Gast, den Ingeborg nicht leiden konnte, war Thomas Hendrich. »Hast Du die Tischordnung noch einmal überprüft?« flüsterte sie ihrer Mutter zu.

»Natürlich«, beteuerte Ingeborg. Zu den Wellershaus sagte sie: »Entschuldigen Sie uns bitte einen Augenblick« und zog ihre Tochter beiseite. »Wir können jetzt zu Tisch bitten. Ich glaube, alle Gäste sind eingetroffen.«

»Bis auf Hendrich«, stellte Ilona fest.

»Darauf können wir nicht länger warten.«

»Er wird bestimmt jeden Augenblick eintreffen.«

»Es ist unhöflich, nicht pünktlich mit dem Mittagessen zu beginnen. Auch gegenüber dem Personal. Der Zeitplan wurde mit den Köchen und Kellnern bis auf die Minute abgestimmt. Für Deinen unpünktlichen Herrn Hendrich können wir den organisatorischen Ablauf nicht durcheinander bringen«, mahnte Ingeborg.

»Nein, wir warten noch zehn Minuten«, entschied Ilona.

Thomas Hendrich verletzte nicht die Etikette. Er kam in der letzten Minute. Nach ihm betraten noch zwei Paare die Bibliothek.

Hendrich haßte es, große Blumensträuße mit »sich herumzuschleppen«, damit wildfremde Menschen wissen, daß man zu einer Feier geht. Er hatte Ilona deshalb die achtundvierzig rosa

Rosen, genau die doppelte Zahl ihrer Lebensjahre, am frühen Morgen in die Villa bringen lassen. Davon wußte Ilona noch nichts, sie standen auf dem Gabentisch im Eßzimmer. Ingeborg ließ alle Blumen, die seit dem Morgen eintrafen, dort aufstellen. Die Mutter tat so, als wüßte sie nichts von dem in seiner Zahl ungewöhnlichen Rosenstrauß. Natürlich hatte Ingeborg neugierig die Rosen gezählt. Warum er ausgerechnet die doppelte Anzahl der Geburtstage wählte, war ihr unerklärlich, wie meist alles, was Hendrich sagte und tat. »Das ist eben ein Spinner«, kommentierte sie gehässig den verschwenderischen Blumenstrauß. Eigenhändig hatte sie ihn in die hinterste Reihe der Blumengalerie im Eßzimmer »verbannt«.

Thomas Hendrich beglückwünschte Ilona herzlich. Er mußte sein Temperament zügeln, um Ilona nicht in die Arme zu nehmen und zu küssen. Er sah ihren Blicken an, daß sie sich die intimere Umarmung wünschte. Aber so weit wollte er vor allen Gästen, und besonders vor der Familie Wellershaus, nicht gehen.

»Ich gebe Dir mein Geschenk später«, sagte er.

Ilona stellte Hendrich den Wellershaus und den anderen Gästen vor. Zum erstenmal begegneten sich die beiden Bekannten von Ilona. Dietmar Wellershaus und seine Eltern blieben dem jungen Architekten gegenüber distanziert und höflich. Man sah ihnen nicht an, daß sie ihr Urteil über ihn bereits gefällt hatten. Dieser Mann war einfach unmöglich, wie konnte er in einem weißen Rollkragenpullover zu dieser Geburtstagsparty erscheinen? Allerdings ging er nicht soweit, in unpassender Hose und ohne Jackett an der Party teilzunehmen. Sein taubenblauer Anzug stammte wenigstens von einem erstklassigen Schneider, mußte der alte Bankier Wellershaus zugeben, der in seinem Leben einen derartigen »Stilbruch in der Kleidersitte« noch nie erlebte, wie ihn sich der junge Architekt erlaubte. Der betagte Bankier war eben konservativ. In seinen Kreisen trug man bei solchen Anlässen das obligatorische Blau mit dezenter Unikrawatte. Auch in der Bank. Höchstens Grau war noch zugelassen. Wer in der Bank weiterkommen wollte, hatte sich danach zu richten. Wer es wagte, etwas anderes als das übliche Grau oder Blau anzuziehen, kam im mittleren und bestimmt im höheren

Management nicht weiter, auch wenn er noch soviel konnte. Dieser junge Architekt wird wegen seiner Kleider nie einen Auftrag von mir bekommen, entschied der alte Wellershaus in Gedanken.

Ingeborg Dallberg bat die Gäste ins Eßzimmer. Sie hatte damit gerechnet, daß Thomas Hendrich sich nicht vordrängen würde, nicht den Ehrgeiz besaß, als einer der ersten an der Tafel Platz zu nehmen. Er wollte Ilona etwas Nettes sagen, aber sie sprach noch mit anderen Gästen. Er wandte sich deshalb Ingeborg zu, um mit ihr ein Gespräch zu beginnen. Doch sie ließ ihn stehen und ging ins Eßzimmer.

Hendrich schlenderte durch die Bibliothek, entzifferte die Buchtitel und fragte sich, ob Ilonas verstorbener Vater, von dem er immer noch nicht wußte, wo und woran er starb und wie alt die Tochter damals war, diese Bücher jemals gelesen hatte oder ob sie nur eine Bildungs-Dekoration waren, um die Bibliotheks-Regale zu füllen. Ein Bibliothek-Zimmer mußte über die entsprechende Anzahl von Büchern verfügen, sonst stimmte der Name nicht. Die Stückzahl, nicht der Inhalt der Bücher, erfüllt den Namens-Anspruch »Bibliothek«. Nirgendwo entdeckte er ein Bild von dem verstorbenen Heinz Dallberg.

Thomas Hendrich war einer der letzten Gäste, die das Bibliothekzimmer verließen.

An der festlich gedeckten Tafel in dem in einem Blumenmeer fast ertrinkenden Eßzimmer hatten die meisten Gäste ihre Plätze schon eingenommen. Ilona war höflich zu dem Geschenketisch gegangen, um dort die Blumen und Geschenke zu betrachten.

»Wunderbar, ich werde mir nach dem Essen alles genauer ansehen«, sagte sie.

Hendrich suchte vergeblich seinen Platz an der oberen Tafel. Ilona hatte ihm bei den Vorbereitungen für ihre Geburtstagsparty gesagt, daß sie großen Wert darauf lege, daß er, wie ihr Bekannter Dietmar Wellershaus, in ihrer unmittelbaren Nähe sitzen sollte. Um so erstaunter war er, daß der Platz an der oberen Tafel neben der alten Dame Wellershaus durch einen anderen Mann, einem engeren Freund von Ingeborg Dallberg, schon besetzt war. Sein Platz mußte also an der unteren Tafel sein, sagte er sich. So war es auch. Seine Tischkarte fand er in der Mitte der linken Tischreihe, neben dem Platz einer reizenden betagten Dame, die, wie er später in der Unterhaltung mit ihr erfuhr, vor einem Monat ihren Mann verloren hatte.

Als Ilona ihren Platz einnahm und den Racheakt ihrer Mutter bemerkte, war es schon zu spät, um die vorgesehene Tischordnung wieder herzustellen. Der Bekannte ihrer Mutter wußte wahrscheinlich nichts von Ingeborgs Ränkespiel. Ilona stand vor der Wahl, entweder ihre Mutter öffentlich um Aufklärung der nicht eingehaltenen Sitzordnung zu bitten oder sogar die Tafel zu verlassen. Sie unterdrückte nur mühsam ihre Wut und Enttäuschung. Am deutlichsten begriff Dietmar Wellershaus den sich anbahnenden Eklat. Er wußte sofort, daß Ingeborg Dallberg Urheberin der peinlichen Situation war. Er flüsterte Ilona zu: »Bitte, mach keinen Skandal. Das war Ingeborg. Wir alle können nichts dafür. Ich werde mich für Ingeborgs unverantwortliches Handeln sofort nach dem Essen bei Herrn Hendrich entschuldigen und ihm alles erklären«, bat er sie. Ilona wußte, daß er Ingeborgs Handeln verurteilte und bei Hendrich um Nachsicht für die eifersüchtige Mutter bitten würde, die wohl die Folgen des Platzvertausches wegen ihrer krankhaften Liebe nicht einschätzen konnte.

»Du hast damit nichts zu tun. Ich werde mich selbst bei Hendrich entschuldigen«, erwiderte sie.

»Bitte, vermeide einen Skandal. Herr Hendrich will ihn bestimmt auch nicht.«

»Gut, ich spiele weiter die Gastgeberin, die liebe Tochter. Nach der Party muß ich endlich eine Entscheidung treffen.« Ihre Stimme klang eiskalt. Sie konnte damit nur ihre Mutter meinen. Vielleicht würde er im Laufe des Nachmittags oder Abends von ihr erfahren, um welche Entscheidung es zwischen Mutter und Tochter ging.

Das Essen verlief reibungslos. Ilona hatte gelernt, in kritischen Situationen die Nerven zu behalten. Dann konnte sie blitzschnell mit kühlem Verstand die Lage analysieren und ihre getroffene Entscheidung mit gnadenloser Härte durchsetzen.

Das hatte sie wohl von ihrem entfremdeten Vater – oder als Geschenk einer erbarmungsvollen Vorsehung, die ihre manipulierte Zeugung und Einfrierung in der Embryonen-Bank nicht verhinderte.

Thomas Hendrich ließ sich die Kränkung nicht anmerken. Auch er ahnte, daß Ilonas Mutter ihre Hand im Spiel hatte.

Die alte Tischdame neben ihm war wirklich lieb. Er unterhielt sich so angeregt mit ihr, daß auch die Tischnachbarn in ihrer Umgebung interessiert zuhörten und sich schließlich an der Unterhaltung beteiligten. Thomas Hendrich wollte es nicht, aber zwangsläufig geriet er in den Mittelpunkt des Gespräches. Er berichtete über seine phantastischen Häuser mit den geheimnisvollen Bäumen und Pflanzen, die bislang nur die japanischen Wissenschaftler züchten konnten. In seinem Frankfurter Haus gedieh in dem botanischen Garten inmitten des Wohnbereichs ein drei Meter hoher Baum, der kaum noch Ähnlichkeit mit den traditionellen Bäumen besaß und der regelrecht blutete, wenn man seine eigenartige Rinde anritzte. Sein blutender Saft würde den Menschen geheimnisvolle Kräfte verleihen, behaupteten die japanischen Botaniker. Doch so weit gingen Hendrichs Glaube und Vertrauen nicht, um von dem blutähnlichen Baumsaft zu trinken. Vielleicht wirke er nur auf die Nerven und Sinne der Asiaten und anderer Völker außerhalb Europas, die sich noch die Besinnlichkeit und Naturverbundenheit bewahrten.

Es wuchsen in seinem phantastischen Gewächsgarten auch farnartige Pflanzen, die nicht nur Insekten und Kleintiere wie Fliegen, Mücken oder Käfer mit ihren gezackten Blättern fingen und nach völliger Auflösung durch ein ätzendes Sekret in sich aufnahmen, sondern auch zu unterschiedlichen Zeiten spontan zu zittern und zu glühen begannen. Niemand konnte bisher das eigenartige Verhalten der Neuzüchtungen erklären.

Nach dem Mittagessen packte Ilona die Geschenke aus. Dietmar Wellershaus hatte ihr einen geschmackvoll gefaßten Solitärring geschenkt, die alten Wellershaus den dazu passenden Halsschmuck. Thomas Hendrich überreichte Ilona einen zierlichen goldenen Armreif mit einem blauen Saphir, weil er mit ziemlicher Sicherheit ahnte, daß der Bankierssohn sich für einen Ring entscheiden würde. Und damit hatte er recht behalten.

Ilona war gerührt. Beide Freunde hatten ihren Geschmack getroffen.

Wieder regte sich in ihr der Zweifel, wen von den beiden Männern sie mehr liebte. Als sie Thomas prächtigen Blumenstrauß fast eingequetscht zwischen den kaum noch zu zählenden Blumengebinden entdeckte, kamen ihr ein paar Tränen. Warum hatte Ingeborg ihn versteckt, ihr nicht gesagt, daß die Rosen am frühen Morgen abgegeben wurden? lehnte sie sich innerlich gegen ihre Mutter auf. Für die Diskriminierung seiner Blumen und die eigenmächtige Verbannung Thomas von der oberen Tafel sollte Ingeborg ihr Rede und Antwort stehen. So geht es nicht weiter, schwor sich Ilona. Die Mutter zwang ihr die Entscheidung zwischen Dietmar Wellershaus und Thomas Hendrich auf. Schon allein aus Trotz gegenüber ihrer Mutter würde sie sich wahrscheinlich für Thomas Hendrich entscheiden, wenn er wollte. Eiskalt würde sie ihre Mutter sofort nach der Geburtstagsparty für die Beleidigungen an Thomas zur Rechenschaft ziehen. Den endgültigen Schlußstrich unter das Zusammenleben mit ihrer Mutter setzen und ihr eigenes Leben ohne Bevormundung und Eifersucht von Ingeborg gestalten.

Aber dann bekam Ilona wieder Angst vor der bevorstehenden Entscheidung, von der sie nicht absolut wußte, ob sie richtig war. Wie würde es hinterher sein? Würde Ingeborg ihr noch Schlimmeres aus ihrer embryonalen Phase in dem Tiefkühlbehälter beichten müssen, weil sie von ihrer Tochter gnadenlos dazu gezwungen wurde? War es nicht schon schlimm genug, was sie über ihre vorgeburtliche Zeit bereits wußte? Könnte sie die weiteren Belastungen überhaupt noch ertragen? Damit eine Ehe eingehen, sich den Wunsch auf eigene Kinder erfüllen? Würden sich die unnatürliche Zeugung und der Kälteschlaf nicht doch noch an ihr rächen oder vielleicht an ihren Kindern? Die durch den vererbten Schock aus der Kälte vielleicht geistig oder körperlich behindert würden? Würde sie keine echte Mutter sein können, weil ihre Zeugung und zeitversetzte Austragung auch nicht natürlich waren? Würde sie dafür durch Fehlgeburten oder mißgebildete Kinder bestraft?

Inmitten der festlich gekleideten Gäste, die ihr als Gastgeberin und Geburtstagskind freundlich oder pflichtbewußt zulächelten, spürte sie die Angst und die Beklemmung in ihrer Herzgegend. War das schon der Vorgeschmack auf die Hölle, in die sie nach der Geburtstagsparty blicken mußte, wenn Mutter und Tochter sich als Angeklagte und Klägerin gegenüberstanden? Ihr größter Geburtstagswunsch war jetzt, daß der Tag nie zu Ende ginge.

Dietmar Wellershaus hatte sich bei seinem Rivalen Hendrich für den Racheakt von Ilonas Mutter entschuldigt, obwohl er daran nicht beteiligt war. Großzügig winkte der Architekt ab. Ihm war die krankhafte Eifersucht der Ingeborg Dallberg bei seinen Besuchen in der Villa nicht verborgen geblieben.

Auch als es Ilona gelang, sich von den immer zahlreicher eintreffenden Gästen einen Augenblick zu entfernen und Thomas in der Bibliothek aufspürte, wo er sich allein aufhielt und in einem Buch über die Welt im Jahre Dreitausend las, fiel er ihr ins Wort. »Bitte, sprich nicht davon. Du brauchst Dich nicht zu entschuldigen.«

»Ich danke Dir noch einmal herzlich für den Armreif und den riesigen Rosenstrauß. Wieso sind es aber achtundvierzig Rosen? So alt bin ich noch lange nicht.«

»Eines Tages wirst Du es hoffentlich sein. Wenn ich wüßte, daß von der Zahl der Rosen Dein Lebensalter abhängt, würde ich Dir zu jedem Geburtstag hundert Rosen schenken.«

»Nur hundert?« lachte sie.

»Man soll nichts übertreiben. Hundert Lebensjahre sind genug. Was sich hinter dieser magischen Zahl »hundert« verbirgt, ist unkalkulierbar, obwohl ich in diesem Buch lese, daß im Jahre Dreitausend die Menschen fast alle weit über hundert Jahre alt werden.«

»Fährst Du nach der Party sofort nach Frankfurt zurück?«

»Ja. Spätestens um Mitternacht muß ich losfahren. Es geht um einen wichtigen Termin. Solltest Du Schwierigkeiten mit Deiner Mutter bekommen, rufe mich an oder packe Deine Sachen und komme zu mir.« Er löste den Wohnungsschlüssel von seinem Schlüsselbund. »Nimm den Wohnungsschlüssel für alle

Fälle an Dich. Du bist jederzeit willkommen. Ich würde mich freuen, wenn Du mich so bald wie möglich besuchen würdest.«

Ilona nahm den Schlüssel und legte ihn in ihre zierliche Handtasche. »Danke, Schatz!« sagte sie erleichtert.

Er überhörte nicht, daß sie zum erstenmal, seitdem sie sich kannten, den Kosenamen »Schatz« benutzte.

»Küß mich«, bat sie ihn spontan.

Doch er kam nicht dazu, weil einige Gäste in die Bibliothek kamen. Sie nahmen das Geburtstagskind sofort in Beschlag.

Abends wurde in dem Eßraum der Villa das große Buffet aufgebaut. Immerhin mußten die kulinarischen Kostbarkeiten für weit über hundert Gäste reichen. Herrichtung und Präsentation dieser Anhäufung von auserlesenen Speisen, die selbst für figurbewußte Gäste zur unwiderstehlichen Versuchung wurden, wenn sie mit Teller, Besteck und Serviette an den Gaumenfreuden vorbeigingen, gehörten zu den organisatorischen Glanzleistungen eines berühmten Hotels, das an diesem Festtag für sämtliche Speisen und Getränke verantwortlich zeichnete. Ingeborg hatte alles bis ins kleinste mit den Fachleuten der Gastronomie festgelegt.

Natürlich fehlte auch die Geburtstagstorte mit den symbolischen Kerzen nicht. Die Konditoren präsentierten sie als »Turm von Pisa«, der am Nachmittag von zwei Konditoren auf einer übergroßen Tortenplatte in die Empfangshalle der Villa getragen wurde. Das Geburtstagskind hatte einige Mühe, die gewaltige Mehrschichten-Torte anzuschneiden. Dabei stand sie in ungünstigem Licht für die Fotografen, für die sie sich anders plazieren mußte. Sie hatte auch Schwierigkeiten, das erste Stück Torte aus dem nachgebildeten »schiefen Turm« herauszulösen. Der Konditor half, indem er ihre Hand führte.

Die Geschäftsleitung ihrer Firma schenkte Ilona eine echte chinesische Bodenvase. Bevor das kalte Buffet durch Ilona freigegeben wurde, hielt der erste Geschäftsführer der Dallberg Computerfirma eine kurze Rede. Er betonte, daß Ilona als neue Chefin des Unternehmens alle Mitarbeiter übernehmen würde. Auch die Geschäftsführer blieben in ihren Ämtern. Er selbst gebe an diesem Tage die bisherige kommissarische Leitung der

Firma ab. Symbolisch überreichte er der neuen Chefin den Schlüssel von dem Haupttresor, in dem unter anderen die noch nicht angemeldeten Firmenpatente unter Verschluß gehalten wurden. »Ich lege hiermit die alleinige Verantwortung der Firma in Ihre Hände«, sagte der altgediente Geschäftsführer mit Tränen in den Augen, der den Firmengründer Heinz Dallberg nie kennenlernte. Die anwesenden Wirtschaftsjournalisten wunderten sich, daß weder in der Ansprache des Geschäftsführers, noch in den Informationsschriften der Computerfirma der Name des Firmengründers erwähnt wurde. Sie erkundigten sich bei Ilonas erstem Geschäftsführer nach dem Grund der vornehmen Zurückhaltung, die sonst bei Familienunternehmen nicht üblich ist, wenn es um Lobesworte auf den Firmengründer geht. Doch der Geschäftsführer wich den Fragen der Presseleute mit der Bemerkung aus, daß man heute nicht ein Firmenjubiläum, sondern den Geburtstag der neuen Chefin feiere.

Zum Abend hatten Mutter und Tochter sich noch einmal umgezogen. Ilona trug nun ein Chiffon-Abendkleid mit einem engen Oberteil, das ihre schmale Taille so recht zur Geltung brachte, und einem weitschwingenden, rüschenbesetzten Rock. Das Kleid war ebenfalls rosa, ihre Lieblingsfarbe. Weiße Sandaletten und ein kleines weißes Abendtäschchen rundeten ihr angenehmes Erscheinungsbild ab. Auch trug sie nun aufwendigeren Schmuck. Eine wertvolle Diamantkette schmückte den Hals und das tiefe Dekolleté. Ohrringe und ein Ring ergänzten den Schmuck.

Ihr tagsüber getragenes Diadem hatte sie durch eine rosa Rose ersetzt, die sie unbemerkt aus dem Rosenstrauß von Thomas Hendrich nahm. Ingeborg Dallberg hatte ihr blaues Modellkleid mit einem champagnerfarbenen Abendkleid vertauscht. Dazu trug sie gleichfarbige Schuhe und Tasche. Auch sie hatte kostbareren Schmuck umgelegt. Besonders die Kette aus Diamanten und Rubinen zog die bewundernden Blicke an. Sie trug den Halsschmuck, die passenden Ohrringe, den Ring und das Armband jetzt sehr gerne, sie waren Geschenke ihres verstorbenen Mannes, denen sie zu seinen Lebzeiten allerdings wenig Beachtung schenkte.

Nach dem geplünderten Buffet, dessen Reste dank der guten Organisation blitzschnell aus dem Eßzimmer weggeräumt wurden, versammelten sich die zahlreichen Gäste im Park der Villa, um das farbenprächtige Schauspiel des Geburtstagsfeuerwerks mitzuerleben.

Den Park erhellten Strahler, die in den Sträuchern und Rabatten installiert waren und dadurch die Parklandschaft in eigenartiges und farblich abgestimmtes Licht tauchten. Die Farbfilter verwandelten die gebündelten grünen Gewächse in brennende Büsche, aus dem Grün der Parkwiesen wurden blaue oder gelbe Teppiche.

Die Pyrotechniker hatten tags zuvor den unteren Teil der Parkwiese abgesperrt, auf dem die Abschußrampen für die Feuerwerkskörper standen. Doch es war noch nicht dunkel genug.

Ilona stand auf der Parkterrasse. Sie war zum Mittelpunkt der Gäste geworden. An die bewundernden und sicher auch neidischen Blicke hatte sie sich längst gewöhnt.

Dietmar Wellershaus wich seit Stunden kaum noch von ihrer Seite. Er fühlte, daß Ilona sich in Gedanken mehr mit dem Architekten Hendrich als mit ihm beschäftigte. Ihre anziehende Erscheinung mit allen Attributen der Weiblichkeit und natürlichen sexuellen Ausstrahlung weckten sein Verlangen, diese schöne Frau zu besitzen, die ihm in seiner gesellschaftlichen Stellung und für die Bankkarriere nützlich sein konnte. In seinen Kreisen war es nicht selbstverständlich, daß die Ehefrau unbedingt klug sein mußte: Gutes Aussehen und tadellose Umgangsformen, Eleganz und Charme waren eigentlich die Voraussetzungen, die von der Frau des karrierebewußten Mannes verlangt wurden.

Sein Vater war ein Ellenbogen-Typ, der damals, als er den Aufstieg zum selbständigen Bankier begann, seine Frau so gut wie gar nicht brauchte. Doch er, der Sohn, brauchte eine starke, kluge und schöne Frau. Die von Geschäften selbst etwas verstand, die ihn sogar an die Hand nehmen konnte, um ihm in schwierigen Situationen sagen zu können, was er tun soll, wohin der Weg aus der Niederlage und dem Mißerfolg führen soll.

Ilona, so erkannte er jetzt ganz deutlich, war diese ideale Partnerin. Er brauchte ihr Geld und ihre Firma nicht. Darauf war er nicht angewiesen. Er brauchte ihre intuitiven Eingebungen, ihre Phantasie zum Schönen, zur Gestaltung eines geschmackvollen Zuhauses als Gegenpol für sein zurückhaltendes Wesen; sie sollte ihm die musischen Seiten des Lebens erschließen, das heitere und unbeschwerte Lächeln beibringen und ihn von seinen Depressionen befreien, die er ihr bislang verschwieg.

Dietmar Wellershaus hatte sich an dem heutigen Geburtstag von Ilona in sie verliebt, so heftig und verlangend, wie er es noch nie spürte. Er würde in Zukunft nicht mehr nächtelang neben ihr liegen, ohne sie zu berühren, nicht mehr freiwillig darauf verzichten, in sie einzudringen. Er sehnte sich nach ihren Brüsten, nach ihrem Leib und ihren Schenkeln. Er war eifersüchtig, Thomas Hendrich wurde jetzt zu seinem erbitterten Gegner.

Ilona bat Dietmar Wellershaus, sie in den Park zu begleiten. »Wo ist Thomas Hendrich?« wollte sie von ihm wissen.

»Ich weiß es nicht«, antwortete er reserviert.

»Bitte, such ihn. Ich möchte ihn sprechen.« Es klang fast wie ein Befehl.

Doch die Eifersucht ließ Dietmar seine Höflichkeit vergessen: »Ich bin nicht Dein Bote! Was habe ich mit Herrn Hendrich zu tun? Er geht mir auf die Nerven.«

»Weil er nicht so ist wie Du? Der einzige hier ist, der es wagte, im Rollkragenpullover zu erscheinen«, meinte sie gereizt.

»Das ist es nicht«, erwiderte er mit mühsam beherrschter Stimme.

»Was ist es denn?«

»Ich bin eifersüchtig auf ihn«, gestand er freimütig. Und dann im Zorn: »Ich liebe Dich! Ich will Dich heiraten!«

»Sonst noch etwas?« erwiderte sie kühl.

»Du glaubst, ich bin ohne Gefühle, ohne Leidenschaft. Nein, ich habe nur seit meiner frühen Kindheit lernen müssen, mich zu beherrschen. Es fällt mir nicht leicht, einfach neben Dir zu sitzen –«,

»Neben mir zu schlafen –«, unterbrach sie ihn spöttisch.

»Gut, neben Dir zu liegen und Deinen schönen Körper nicht

zu berühren?«

»Und warum hast Du es in jener Nacht in dem Londoner Hotel nicht getan?«

»Weil ich mich nicht traute. Weil ich merkte, daß ich Dich nicht erregen konnte, nicht so, wie es sein sollte. Ich bekam es deshalb mit der Angst zu tun, beim Liebesakt zu versagen.«

»Bist Du impotent?« entfuhr es ihr. Als sie seinen bestürzten Gesichtsausdruck sah, bereute sie ihre voreilige Bemerkung.

»Bitte, entschuldige meine spontane Äußerung. Natürlich bist Du potent, sehr männlich. Wahrscheinlich habe ich als der passive Teil daran schuld, daß wir nicht miteinander schlafen. Daß es zwischen uns bisher nur für Berührungen reichte.«

»Darf Hendrich sich mehr bei Dir erlauben?«

»Bitte, hör auf!«

»In seinem Leben scheint alles so einfach, so verdammt selbstverständlich zu sein. Warum nicht auch in der Liebe mit den Frauen? Darin hat Hendrich bestimmt mehr Erfahrungen als ich. Der weiß genau, wie man mit kühlen Frauen umgehen muß.«

»Ich möchte nicht, daß Du in diesem vulgären Ton mit mir redest!« forderte sie Dietmar Wellershaus auf.

Ihre eigenartig klingende Stimme, die keinen Widerspruch duldete, ernüchterte ihn. »Entschuldige, aber seit heute weiß ich, daß ich fest entschlossen bin, um Dich zu kämpfen. Daß Hendrich für mich zum erbitterten Rivalen wurde. Du solltest Dich deshalb so bald wie möglich zwischen ihm und mir entscheiden.«

»Laß mir Zeit –.«

»Ich will nicht länger Dein Bruder sein. Oder den zurückhaltenden und übervorsichtigen Freund spielen. Ich bin ein Mann wie mein Rivale Hendrich. Nur unsere Temperamente sind unterschiedlich. Ich möchte mich lieber heute als morgen mit Dir verloben. Verstehst Du das nicht?«

»Ich bin mir nicht sicher, ob wir beide ein Leben lang miteinander auskommen werden. Ich brauche noch Zeit.«

»Ewig kann ich nicht auf Dich warten. Ich will Dich heiraten. Eine Familie mit Dir gründen. –«

»Bitte, hör davon auf! Ich will keine Kinder haben!«

»Warum nicht? Kinder sind doch das Natürlichste, was zwei Liebende sich wünschen.«

»Ich habe meine Gründe, kinderlos zu bleiben –.«

»Dann sage sie mir –.«

»Später! – Vielleicht schon bald.«

Ilona ließ ihn stehen und ging zur Terrasse zurück. Als Dietmar ihr folgte, sagte sie schroff: »Du brauchst mir nicht dauernd nachzulaufen! Verschone mich bitte mit Deiner Eifersucht. Damit hat Ingeborg mich in meinem bisherigen Leben gequält. Ich habe endgültig genug davon!«

Dietmar Wellershaus blieb stehen. Er, der gewohnt war, immer nur unauffällig herumzustehen, und nichts anderes zu tun, als einen guten Eindruck zu machen, blieb als abgekanzelter komischer Liebhaber im Park zurück.

Für Ilona war es höchste Zeit, sich wieder bei ihren Gästen sehenzulassen. In wenigen Minuten sollte das Feuerwerk beginnen. Sie bemerkte nicht mehr, daß Dietmar Wellershaus die Parkanlage verließ und sich nach Hause fahren ließ. Als er vor der elterlichen Villa ausstieg, wies er den Fahrer an: »Fahren Sie bitte wieder zurück. Meine Eltern wissen nicht, daß ich die Party schon verlassen habe.«

Ilonas Ärger über Dietmar verflog, als sie Thomas Hendrich erblickte, der sich unter die übrigen Gäste gemischt hatte. Sie ging auf ihn zu und fragte ihn ohne Scheu, ob die Umstehenden es hörten. »Wo warst Du die ganze Zeit?«

»Ich sah mir den Park und die Abschußrampe für die Feuerwerkskörper an. Dein Geburtstagsfeuerwerk scheint ganz toll zu werden.«

»Klar, bei dieser Mutter! Wenn Ingeborg etwas organisiert, muß es immer das Schönste, Größte und Teuerste werden. Darin ist sie unübertrefflich«, behauptete sie spöttisch.

»Natürlich. Deine Mutter ist eine Überraschungskünstlerin«, ergänzte er ebenfalls mit leichtem Spott.

Ilona hakte sich bei ihm ein. »Du kannst ungeniert mit mir Arm in Arm gehen. Was sollen uns die Gäste kümmern –?«

Die erste Feuerwerksrakete, als Ankünderin des Lichtzaubers, erhellte den mittlerweile nächtlichen Himmel.

»Sei nicht so schüchtern, Thomas! Sind wir nicht ein schönes Paar? Meine Gäste warten doch schon den ganzen Abend darauf, daß ich ihnen endlich Rechenschaft darüber ablege, wer von Euch beiden der Auserwählte ist –.«

»Bitte, Ilona, sei nicht so sarkastisch!« bremste er sie.

»Werde jetzt bloß nicht feige! Du bist durch Ingeborgs Platzverweis heute genug gekränkt worden. Bleib an meinem Arm! Ich liebe Dich! Alle sollen es sehen.« Sie zog ihn über die große Terrasse, vorbei an den sprachlos zusehenden Eltern von Dietmar Wellershaus. Erst zaghaft, dann immer lauter und begeisterter applaudierten die Gäste dem Paar. Das war offensichtlich die größte Sensation an Ilonas Geburtstag. Sollte der bis zum Beginn des Feuerwerks geheimgehaltene Verlobte ausgerechnet der selbstbewußte junge Mann im weißen Rollkragenpullover sein?

Thomas Hendrich begriff sofort seine Rolle, die er für Ilonas Selbstbestätigung und ihre nur mühsam unterdrückte Wut und Enttäuschung für seine im wahrsten Sinne erfolgte Zurücksetzung auf den unteren Tischplatz spielte. Sie war Rache und Selbstbefreiung von den gesellschaftlichen Zwängen zugleich. Sie wollte endlich ihren Gästen beweisen, daß sie mit diesem anscheinend die Kleideretikette verletzenden Mann einverstanden war, ihn sogar liebte. Plötzlich wußten alle Geburtstagsgäste, daß Thomas Hendrich ihr so lange verheimlichter Verlobter war.

»Gehen wir zu meiner Mutter«, bat sie Thomas.

Ingeborg stand für alle Gäste sichtbar, mit dem Ablaufplan für das Feuerwerk in der Hand, einige Meter vor der Terrasse auf dem jetzt spärlich beleuchteten und farbverfälschten Grün. Das sich plötzlich als Verlobte präsentierende Paar blieb Arm in Arm neben der Mutter stehen.

Ingeborg hatte die beiden schon eine ganze Weile beobachtet. Sie war also auf den Auftritt gefaßt, von dem sie noch nicht wußte, ob er nicht Ilonas Rache war oder ob es sich tatsächlich um den Verlobten ihrer Tochter handelte.

»Laß endlich die Feuerwerkskörper steigen«, forderte Ilona

ihre Mutter triumphierend auf.

»Ja, ich gab dem Oberfeuerwerker schon das verabredete Zeichen.« Und bissig ergänzte sie: »Hättest Du mich rechtzeitig über Dein Verhältnis mit Herrn Hendrich aufgeklärt, würde gleich nicht nur Deine Geburtstagszahl am Himmel erscheinen, sondern auch der Glückwunsch zur Verlobung.«

Es wurde ein glanzvolles und abwechslungsreiches Geburtstagsfeuerwerk mit immer wieder neuen ideenreichen Höhepunkten. Fast eine halbe Stunde lang verwandelte sich der Himmel über dem Park der Villa in ein phantastisches Feuerspiel von langsamen und schnellen Bewegungen, die sich zu Figuren, Symbolen und zuckenden undeutbaren Gebilden formten. Den Clou des Feuerwerks bildete jedoch der große helle Feuerreif mit Ilonas Vornamen und Geburtstagszahl.

Die Gäste spendeten reichlich Beifall für das gelungene Feuerwerk. Ingeborg Dallberg gab das Lob an die Pyrotechniker weiter, die das bunte Spektakel gekonnt und reibungslos veranstalteten. Sie lud die Feuerwerker in die Villa ein und ließ sie bewirten.

Die Eltern von Dietmar Wellershaus waren die ersten Gäste, die sich verabschiedeten. Der alte Bankier ließ sich seine Enttäuschung über den pullovertragenden Freund, den Ilona vor aller Augen seinem Sohn vorgezogen hatte, nicht anmerken. Er nahm sich vor, Erkundigungen über den Rivalen seines Sohnes einholen zu lassen. Daß Ilona Dallberg nicht seine Schwiegertochter würde, wollte er einfach nicht glauben.

Nach und nach verließen auch die anderen Gäste die Geburtstagsparty.

Ingeborg fragte Thomas Hendrich höflich, ob er nicht im Gästezimmer übernachten wolle.

»Nein, danke, ich muß unbedingt noch heute Nacht zurück nach Frankfurt. Eigentlich wollte ich schon kurz nach Mitternacht fahren, Frau Dallberg«, begründete er höflich seine Ablehnung, in der Villa zu bleiben.

»Ich kann mir denken, warum Ingeborg Dich hierbehalten möchte. Sie fürchtet sich vor einer Auseinandersetzung mit mir«, erkannte Ilona.

»Du solltest nicht so streng mit ihr sein. Ihre Eifersucht trieb sie zu dem Platztausch. Vielleicht wird sie schon bald meine Schwiegermutter!«

»Bleibst Du dabei, daß ich zu Dir kommen kann, wenn sie mir weiterhin Schwierigkeiten macht, Thomas?«

»Aber sicher! Komme nur, wann Du willst, ob angemeldet oder nicht.«

Thomas Hendrich war einer der letzten Gäste, der die Villa verließ. Ilona hatte ihn beim Abschied leidenschaftlich geküßt. Er war etwas befremdet – zumindest erstaunt über die plötzliche Wandlung ihrer Gefühle, die ihm bisher die Grenzen seiner intimen Berührungen zu erkennen gaben.

Gegen Morgen war auch der allerletzte Gast und das gemietete Personal nach Hause gefahren.

Ilona bat das eigene Dienstpersonal, auch nach Hause zu fahren oder die Zimmer aufzusuchen. Nur den alten Henri, der seit Jahren nachts als Wachmann in der Villa blieb, weil Ingeborg Dallberg Angst vor Einbrechern hatte, konnte die Tochter nicht auch noch wegschicken. An die Auseinandersetzungen zwischen Mutter und Tochter war er längst gewöhnt.

Ingeborg wollte in ihr Zimmer gehen. Doch Ilona bat sic unmißverständlich, mit ihr in die Bibliothek zu kommen.

»Nein, ich bin zu müde. Ich habe einen anstrengenden Tag hinter mir«, wehrte sie ab.

»Ich muß mit Dir sprechen – sofort, Ingeborg.«

»Bitte, ich fühle mich nicht wohl. Ich habe wieder meine Migränc.«

»Ich werde Dir keine Szene wegen Thomas machen.«

»Wirklich nicht?«

»Du wirst es ja sehen.«

Ingeborg folgte der Tochter in die Bibliothek.

»Ich bitte Dich, ruhig und sachlich mit mir darüber zu sprechen, warum Du meinen Embryo erst fünf Jahre nach dem Tode Deines Mannes –.«

»Deines Vaters«, wandte Ingeborg ein.

»Nein, Deines Mannes. Ich habe ihn nie kennengelernt. – Also, warum hast Du meinen Embryo erst fünf Jahre nach dem

Tode Deines Mannes auftauen lassen, um ihn zur Schwangerschaft in Deinem Leib aufzunehmen?«

»Das Testament verlangte es.«

»Du hättest mich früher austragen können.«

»Ich fühlte mich damals nicht wohl, irgend etwas war mit meinem Uterus nicht in Ordnung –.«

»Nein, Mutter, Du lügst! Du wolltest mich nicht! Du hast nur bis zum letzten Tag der im Testament vorgeschriebenen fünfjährigen Frist gewartet, weil Du hofftest, irgendein Zufall oder ein juristischer Winkelzug würde Dich von Deiner Austragungspflicht entbinden –.«

»Das ist nicht wahr, Ilona!«

»Der Testamentsvollstrecker mußte Dich zu Deiner Gebärpflicht zwingen. Du hast dieses Geburtsgeschäft mit Deinem Uterus nur erledigt, weil Du das Vermögen Deines Mannes nicht verlieren wolltest.«

»Ich wollte nur die Firma retten, glaube mir! Hätte ich Dich nicht geboren, wäre sie einer Stiftung zugefallen.«

»Warum hast Du mich mit Deinem Mann nicht auf natürliche Art gezeugt?«

»Ich war zu dieser Zeit nicht gebärfähig. Ich brauche Dir nicht zu sagen, was damals, zu Lebzeiten Deines Vaters, mit meiner Gebärmutter war. Das ist meine Sache. Das gehört zu meiner Intimsphäre. Im übrigen litt Dein Vater schon in den ersten Jahren unserer jungen Ehe an Hodenkrebs«, versuchte Ingeborg sich zu rechtfertigen.

»Nein, Du hast weder ihn geliebt, noch mich gewollt. Du bist nur eine Zweckehe eingegangen, Ingeborg. Gut, das trifft auch für andere Mütter und Ehefrauen zu.«

»Hör auf, Ilona, Du hast kein Recht, mich anzuklagen. Du weißt nicht, was zwischen Deinem Vater und mir wirklich war. Wenn ich Dir sagen würde, er war zeitweilig impotent oder homosexuell, könntest Du mir nicht das Gegenteil beweisen. Ich bin nicht verpflichtet, Dir Auskunft über unser intimes Eheleben zu geben«, erregte sich Ingeborg.

»Du hättest mich nicht fünf Jahre lang als Einfrierprodukt, als Gebrauchsware auf Zeit, in der Kryobank auf meine verzögerte

Geburt warten lassen dürfen.«

»Ich kann es nicht mehr hören – «, schrie Ingeborg sie an.

»Hast Du Dich nie gefragt, daß mein Embryo beim Einfrieren, in der Lagerungszeit, beim Auftauen und selbst bei der Übertragung in Deinen Uterus beschädigt werden könnte? Daß ich dann als geistig oder körperlich behindertes Kind aus Deinem Bauch gepreßt würde?« schrie nun Ilona erregt ihre Mutter an.

»Die Ärzte schlossen das damals aus.«

»Die Ärzte! Sie konnten mich nur aus Deinem Leib befreien, nicht aber von den seelischen Ängsten über meine unnatürliche Zeugung und Verbannung in den Kälteschlaf, Mutter!«

Die Anklage der Tochter traf Ingeborg wie Peitschenhiebe.

»Bitte, laß uns morgen in Ruhe darüber sprechen –.«

»Nein, Mutter, ich will jetzt die Klärung –.«

»An Deinem vierzehnten Geburtstag mußte ich Dir schon einmal Aufklärung über die Art Deiner Zeugung geben.«

»Diesmal hast Du nicht das unmündige Kind vor Dir. – Du hättest damals ablehnen können, nach so langer Zeit meinen aufgetauten Embryo in Deinem Uterus aufzunehmen. Dazu konnten Dich kein Testamentsvollstrecker und Richter zwingen. Aber was wäre aus meinem Embryo geworden, wenn Du Dich geweigert hättest, wenn Du krank oder gestorben wärest? Ich will es Dir sagen, Mutter: Dir wäre es gleichgültig gewesen, ob man meinen Embryo, Dein bereits genetisch festgelegtes Kind, für Experimente in irgendeiner Retorte benutzt hätte oder ob er unter dem Skalpell eines Forschers endete.«

»Das ist nicht wahr!« weinte Ingeborg.

»Gut, ich bin nun einmal als Andersgeborene auf diese Welt gekommen. Ich muß mit der seelischen Belastung meiner embryonalen Vergangenheit fertigwerden. Vielleicht hilft Thomas Hendrich mir dabei. Ich will noch heute zu ihm fahren. Vorerst bei ihm leben. Ich verlasse Dich, Ingeborg, um endlich mein Leben frei von Eifersüchteleien, frei von Deinen Bevormundungen, frei von Deinem ewigen Gejammer über Deine Krankheiten, frei von Deinen Lügen und Gemeinheiten, Deiner krankhaften Unberechenbarkeit, frei von Deiner Gegenwart allein zu gestalten –.«

»Nein, tu mir das nicht an, Ilona!«

»Einmal muß es sein! Als Schülerin und Studentin war ich die meiste Zeit meines Lebens von Dir getrennt. Du hättest Dich längst mit der Trennung abfinden müssen«, sagte Ilona entschlossen.

»Wenn Du mich verläßt, bringe ich mich um, das schwöre ich Dir!« drohte sie der Tochter. Doch Ilona erwiderte ihr kaltblütig:

»Du mußt wissen, was Du tust, Ingeborg! – Ich lasse mir später von Gerti meine Koffer packen. In ein paar Stunden fahre ich nach Frankfurt.«

»Ist das Dein endgültiger Entschluß, Ilona?«

»Ja, Mutter! Wir müssen uns trennen. Glaube mir, es ist besser für uns beide. Im übrigen bin ich nicht aus der Welt –.«

»Du willst mich nur für mein Verhalten gegenüber Herrn Hendrich bestrafen –.«

»Nein Mutter. Dein Handeln hat meinen Entschluß nur beschleunigt.« Sie küßte ihre Mutter auf die Stirn. »Laß uns in Frieden auseinandergehen! Doch bevor ich abreise, muß ich noch ein paar Stunden schlafen.« Sie verließ die Bibliothek, ohne sich weiter um Ingeborg zu kümmern.

Das Privathaus von Thomas Hendrich unterschied sich von den nüchternen und einfallslosen Wohngebilden, die von den Architekten noch vor fünfundzwanzig Jahren, etwa im Jahre 1986, als Massenanfertigungen konstruiert und gebaut wurden.

Hendrichs Haus bestand aus über- und ineinander geschachtelten Würfeln, die nicht grundsätzlich nach dem diktatorischen Gesetz der Lineare und Horizontale ausgerichtet waren. Die durch die Verschachtelung bewußt angestrebten Freiflächen waren mit seltenen Pflanzen und baumartigen Gewächsen bepflanzt.

Die Architekten des zwanzigsten Jahrhunderts hatten für die Natur an den Häusern nur die Balkone erfunden, auf denen meist Blumenkästen standen. Hendrichs Häuser holten die Natur zurück in den elementaren Lebensraum des Menschen, wofür er den Begriff »naturverbundenes Wohnen« prägte. Die neuen Gewächse oder ihre Kreuzungen sollten nicht nur auf und an den Wohnwürfeln wachsen, sondern als selbstverständliches Inventar auch in die Innenräume einbezogen werden. Hendrichs bepflanzte Häuser mit ihren eigenwilligen Raumaufteilungen und architektonischen Gestaltungen galten noch als Prototypen für eine neue Wohn- und Lebensphilosophie. Zu sehr waren die Menschen auch jetzt im Jahre Zweitausendzehn noch an die Wohnweise ihrer Väter und Großväter aus dem zwanzigsten Jahrhundert gewöhnt, denen ein Dach über dem Kopf als Schutz vor Regen, Schnee und Sturm als Hauptfunktion eines Hauses genügte. Die Innenräume waren damals zweckmäßig abgeteilte Bereiche fürs Kochen, Essen, Baden, Schlafen und Sitzen vor einem rechteckigen Gebilde, das man Fernsehgerät nannte. Es hatte nur den Nachteil, daß man zwar ständig die Technik dieses Guck-Kastens verbesserte, nicht aber die Programme. Die Wohnungen des zwanzigsten Jahrhunderts waren meist nichts anderes als Funktionsbereiche, die eigentlich nur der Erfüllung der menschlichen Bedürfnisse wie Nahrungszubereitung und ihren Verzehr, Schlafen, Nachwuchszeugung, Körperpflege und dem Schutz vor Kälte und Hitze dienten.

Ilona mußte sich erst an die neue Wohnform in Hendrichs Haus gewöhnen, die in krassem Gegensatz zu Ingeborgs Kölner Villa stand.

Die ersten Stunden nach ihrer Ankunft war Ilona allein in Thomas Hendrichs Wohnung. Die Haushälterin hatte ausgerechnet an ihrem Ankunftstag frei. Sie rief Thomas von seiner Wohnung aus in seinem Büro an. Er konnte es fast nicht glauben, daß sie schon wenige Stunden nach ihrer Geburtstagsfeier in sein Haus, für das er ihr »für alle Fälle« den Türschlüssel gab, gefahren war. Es würde aber noch bis zum späten Nachmittag dauern, bis er die wichtigsten Angelegenheiten in seinem Frankfurter Architekturbüro erledigt hätte.

Überall in den Räumen, die durch die Verlagerungen der Ebenen meist wandlos ineinander übergingen, sah Ilona Pflanzen und Baumgebilde, die ihr völlig unbekannt waren. Thomas erzählte ihr oft davon, räumte aber gleichzeitig ein, daß man diese Neugebilde, Ableger, die Zufallskreuzungen mit pflanzlichen Entdeckungen aus den Urwäldern, die ihre verschwenderische Vielfalt schon entwickelten, als es die Menschen noch nicht gab, eigentlich nicht verbal schildern konnte. »Wir sind zu sehr daran gewöhnt, botanische Gebilde nur zu betrachten und nicht, uns auch in sie hineinzudenken, damit wir sie begreifen. Und dabei müssen wir schweigen, statt reden«, hatte Thomas ihr einmal erläutert, ohne ihn aber zu verstehen.

In Hendrichs Haus gab es Räume – besser gesagt »Bezirke«, die tatsächlich wie Urwälder aussahen. Nur, daß ihre Bäume, die oft nur vage Ähnlichkeiten mit den altbekannten Stämmen, Zweigen und Blättern besaßen, viel kleiner waren. Auch die Pflanzen, besonders die farnartigen Gewächse, schienen Miniaturausgaben aus den Kreuzungen der bereits lange entdeckten oder den noch geheimgehaltenen Urwäldern zu sein.

Ilonas Gang durch das seltsame Haus kam ihr vor wie eine Wanderung durch eine neue Welt, eine Entdeckungsreise in ein Abenteuer, das ihr oft nicht geheuer war und deshalb Furcht einflößte. In Thomas phantastischer Baum- und Pflanzenwelt sollte es »blutende Bäume« und tierfressende Gewächse geben. Manche seien unberechenbar selbst den Menschen gegenüber. Der menschliche Geruch könnte sie vielleicht zur Produktion eines betäubenden Duftes – wie sie ihn schon gegenüber den Tieren anwandten – oder eines tödlichen Giftes – vielleicht noch wirksamer als Schlangengift – anregen. Das sei alles noch nicht erforscht. Deshalb dürfe sie die mit einem Warnschild versehenen Pflanzenbereiche nicht betreten, hatte ihr Thomas am Telefon eingeschärft.

Als Grundfarben für sein Haus hatte der eigenwillige junge Architekt Pastelltöne gewählt. Die Wände, soweit überhaupt vorhanden, schmückten phantastische Darstellungen aus der Mythologie der Menschheit, die stark verfremdet an Themen aus dem Alten Testament, aber auch aus der Raumfahrt und von anderen Planeten erinnerten. So sah es wenigstens Ilona. Doch sie konnte auch der Falschdeutung erlegen sein. Den richtigen Sinn dieser Bilder kannte vielleicht nur ihr Besitzer.

Es gab aber auch Wände, die vorwiegend japanische Motive

schmückten. Thomas bezog die seltsamen Gewächse für seine Häuser fast ausschließlich von japanischen Botanikern. Er hatte bei seinen Besuchen in Nippons Land vieles aus seiner kulturellen und religiösen Welt in seine abendländisch geprägten Gedanken aufgenommen. »Vielleicht gehe ich eines Tages, wenn ich innerlich und gedanklich reif dazu bin, als Europäer in ein buddhistisches Kloster«, hatte er sich Ilona gegenüber geäußert. Jetzt, in seiner privaten Umgebung, spürte sie, wie sehr Thomas Phantast, Realist und Denker war, jeweils nach der Situation und Umgebung, in der er sich befand.

Ilona war müde geworden von den gewaltsam auf sie einstürmenden neuen Gedanken, der Autofahrt von Köln in den Taunus und nicht zuletzt von den Anstrengungen ihrer Geburtstagsparty.

Sie benutzte nicht Thomas Schlafzimmer, sondern legte sich in dem großen Raum, der fast ohne dekorative Gewächse war, auf eine breite Liege, die einem Luftkissen ähnelte. Sie schloß die Augen und versuchte, ihre Gedanken zu ordnen. Waren diese Räume in Zukunft ihr Zuhause? Konnte sie sich darin ausruhen, sammeln, neue Kräfte schöpfen oder würde sie durch die phantastische botanische Welt ständig in nervenaufreibender Spannung gehalten? War sie für die extreme Welt zu sensibel, zu konservativ oder naiv? Würden nur Phantasten, die Revolutionäre der neuen Ideen in solchen Häusern leben können? Der Wahnsinn könnte auch einseitig sein!

Daß sie dieses spannungsgeladene Haus nicht auf Anhieb mochte, war ganz natürlich. Das Ungewöhnliche braucht Zeit zum Verstehen, sagte sie sich. Sie liebte Thomas und nicht seine Botanik. Er fehlte ihr. Wenn er doch nur bald käme! Mit diesem brennenden Verlangen schlief sie ein.

Thomas Hendrich verließ früher das Büro als geplant. Weil er wußte, daß Ilona auf ihn wartete, schätzte er seine Arbeit und Termine nicht mehr so wichtig ein. Für Ilona, die bereit war, mit ihm zusammenzuleben, wollte er sich in Zukunft mehr Zeit für das gemeinsame Leben nehmen. Er wollte mit ihr die schönen Seiten des Lebens genießen, intensiver und bewußter als bisher.

Er hatte viele Frauen kennengelernt, aber Ilona war für ihn etwas Besonderes, eine geheimnisvolle Sphinx, ein Rätsel der sexuellen Sinne und seelischen Stimmungen. Ein kompliziertes psychisches Wesen, das für ihn vielleicht uninteressant wurde, wenn er es entschlüsselt hatte? Thomas erschrak über diesen Gedanken, der ihm auf der Fahrt zu seiner Wohnung unwillkürlich gekommen war.

Er setzte sich still und regungslos neben sie und beobachtete ihr hübsches Gesicht, ihren anziehenden Körper, der im Schlaf leicht gekrümmt war und Thomas an die Haltung eines Fetus im Mutterleib erinnerte. Er hatte Ilona noch nie schlafend gesehen, weil er noch nie mit ihr schlief. Er wartete geduldig, bis sie seine forschenden Blicke spürte und davon erwachte.

»Thomas!« sagte sie glücklich.

Er nahm sie in seine Arme und küßte sie.

»Schön, daß Du endlich da bist«, flüsterte er ihr ins Ohr. Er streichelte ihre Haare, sie legte ihren Kopf an seine Brust. Er wiegte sie. Der Rhythmus beflügelte seine Phantasie. »Je zarter die Blumen sind, um so geschickter widersetzen sie sich mit ihren weichen Bewegungen dem Wind. Nur die großen und mächtigen Bäume knicken im Sturm, fast nie die leicht zerbrechlichen Stengel.«

Er spürte ihre Tränen in seinem Gesicht. »Es ist doch alles gut. Deine Geburtstagsparty war großartig –.«

»Ich weine doch nicht! Es sind nur Freudentränen! Vielleicht war alles in den letzten Tagen für mich zu anstrengend. Und jetzt komme ich zu Dir. Und wieder ist alles so neu und aufregend. Ich bin nicht die Frau, die alles Neue und Ungewöhnliche mit der Logik begreift. Die Tränen sind für meine schwankenden Gefühle wie der Rhythmus der zarten Blumen, die sich gegen den plötzlich aufkommenden Sturm wehren müssen«, erwiderte sie.

»Das hast Du aber poetisch gesagt, so kenne ich Dich gar nicht, Ilona«, stellte er fest.

»Vielleicht beflügelst Du oder Deine Umgebung meine Poesie, Schatz!«

»Möchtest Du mit mir über Deine Mutter sprechen?«

»Nein, bitte jetzt nicht! – Ich möchte erst duschen und dann mit Dir etwas essen. Ich habe einen mächtigen Hunger. Hast Du etwas im Hause?«

»Ja. – Wir können aber auch nach Frankfurt fahren. Hier vom Taunus aus ist es nicht weit. Ich kenne einige ausgezeichnete Lokale.«

»Nein, ich möchte hierbleiben. Irgend etwas Eßbares wirst Du schon in Deinem Hause finden. Hinterher erzähl mir von Deinen seltenen Gewächsen«, bat sie ihn.

Sie wollte ins Badezimmer gehen, doch er hielt sie zurück. »Es sind meistens Gewächse aus Japan. Wir sollten uns auf dieses seltsame Land des Lächelns einstellen. Ich möchte, daß Du nach dem Bad einen Kimono trägst. Er wird Dir stehen. Ich trage dann auch einen. In meinem Schlafraum kannst Du Dir einen passenden aussuchen.«

»Gern. Du liebst wohl exotisch gekleidete Frauen«, lachte sie.

»Er ist aus reinem Seidenstoff, der Deine Glieder umschmeicheln wird«, sagte er.

»Nun wirst Du aber romantisch«, meinte sie etwas verlegen.

»Bei den japanischen Frauen und Männern wissen wir Europäer nie, was sie wirklich über uns denken. Was sich hinter ihrer Freundlichkeit verbirgt«, erläuterte Thomas.

»Dann muß ich mich also geheimnisvoll geben. Dich exotisch anlächeln, auch wenn ich eigentlich sagen müßte, Du bist ein Blender, ein Quatschkopf«, neckte sie ihn.

»Laß Dich überraschen! – Nun aber ab ins Badezimmer! Ich muß etwas zum Essen machen. Besser gesagt, zusammensuchen. Schade, daß meine Haushälterin nicht da ist. Die macht so etwas im Handumdrehen«, bedauerte er den aufgezwungenen Küchendienst.

Ilona ging erwartungsvoll in sein Schlafzimmer, um sich einen Kimono auszusuchen.

Thomas Hendrich fand in der Kühlanlage nicht die richtigen Zutaten für ein festliches Essen. Kurz entschlossen rief er seinen Party-Service an, der ihm schon öfter aus der Verlegenheit geholfen hatte, wenn unangemeldet Bekannte oder Geschäftsfreunde in sein Haus kamen. Der Menü-Schnelldienst arbeitete rund um die Uhr und konnte deshalb in kürzester Zeit das bestellte Essen liefern, falls es sich dabei nicht um allzu auserlesene Speisen handelte.

Hendrich hatte passend zu den Kimonos ein japanisches Essen bestellt, das auch dem verwöhnten europäischen Gaumen schmeckte. Thomas kannte es von japanischen Geschäftsfreunden. Es sollte für Ilona eine stilvolle Überraschung sein.

Um Zeit zu gewinnen, rief er Ilona über das Haustelefon im Badezimmer an. »Bade oder dusche möglichst lange. Ich kann das Abendessen nicht so schnell zubereiten«, bat er sie.

»Ich liege in der Badewanne und denke nicht daran, mich zu beeilen«, beruhigte sie ihn.

Der Partydienst lieferte in der gewohnt kurzen Zeit. Der japanische Koch kam gleich mit. Die einzelnen Essensgänge wurden in kleinen isolierten Spezialbehältern warmgehalten. Auch das echte japanische Geschirr stammte von dem Partydienst.

Der freundliche japanische Koch deckte im Eßraum den Tisch. Selbst die Lotusblüte als Tischdekoration fehlte nicht. Im Küchentrakt wartete er dann geduldig auf den Wink des Hausherrn, um die Speisen aus den Wärmebehältern zu nehmen, sie in den verschiedensten Schalen und Schälchen anzurichten und seinen Gästen zu servieren.

Thomas war ebenfalls in einen Kimono geschlüpft. Nur seine weißen Turnschuhe paßten nicht zu der japanischen Kleidung. Der Koch wies ihn lächelnd darauf hin. Doch Hendrich winkte ab. Das japanische Schuhwerk war ihm zu unbequem. Am wohlsten fühlte er sich in seinem Haus in den leichten Turnschuhen.

Die reichlich gewürzten Speisen und der starke japanische Reiswein steigerten ihre Phantasie. Ilonas innere Spannungen wichen der Ruhe. Sie begann, diese neue und phantastische Welt mit anderen Augen zu sehen. Sie wurde ihr verständlicher und vertrauter. Sie war von einer Baum- und Pflanzenwelt umgeben, die Nachkommen und Neuzüchtungen von teilweise schon vergangenen botanischen Kulturen waren, die intelligentere Überlebensmechanismen als ihre Vorfahren entwickelten. Diese neuen botanischen Gebilde schienen in ihren Säften eine Anti-Menschensubstanz zu produzieren als Rache und zur Verteidigung ihres neuen Daseins. Das Phänomen des pflanzlichen Angriffs auf die Spezies Mensch war noch nicht gelöst. Die Botanik wandte die Taktik der Tarnung an. Ihre Angriffe bestanden aus nur schwer oder vielleicht nie zu erforschenden Substanzen und Düften, die für die Spezies Mensch tödlich sein konnten oder ihn betäubten, sein Gehirn angriffen, ihn krankmachten, dahinsiechen ließen, wobei der Krebs als Verbündeter der bedrohten Botanik zu gelten schien.

Die Ilona umgebende Pflanzenwelt in Hendrichs Haus war mehr als eine dekorative Sammlung seltener Gewächse. In ihnen schlummerten die Keime ausgerotteter Wälder und ausgestorbener Pflanzenwelten. Vielleicht waren darunter auch dem Menschen gutgesonnene Gewächse. Die vielleicht mit ihren Säften und Substanzen dem Homo sapiens auf wunderähnliche Weise halfen, seine Krankheiten zu überwinden, seinen Geist zu heilen, seinen Zerstörungswillen zu bremsen, seine Sinne zu schärfen, seine verschütteten sensiblen Gefühle und Sexualität neu zu entdecken. Aber diese phantastischen botanischen Mischungen der noch nicht erforschten Tarnungen und wahren Absichten, diese lautlosen oder doch leise vernehmbaren wispernden Warntöne waren faszinierend und gefährlich zugleich – wie die durch Glaswände abgetrennten und mit Warnschildern versehenen Bereiche in Hendrichs Haus ahnen ließen. Hinter den Glasscheiben wuchs eine Pflanzenwelt, die grausame und heimtückische Methoden anwandte, die aber – so widersprüchlich es schien – bei den kleinen tierischen Lebewesen den Tod in einen romantischen und lustbetonten Vorgang verwandelten.

Endlich hatten Ilona und Thomas ihr viel Zeit beanspruchendes Mahl aus den zahlreichen kleinen Schälchen und Schüsseln beendet. Dabei sprachen sie kaum ein Wort. Die sonst bei gutem Essen übliche angeregte Unterhaltung war dem inneren Dialog, dem Zwiegespräch mit einer neuen Gedankenwelt gewichen.

»Jetzt möchte ich Näheres über Deine Pflanzen erfahren«, bat sie Thomas.

»Ich warne Dich!« sagte er ernst.

»Nein, ich habe keine beklemmenden Gefühle mehr. Ich verspüre sogar eine unbekannte Lust in mir –.«

»Lust? Wozu und worauf?« unterbrach er sie neugierig.

»Vielleicht ist sie eine unerklärliche Mischung aus sinnlicher und romantischer Grausamkeit.«

»Aber worauf?« bohrte er nach.

»Du hast mir von Deinen tierfressenden Pflanzen erzählt.«

»Ja. Doch Du wirst dabei kein Blut sehen. Es kann stimulierend auf den sexuellen Höhepunkt wirken. In der französischen Revolution sollen deshalb so viele Frauen den Hinrichtungen mit der Guillotine zugesehen haben, weil sie durch das Spritzen des Blutes beim Abschlagen der Köpfe regelmäßig einen Orgasmus erlebten«, erläuterte Thomas.

»Nein, nicht das Blut ist es, Thomas. Vielleicht die stumme und perfekte Tötungsart. Die Selbstverständlichkeit des Gefressenwerdens, das vielleicht humaner und ästhetischer als unser menschliches Sterben ist«, versuchte sie, ihm ihre Gefühle zu beschreiben.

»Du meinst, daß ein Tier von seiner Geburt an ohne Furcht auf ein gewaltsames Ende vorbereitet ist?«

»Ja. Daß es nur den körperlichen Schmerz spürt, nicht aber die oft noch größere psychische Pein der Trauer, des Alleinseins, der Sorgen um die Hinterbliebenen, des Gedankens, was nach dem mechanischen Akt des Gefressenwerdens aus dem eigenen verloschenen Leben wird.«

»Und das könnte Deine sinnliche Lust wecken?«

»Die sinnliche Lust auf einen unbeschwerten und selbstverständlichen Tod.«

»Nein, das verstehe ich nicht, Ilona«, räumte Thomas ein.

»Du mußt auch nicht alles verstehen, was ich sage«, meinte sie sanft. Ihr Lächeln kam ihm geheimnisvoll vor.

Thomas ergriff Ilonas Hand und führte sie durch seine botanischen Hausgärten. Er blieb mit ihr vor dem drei Meter hohen Baum stehen, dessen Stamm und die fast waagrecht gewachsenen kleinen Äste völlig glatt und blattlos waren. Er schimmerte bläulich.

»Das ist der geheimnisvolle Blutbaum. Warum er nur kahle Äste hat, wissen die Botaniker noch nicht. Der Schlüssel zu seinem Geheimnis liegt wohl in dem blutähnlichen Saft. Ganz gleich,wo man ihn auch anritzt, es kommt nur die rote Flüssigkeit zum Vorschein«, erläuterte er ihr.

»Der blutähnliche Saft soll dem Menschen geheimnisvolle Kräfte verleihen?« fragte sie neugierig.

»Wenigstens behaupten das seine japanischen Züchter. Das darf man aber nicht wörtlich nehmen«, schwächte Thomas ab.

»Hast Du noch nie die Lust verspürt, das Geheimnis des roten Saftes zu lüften und davon zu trinken?«

»Nein. Bisher traute ich mich nicht –.«

»Ist der Saft denn tödlich?«

»Das wohl nicht! Auch soll er auf die Europäer anders wirken –.«

»Ich möchte es ausprobieren, Thomas!«

»Nein! Das ist zu gefährlich! Ich dulde es nicht!« lehnte er ab.

»Erst nur ein paar Tropfen –.«

»Nicht Du!«

»Ich will es!« erwiderte sie mit dem eigenartigen Tonfall, den sie immer dann anschlug, wenn ihr Entschluß unwiderruflich war.

»Wir sollten ihn erst einmal äußerlich an uns versuchen. Ich werde mir einige Tropfen des Saftes auf den Arm oder die Brust reiben.«

»Gut, erst äußerlich, aber bei mir. Du wirst mir einige Tropfen auf die Haut reiben«, entschied sie.

»Und wo?«

Sie strich ihm sanft mit ihren schlanken gepflegten Fingern über die Augen, Lippen und Brust. »Du wirst meine Brüste damit röten – bitte!«

Er hatte längst bemerkt, daß unter dem seidenen Kimono ihre Brustwarzen anschwollen. Thomas küßte sie zart auf die Lippen und streifte ihr den Kimono ab. Sie erwiderte seine Zärtlichkeit, löste den Gürtel seines Kimonos, entblößte seine kräftigen

Schultern und ließ die Seidenpracht langsam zu Boden fallen. Er betrachtete bewundernd ihren makellosen schlanken Körper. Seine begehrenden Blicke berauschten sich an ihren Brüsten, ihren Hüften und ihren Schenkeln. Auch Ilona bewunderte seinen Körper, sein erigiertes Glied.

Thomas nahm sie leidenschaftlich in seine Arme. Sie bemerkte, wie sein Körper bebte.

»Was ist mit Dir? Hast Du Angst?«

»Ja! Wahnsinnige Angst!«

»Daß der rote Baumsaft mich umbringt?«

»Daß er Dich verändert, etwas in Dir bewirkt, auslöst, in Gang setzt, das wir noch nicht kennen. Das wie eine Droge wirkt. Die Sinne verändert! Das vielleicht der Tod ist!«

»Bitte, Schatz, beruhige Dich! Gut, der geheimnisvolle Blutsaft mag bei den Japanern anders wirken. Aber wenn er giftig wäre, würden sie daran ebenso sterben wie wir Europäer. Bitte, ritze den Baum an!«

Thomas benutzte dazu seinen Daumennagel. »Der Baum ist so empfindlich wie die menschlichen Hämophilen im zwanzigsten Jahrhundert, die schon bei dem kleinsten Kratzer zu verbluten drohten«, erläuterte er ihr.

»Dann mach es bitte ganz vorsichtig.«

Thomas grub mit seinem Daumennagel eine Kerbe in die Baumrinde. Sofort quollen ein paar Tropfen des blutähnlichen Saftes aus der Stammrinde. Er fing sie mit seiner Fingerspitze auf und benetzte damit Ilonas Brustwarzen. Ihre Brustspitzen verwandelten sich in ein dunkles Rot, das sich zögernd über die Brüste verbreitete.

»Die sich langsam ausbreitende Rötung ist bisher das einzige Geheimnisvolle! Sonst spüre ich nichts«, berichtete sie nach einer Weile.

»Äußerlich scheint der Baumsaft nicht zu wirken, Ilona.«

»Ich muß davon trinken, sonst erfahre ich nie seine angeblichen geheimnisvollen Kräfte«, sagte sie etwas spöttisch.

»Gut, ich mache mit«, entschied sich Thomas. Er ritzte in Gesichtshöhe noch einmal, aber diesmal kräftiger, den Baumstamm an und leckte mit der Zunge die austretende rote Flüssigkeit aus der Rindenwunde. »Tu es selbst! Ich gebe Dir nicht von dem Saft zu trinken«, sagte er entschlossen.

Die von Thomas angekratzte Stelle lieferte so viel Saft, daß er auch für Ilona reichte. Sie benetzte damit ihren Zeigefinger und lutschte ihn ab.

»Warten wir ab«, schlug Thomas vor. Er legte seinen Arm um ihre nackte Schulter und führte sie zu einer breiten Liege, auf die er sich meist bequem ausstreckte, um durch die trennenden Glaswände, die einen abgeschlossenen Käfig bildeten, die tierfressenden Pflanzen zu beobachten, wenn er ihnen durch eine Schleuse die lebende Insektennahrung in den Käfig schickte.

»Wir sollten uns hinlegen. Vielleicht wirkt der Saft dann schneller«, meinte er.

»Du hast recht. Ich spüre schon ein schwaches Flimmern vor den Augen –.« Sie legte sich neben ihn.

»Ich dagegen spüre noch nichts! Vielleicht wirkt der Saft bei Euch Frauen schneller –.«

»Ich nahm nicht mehr davon als Du –.«

»Oder wir Männer sind dagegen immun –.«

»Farben! Farben! – Seltsam – ich sehe ein farbiges Flimmern –.«

»Ja. Du hast recht. Jetzt sehe ich sie auch«, sagte Thomas.

Sie waren neugierig, die Wirkung des Baumsaftes zu ergründen.

Die tanzenden Farben vor ihren Augen wurden immer greller. Fasziniert von dem Spiel der vorgetäuschten Farbkombinationen, die sich in die seltsamsten, aber undeutbaren Gebilde und Figuren verwandelten, schwiegen Ilona und Thomas. Doch dann wurden aus dem phantastischen unbeschwerenden Farbenspiel der grellen Töne dunkle drohende Gestalten und Gegenstände. Die finsteren Übermenschen und Tiere rollten mächtige Kugeln und Felsbrocken auf sie zu. Gewitter zogen auf. Berge fielen in die Flüsse. Die Welt in ihren genarrten Sinnen verwandelte sich in ein Chaos aus dunklem Rot, Blau, giftigem Grün und schmutzigem Gelb.

Ilona klammerte sich an Thomas Körper. Sie schrie auf. Er

wehrte sich gewaltsam gegen das Gaukelspiel vor seinen Augen. Durch seinen starken Willen gelang es Thomas, die erschreckende Welt aus seinen halluzinierenden Sinnen zu drängen. Er legte sich schützend über ihren Körper, als wolle er die herabstürzenden Felsbrocken und heranrollenden Kugeln von Ilona fernhalten. Sie verkroch sich unter seinen stämmigen Körper, preßte ihre Arme vor die Augen, krümmte sich vor Angst und versuchte verzweifelt, in seinen Körper hineinzukriechen, um sich darin zu verstecken. Er spürte ihr Zittern und versuchte, sie mit seinem Körper noch wirkungsvoller abzudecken. Er lag auf ihr, um sie festzuhalten, damit sie ihm nicht entglitt. Thomas schrie sie an: »Es geht vorüber! Alles ist nur Spuk!« Er riß ihr die Arme von den Augen: »Sieh mich an! Ich bin's! Du sollst mich anschauen!« schrie er befehlend.

Ilona öffnete zaghaft die Augen und sah sein vertrautes Gesicht. Seinen zottigen Bart, die zu große Nase. Er lächelte sie an. »Es ist vorüber, Ilona! Es war nur ein böser Traum. Wir werden nie mehr von dem verdammten roten Saft trinken«, redete er beruhigend auf sie ein.

Das Schreckensbild war jetzt wirklich verflogen. Ilona schlang ihre Arme um seinen Hals und küßte ihn. Erst sanft, dann immer stürmischer und leidenschaftlicher. Sie preßte ihren Leib gegen seine Schenkel, spürte seinen erregten Penis. Sie streckte sich ihm entgegen, überließ ihren Körper seinen Händen und Lippen. Er küßte ihr das Rot von ihren Brüsten. Sie spürte seine heiße Zunge. Und dann, wie er endlich in sie eindrang und sich in ihr bewegte, wie sie gleichzeitig mit ihm zum Orgasmus kam.

Dann lag sie lange Zeit mit ihren glücklichen Gefühlen fest umschlungen neben ihm. Thomas hatte ihre Weiblichkeit erobert. Sie, der andersgezeugte Embryo, das aus dem langen Kälteschlaf erwachte Mädchen war zur Frau geworden. Sie hatte endlich die echte Erregung bis zur gesteigerten Leidenschaft erlebt. Sie war nicht frigide, nicht als Frau unnormal. Sie hatte ihn erregt, seinen Samen gespürt – er war nicht impotent, wie angeblich ihr Vater.

Thomas war ein Mann mit dem gleichen Temperament, den

Wünschen und der Leidenschaft wie sie. Anders als Dietmar. Anders als alle Freunde, die sie bisher kennenlernte. Noch nie war sie so intim mit einem Mann zusammengewesen, hatte jede Schranke zwischen sich und ihm aufgehoben, ihm alles mit ihrem Körper erlaubt. Thomas mußte der Mann ihres Lebens sein. Aber wollte er sie wirklich für immer? Ein Leben lang? Dieser Zweifel trübte einen Augenblick ihr Glück.

»Warum darf ich den abgeschlossenen Pflanzenraum nicht betreten? Die Gewächse sehen doch ganz friedlich aus. Das sind doch keine Menschenfresser. Dazu sind sie viel zu klein«, bemerkte Ilona.

»So klein sind sie nicht. Fast zwei Meter hoch. Die gezackten Blätter mancher dieser Farnkräuter erreichen einen Durchmesser von einem Quadratmeter. Wenn sie ihre lebensnotwendige Nahrung wie Mücken, Käfer, Fliegen und andere Kleintiere und Insekten fangen wollen, überziehen sie ihre Blätter blitzschnell mit einer klebrigen Schicht, von der sich selbst größere Tiere wie Vögel und kleinere Schlangen nicht mehr lösen können, wenn sie das Blatt einmal berührt haben«, erklärte Thomas.

»Könnten sie auch dem Menschen gefährlich werden?«

»Ja! Die gezackten großen Farnblätter sind außergewöhnlich elastisch und dadurch stabil. Sie können sich durch ihre rhythmischen Bewegungen der auf sie liegenden Last anpassen, praktisch ihre Stabilität ausgleichen und dadurch nicht abbrechen. Sie sind auch so intelligent, ihre Klebekraft zu erhöhen. Je schwerer das festgeklebte Opfer ist und je heftiger es sich wehrt, um so größer wird die Klebehaftung des Blattes.«

»Und wie könnten sie einen Menschen umbringen?« wollte sie wissen.

»Ein verwundbarer, kranker oder erschöpfter Mensch, der zwischen die Farnkräuter geriete oder in ihre Kolonie eindränge, würde von den gezackten Blättern ergriffen. Sie würden sich überall an seinem Körper festkleben und mit ihrer starkklebrigen Masse in seine Augen, Ohren und seinen Mund eindringen, so daß er erblindet und erstickt. Dann würden sie ihr tückisches Haftmittel durch ein zersetzendes Sekret austauschen, dessen Dosis sie nach Bedarf verstärken können. Die japanischen Forscher behaupten, daß der zersetzende Stoff stärker sei als beispielsweise die Schwefelsäure.«

»Dann könnten auch große Tiere die Opfer der neuen Farnkräuter werden?«

»Ja. Ein Löwe beispielsweise, an dessen Mähne oder Haut eines dieser Blätter kleben würde, könnte damit noch eine gewisse Zeit herumlaufen, doch der gleichzeitig einsetzende Zersetzungsprozeß brächte ihn vielleicht um, falls es ihm nicht gelänge, das Blatt an einem Baumstamm oder Felsen abzuwetzen. Verstehst Du jetzt, warum der Zutritt zu den harmlos aussehenden Farnpflanzen verboten ist?«

»Ja. Aber warum entwickeln die neuen Farnkräuter eine so hohe Klebekraft, Blattfestigkeit und Zersetzungsdosis, wenn sie doch nur von den kleinen Tieren leben? Das ist doch die reinste Verschwendung«, wandte Ilona ein.

Thomas richtete sich von der Liege auf. Er war nun ganz in seinem Element. »Nicht die kleinen Lebewesen könnten die Farnpflanzen wieder ausrotten, sondern nur die Menschen und die großen Tiere. Daran sind auch ihre Vorfahren zugrunde gegangen. Folglich müssen sie neue Überlebensformen entwickeln, erfolgreicher ihre Art verteidigen. Sie wagen den Kampf gegen die Menschen. Dafür entwickeln sie gefährlichere Gifte, Klebesäfte, Düfte und sogar geruchlose Giftgase. Jetzt im Jahre Zweitausendzehn bekommen wir wahrscheinlich die Rache und den Aufstand der neuen Baumarten und anderer botanischer Pflanzen zu spüren, weil unsere Väter, Urgroßväter und deren Vorfahren leichtfertig die Wälder und Pflanzenkulturen vernichteten. Doch weil ich nun einmal ein Homo sapiens bin und mein Leben verteidigen will, nicht eines Tages das Opfer von heimtückischen botanischen Gebilden werden möchte, versuche ich ebenfalls, die Angriffsmittel der neuen Botanik zu ergründen, so wie es auch die japanischen Züchter tun. Nur glaubt man mir nicht hier in Deutschland und in Europa«, berichtete er Ilona mit sprudelndem Temperament.

»Es ist fast unglaublich, einfach zu phantastisch, was Du von den neuen Pflanzen behauptest«, gab sie zu.

»Ich werde Dir ihre Gefährlichkeit beweisen«, sagte er entschlossen.

Thomas Hendrich ging zu der Tür in der Glaswand, neben der immer der Schlüssel hing, und öffnete damit den Zugang zu den geheimnisumwitterten Pflanzen, die den Eindruck einer friedlichen und beschaulichen tropischen Landschaft oder eines Urwaldes machten. Ilona wollte ihm durch die Tür folgen. Doch Thomas drängte sie unwirsch zurück.

»Nein, hier hast Du nichts zu suchen. Das ist allein mein Reich!« Er schloß die Tür von innen zu. Bevor er sich den Pflanzen näherte, holte er aus einem Schränkchen zwei Flaschen. »Die eine enthält ein Lösungsmittel, um damit eventuell die klebewütigen Blätter von der Haut abzulösen, und die andere eine Flüssigkeit zur Neutralisierung des Zersetzungssekrets«, erläuterte er Ilona den Zweck der Vorsichtsmaßnahme.

Durch die Plantage führten Gänge, die so breit waren, daß die Pflanzen die menschlichen Pfleger nicht berühren konnten. Da sie noch viel Wärme brauchten, hatten Thomas und seine Mitarbeiter ein eigenes Beheizungssystem entwickelt, das vorwiegend im Fußboden und in der Erde unter den Pflanzenwurzeln installiert war. Die Grundlage seiner neuen umweltfreundlichen Energieart war ein Wasserstoffgemisch.

Thomas näherte sich einer mittelgroßen Farnpflanze und legte seinen Handrücken auf eines ihrer gezackten Blätter. Zuerst zeigte das Blatt keine Reaktion. Thomas konnte es sogar mit dem Handrücken streicheln. Aber dann reagierte es plötzlich auf die menschliche Herausforderung: Thomas linker Handrücken klebte an dem gezackten Blatt fest. “Je kräftiger ich jetzt meine Hand bewege, um loszukommen, desto stärker wird die Dosis der Klebekraft«, berichtete er Ilona und bewegte dabei zur Demonstration heftiger seinen Handrücken auf dem Blatt.

Ilona war fasziniert von dem botanischen Naturschauspiel, das zu einem tödlichen Drama werden konnte. Besorgt mahnte sie Thomas: »Übertreibe nicht Deinen Beweis! Ich glaube Dir ja!«

»Mit Gewalt käme ich jetzt noch frei. Aber wie stark die Klebeschicht auf dem Blatt in etwa einer halben Stunde sein wird, das habe ich selbst noch nicht ausprobiert. Doch freiwillig wird das Blatt meine Hand nicht mehr freigeben.«

Thomas ergriff mit der rechten Hand den Blattstengel, der keine klebrige Masse entwickeln konnte, und riß ihn mit einem heftigen Ruck von dem Farnstamm. Er ging zu dem Tisch, auf dem die Flaschen bereitstanden und übergoß das klebstoffproduzierende Farnblatt mit der Flüssigkeit. Nach einer geraumen Einwirkzeit löste sich die klebrige Masse von seinem Handrücken. Das Blatt selbst verfärbte sich von seinem leuchtenden Grün in ein schmutziges Gelb. »Diesmal hat der Mensch mit seinem Gegenmittel gesiegt. Das Blatt wird in einigen Minuten verwelken, sterben, völlig wirkungslos sein«, sagte Thomas Hendrich triumphierend.

Thomas rieb vorsichtshalber die Klebestelle auf seinem Handrücken mit der Neutralisierungsflüssigkeit ein. Das sterbende Blatt legte er in die neben dem Tisch stehende Abfallschale. »Ich werde einen befreundeten Botaniker in Frankfurt anrufen, der die Überreste für seine Forschungsarbeit abholen wird«, weihte er Ilona ein.

Als er aus dem gefährlichen botanischen Paradies, in dem die meisten Pflanzen die Gerüche der Menschen haßten, jenseits der abschirmenden Glaswände zu Ilona zurückkehrte, bemerkte er ihr Frösteln. Sie war wie er noch immer nackt.

»Warum frierst Du? Hier herrscht doch fast ein tropisches Klima?« fragte er sie.

»Vielleicht ist es die Aufregung«, begründete sie ihr Zittern.

Ihm fiel ein, daß Ilona nach dem Liebesakt ebenfalls das Zittern überkam, vorwiegend in ihren Schenkeln. Doch er hatte sie nicht nach der Ursache gefragt. Auch diesmal begnügte er sich mit ihrer ausweichenden Begründung.

Thomas hob ihren Kimono auf und legte ihn über ihre zarten Schultern. »Du frierst, das ist alles«, behauptete er.

»Vielleicht überfällt mich immer wieder ein unvorhersehba rer Kälteschauer, der aus meiner vorgeburtlichen Zeit stammt und ein Teil meiner Zeugung ist, unauslöschbar in einem Winkel meiner Seele lauert«, sagte sie mit ernstem Gesicht.

Thomas fiel Ilonas plötzliche Depression damals beim

Abendessen in dem Kölner Lokal wieder ein. Er war entschlossen, ihre aufkommenden Gemütsschwankungen zu verhindern. Nicht durch bohrende Fragen, die vielleicht alles noch verwirrter machen könnten. Er wollte geduldig abwarten, bis sie ihm selbst den Grund ihrer spontanen Gemütsveränderungen sagen würde, der ihr vielleicht aber selbst nicht einmal bewußt war. Er nahm sie in seine Arme und küßte sie leidenschaftlich.

Ilona erwiderte seine stürmischen Küsse. Sie erlebte bewußter sein vorbereitendes Liebesspiel. Genoß sein Streicheln, die leidenschaftlichen Küsse, wie sich ihr Körper unter seinen Händen und Lippen in eine einzige erogene Zone verwandelte. Dann hielt sie es nicht mehr aus. »Komm endlich!« schrie sie ihn an. Er drang in sie ein. Doch diesmal kam sie Thomas zuvor und erreichte vor ihm den Höhepunkt. Er hatte sie als ungeübte und unerfahrene Partnerin ungewollt in die Phase der Übererregung getrieben, in der sie nicht bemerkte, daß er noch nicht zu seinem Orgasmus kam. Doch Thomas war zu erfahren und verständnisvoll, um es ihr zu sagen. Er hatte bei Ilona etwas falsch gemacht. Diese Frau war eben anders als seine früheren Partnerinnen. Viel sensibler, viel introvertierter, viel zu tief veranlagt. Oft ein zu großes Rätsel für ihn.

Es war alles in Ordnung bei ihr. Thomas feierte innerlich den stolzen Sieg, daß er Ilona vor der sich plötzlich anbahnenden seelischen Verstimmung – aus welchen Gründen auch immer – bewahrte.

Wieder überkam Ilona nach dem Liebesakt die unbändige Lust, noch mehr von den tierfressenden Pflanzen zu erfahren. Sie wollte es sogar miterleben. »Wenn ich Deine Pflanzen genau kennenlernen möchte, muß ich auch mit eigenen Augen sehen, wie sie ihre Opfer töten. Zeig es mir!« forderte sie Thomas auf.

»Du wirst erstaunt sein, daß die farnartigen Gewächse nicht so grausam gegenüber ihren kleinen Opfern sind«, bereitete er sie auf die Fütterung vor.

Thomas holte aus dem Nebentrakt einen tragbaren Käfig, der die lebende Futterration aus Fliegen, Libellen, Käfern, Mücken und anderem fliegenden Kleingetier enthielt. Die Nahrung war stets für drei Tage bestimmt. Thomas bezog sie von einem

Züchter, der auch Kriechtiere für seine anderen fleischfressenden Pflanzen regelmäßig lieferte.

Thomas Hendrich befestigte den Käfig an der Vorrichtung der Fütterungsschleuse und betätigte den Öffnungsmechanismus der Käfigtür, durch die jetzt die ahnungslosen und vielleicht sterbensbereiten Insekten ihrer Lust oder dem Tod entgegenflogen.

»Ahnen sie wirklich nichts von ihrem Gefressenwerden?« fragte Ilona ihn.

»Es ist der Duft der Farnpflanzen, der sie blindlings auf die klebrigen Blätter lockt. Doch sie töten nicht wahllos. Sie scheinen gelernt zu haben, daß ihre Nahrung nicht unerschöpflich ist.«

»Wieso?«

»Jede dieser fleischfressenden Farnpflanzen entwickelt beim Riechen der aufliegenden Tiernahrung zwei verschiedene Gerüche: Einen als Stimulierung für die Begattung und für die Sexunlustigen den Lockduft zum sofortigen Verzehr.«

»Gut und witzig formuliert, Schatz! Das heißt also, die Blätter, die den unwiderstehlichen Duft zur Paarung verströmen, produzieren nicht das Klebe- und Zersetzungssekret?«

»Genau. Aber nur solange, bis die Weibchen ihre Eier auf die Blätter abgelegt haben. Danach fangen sie auch die zu vertrauensvollen Eltern mit ihrem heimtückischen und sekundenschnell entwickelten Klebesaft.«

In der Tat konnte Ilona beobachten, wie ein Teil der fliegenden Kleintiere auf den Blättern sein Brutgeschäft erledigte oder dafür seine Vorbereitungen traf, während einige der begattungswilligen Insekten schon kurz nach ihrem Einflug in den Glaskäfig in die klebrige Falle gerieten und für die pflanzliche Verdauung aufgelöst wurden.

»Wie lange dauert es, bis auch das letzte Insekt Opfer der gefräßigen Pflanzen geworden ist, Thomas?«

»Bei den paarungsbereiten Tieren dauert es manchmal einige Tage, bis sie ihre Brut den Blättern anvertrauen.«

»Und die Eier selbst?« fragte Ilona.

»Sie werden auf den Blättern leicht angeklebt, damit sie nicht herunterfallen. Dort schlüpfen sie auch.«

»Und die Blätter tun ihnen danach nichts?«

»Nein. Das ist ja das Intelligente dabei. Sie lassen sie so lange in Ruhe, bis sie selbst geschlechtsreif sind. Irgendwie merken die fleischfressenden Pflanzen den Zeitpunkt, wenn ihre fliegende Nahrung die Begattungspflicht erfüllt hat. Erst danach töten sie ihre Opfer«, berichtete Thomas.

»Sie erleiden einen lustbetonten Tod.«

»Ja. Alle verströmten Düfte der Farnpflanzen scheinen ihren Opfern die Schmerzen zu nehmen. Manche japanischen Forscher behaupten, daß die Opfer von den Düften berauscht sind und deshalb ihren angeklebten Todesplatz nicht mehr freiwillig verlassen würden.«

Ilona war plötzlich übersättigt von dem Anblick der neuen botanischen Welt. Sie wandte sich ab. »Laß uns über andere Dinge reden, Thomas«, bat sie ihn.

»Wenn wir Glück haben, sehen wir das Zittern und Fluoreszieren der Pflanzen, Ilona.«

»Nein, ich möchte nicht mehr zuschauen. Es gibt zwischen uns beiden Wichtigeres für unsere gemeinsame Zukunft zu besprechen. Ich will mit Dir leben. Ganz gleich, ob hier in Deinem seltsamen Haus oder woanders. Aber dabei muß ich auch an meine Kölner Firma denken. Wir müssen irgendwann in den nächsten Tagen für unsere Wohnung und den Wohnort eine akzeptable Lösung finden«, eröffnete sie ihm.

»Wir werden eine Lösung finden, Ilona. Ich liebe Dich! – Zwischen Köln und Frankfurt wird sich schon etwas Passendes finden. Wozu bin ich Architekt? Ich erwarte ja nicht, daß Dir mein Haus gefällt«, meinte er.

»Sagst Du das verärgert?«

»Nein, bestimmt nicht! Diese Lebensform ist nicht jedermanns Geschmack. Ich bin bereit, auf Deine Vorschläge einzugehen. Gemeinsam wollen wir unsere Zukunft aufbauen. Beruflich ist das für uns kein Problem. Wir haben beide eine Firma. Wie und wo wir zusammenleben, einrichtungsmäßig und geographisch, das ist hier die Frage, Ilona.«

»Klassisch ausgesprochen – Shakespeare«, lachte Ilona.

»Ich mache Dir einen Vorschlag. Wir fahren für ein paar Tage aufs Land. In ein reizendes romantisches Dorf. Ich kenne es. Dort stört uns niemand. Dort können wir über unsere Zukunft sprechen. Einverstanden, Ilona?«

»Klar! Einverstanden. Wir fahren sofort los. – Bitte küß mich!« Sie flüchtete in seine Arme.

Thomas Hendrich war gewohnt, seine Ideen und Entschlüsse möglichst umgehend zu verwirklichen. Er ließ Ilona nur wenig Zeit zum Kofferpacken. Selbst an plötzliches Verreisen gewöhnt und weil er sich auf das Nötigste zum Anziehen beschränkte, konnte er innerhalb von wenigen Minuten, praktisch im Handumdrehen, mit dem Kofferpacken fertig sein.

»An Dein Verreisungstempo muß ich mich erst gewöhnen«, sagte Ilona vorwurfsvoll.

Auch sein schnelles Fahren in dem Sportwagen monierte sie. »Bitte, fahre langsam, ich möchte etwas von der Landschaft sehen«, bat sie ihn. »Ich weiß nur, daß wir in die Rhön fahren, nicht aber, in welchen Ort.«

»Laß Dich doch überraschen. Würde ich Dir vorher den Namen sagen, könntest Du damit wahrscheinlich nichts anfangen«, erwiderte er.

»Ist der Ort so klein?«

»Sagen wir abgelegen.«

»Eigentlich kenne ich von der Rhön nur ihre höchste Erhebung, die »Wasserkuppe«, die von den Segelfliegern entdeckt wurde«, erinnerte sich Ilona.

»Die Rhön ist auch für die Skifahrer und Wanderer ein abseits gelegenes Paradies. In alten Reisebüchern las ich, daß die herbe Rhönlandschaft erst spät für die Erholungssuchenden entdeckt wurde. Lange Zeit litten die Rhönbewohner unter bitterer Armut. Selbst die Füchse, die sich in dem vulkanischen Gebirge zwischen den steinigen Feldern, Torfmooren und bewaldeten Hängen gute Nacht sagten, sollen damals nicht satt geworden sein«, erzählte er Ilona.

»Dann ist es auch heute noch ein einsames Land?«

»Ein noch verhältnismäßig stilles Land mit einer ursprünglichen Landschaft. In diesem Bergland wird die Einsamkeit und

Stille zur Poesie.«

»Woher weißt Du das alles, Thomas?«

»Ich fahre oft dorthin. Kenne den eigentümlichen Menschenschlag. Auf ihren Bauernhöfen und in ihren Dörfern scheint die Zeit oft stillzustehen. Zumindest das Moderne zieht in diese abgelegene Landschaft nur im Schneckentempo ein. Meine futuristischen pflanzenbewachsenen Häuser könnte ich in der Rhön nicht loswerden«, mokierte er sich lachend.

»Bitte, fahre langsam, ich will mich davon überzeugen, ob Deine gelobte herbe Landschaft mir tatsächlich unvergeßliche Eindrücke vermittelt.«

»Du wirst es erleben. Schon der römische Geschichtsschreiber Tacitus war von der melancholischen Landschaft ergriffen. Hier in der Rhön und der weiteren Umgebung müssen die Kinder- und Hausmärchen entstanden sein, die von den weltberühmten Gebrüdern Grimm gesammelt wurden.«

»Dann sind also die Rhönbewohner Träumer?«

»Scheint so. Einer meiner Vorfahren stammt aus dieser Landschaft. – Wo kommen eigentlich Deine Eltern und Vorfahren her, Ilona?«

»Bitte, frag mich nicht danach! Ich weiß es nicht! Es interessiert mich auch nicht!« sagte sie abwehrend.

Thomas erkannte sofort, daß er durch eine harmlose Frage erneut ein Stück unbewältigter Vergangenheit in ihr wachrief. Daß Ilona bei seinen Fragen über ihre Vergangenheit und das Leben ihres Vaters jedesmal in Panik, schroffe Abwehr und sogar in Depression geriet, machte ihn immer stutziger. Er nahm sich vor, nicht eher aus der stillen Rhönlandschaft nach Frankfurt oder in sein Taunus-Haus zurückzukehren, bevor er sich über Ilonas Vergangenheit im klaren war. Die Ursache ihrer Ängste und plötzlichen seelischen Verstimmungen mußte in ihrer frühen Kindheit – und wie sie oft behauptete, in ihrer embryonalen Epoche – liegen.

Die herbe stille Landschaft und Thomas Erläuterungen über ihre Eigenart und Geschichte, aber auch die Neugier auf das ländliche Reiseziel lenkten Ilona von der aufkommenden Angst und Verstimmung ab.

Ihre Phantasie begann sich auf die Wälder, den eigenartig schimmernden Buntsandstein und weißen Muschelkalk an den steilen Hängen einzustellen, die vom Brausen des Windes umgeben waren. Dort hatten wohl die Märchengestalten und Waldgeister ihre guten und bösen Taten vollbracht; dort mußte der phantastische Lesestoff ihrer Kindheit entstanden sein, den die Gebrüder Grimm aufschrieben und den die Mütter ihren Kindern vorlasen. Wie sehr hatte sich Ilona als Kind gewünscht, daß der Vater an ihrem Bett saß und aus dem Märchenbuch vorlas. Damals bis zu ihrem vierzehnten Lebensjahr ahnte sie noch nicht die Art ihrer künstlichen Zeugung, das Drama ihrer Menschwerdung und verzögerten Geburt.

Endlich bog Thomas von der ausgebauten Straße ab und fuhr über einen holprigen Weg, vorbei an kargen Feldern, an deren Ende in weiter Ferne eine bewaldete Höhe stand; von ihren steilen Hängen schimmerten der Muschelkalk und Buntsandstein.

Der Ort hieß »Quellgeist«, der immerhin etwa zweihundert Einwohner zählte, die auf den Bauernhöfen und in den alten Fachwerkhäusern wohnten. Die meisten Ortsbewohner waren in der Land- oder Forstwirtschaft und in den Steinbrüchen beschäftigt. Der Rest verdiente sich sein Brot durch Heimarbeit, worunter auch das Zusammenfügen von elektronischen Bauteilen gehörte, die von einer Firma aus der Kreisstadt geliefert wurden. Andere Heimarbeiter fertigten Klöppelarbeiten an oder schnitzten aus den Hölzern des bewaldeten Rhöngebirges Hausrat, der – wie auch das Geschirr – bunt bemalt wurde.

Das alte Gasthaus wirkte einladend. Es stand neben der kleinen romanisch-gotischen Kirche, die ein reicher Adliger vor dreihundert Jahren aus Buße oder Freude erbauen ließ, wovon sie aber gut die Hälfte der Zeit in reparaturanfälligem Zustand existierte, weil damals die Dorfbewohner und ihre Pfarrer kein Geld hatten, sie renovieren zu lassen. Eines Tages war die Kirche so baufällig, daß sie geschlossen werden mußte. Die Gottesdienste mußten in das gegenüberliegende Gasthaus verlegt werden, das weit älter war und so ziemlich jede Sorte von ehrlichen und betrügerischen Gästen beherbergt hatte. Die Wirtshauschronik las sich wie ein spannender Roman voller

Derbheit, Mord und Totschlag, tragischer und schöner Liebesabenteuer und Komik. Weil zu viele Gäste in der »Wirtshauschronik« blätterten, hatte der Großvater des jetzigen Wirtshausbesitzers das wertvolle Dokument der tragischen und romantischen Ereignisse dem Heimatmuseum in der Kreisstadt geschenkt. Als Gegenleistung erhielt das Wirtshaus gleich mehrere mit neuzeitlichen Reproduktionsgeräten angefertigte Kopien, in denen nun die Gäste nach Herzenslust blättern und lesen konnten.

Vor einigen Jahren war Thomas Hendrich zufällig nach »Quellgeist« gekommen und hörte von der wegen Baufälligkeit geschlossenen Kirche. Er ließ sie auf eigene Kosten und unter Aufsicht seines Architekturbüros renovieren. Die Ortsgemeinde wollte ihn dafür durch Einmeißelung seines Namens in den alten Taufstein ehren. Doch Thomas Hendrich lehnte diese verewigende Ehrung ab. Er wollte ungenannt bleiben. Für ihn war die Kostenübernahme kein Opfer gewesen. Bei den Renovierungsarbeiten ließ er gleichzeitig auch die alte Orgel überholen. Selbst die Ehrenbürgerschaft von »Quellgeist« lehnte er ab. Fast jeder im Ort kannte ihn. Und jeder Bewohner war sein Freund. Deshalb kam er öfter nach »Quellgeist«. Doch diesmal staunten die Bewohner, weil er in Begleitung einer jungen Frau kam. Natürlich bekam er das beste Doppelzimmer im Gasthaus.

Doch die beiden waren nicht die einzigen Gäste. Eine Bauernhochzeit wurde im Gasthof gefeiert. Ilona und Thomas wurden von dem Brautpaar und seinen Eltern herzlich zum Mitfeiern eingeladen.

Ilona kam aus dem Staunen nicht mehr heraus. Die Brautleute und alle zur Hochzeit geladenen Mädchen und Frauen trugen ihre Trachten, die aus mehreren übereinander gestülpten weitabstehenden kurzen bunten Röcken bestanden, die Oberteile waren mit phantasievollen Stickereien geschmückt. Dazu trugen sie weiße Strümpfe. Auf ihren Köpfen balancierten sie gekonnt den aus gedrehtem Haar aufgerichteten kleinen Turm, den die Einheimischen »Knirzel« nannten. Auch viele männliche Hochzeitsgäste erschienen in ihren Trachten aus langen mantelartigen bunten Jacken, wozu sie Stiefel trugen.

Thomas und Ilona wurden von allen Hochzeitsgästen wie alte Bekannte begrüßt. Die Freundlichkeit der sonst so verschlossenen Hessen gegenüber den zwei Besuchern aus der Großstadt kam von Herzen. An der langen Hochzeitstafel mit dem bunt bemalten Geschirr saßen fast alle Bewohner von »Quellgeist«, zumindest, wer abkömmlich war. Zur guten Sitte und Tradition gehörte es, daß zu wichtigen Familienfeiern jede Familie aus »Quellgeist« einen Vertreter als Gast entsandte; auch wer ein Ehren- oder berufliches Amt in dem Ort bekleidete, kam zu der Feier. Alle Gäste hatten ausnahmslos den traditionellen »Hochzeitstaler« für die Bewirtung gezahlt, der allerdings in neuzeitlicher Währung entrichtet werden mußte. Hinzu kam das Hochzeitsgeschenk, das jedoch in seinem materiellen und nützlichen Wert nicht so hoch eingeschätzt wurde wie die persönliche Teilnahme als Gast.

Thomas Hendrich kannte das Brautpaar und zahlte den Eltern der Vermählten, die aus dem Ort stammten, den währungsgemäß angepaßten »Hochzeitstaler« für sich und Ilona. Nur das Brautgeschenk fehlte ihm noch. Niemand verübelte es ihm, weil er mit seiner Begleiterin ja ahnungslos in die Hochzeitsfeier geriet. Doch Hendrich wollte den traditionellen Brauch auch ganz erfüllen. Bei der Brautmutter erkundigte er sich diskret, womit er dem jungen Paar eine Freude bereiten könnte und wo es so schnell noch ein Geschenk zu kaufen gäbe.

»Die Braut ist bereits schwanger. Im dritten Monat«, flüsterte die Brautmutter ihm ins Ohr, obwohl es in »Quellgeist« jeder wußte.

»Ja und?« flüsterte Thomas zurück.

»Sie brauchen eine Wiege. Nicht solch ein modernes Ding aus Kunststoff. Eine handgeschnitzte echte hessische Bauernwiege, über die würden sich beide freuen. Doch bisher hat keiner der Gäste es gewagt, so ein eindeutiges Geschenk zu machen«, zwinkerte ihm die Brautmutter zu.

»Aber wo bekomme ich jetzt noch so eine Wiege?« gab Thomas zu bedenken.

»Kein Problem. Der alte Holzschnitzer am Ortsende –«,

»Ja, ich kenne ihn«, bestätigte Thomas Hendrich.

»Er hat sie längst fertig, weil ich damit rechnete, einer der Gäste würde sie den angehenden Eltern zur Hochzeit schenken. Sie kann deshalb sofort bei ihm abgeholt werden«, schmunzelte die trachtengeschmückte Brautmutter.

Thomas küßte die unter den übereinandergestülpten Trachtenröcken rundlich Aussehende freundschaftlich auf die Wange: »Du bist immer noch der alte Schalk aus dem Kirchenchor und Gemeinderat. Klar, ich werde die Wiege sofort holen«, flüsterte er ihr schelmisch zu.

Thomas bat Ilona, einen Augenblick von der Hochzeitstafel aufzustehen und ihm in den Nebenraum zu folgen. Er erklärte ihr, worum es ging und daß er die Hochzeitsüberraschung persönlich abholen wollte. Auch Ilona war damit einverstanden und freute sich über das nützliche Geschenk.

»Es wird nicht lange dauern. Verrate aber bitte nichts. Es soll tatsächlich eine Überraschung werden.«

Er schlich sich aus dem Hintereingang des alten Wirtshauses, den schon so mancher Zechpreller für die Flucht benutzte, und fuhr in seinem Sportwagen zu dem alten Holzschnitzer.

Als Ilona an die Hochzeitstafel zurückkehrte, spielte die Ortskapelle zum Tanz auf. Sie hatte kaum Platz genommen, als sie auch schon von vier jungen Männern gleichzeitig zum Tanz aufgefordert wurde. Wie sollte sie sich verhalten? Wem einen Korb geben? Doch ihr Tischnachbar, der Pfarrer der Ortsgemeinde, flüsterte ihr zu:

»Das ist hier so Brauch. Nimm den ersten besten, er wird während des Tanzens von den anderen abgelöst.«

In »Quellgeist« war es selbstverständlich, daß sich alle duzten. Durch Thomas Hendrich galt die vertrauliche Anrede auch für Ilona.

Sie befolgte den Rat des Pfarrers. Die übrigen Tanzpaare machten der jungen hübschen Frau aus der Großstadt freiwillig Platz. Obwohl sie noch nie etwas von ihr gehört hatten, wurde sie trotzdem sofort in den Kreis der Ortsbewohner aufgenommen. Da sie mit vier Partnern tanzen mußte, war es ebenfalls Brauch, ihr den größten Teil der Tanzfläche zu überlassen, weil ohne Pause gleich mehrere Tanzweisen hintereinander gespielt werden mußten, damit auch jeder der vier auffordernden jungen Männer die gleiche Chance bekam, mit ihr genau so lange zu tanzen wie sein Vorgänger.

Bei den ersten Tanzschritten fühlte Ilona sich noch etwas befangen. Immerhin schauten ihnen alle Hochzeitsgäste zu. Doch dann verdrängte die Freude an den Rhythmen ihre Befangenheit; von Takt zu Takt fühlte sie sich beschwingter, selbstsicherer und fröhlicher. Diese Menschen mit ihrem kleinbürgerlichen Charme, ihrem natürlichen Wesen und ihrer urwüchsigen Freude am Feiern, die aus dem Quell der jahrhundertealten Tradition gespeist und vererbt wurde und durch kein anderes technisiertes und perfektioniertes Kommunikationsmittel ersetzt werden konnte, flößten ihr Mut und Vertrauen ein. Dieser Menschenschlag abseits von den großen Verkehrsströmen, für den das rauhe Klima und die stille Landschaft noch die echte Heimat bedeuteten, weil er fest in den alten Sitten und Gebräuchen verwurzelt war, ließ Ilona vergessen, daß sie fünf Jahre zu spät auf die Welt kam, die so verträumt und herb sein konnte. Die urwüchsige Natur und ihre Menschen waren so vielschichtig, so unterschiedlich und sicher oft nicht zu begreifen. Vielleicht war es für das Leben gar nicht wichtig, wo, wie und wann es gezeugt wurde. Nur, daß es gesund war. Nicht die Vergangenheit, sondern die Gegenwart und Zukunft bestimmten das Glück oder Unglück des Lebens.

Sie tanzte gut, weil ihre gut aussehenden jungen Partner in ihren phantastischen Trachten ebenfalls gut tanzten. Sie gehörten ihrer Generation an, die mit der Hypothek ihrer Eltern und Großeltern belastet war, weil sie die Folgekosten für eine verschandelte Natur zu tragen hatte. Diese jungen Leute schleppten aber nicht die Vorurteile ihrer Eltern und Großeltern mit sich herum. Sie waren freier in ihrer religiösen Weltanschauung und ihren sexuellen Ansichten und Ansprüchen. Die ihre Zeugung bestimmt nicht herablassend belächelten oder verurteilten. Die eine andere Auffassung von der künstlichen Zeugung hatten. Sie, Ilona Dallberg, brauchte es ihnen nur zu sagen und sie dann zu fragen, wie sie darüber dächten. Sie würde dann endlich das Urteil über ihre künstliche Befruchtung erfahren, von der sie sich einredete, daß sie »unnormal« und erniedrigend sei.

Aber wie dachte Thomas darüber? Er war ja auch einer aus ihrer Generation. Sie liebte ihn, nicht zuletzt, weil er ohne Vorurteile war und die nötige Portion Mut zum Unkonventionellen und Individualisten besaß. Über Phantasie verfügte. Aber würden ihn seine lebhaften Gedanken nicht abschrecken, wenn er sich vorstellte, was damals mit ihr in dem Tiefkühlbehälter, beim Auftauen und Zurückverpflanzen in die Gebärmutter geschah? War in seiner Gedankenwelt und Logik die künstliche Befruchtung nicht gleichzusetzen mit dem Makel des Widernatürlichen und Krankhaften? Phantasievolle Menschen neigten dazu, alles zu übertreiben: Das Gute noch schöner zu sehen und das Schlechte und Krankhafte abstoßend zu bewerten. Sie wollte Thomas endlich sagen, wer sie war und woher sie kam. So, wie sie jetzt zueinander standen, wo es kaum noch Grenzen für ihre sexuellen und geistigen Beziehungen gab, hatte er ein Anrecht darauf, alles aus ihrer vorgeburtlichen Zeit und Kindheit zu erfahren, von ihren Ängsten, Zweifeln und immer wieder plötzlich auftretenden Depressionen. Es lag dann an seinem Verständnis oder enttäuschenden Urteil, wie er weiterhin zu ihr stand und wie ihre gemeinsame Zukunft aussah. Ilona glaubte, nun endlich den Mut zu haben, es ihm zu sagen – vielleicht schon heute oder morgen, vielleicht auch erst übermorgen, bestimmt aber, bevor sie »Quellgeist« und seine urwüchsigen Menschen verließ.

Der Walzer als letzter der vier Tänze war der beliebteste, weil er Generationen von Tanzfreudigen immer wieder in beschwingte Stimmung versetzte. Seine unbeschwerten Klänge schienen eine getanzte Glückseligkeit zu sein, die romantische Gefühle und die Sehnsucht nach einem Schwebezustand weckten. Der junge Mann, der mit ihr den Walzer tanzte, sah sie verliebt an. Sie fand ihn ebenfalls symphatisch. Er hatte grau-blau schimmernde Augen, gewelltes dichtes Haar und einen sinnlichen Mund. Sie spürte, wie sich sein linker Arm immer fester um ihre Taille legte, sein Körper Mühe hatte, Abstand von ihren Brüsten und ihrem Leib zu halten. Sie geriet einen Augenblick lang selbst in den überwältigenden Strudel der rhythmischen Klänge und Bewegungen, die auch in ihr das Verlangen weckten, sich an seine Brust, seinen Mund, seinen Leib zu drängen. Der alte Walzer konnte auch heute noch im einundzwanzigsten Jahrhundert der Jugend den Kopf verdrehen. Aber Ilonas Gefühlsverwirrung löste die plötzliche Frage, wo Thomas nur so lange blieb? Dabei war er erst vor kurzem weggefahren. Doch sie empfand diese kurze Trennung bereits als eine halbe Ewigkeit. Sie wünschte sich, der junge Mann, der sie bei dem Walzer in den Armen hielt, wäre Thomas Hendrich.

Als sie voller Sehnsucht nach Thomas wieder auf ihrem Platz an der Hochzeitstafel saß, erzählte ihr der Pfarrer von Thomas Hendrichs Spende, die es ermöglichte, die baufällige Kirche wieder zum Leben zu erwecken.

»Davon wußte ich gar nichts«, gestand sie erstaunt dem Pfarrer.

»Ja, so ist er. Er will für seine Hilfe nicht geehrt werden. Er hat es strikt abgelehnt, seinen Spendernamen in dem Taufbekken zu verewigen und Ehrenbürger von »Quellgeist« zu werden.

»Auch davon hat er mir nichts gesagt.«

»Vielleicht wollte er Dich damit überraschen. Da hab ich aber etwas Dummes angestellt«, bereute der Pfarrer.

»Ich kann ja so tun, als wüßte ich noch nichts von seiner Spende«, schlug sie ihm vor.

»Bei Gott, Tochter, Du darfst nicht lügen!« warnte er sie lächelnd.

»Aber der liebe Gott kann ausnahmsweise einmal wegsehen. Wenn man den Mund hält, braucht das nicht unbedingt eine Lüge zu sein«, erwiderte sie.

»Wir verstehen uns, Ilona!« schmunzelte er.

»Natürlich, Pfarrer!«

»Wirst Du Thomas heiraten?«

»Ich glaube schon.«

»Ich würde Euch gern trauen. Ganz gleich, in welcher Kirche und an welchem Ort. Ich käme bestimmt«, beteuerte der Pfarrer.

»Ich werde Thomas von Deinem Angebot erzählen – wenn es soweit ist«, versprach Ilona.

»Tu das! Und wenn ich noch leben sollte und nicht zu alt bin, den Weihwassersprengel zu halten, möchte ich auch gern Euer erstes Kind taufen.«

»Danke!« sagte sie höflich. Sie war gar nicht abgeneigt, auf des Pfarrers Vorschlag einzugehen. Zum erstenmal wehrte sie sich nicht gegen den Gedanken, ein Kind zu bekommen. Von Dietmar Wellershaus wollte sie keins, aber von Thomas! Ihn konnte sie sich gut als Vater vorstellen. Und bestimmt würde ihr Sohn oder ihre Tochter auch die Phantasie und die unbeschwerte Lebensart von Thomas Hendrich erben.

Der alte Holzschnitzer ließ Thomas nicht so schnell aus seiner Werkstatt gehen. Der einsame Mann, dem schon früh die Frau verstarb, war seitdem nur noch mit seinen Schnitzereien verheiratet. In den Augen der Ortsbewohner und vieler auswärtiger Kunden war er ein Künstler. Doch er selbst wollte diesen »hohen Anspruch« für sich nicht gelten lassen. Er sei nur ein guter Handwerker, der die Schnitzerei gründlich von seinem Vater erlernte; er habe nie eine Kunstakademie besucht und sich mit all dem theoretischen Kram von Proportionen und Kunstgeschichte herumschlagen müssen. »Gott bewahre!« wehrte er sich stets gegen den Namen »Künstler«.

Der alte Schnitzer interessierte sich für Thomas futuristische Häuser und seine geheimnisvollen Pflanzen. »Ich werde Dich eines Tages in Deinem botanischen Haus bei Frankfurt besuchen«, versprach er Thomas.

»Das wird frühestens am Jüngsten Tag sein«, lachte Hendrich ihn aus.

»Du wirst sehen, ich halte mein Wort, sobald ich mit meiner Arbeit fertig bin«, beteuerte er.

Dieses »sobald« gab es für ihn nicht. Er hatte noch so viele Schnitzerei-Aufträge zu erledigen, worüber er wahrscheinlich sterben würde. Die Arbeiten an der Wiege hatte er gern getan.

»Das ist etwas Praktisches fürs Leben. Darin kann das Kind seiner Zukunft entgegenschlafen«, erklärte er Thomas.

»Warum kommst Du nicht mit zu der Hochzeit? Alle Leute

mögen Dich. Das Brautpaar würde sich durch Deinen Besuch besonders geehrt fühlen.«

Er winkte ab. »Überbringe dem Brautpaar meine herzlichen Grüße und Glückwünsche. Ich bin schon zu alt fürs Feiern.«

Als Thomas mit seinem Hochzeitsgeschenk zu den Brautleuten in den Saal des Gasthauses zurückkam, herrschte unter den Gästen eine ausgelassene Fröhlichkeit. Der Wein hatte ihre sonst so zurückhaltenden Zungen gelöst. Auch Ilona hatte etwas zuviel getrunken.

Das originelle und praktische Hochzeitsgeschenk löste fröhliches Gelächter und klatschenden Beifall aus. Die Braut war ganz gerührt von dem wiegenden Bett mit der kunstvollen Schnitzerei und Bemalung. Sie umarmte Thomas und drückte ihren Dank in Küssen auf seinen Wangen aus. Als er an seinen Platz neben Ilona zurückkehrte, fragte sie vorwurfsvoll:

»Wo warst Du so lange? Mußte die Wiege erst angefertigt werden?«

»Der alte Mann fühlte sich einsam. Er redete mit mir. Ich hatte Mühe, ihn zu verlassen.«

Als die Kapelle wieder spielte, wagte niemand mehr, Ilona zum Tanz aufzufordern. Dafür war jetzt ihr Begleiter Thomas Hendrich zuständig. Man hätte ihn fragen müssen, ob er Ilona für den Tanz mit einem anderen freigab. Auch das war Brauch und Sitte. Thomas, der im Gegensatz zu Ilona kein begeisterter Tänzer war, mußte dennoch wohl oder übel mit ihr auf die Tanzfläche. Er tanzte gerade noch so gut mit ihr, daß er sich nicht blamierte. Das konnte er Ilona verdanken, die seine ungeübten Tanzschritte ausglich und ihn führte, statt umgekehrt.

Sie tanzten und amüsierten sich auf der Hochzeitsfeier bis zum frühen Morgen. Ilona wollte auch so eine schöne Tracht mit den bunten Stickereien haben. Doch kein Mädchen war bereit, der Städterin den Wunsch zu erfüllen und seine Trachtenkleidung zu verleihen oder zu verkaufen. So weit ging die Gastfreundschaft doch nicht.

Ziemlich beschwipst vom Wein und vom Tanzen ermüdet schlief Ilona in dem gediegenen Gasthaus-Bett mit seiner karierten Bettwäsche sofort ein.

Als sie aufwachte, war es heller, sonniger Tag. Thomas war bereits aufgestanden. Sie hörte ihn im Badezimmer die Melodien summen, die ihm beim Tanzen soviel Mühe machten.

Das große Gasthauszimmer mit der hohen Decke war einfach und schlicht eingerichtet. An den Wänden hingen Skizzen und Ölgemälde, die ein Stück eigener erlebter Geschichte des alten Gasthauses dokumentierten. Neben den Zeichnungen von dem Wirtshausbesitzer konnte der Gast auch so manche eitle Pose von feinen und reichen Herren in weiblicher Begleitung bewundern, die aus Zufall – weil vielleicht ein Unwetter sie überraschte oder ein Kutschenrad zerbrach – gezwungen wurden, in dem abseits gelegenen Gasthaus für kurze oder längere Zeit zu wohnen. Scheinbar lebte auch immer ein Maler in dem Gasthaus, der sein Essen und die Unterkunft damit verdiente, daß er die feinen Gäste in Skizzen und Ölbildern verewigte. Doch die abgebildeten Gesichter und Gestalten der Schurken, die als Einbrecher, Raufbolde und Zechpreller gefaßt und ins Gefängnis gesteckt wurden oder sogar am Galgen endeten, schienen meist der Phantasie der Maler zu entstammen.

Ilona öffnete das Fenster. Sie sah auf die alte Kirche, von deren Rettung ihr der Pfarrer erzählte. Sie verspürte das Verlangen, den sakralen Ort von Thomas guter Tat zu sehen.

Sie ging zu ihm ins Badezimmer. »Guten Morgen, Schatz«, begrüßte sie ihn mit einem Kuß. Er zog sie in die Wanne. Sie spürte sein Verlangen, das sich auf ihre Gefühle übertrug. Sie liebten sich. Die Welt schien ihrem Glück zu gehören. Ein unbeschwerter Tag lag vor ihnen. Die Menschen mochten sie. Das junge Hochzeitspaar hatte die Brautnacht hinter sich. Die sie umgebende herbe Natur galt es für Thomas und Ilona noch zu erkunden.

»Ich möchte nach dem Frühstück in die Kirche«, sagte sie, als er sie abtrocknete.

»Wir wollten doch spazierengehen, die Landschaft kennenlernen.«

»Nein, erst möchte ich die Kirche sehen, Thomas«, beharrte sie auf ihrem Wunsch.

»Hast Du dafür einen besonderen Grund?«

»Ja. Der Pfarrer erzählte mir, daß die Kirche auf Deine Kosten wieder instandgesetzt wurde.

»Eigentlich wollte ich Dich damit überraschen. Es ist nicht so wichtig, wer die finanziellen Mittel für die Wiederherstellung aufbrachte, viel wichtiger scheint mir, daß ihre Renovierung stilgerecht durchgeführt wurde«, erläuterte er ihr.

»Jetzt spricht ganz der Architekt aus Dir«, neckte sie ihn.

Er nahm sie wieder in seine Arme und trug sie auf das Bett.

»Nein, bitte nicht!« wehrte sie ihn ab.

»Ich bin wahnsinnig verliebt in Dich«, sagte er entschuldigend.

»Ich auch, Thomas! Aber so oft hintereinander kann ich nicht! Meine Erregungskurve steigt nicht so schnell an wie Deine. Das Bumsen allein genügt mir nicht. Deine Blicke, Deine Stimme, Deine Bewegungen, Deine Phantasie, Dein Erzählen, unser Diskutieren, unser Fröhlichsein, unsere Traurigkeit sind mir oft wichtiger als unsere sexuelle Leidenschaft. Verstehst Du das?«

»Ja. Doch die Männer sind von Natur aus nicht so gefühlsbetont wie die Frauen.«

»Es ist wunderschön, mit Dir zu schlafen. Dich in mir zu spüren. Mit Dir gemeinsam den Höhepunkt zu erleben. Doch darf das nicht alles sein, was wir uns als Liebende geben.«

Als sie vor dem Kleiderschrank stand, stellte sie die uralte Frage der Frau: »Was ziehe ich nur an?«

»Etwas Sportliches. Wenn ich Dir die Kirche gezeigt habe, gehen wir spazieren.«

»Also gut, ich ziehe den weißen Hosenanzug mit der roten Bluse an.«

Ilona und Thomas waren die einzigen Gäste in dem Frühstückszimmer des Gasthauses. Sie aßen mit Appetit von der heimischen Spezialität, die vorwiegend aus Rühreiern und Grillschinken bestand. Dazu gab es das würzige und schmackhafte Kümmelbrot, einige Sorten hausgemachter Wurst, selbst gekochter Konfitüre aus Holunderbeeren und Pflaumenmus und Butter. Der obligatorische Bohnenkaffee hatte sich auch in das einundzwanzigste Jahrhundert hinübergerettet. Allerdings hatte man das Koffein durch einen anderen anregenden Stoff, der aber keine schlaflosen Nächte verursachte, ausgetauscht.

Der Gasthausbesitzer setzte sich zu Ilona und Thomas an den Tisch und erzählte dem jungen Paar, das alle im Ort für Verlobte hielten, die neuesten Klatschgeschichten und wahren Begebenheiten.

»Wo können wir die schönsten Eindrücke von Eurer Rhönlandschaft sammeln?« fragte Thomas den Wirt.

»Fahrt zu den Buntsandsteinbergen und dann zur Wasserkuppe in neunhundertfünfzig Meter Höhe. Von dort blickt Ihr über die Täler bis weit ins bayerische Land. Sehenswert sind auch die stillen Torfmoore in den Tälern. Ihr braucht praktisch ein halbes Leben, um alle die herben Schönheiten unserer Landschaft kennenzulernen«, pries ihnen der Wirt seine Heimat an.

»Machen wir. Aber gib mir erst den Schlüssel zur Kirche. Ich will sie Ilona zeigen.«

So ohne weiteres konnten Fremde oder Einheimische die alte Kirche nicht betreten. Deshalb gab es drei Türschlüssel. Je einen besaßen das Pfarrhaus und der alte Kirchendiener, den dritten hatte das Gasthaus. Der Gasthofbesitzer oder seine Familie mußten für die einkehrenden Gäste oft auch die Rolle des Fremdenführers beim Besuch der romanisch-gotischen Kirche übernehmen.

Der Wirt gab Thomas den schweren, kunstvoll verzierten Schlüssel. »Ich brauche wohl nicht mitzukommen und den Fremdenführer spielen«, lachte er.

»Nein, ich kenne mich in der Kirche aus. Ich habe ihren Plan im Kopf«, erwiderte der Architekt.

Thomas schloß die schwere Eichentür auf. Ein Teil des Innenraumes der Kirche schimmerte in dem gebrochenen Licht der Sonnenstrahlen, die durch die bunten Glasfenster der Westseite in den sakralen Raum fielen. Doch ihre Strahlenkraft reichte nicht aus, um das ganze Kirchenschiff zu erhellen. Der Kontrast des Lichtes von den hellen und durch die Buntfenster gefärbten Lichtkegeln, die wie gebündelte Strahlen schräg nach unten auf einen Teil der Bänke und den Altar fielen, und das normale Tageslicht, das durch die gegenüberliegenden Kirchenfenster eindrang und die andere Hälfte des Kirchenraumes in gedämpftes Zwielicht hüllten, versetzten Ilona in eine eigenartige Stimmung. Selbst Thomas war ergriffen von dem zufälligen und nicht alltäglichen Lichtspiel aus Sonnenstrahlen und Schatten.

Man konnte der Kirche ihre Renovierung kaum ansehen. Die Ausmalungen an den Decken und Wänden hatten wahre Meister ihres Faches so geschickt durchgeführt, als rührten diese Arbeiten von den alten Meistern der vorigen Jahrhunderte.

»Setze Dich bitte in die Bank. Ich muß oben auf der Orgelbühne noch etwas nachsehen«, bat Thomas Ilona.

Er ging zur Orgel hinauf. Die Bogentür zur Empore war ebenfalls abgeschlossen. Thomas wußte, daß der Schlüssel seitlich in einer Nische hinter der kleinen Statue eines pausbackenen Engels lag. Er schloß die Tür auf und schlich sich vorsichtig über den leichtknarrenden Holzfußboden zu der Orgel. Er setzte sich auf die Orgelbank und zog einige Register. Erst leise, dann immer kraftvoller spielte er einige Passagen aus den Kantaten und Motetten von Johann Sebastian Bach und Chorwerken von Georg Friedrich Händel. Das war Thomas Überraschung. Er hatte Ilona mit keiner Silbe angedeutet, daß er auch ein guter Orgelspieler war.

Zum erstenmal wurde Ilona die große musikalische Ausdruckskraft von Bach bewußt, deren schöpferische Quelle in seinem strengen christlichen Glauben lag. Ilona fielen auf einmal die längst vergessenen frommen Bibelworte ein, die der große Ausdrucksmusiker Johann Sebastian Bach in seinen Chorälen, Arien, Kantaten und Passionen vertonte. Seine musikalischen Motive erinnerten sie an die aufstrebenden gotischen Pfeiler, die sie zum Beispiel in ihrer Heimatstadt Köln in dem größten sakralen Bauwerk des Abendlandes, dem »Kölner Dom«, immer wieder bewunderte. Daß Thomas die großen Tonmeister Bach und Händel spielte, hätte sie ihm niemals zugetraut.

Sie sah auf einmal ihr Leben aus einer ganz anderen Dimension. Wenn die Schöpfer der großen Orgelkonzerte und Choräle sich durch ihre Werke Gott näher fühlten, ihren christlichen

Glauben zum Fundament ihrer Fugen und Kantaten machten und durch Jahrhunderte mit ihrer Musik die Zuhörer zur Andacht, zum Gebet, zum Aufblicken zu Gott zwangen, dann mußten ihre einzigartigen Schöpfungen der Beweis für ein über sie stehendes höheres Wesen sein. Vielleicht wäre der Glaube an Gott, an seine christliche Religion, an seine Kirche schon längst erloschen, wenn es nicht die Kraft der gottverherrlichenden Kirchenmusik gäbe, die Orgeln selbst zum Altar, zum Mittel der musikalischen Verkündigungen des Gotteswortes würden.

Als Thomas das Lied: »Willst Du Dein Herz mir schenken, so fang es heimlich an –« von Bach spielte, seine Grundmelodie immer wieder variierte, um es dann im Schlußakkord noch einmal ganz leise und zart in seiner ursprünglichen Fassung ausklingen zu lassen, kamen Ilona die Tränen. Er hatte es für sie gespielt. Ganz allein in der Kirche. Es war seine musikalische Liebeserklärung, die vertonte Wiedergabe eines Gefühls, das er mit bloßen Worten nicht ausdrücken konnte und wollte. Ja, damals auf der Party am Starnberger See begann ihre »heimliche Liebe« zu ihm. Sie sträubte sich lange, ihm ihr »Herz zu schenken«. Aus der heimlichen Flamme war die auflodernde Glut ihrer gegenseitigen Liebe geworden. Das Feuer ihrer Leidenschaft, der Kampf um das gegenseitige Verstehen und Kennenlernen, das Ausloten ihrer tiefen Gefühle, ihre bislang gegenseitig verschwiegenen Geheimnisse, die im seelischen Bereich der Ängste und Zweifel lagen. Eine dieser quälenden Fragen lautete: Wer bist Du wirklich, Thomas Hendrich? Und was glaubst Du, wer ich bin, woher ich komme und warum ich oft so depressiv bin?

Sie hatte ihn nicht kommen gehört. Er kniete – weiß Gott wie lange schon – auf der Kirchenbank hinter ihr. Wortlos strich er über ihr Haar und reichte ihr sein Taschentuch. Ilona trocknete damit ihre Tränen ab, wandte sich zu ihm, lächelte und sagte sanft:

»Danke, Thomas! Danke für Bach und Händel! Danke für das Liebeslied!«

»Das sollte meine Überraschung sein, Ilona!« Er reichte ihr

seine Hand und holte sie aus der Bank, führte sie aus der Kirche.

Draußen schien die Sonne. Ihre Helligkeit blendete Ilonas Augen. »Ich liebe Dich, Thomas!«

»Ich Dich auch, Ilona!« Er verschloß die Kirchentür.

»Komm wir fahren hinaus in die Rhön! Was kann uns schon passieren? Wir lieben uns. Was kostet die Welt? Sie gehört uns!« sagte er glücklich mit spitzbübischem Lächeln.

Sie fuhren hinauf zur Wasserkuppe, die das Herz der Rhön bildet. Hier oben, von der vom Wind umbrausten Höhe, bot sich ihnen ein prächtiger Rundblick über das vulkanische Gebirge. Es gehörte mit seinem nördlichen Gebiet zu Hessen, südlich zu Bayern und östlich zu Thüringen.

Ilona zeigte auf das Denkmal neben sich. »Was soll es bedeuten?« fragte sie Thomas.

»Das hat man im zwanzigsten Jahrhundert zu Ehren der im ersten und zweiten Weltkrieg abgeschossenen Flieger errichtet«, berichtete er. »Von hier aus kannst Du bis weit nach Thüringen schauen, das immer noch hinter dem »Eisernen Vorhang« im anderen Teil Deutschlands liegt.«

»Glaubst Du, daß eines Tages die erzwungene Grenze auf friedlichem Wege aufgehoben wird und beide Teile Deutschlands wiedervereint werden, Thomas?«

»Die gewaltsame Trennung durch den verlorenen Hitler-Krieg dauert jetzt schon fünfundsechzig Jahre, fast ein dreiviertel Jahrhundert. Ich glaube nicht, daß wir die Wiedervereinigung noch erleben werden«, meinte Thomas resignierend.

Vor ihnen ging vom nahegelegenen Flugplatz ein Segelflieger in die Luft. Lautlos begann er seinen eleganten Schwebeflug über das Rhöngebirge, dessen Grundfels der Buntsandstein bildet, worauf sich die oft zerklüfteten Steilhänge aus Muschelkalk aufbauten, der mit seinen braun-weiß schimmernden Farben weithin sichtbar war.

»Nicht die Maler entdeckten diese herbe und idyllische Landschaft, sondern die Segelflieger. Für sie wurde die Wasserkuppe zum idealen Startplatz für ihren eleganten und lautlosen Flugsport. Sie machten die Rhön auch für die Skifahrer und die Wanderer bekannt«, erzählte Thomas.

Das Wetter schlug plötzlich um. Der ständig wechselnde Wind wurde heftiger.

»Laß uns lieber ins Tal fahren«, bat Ilona Thomas.

»Ja, hier oben auf dem kahlen Gipfel, der nur von einer Grasnarbe bedeckt ist, muß man stets mit einem Wetterumschwung rechnen. Wir sollten ein selbstgebrautes Bier bei den Klosterbrüdern auf dem »Kreuzberg« trinken. Er liegt unterhalb der Wasserkuppe«, schlug Thomas vor.

Ilona war damit einverstanden. Sie fuhren herunter zu den frommen Brüdern am Fuße des Kreuzberges, die ganz auf die durstigen Besucher eingerichtet waren. Im Klosterhof standen lange Tischreihen und Bänke, auf denen bei schönem Wetter Hunderte Gäste Platz nehmen konnten, um aus großen Krügen das von den Klosterbrüdern nach einem jahrhundertealten und geheimgehaltenen Rezept selbstgebraute Bier zu trinken. Auch Ilona und Thomas setzten sich an einen der langen Tische und probierten das geistige Getränk der frommen Brauer, das so manchen Zecher, der zuviel davon trank, mit den weltlichen Gesetzen in Konflikt gerieten ließ. Mit dem Erlös ihres Bieres – die Einheimischen erzählten, daß die Braubrüder, die das geheime Rezept verrieten, mit dem Kirchenbann bestraft würden – finanzierte der Abt andere gute Taten, die aber mehr mit der Religion und dem lieben Gott zu tun hatten. Erhebliche Gelder spendete das trinkfeste Kloster wohl aus Reue den Trinkerheilanstalten, damit sie die Alkoholiker von ihrer Trunksucht wieder befreiten. Doch ob es tatsächlich stimmte, konnte außerhalb der Klostermauern niemand beschwören.

Ilona trank das Bier nicht aus. Sie war an den deftigen Männertrunk nicht gewöhnt. Der Bierkrug – er gehörte zu den kleinsten – war ihr zu groß.

Im Tal spazierten sie durch die Laub- und Nadelwälder. Einer dieser Wege endete an einem langen Holzsteg, der durch das Moor führte. Er war so schmal, daß sie nicht Arm in Arm gehen konnten. Ilona kam das aus braun-schwarzer Erde bestehende Moor, das Mensch und Tier in seinem schwammigen und tückischen Boden verschlingen konnte, etwas unheimlich vor. Thomas mußte deshalb vor ihr über den Holzsteg hergehen; sie legte ihre Arme auf seine starken Schultern, um daran Halt zu finden.

»Du brauchst keine Angst zu haben. Rechts und links neben dem Holzsteg ist das Moor nicht tief. Hier gedeihen sogar noch verkrüppelte Bäume und Sträucher. Gefährlich wird es erst dort, wo die Hartgräser und Moose wachsen«, beruhigte Thomas sie.

»Wieso versinken diese Pflanzen nicht in dem schlammigen Boden?« wollte sie von Thomas wissen.

»Sie können sich mit ihren Wurzeln regelrecht im Moorboden festkrallen. Die Natur ist eben erfinderisch«, erläuterte er.

»Woraus besteht das Moor?« fragte sie ihn.

»Hauptsächlich besteht der feuchte Boden aus zersetzten Pflanzenresten.«

Ilona war froh, als sie aus dem schlammigen, schwarzen Moorgebiet mit seiner kargen und nur durch Wassertümpel unterbrochenen Pflanzendecke wieder herauskamen. Vor ihnen lag jetzt – so, als wolle sich die launische Natur für ihren furchteinflößenden und düsteren Anblick entschuldigen – ein sattgrünes Wiesengelände.

Ilona rannte der Wiese entgegen. Thomas hatte Mühe, sie einzuholen.

»Du läufst davon wie ein scheues gejagtes Reh«, sagte er vorwurfsvoll.

»Bin ich das?« erwiderte sie.

Außer Atem von dem schnellen Lauf legte sie sich auf die Wiese.

»Sie ist feucht«, bemerkte er.

»Na und? Bist Du immer so penibel?«

»Was willst Du damit sagen?«

»Was soll es Dich kümmern, wenn mein weißer Hosenanzug schmutzig wird?«

»Das meinte ich nicht.«

»Oder hast Du Angst, ich würde mich erkälten?« fragte sie sarkastisch.

»Verdammt noch mal, treibe Deinen Spott nicht zu weit.

Was hast Du plötzlich?«

»An meinen plötzlichen Sinneswandel mußt Du Dich doch schon gewöhnt haben.«

»Nein, eben nicht! Ich frage mich, was Dich selbst bei harmlosen Fragen nach Deinem Vater, überhaupt nach Deiner frühen Kindheit, so in Panik versetzt. Das ist doch nicht normal!«

»Also bin ich unnormal«, sagte sie ruhig und eiskalt.

»So meine ich das nicht!« schwächte er ab.

»Du hast ja recht, ich bin wirklich nicht normal.«

»Und warum nicht, wenn ich fragen darf?« sagte er verärgert.

»Ich bin nicht die, die Du Dir vorstellst. Die Deiner Logik, Tradition, Deinen Gefühlen, dem Maßstab der Normalität entspricht –.«

»Verflixt noch mal, erspar mir Deinen Zynismus. Sag mir endlich, was Dich in Depression versetzt, wenn ich auf Deine Vergangenheit –«

»Auf meine Kindheit – genau genommen auf meine embryonale Zeit – zu sprechen komme. Nicht wahr?«

»Von mir aus! Aber ich muß doch wissen, was Dich bedrückt.«

»Was das Unnormale an mir ist .«

»Hör endlich auf, die Gekränkte zu spielen, Ilona.«

»Die ich bin, grüßt trauernd die, die ich könnte sein. So ähnlich hat es der Dichter Heinrich von Kleist gesagt, bevor er sich das Leben nahm –.«

»Erschossen hat –«, ergänzte er.

»Jawohl, am Wannsee in Berlin –.«

»Wollen wir hier mit unserem literarischen Wissen glänzen?«

»Ich bin nicht die, die ich müßte sein! Dabei war Kleist das Produkt einer ganz normalen Befruchtung. Vielleicht hatte er auch nur Glück gehabt, daß er in einem Jahrhundert geboren wurde –.«

»Genau im Jahre 1777«, sagte er bissig.

»Weil es damals noch nicht möglich war, ein menschliches Leben im Reagenzglas zu zeugen. Zweihundert Jahre später war es dann soweit: Man entnahm einer gebärunlustigen Frau die Eizelle, legte sie in ein Reagenzglas und übergoß sie mit ein paar

Kubikzentimetern frischem oder aufgetautem Sperma, das der Mann durch Masturbation in ein Auffangglas spritzte.«

»Schluß damit«, schrie Thomas sie an, weil ihm plötzlich die Art ihrer Zeugung bewußt wurde.

»Nein, ich schweige nicht, Thomas! Ich muß es Dir endlich sagen.« Sie richtete sich auf, hockte auf den Knien vor ihm.

»Ich will es nicht wissen! Mich interessiert es nicht!«

»Du wirst mich jetzt anhören, Du Feigling –.«

Er zog Ilona an sich, versuchte, ihr mit der Hand den Mund zuzuhalten. Doch sie wehrte sich gegen seine Umklammerung und die gewaltsame Unterdrückung ihrer Stimme. Sie biß ihn brutal in den Mittelfinger. Trotz des schmerzhaften Bisses nahm er den geschundenen Finger nicht von ihren Lippen.

»Dann beiß ihn doch ab!« schrie er sie an.

Sie schmeckte das Blut seines Fingers auf ihrer Zunge, fühlte, wie es über ihr Kinn und ihren Hals tropfte. Für einen Augenblick packte sie der Rausch der Zerstörung. Sie biß noch einmal zu. Er ließ sie los, verdeckte den schmerzenden und blutenden Finger mit der linken Hand. Das Blut tropfte aus der geballten Faust. Ilona zog ihre weiße Anzugjacke aus und riß sich die rote Bluse vom Körper.

»Hier, verbinde Dich damit«, sagte sie kaltblütig und warf ihm die Bluse vor die Füße.

Er verband damit seine blutverschmierte rechte Hand.

»Du hörst mir jetzt zu!« Das war wieder die Stimme, die keinen Widerspruch duldete.

»Als meine Befruchtung im Reagenzglas Anno Domini 1981 geglückt war, wurde ich als Embryo bei minus einhundertsechsundneunzig Grad im Tiefkühlbehälter der Eifeler Privatklinik »Humanitas« eingefroren. Fünf Jahre nach dem Tode meines Vaters mußte ich dann aufgrund der Auflage im Testament wieder aufgetaut und in den Uterus von Ingeborg Dallberg zur Austragung eingepflanzt werden. Gott oder die verdammte Natur hat es dann zugelassen, daß ich geboren wurde. An meinem vierzehnten Geburtstag erfuhr ich von meiner künstlichen Befruchtung und meinem fünfjährigen Kälteschlaf. Seitdem leide ich an meiner Vergangenheit.«

Thomas erhob sich aus seiner Knielage, schob seine mit der roten Bluse verbundene Hand unter die linke Achselhöhle und sagte feindselig: »Du hättest es mir nicht sagen dürfen!«

»Du durftest mir nicht den Mund zuhalten –.«

»Warum hast Du auf so brutale Art Dein furchtbares Geständnis gemacht –?«

»Und wenn ich Dir den Finger abgebissen hätte, ich mußte es Dir endlich sagen!«

»Es wäre nicht wichtig für unser zukünftiges Leben gewesen.«

»Dann weißt Du es jetzt. Vergiß es einfach!«

»Nein! Wahrscheinlich hat mich Dein Geständnis den Finger gekostet –.«

»Ist er Dir wichtiger als die Wahrheit zwischen uns?«

»Sie hätte mich nicht interessiert –.«

»Du wolltest doch den Grund meiner Ängste und Depressionen erfahren –.«

»Warum hast Du mir zweimal weh getan? Seelisch und körperlich!«

»Du bist doch ein Mann! Der starke, selbstsichere, tolerante Architekt Thomas Hendrich! Wieso jammerst Du? Warum wolltest Du so feige sein, der Wahrheit aus dem Wege zu gehen? Ich bin sie Dir schuldig –.«

»Es gibt genug Lügen, mit denen wir leben können –.«

»Nein, ich hätte diese Lüge nicht ständig mit mir herumschleppen können. Sicher, meine Zeugung war nicht normal, aber es ist doch alles gut gegangen. Mein Körper, mein Geist, alles ist ganz normal. Ich stehe nicht als Krüppel vor Dir.«

»Aber Dein Gemüt ist krank.«

»Ich glaubte, nach meinem Geständnis würdest Du mir helfen, den Alptraum der Vergangenheit loszuwerden, Thomas!«

»Irgend etwas kann in Dir zurückgeblieben sein, in Deinen Genen wie eine Zeitbombe ticken!«

»Würdest Du Dich fürchten, mit mir Kinder zu zeugen?«

»Ja.«

»Und warum?« schrie sie ihn in der verzweifelten Gewißheit an, daß sie ihn verlieren würde.

»Die Natur ist grausam. Sie duldet nicht, wenn man ihr ins Handwerk pfuscht. Sie könnte sich an unseren Kindern rächen – wie meine neuen Pflanzen.«

»Rächende Pflanzen! Dein mystischer Glaube an ihre Zerstörung ist doch kindisch. Wo sind denn dafür exakte wissenschaftliche Beweise? Bist Du nicht vielleicht nur ein Träumer, der glaubt, ihre Stimmen zu hören, ihre Gedanken lesen zu können? Müßte ich mich nicht eigentlich fragen, ob Du in Deinem seltsamen Pflanzenhaus normal bist?« sagte sie enttäuscht.

»Das mußt Du allein beurteilen. Vielleicht haben wir beide irgend etwas Irrationales in unseren Genen, von mir aus auch in der Seele. – Gehen wir! Du mußt fahren. Ich kann meine Hand kaum noch bewegen. Der Finger muß richtig verbunden werden.«

Sie sah ihm seine Schmerzen an. Doch die tiefe seelische Wunde ihrer Enttäuschung nahm er nicht zur Kenntnis. Ilona wußte, daß Thomas sie nicht verstand, nicht verstehen wollte. Daß ihr gemeinsames Zusammenleben nur noch eine Illusion war. Darum war es besser, sofort Schluß zu machen. Sie wollte nach Hause. Zu Dietmar Wellershaus.

Sie gingen zu dem nächsterreichbaren Gehöft. Ilona hatte ihre weiße Jacke bis zum Hals zugeknöpft, um ihre nackten Brüste und den blutbefleckten Hals darunter zu verdecken. Doch der Jungbauer sah ihnen an, daß etwas Schreckliches passiert war.

»Wir kamen aus dem Moor, danach hatte er einen Unfall«, log Ilona und deutete auf Thomas, der in stummer Anklage dem Moorbauern seine mit dem roten Blusenfetzen verbundene Hand entgegenhielt.

»Kann ich Ihnen helfen?« fragte der junge Mann.

»Ja. Fahren Sie uns bitte zu unserem Parkplatz«, bat Ilona ihn.

»Zu welchem?«

»Ich habe den Namen vergessen –.«

»Liegt er an einem Wald?«

»Ja. Wir wanderten von dort aus zuerst durch einen Nadelwald, ich glaube, später waren es Laubbäume.«

»Der Waldweg führte Sie zu dem Holzsteg durch das Moor.«

»Ja – genau«, erinnerte sich Ilona.

»Dann weiß ich Bescheid. Ich bringe Sie sofort hin.«

Er fuhr sie in seinem Auto zur Abkürzung der Strecke über notdürftig befestigte Wege durch das Moor und die Wälder. Kein Fremder würde es wagen, die unwegsamen Pfade zu benutzen.

Die holprige Fahrt verlief schweigsam. Der zurückhaltende Moorbauer stellte keine weiteren Fragen, obwohl er die ganze Zeit darüber nachdachte, wie und wo der angebliche Unfall passiert sein könnte.

Auf dem Parkplatz angelangt, stiegen Ilona und Thomas in den teuren Sportwagen um. Der Mann aus dem Moor lehnte jegliche Bezahlung für seinen Samariterdienst ab. Er erklärte Ilona, die das Steuer übernommen hatte, noch den Weg nach »Quellgeist«. Ihm genügte ein Dankeschön.

Thomas hockte schweigend auf dem Beifahrersitz. Ilonas bittere Enttäuschung wurde von ihrer Gefühlskälte verdrängt, worüber sie sich nie im klaren war. Ihr seelischer Schmerz schien »vereist« zu sein. Irgendwo in ihren Gehirnzellen oder der Seele war ein Mechanismus, den sie seit ihrer Kindheit als Waffe gegen ihre Mutter benutzte. Sie spürte dann ihre Selbstbeherrschung, und wie ihr Geist eine messerscharfe Logik entwickelte. Mitleid und andere emotionale Gefühle waren zurückgedrängt oder ausgeschaltet. Die eiskalte Logik bestimmte dann ihr Handeln. Die in solchen Situationen spontan auftretende Eiseskälte mußte wohl aus ihrer embryonalen Zeit in dem Tiefkühlbehälter herrühren. Vielleicht zählte sie zu dem Irrationalen in ihren Genen, wovon Thomas gesprochen hatte.

Ilona empfand kein Mitleid mit Thomas. Ihr heftiger Biß in seinen Finger reute sie nicht. Die Gefühlskälte ließ sie nicht einmal ihren eigenen seelischen Schmerz spüren. Selbst das klare Bewußtsein, wieder allein zu sein, die gemeinsame Zukunft mit Thomas jetzt als Scherbenhaufen wegzukehren, betäubte ihre innere Kälte. War der Frost in ihrer Seele ein Betäubungsmittel, die Überlebenswaffe, ihr Schicksal?

Thomas bemerkte wieder ihren starren und verbissenen Gesichtsausdruck. Vor diesem sich plötzlich von einer liebenden Frau in einen Eisblock verwandelten Wesen, das vielleicht zu allem fähig war, bekam er Angst. Sie fuhr viel zu schnell, viel zu riskant. »Willst Du mich umbringen?« schrie er.

»Warum sprichst Du immer nur von Dir?« sagte sie spöttisch.

»Dann, willst Du uns beide umbringen?«

»Keine Angst, mein Lieber! Ich denke nicht daran. Ich beginne mich daran zu gewöhnen, daß es neben Dir noch andere wichtige Menschen und Aufgaben gibt. Zum Beispiel meine Firma, meine vielen Freunde und Bekannten –.«

»Auch Dietmar Wellershaus – ?«

»Natürlich! Ich werde ihn heiraten. Er wird mir gehören – .«

»Du willst ihn beherrschen – .«

»Ich will mir und meiner Umwelt beweisen, daß ich als Andersgeborene dennoch normal gezeugte und geborene Kinder bekommen kann. Daß ich an die rachsüchtige Natur nicht glaube. Davor keine Angst habe.«

»Dann glaubst Du auch nicht an meine gefährlichen Pflanzen –?«

»Daß Deine neuen botanischen Kreuzungen aus Rache Menschenfresser werden, ist ebenso albern – .«

»Du hast von dem Saft des Blutbaumes getrunken und seine Wirkung verspürt, die Tücke und Intelligenz der fleischfressenden Pflanzen erlebt, das alles war doch keine Einbildung und Spinnerei.«

»Fleischfressende Pflanzen hat es schon immer gegeben, genauso wie die noch unerforschten Kräfte des Geistes und des Körpers. Eines Tages wird die Wissenschaft von der Erforschung der übersinnlichen Kräfte im Menschen die Geheimformeln in seinem Geist und seiner Seele entziffern. Die Parapsychologie wird die heute noch verschlossenen Fenster zum Unbekannten aufstoßen, alle noch unbegreiflichen parapsychologischen Phänomene klären. Dazu gehören auch Deine mystischen Pflanzen«, behauptete Ilona.

Ilonas Erläuterungen beruhigten Thomas Hendrich. Diese am Steuer sitzende Frau spürte die überlegene Macht ihrer nüchternen Logik. Nein, sie würde ihn und sich selbst nicht durch die simple Art eines Autounfalls umbringen. Dazu war sie viel zu intelligent, viel zu kaltblütig und nüchtern, um sich wegen ihrer Enttäuschung mit ihm das Leben zu nehmen. Er hatte Ilona unterschätzt. In ihr war verkörpert, was er bislang bei anderen Frauen nicht entdeckte: Daß sie neben ihren plötzlichen seelischen Verstimmungen und Ängsten eine eiskalte Logikerin werden konnte, die dann fähig war, ihren Willen durchzusetzen. Er mußte sich eingestehen, daß er etwas Unbegreifliches und Geheimnisvolles durch ein unbedachtes Wort verloren hatte, das sich zur Lawine, zum plötzlichen Bruch ihrer Beziehung entwickelte. Er hatte ihren Hilferuf zur Überwindung der schmerzenden Scham über ihre »unnatürliche Zeugung« nicht gehört, und als er sie begriff, sich davor gefürchtet. Er glaubte, ihr Geständnis gewaltsam unterdrücken zu können. Jetzt, da alles verloren und ihre Liebe zueinander zerbrochen war, erwies sie sich als die Stärkere. Er jammerte über den Schmerz seines gebissenen Fingers. Doch sie war beherrscht, weinte nicht, verbarg oder vereiste ihren Schmerz über das verlorengegangene Glück.

Sie hielt vor dem alten Gasthaus in »Quellgeist«. Der Wirt kam ihnen entgegen. Er wollte sich mit ihnen unterhalten, sie fragen, wie es auf der »Wasserkuppe« war. Als er Thomas Hendrichs verbundene Hand und das Blut auf Ilonas Lippen und Kinn sah, erschrak er. »Was ist passiert?« wollte er wissen.

»Keine Aufregung. Wir hatten einen kleinen Unfall. Er hat sich nur den Finger verletzt. – Hast Du Verbandszeug?« fragte sie ihn kühl.

»Ja.« Er holte es. »Kann ich Euch helfen?«

»Nein, ich schaffe es schon allein. – Bitte, mach die Rechnung fertig. Wir fahren gleich nach Frankfurt zurück.«

Ihre selbstsichere Anweisung irritierte den Wirt. Er wagte es nicht, Ilona, die ihm in ihrer Kühle und Sachlichkeit jetzt unnahbar erschien, erklärende Fragen zu stellen. Sie ging wortlos mit dem schweigenden Thomas hinauf aufs Zimmer.

Bevor sie ihre und Thomas Sachen in die Koffer verstaute, verband sie seinen Finger. Die Wunde sah böse aus.

»Hoffentlich gibt es keine Blutvergiftung,« bemerkte Thomas.

»Ich glaube nicht! Du wirst es bestimmt überstehen«, sagte sie spöttisch-kühl.

»Kannst Du nicht ein bißchen netter zu mir sein?«

»Soll ich Dich bemitleiden und beweinen? – Ich fahre so schnell ich kann und liefere Dich bei einem Arzt ab. Während er Dich behandelt, fahre ich zu Deinem Haus und packe meine übrigen Sachen ein. Ich nehme an, diesmal ist Deine Haushälterin da.«

»Sollen wir nicht noch einmal über alles reden? Ich liebe Dich doch. Wir sind urplötzlich in eine Situation geraten, die wir nicht voraussehen konnten. Ein Irrtum hat das große Mißverständnis herbeigeführt – .«

»Nein, Du wolltest die Wahrheit nicht hören – wenigstens nicht diese eine Wahrheit, die Wahrheit über meine künstliche Befruchtung. Ich mach Dir deswegen keine Vorwürfe. Zu dem Biß in Deinen Finger hast Du mich gezwungen. Es ist aus mit uns. Unsere Liebe hat die Belastungsprobe nicht überstanden. Die wir sind, grüßen trauernd die, die wir könnten sein«, zitierte sie das abgewandelte Dichterwort.

»Der es dichtete, schrieb es zum Abschied, bevor er mit seiner Lebensgefährtin Henriette freiwillig aus dem Leben schied«, sagte Thomas düster.

»Du bist nicht Heinrich von Kleist und ich nicht Henriette Vogel. Oder Romeo und Julia«, erwiderte sie sachlich.

Die überstürzte Abfahrt von Thomas Hendrich und seiner Freundin Ilona sprach sich in dem kleinen Ort »Quellgeist« in Windeseile herum. Ein verletzter Finger war doch kein Grund, so plötzlich abzureisen. Im Ort gab es genug Leute, die kleinere Wunden behandeln konnten. Es sah wie eine Flucht aus. Doch Thomas und Ilona gaben keine Erklärung ab.

Wieder mußte Ilona das Steuer des Sportwagens übernehmen. Thomas war dazu tatsächlich nicht in der Lage. Der Schmerz in seinem Finger schien immer heftiger zu werden. Er fror. Sie mußte trotz des warmen Sommertages die Wagenheizung anstellen.

Thomas sagte auf der Fahrt nur das Nötigste: Daß ihm kalt war und in seinem Finger ein klopfender Schmerz sei. Ilona befürchtete, daß er eine Blutvergiftung bekam. Doch er wollte nicht, daß sie ihn zu dem nächstgelegenen Arzt oder Krankenhaus brachte. Er wollte zurück in sein botanisches Haus im Taunus.

Als er gut einhundert Kilometer vor Frankfurt Fieber bekam, bog sie von der Autobahn ab und brachte ihn in dem größeren Ort zum Notarzt. Er gab Thomas vorsorglich eine Tetanusspritze, behandelte seine Wunde und verband vorschriftsmäßig den Finger. Der Arzt hielt es aber nicht für nötig, Thomas ins Krankenhaus einzuweisen. Ilona sollte ihn nach Hause fahren und am Ort von einem Kollegen weiterbehandeln lassen. Der aufgetretene Schüttelfrost und das Fieber seien eine natürliche Reaktion des Körpers. Sie brauche sich um ihn keine Sorgen zu machen. Im übrigen sei es bis zu seinem Wohnort nicht mehr weit.

Thomas bestand darauf, daß Ilona ihn direkt in seine Wohnung brachte. »Von da aus kann ich oder meine Haushälterin den Hausarzt anrufen. Auch fühle ich mich jetzt auf den letzten Kilometern schon viel besser. Das Fieber scheint vorbei zu sein; selbst der pochende Schmerz in meinem Finger hat nachgelassen. Die Spritze und die fachliche Behandlung der Fingerwunde zeigen Wirkung«, schilderte er etwas euphorisch seinen Zustand.

»Es freut mich, daß ich Dich nicht auf dem Gewissen habe. Du könntest mich wegen Körperverletzung anzeigen«, sagte sie ironisch.

Thomas ging auf ihre spöttische Bemerkung nicht ein. Er schwieg, um ihren Widerspruch und vor allem ihre eiskalte Logik nicht weiter herauszufordern. In ihrer Unberechenbarkeit war sie voller Überraschungen. Es würde ihn nicht wundern, wenn sich ihre Gefühlskälte plötzlich in einen Strom heißer Tränen auflöste. Thomas wartete sehnlichst darauf. Dann würde sie wieder die anlehnungsbedürftige Frau, die ihn vielleicht immer noch liebte.

Doch sein Wunsch, daß alles wieder so würde, wie es vorher war, ging nicht in Erfüllung. Die Eiseskälte in ihrem Gemüt war zu einem dicken Panzer geworden.

Sie trat noch einmal über die Schwelle seines merkwürdigen Hauses, wo sich so viel Aufregendes und Geheimnisvolles abspielte, wo sie in seinen Armen lag und das versengende Feuer der Leidenschaft erlebte, in eine irrationale Welt versetzt wurde, wo ein paar Tropfen des geheimnisvollen roten Baumsaftes ihren Sinnen eine Symphonie in Farbe vorgaukelten, die sich dann in ein bedrohendes Chaos verwandelte. Dieses Haus war ihr jetzt fremd und viel zu abstrakt. Sie hatte zwar keine Angst mehr davor, nur eine tiefe Abneigung. Es kam ihr nun wie ein Festsaal vor, in dem nach der glanzvollen Feier die Scherben des zerbrochenen Porzellans überall herumlagen und die weißen Tischtücher von verschüttetem Wein und den Essensresten beschmutzt waren.

Sprachlos sah die gutmütige und mütterlich aussehende Haushälterin zu, wie die soeben angekommene Bekannte von Thomas Hendrich ihre Koffer packte, die sie in Ilonas Auto mit dem Kölner Zeichen bringen mußte.

»Sollten wir nicht noch einmal versuchen, ohne Emotionen über das Geschehnis auf der Moorwiese zu sprechen, Ilona?« bat er sie.

»Nein, Thomas, es hat keinen Zweck mehr. Du hast mich zu tief verletzt. Vielleicht stimmt es sogar, daß ich nur mißgebildete Kinder gebären kann, weil die Natur unerbittlich nach dem Gesetz der natürlichen Auslese handelt. Daß ich Dir vielleicht geistig oder körperlich behinderte Kinder zur Welt bringen würde, weil die Zeitbombe des Gendefektes – nenne es wie Du willst – irgendwo in mir tickt. Das hättest Du nicht verdient.«

Thomas konnte ihr darauf keine Antwort geben. Er schwieg betroffen.

Die ahnungslose Haushälterin, die Ilona nur telefonisch und aus Thomas Hendrichs Schilderungen kannte, verstand nicht den Sinn der Worte, der nur die beiden anging und die in ihrem Äußeren so gut zueinander paßten.

Ilona war es peinlich, daß die zurückhaltende alte Dame

ungewollt Zeugin eines endgültigen Abschieds zwischen zwei Menschen wurde, die sich plötzlich nicht mehr liebten, nachdem damals am Starnberger See alles so plötzlich angefangen hatte. Ilona ging auf die beherrschte Frau zu, nahm sie in ihre Arme und drückte ihren Kopf an ihre Brust. Die Frau spürte Ilonas Tränen auf ihrer Wange – und Ilona die Tränen der Haushälterin. Dann riß sie sich los, gab ihr und Thomas die Hand und ging wortlos aus dem Haus.

Die beiden Zurückgebliebenen hörten, wie Ilona davonfuhr.

Ilona wollte ihre Enttäuschung mit Thomas Hendrich vergessen. Sie stürzte sich deshalb in die Arbeit mit ihrer Computerfirma, deren Leitung sie übernommen hatte. Die ersten vierzehn Tage und Nächte nach ihrer Rückkehr aus Thomas Haus und dem abgebrochenen Kurzurlaub in der Rhön verbrachte sie in ihrer Kölner Firma. Sie schlief auf der ausziehbaren Couch in ihrem Arbeitszimmer, die sie nach ihrem Dienstantritt an einem Donnerstag sofort besorgen ließ. Zwei Wochen später hatte ihr die Personalabteilung als vorläufige Bleibe eine hübsche kleine Wohnung am Stadtrand von Köln besorgt.

Ilona zwang sich, systematisch und nach einem genauen Zeitplan den Management-Aufgaben in ihrer Firma nachzukommen. Die Neuorganisation und die vielen von ihren leitenden Mitarbeitern hinausgezögerten wichtigen Entscheidungen ließen ihr kaum Zeit für ein Privatleben.

Thomas Hendrich versuchte immer wieder, Ilona telefonisch zu sprechen. Doch sie hatte ihre Sekretärin angewiesen, seine Anrufe nicht durchzustellen. Selbst für ihre Mutter war Ilona nicht zu erreichen.

Auch Dietmar Wellershaus versuchte vergeblich, sie anzurufen. Zweimal hatte er Ilona sogar vor ihrer Wohnung aufgelauert. Doch sie hatte ihn mit der Bemerkung: »Ich habe jetzt keine Zeit«, abblitzen lassen und mit dem lapidaren Versprechen: »Ich rufe Dich an«, vertröstet.

Doch sie unterschätzte Dietmar Wellershaus. Er schickte ihr zu den unterschiedlichsten Zeiten Blumengrüße, die er entweder in ihrem Vorzimmer oder beim Hausmeister ihrer Mietwohnung am Grüngürtel von Köln abgeben ließ.

Auf einem Bankett in Travemünde, zu dem die Wirtschaftsvereinigung auch die Chefin der Computerfirma Dallberg eingeladen hatte, traf sie Dietmar Wellershaus. Die beiden hatten sich fast ein Jahr nicht mehr gesehen. Die einzige Verbindung zwischen ihnen waren Dietmar Wellershaus Blumensträuße, die ihr entweder die Sekretärin oder der Hausmeister überreichte.

Dietmar Wellershaus hatte sich verändert. Er trug sein sonst so korrekt geschnittenes und gescheiteltes Haar jetzt länger. Er hatte auch einen Lippenbart, der ihn männlicher erscheinen ließ und ihm gut stand, wie Ilona zugeben mußte. Wahrscheinlich war er in seiner Bank der erste Lippenbart- oder überhaupt Bartträger. Vielleicht sogar der einzige in der Branche, der es wagte, als leitender Bankier seine Lippen mit einem dichten Bart zu schmücken.

Dietmar begrüßte Ilona herzlich. Selbst sein Auftreten war sicherer geworden. Er tat so, als sei nichts geschehen. Er sprach mit ihr über alle möglichen geschäftlichen Dinge, nur nicht über ihr Privatleben oder seine verschmähten Blumensträuße, von denen er nicht wußte, ob Ilona sie in die Abfalltonne stecken ließ.

Zu dem Bankett waren auch die Ehefrauen, Lebensgefährtinnen oder Freundinnen der Männer eingeladen. Ilona entging nicht, daß der gutaussehende und nun viel männlicher wirkende junge Bankier die bewundernden Blicke der Damen auf sich zog. Nicht zuletzt wußten die meisten der anwesenden Gäste, daß der zukünftige Erbe der angesehenen Bank »Wellershaus AG« noch Junggeselle war. Auch sein Lippenbart, der offensichtlich als Protest gegen die überholten starren Kleider- und Anstandsformen zu verstehen war, erweckte vor allem bei den jüngeren Damen und Herren der »gehobenen Geschäftswelt« Neugier und Bewunderung.

Doch auch Ilonas Erscheinung machte Eindruck. Die Begegnung der beiden, von denen viele persönlich oder durch den

Gesellschaftsklatsch auf den Partys von dem plötzlichen Bruch von Ilonas vermeintlicher Verlobung mit Dietmar Wellershaus erfuhren, war auf dem zwanglosen Stehempfang in Travemünde plötzlich das Klatschthema Nummer Eins.

»Ich schlage vor, wir unterhalten uns über die alten Zeiten«, begann er.

»Was meinst Du damit?«

»Über unseren gemeinsamen Besuch damals –.«

»Unsere Freundschaft, bevor ich Thomas Hendrich kennenlernte?«

»Lassen wir das! Wir könnten die Erinnerungen an unseren Besuch in London auffrischen.«

»Etwa hier?«

»Nein, heute abend! Ich lade Dich zum Essen ein, Ilona.«

»Gut, einverstanden.«

»Sag mir, wohin Du gehen möchtest?«

»Ins Spielcasino«, entschied Ilona.

»Abgemacht, um einundzwanzig Uhr?«

»Etwas später, ich muß vorher noch einige Telefonate erledigen.«

»Geschäftlich?«

»Ja – Du kannst mich in meinem Hotel abholen.«

»Ich freue mich auf heute abend, Ilona.«

»Ich auch, Dietmar«, erwiderte sie.

Dietmar Wellershaus war gegen zweiundzwanzig Uhr in der Hotelhalle. Ilona ließ ihn nicht warten. Sie trug ein weißes Abendkleid und ein Nerzcape; er einen dunkelblauen Anzug. Sie hatte ihr Haar hochgesteckt.

»Du siehst bezaubernd aus«, bewunderte er sie.

»Danke! Aber auch Du kannst Dich sehen lassen«, gab sie zu.

Sie fuhren mit dem Taxi ins Travemünder Spielcasino. Hier trafen sie noch einige Teilnehmer der am anderen Tag beginnenden zweitägigen Vortragsveranstaltung für Führungskräfte.

»Wenn ich schon kein Glück in der Liebe habe, dann vielleicht beim Roulett«, meinte Ilona mit einem spöttischen Unterton.

»Das liegt an Dir, ob Du Glück in der Liebe hast«, wandte

Dietmar ein. Er sah sie dabei mit einem vielsagenden Blick an, der sie etwas verwirrte.

»Komm, ich will mein Glück im Spiel versuchen«, sagte sie etwas nervös. Daß Dietmar sie aufregte, ihr Herz schneller schlagen ließ, hatte sie schon bei dem Stehempfang am frühen Abend bemerkt. Jetzt war sie es, die sich in Dietmar Wellershaus Arm einhakte und ihn ungeduldig zu einem der Roulettische zog. Einer der Tagungsteilnehmer, der schon längere Zeit an dem Roulettisch spielte, aber anscheinend verloren hatte, bot ihr höflich seinen Platz an. Ilona bedankte sich dafür mit einem charmanten Lächeln.

Dietmar blieb hinter ihr stehen. »Willst Du beginnen oder soll ich der vorreitende Glücksritter sein?«

»Nein, ich setze zuerst. Vielleicht bringst Du mir Glück«, lächelte sie ihn an.

Ilona begann mit einem kleinen Einsatz. Sie setzte auf die Zahl ihres Alters – vierundzwanzig – und gewann. Dadurch ermutigt, erhöhte sie den Einsatz. Abermals wählte sie die Zahl vierundzwanzig und gewann auch diesmal. »Zufall«, wehrte sie die staunenden Bemerkungen der Umstehenden ab.

»Dein Alter scheint Dir Glück zu bringen. Also wage es noch einmal«, spornte Dietmar sie an. Doch sie traute ihrer Glückssträhne nicht. Irgendwie wollte sie Dietmar etwas Nettes sagen, etwas Verrücktes mit ihm anstellen. Seine Nähe hatte mehr als etwas Beruhigendes, sie spürte auf einmal die Lust, in seinen Armen zu liegen, mit ihm zu schlafen. »Ich muß Dir etwas sagen – aber nur ins Ohr«, lächelte sie spitzbübisch.

Dietmar beugte sich zu ihr herab und legte sein Ohr an ihren Mund. Er spürte Ilonas heißen Atem, der ihm fast die Sinne raubte. »Ich setze meinen ganzen Gewinn auf Dein Alter – auf einunddreißig – «, flüsterte sie ihm zu.

»Bist Du verrückt?« entfuhr es ihm.

»Ich fordere einfach das Glück heraus. Mit Dir!« sagte sie.

»Bitte, wenn Du unbedingt verlieren willst!« erwiderte er belustigt.

Sie setzte ihren bisherigen Gewinn auf die Zahl einunddreißig. Sie wurde tatsächlich zur Glückszahl. Ilona gewann eine große Summe. Man klatschte ihr zu und forderte sie auf, weiterzuspielen.

»Nein«, sagte Ilona, »ich will das Glück nicht weiter herausfordern. – Spiele Du jetzt.«

»Bleib bitte sitzen, Ilona. Ich kann auch im Stehen gewinnen – oder verlieren.«

»Aber wähle bitte nicht wieder eine Geburtstagszahl«, bat sie ihn.

»Also nicht.« Auch ihm kam jetzt ein aberwitziger Gedanke. Er flüsterte ihr die Zahl sechzehn ins Ohr. »Falls Du sie vergessen haben solltest: Es war die Zimmernummer in unserem Londoner Hotel«, erläuterte er.

»Ich weiß. Ich habe sie nicht vergessen«, bestätigte sie.

Doch er verlor die große Summe, die er darauf setzte.

»Macht nichts, Dietmar. Hauptsache, ich habe gewonnen«, tröstete sie ihn.

»Die paar Mark machen mir nichts aus«, erwiderte er gelassen.

»Dann laß uns aufhören. Ich will das prickelnde Gefühl auskosten, daß ich heute abend gewonnen habe. Dabei ist die Gewinnsumme für mich nicht wichtig. Aber das Bewußtsein, einmal die Gewinnerin zu sein! Wenigstens heute abend. Verstehst Du das?«

»Ich glaube schon, Ilona.«

»Dann laß mir die Freude! – Bitte, geh mit mir zum Essen«, bat sie ihn.

Sie gingen in den Speisesaal. In Wirklichkeit hatte Ilona keinen Appetit, sie hatte nur den Wunsch, mit Dietmar allein zu sein, mit ihm zu sprechen. Sie las die Speisekarte deshalb nur flüchtig. Es war ihr gleichgültig, was sie bestellte. »Wenn ich ehrlich bin, habe ich keinen Hunger.«

»Ich bin Dir doch nicht auf den Magen geschlagen?« meinte Dietmar.

»Das erlebe ich in den letzten Wochen sehr oft. Erst verspüre ich plötzlich einen Heißhunger und wenn ich dann am Tisch sitze oder das Essen bestellt habe, ist der Hunger verflogen. Manchmal bekomme ich nicht einmal einen Bissen herunter.«

»Das ist die Nervosität. Du bist überarbeitet. Du solltest einmal richtig ausspannen«, riet er ihr.

Ilona bestellte eine Kleinigkeit. Aus Höflichkeit hielt sich auch Dietmar mit dem Essen zurück. Es wurde kein opulentes Mahl. Der Kellner wunderte sich über die spartanischen Bestellungen des gut aussehenden Paares.

Sie sprachen über ihren damaligen Kurzurlaub in London. Von dem exklusiven Hotel in der Nähe des Hydeparks und des Kensington Garden, wo es so englisch, so steif und vornehm zuging. Das Doppelzimmer Nr. 16 war mit echten englischen Möbeln aus der glanzvollen Viktorianischen Zeit ausgestattet. Ilona vermied es, über jene Nacht in dem Londoner Hotel zu sprechen, in der sie Dietmar bat, mit ihr zu schlafen, er es jedoch ablehnte, weil er plötzlich Angst davor bekam, daß er impotent sei. Doch Dietmar fing selbst davon an: »So etwas, wie ich mich damals in unserem Viktorianischen Zimmer Dir gegenüber verhalten habe, passiert mir heute nicht mehr«, beteuerte er.

Dietmar verband damals den Londoner Trip mit dem Besuch eines Geschäftsfreundes in dem Bankenviertel an der Lombard-Street; er hatte mit Ilona die Westminster-Abtei und die St.-Pauls-Kathedrale besichtigt, im Hydepark den flammenden Reden der Amateur-Politiker und Weltuntergangs-Propheten zugehört, im nordwestlichen Stadtteil in der Nähe des Regent's Parks die botanischen und zoologischen Gärten bewundert. Sie lachten herzlich über den englischen Bobby, der Ilona dabei ertappte, wie sie übermütig von der Tower Bridge in die Themse spuckte.

»An English lady doesn't spit into the Themse. The water is already dirty enough«, hatte er ihr augenzwinkernd vorgehalten.

»This bobby was such a gentleman who had fun with cool mockery«, behauptete Dietmar noch heute.

Dietmar wollte ihr Weinglas nachfüllen. Doch sie hielt ihre Hand darüber.

»Nein, ich habe schon zuviel von dem Rotwein getrunken. Er steigt mir allmählich zu Kopf. Wenn ich noch mehr davon trinke, werde ich zu romantisch«, sagte sie.

»Hast Du Angst, Deinen Kopf zu verlieren? Etwas zu tun, was Du gern tun würdest, Dich aber im nüchternen Zustand nicht zu tun getraust?« neckte er sie.

»Traust Du Dich denn, etwas Verrücktes anzustellen?«

»Ich glaube schon. Es kommt darauf an, was es ist«, schränkte er ein.

»Ich möchte die Vortragsveranstaltung schwänzen. Es wird dabei viel zu viel theoretisiert. Schade um die Zeit.«

»Wem sagst Du das? Also schwänzen wir die zwei Tage. Wir packen unsere Koffer und fahren an die Ostsee. Spannen aus. Dort wo es keine Telefone, Zeitungen, keinen Rundfunk und kein Fernsehen gibt. Irgendwo in einem Winkel der Natur zwischen Meer, Watt und Marsch.«

»In einem Fischerdorf«, schlug sie vor.

»Einverstanden. Hast Du sonst noch Wünsche?« lachte er in diebischer Vorfreude, dem Zwang des geschäftlichen Alltags, der zweitägigen Tagung mit ihren gesellschaftlichen Empfängen zu entkommen.

»Ich möchte mit Dir tanzen. Entweder hier im Casino oder sonstwo in Travemünde«, sagte sie.

Doch Dietmar wollte nicht. »Ich bin nicht mehr standfest. Meine Beine machen nicht mehr mit. Wenigstens nicht so, um Dir beim Tanzen nicht dauernd auf die Füße zu treten. Ich habe den Rotwein unterschätzt«, erläuterte er seine Ablehnung zum Tanzen.

»Dann gehen wir eben zurück ins Spielcasino und versuchen noch einmal unser Glück«, forderte sie ihn heraus.

»Gut, auch wenn ich die Zahlen fast doppelt sehe«, bemerkte Dietmar.

Er winkte den Ober herbei, um zu zahlen. Er gab ihm ein großzügiges Trinkgeld.

Im Spielsaal waren alle Tische besetzt. Ilona und Dietmar mußten eine Zeitlang warten, bis ein Platz am Roulett frei wurde. Diesmal setzte Dietmar zuerst. Auch in den weiteren Spielen versuchte er, beim Roulett zu gewinnen. Aber vergebens. Er verlor eine größere Summe. Dennoch wollte er das Glück weiter herausfordern. Ilona mußte sein plötzlich erwachtes Spielfieber, woran vielleicht auch der Rotwein schuld war, bremsen. Sie flüsterte ihm zu: »Mach Schluß.«

Aber Dietmar hörte nicht auf sie. Es war der Trotz in ihm, daß er Ilona widersprach.

Immer mehr Gäste an den Nachbartischen wurden auf Dietmars gewagte Einsätze aufmerksam. Er wurde zum Spieler des Abends. Viele der atemlos Zuschauenden kannten den Mitinhaber des angesehenen Bankhauses "Wellershaus AG". Zwar gewann Dietmar ab und zu. Doch als es Ilona endlich gelang, Dietmar zur Aufgabe des Glücksspiels zu bewegen, indem sie ihm drohte: »Dann fahre ich allein in mein Hotel zurück«, hatte er eine schwindelnd hohe Geldsumme am Roulettisch verloren. Weil er soviel Bargeld nicht bei sich hatte, half Ilona ihm mit ihrem Gewinn aus. Aber auch diese Summe reichte nicht, seine plötzlich erwachte Spielleidenschaft zu finanzieren. Der junge Bankier schrieb deshalb über die restliche Schuldsumme einen Scheck aus. Dietmar hatte in seinem Leben noch nie so viel Geld am Spieltisch verloren. Er schien darüber belustigt zu sein. Ilona aber ärgerte sich darüber.

»Glaubst Du, ich zahle Dir Deinen ausgeliehenen Gewinn nicht zurück?« lachte er sie im Taxi aus.

»Das will ich doch hoffen. Sonst verklage ich Dich wegen Spielschulden«, ging sie auf seinen Scherz ein.

In der Empfangshalle ihres Hotels fragte Dietmar sie: »Kann ich noch auf einen Drink mit auf Dein Zimmer kommen?«

Ilona überlegte einen Augenblick. Das Wiedersehen mit Dietmar war mehr als eine geschäftliche Begegnung. Sie hatte im Verlaufe des Abends öfter die Lust verspürt, mit ihm zu lieben. Aber jetzt, wo er es offensichtlich auch wollte, schreckte sie davor zurück. Nicht heute Nacht. Nicht in diesem weinseligen Zustand. Und noch stand auch das schmerzliche, aber dennoch wunderbare Erlebnis mit Thomas Hendrich zwischen Dietmar und ihr. »Nein Dietmar, ich bin zu müde. Und nicht mehr ganz nüchtern«, lehnte sie ab.

»Wann soll ich Dich morgen früh abholen?« fragte er ernüchtert. Er ließ sich seine Enttäuschung nicht anmerken.

»Sagen wir gegen zehn Uhr.« Sie küßte ihn flüchtig. »Gute

Nacht, Dietmar.« Ihre Stimme klang sanft und versöhnend.

»Gute Nacht, Ilona. Dann bis morgen.« Er bat den Hotelportier, ihm ein Taxi zu rufen.

Als Dietmar Ilona am anderen Morgen abholte, wartete sie schon in der Hotelhalle auf ihn. Sie trug einen Hosenanzug aus hellgrauem Leder mit einer grünen Bluse und graue Sportschuhe. Ein grünes Stirnband hielt ihre Haare zusammen.

Ilona war sichtlich erstaunt über Dietmars sportliche Kleidung. Er hatte beige Jeans, weiße Turnschuhe, einen roten Ausschnittpullover mit einem beige-rot-gestreiften Hemd an.

»Du hast Dich in Deiner Kleidung aber sehr verändert. Nicht mehr so konservativ im grauen oder dunklen Anzug mit Oberhemd und dezenter Krawatte. So siehst Du viel sportlicher aus«, lobte sie ihn.

Sie fuhren in seinem Auto die Bäderstraße an der Ostsee entlang, an der, wie an einer Perlenkette aufgereiht, die Badeorte Timmendorfer Strand, Scharbeutz, Haffkrug-Scharbeutz, Sierksdorf, Grömitz, Kellenhusen und Dahme lagen. Aus welcher Himmelsrichtung der Wind auch wehte, immer brachte er den leichten Salzgeschmack von der Nord- und Ostsee mit. Hier an der Ostseeküste war kaum etwas von der Naturgewalt der ungestüm brandenden und brausenden See zu spüren, wie sie an der Nordsee üblich ist. Auch das sich seit vielen Jahrtausenden immer wiederholende Naturschauspiel von Ebbe und Flut mit seinem geheimnisvoll schwarz schimmernden Watt war nur das Privileg der wilden und oft zerstörenden Nordsee, die sich blitzschnell in eine tückische »Mordsee« verwandeln konnte. An der Ostsee wirkten sich die Gezeiten kaum aus. Dafür hatte sie den Wald.

Sie mußten lange suchen, bis sie zwischen Travemünde und Fehmarn ein Fischerdorf fanden. Aber auch dieser Ort war von den Touristen längst entdeckt.

»Sollten wir nicht lieber in die Holsteinische Schweiz oder an die Nordseeküste fahren?« fragte Dietmar Ilona.

»Bleiben wir lieber hier. Die großen Sommerferien haben noch nicht begonnen. Deshalb ist dieses Dorf noch nicht überlaufen. Auch hat es einen schönen Sandstrand«, stellte Ilona fest.

Sie quartierten sich in einem Gasthof ein, der sich »Fischerkate« nannte. Ihr Doppelzimmer war schlicht eingerichtet. Dietmar spürte Gewissensbisse. »Es entspricht alles nicht unseren Ansprüchen.«

»Die Umgebung ist wichtig. Wir wollten kein Telefon, keine Zeitung, keinen Rundfunk –.«

»Schon gut!« unterbrach er sie. »Du hast recht, dann hätten wir auch in unseren Hotels in Travemünde bleiben können. Also zurück zum einfachen Leben«, lachte er und warf die Koffer auf die frischbezogenen Betten.

»Komm! Laß alles liegen und stehen, auspacken können wir später. Ich möchte an den Strand. Mit nackten Füßen durch den Sand laufen. Vielleicht bade ich auch in der Ostsee«, sagte sie spontan.

Sie liefen beide mit bloßen Füßen am Wasser entlang. Ausgelassen rannte Ilona den anrollenden Wellen entgegen, um ihnen dann geschickt auszuweichen. Sie lief Dietmar davon und forderte ihn auf, sie einzufangen. Das war für ihn kein Problem. Trotz des stets gewährten großen Vorsprungs holte er Ilona in kurzer Zeit immer wieder ein. Sie tollten wie ausgelassene Kinder dicht am Wasser herum. Ilona lockte Dietmar in eine kleine Bucht, deren sandige Küste allerdings nur wenige Meter hoch war.

Hier war es still. Der Wind drang nicht in die Sandoase ein; er liebte für sein ungestümes Spiel die weite und freie Fläche.

»Seltsam, hier ist es so still wie in der Kirche. Das Brausen des Windes ist kaum noch zu hören«, sagte Ilona.

»Ja, als hielte eine unsichtbare Tür den Wind draußen«, pflichtete er ihr bei.

»An dieser Stelle würde ich gern ein Zelt aufbauen oder eine Hütte mieten. Vor uns das Meer und hinter uns eine schützende Wand aus Sand«, schwärmte Ilona.

Sie streckte sich in dem warmen Sand aus. Er legte sich neben sie. Sie spürte, wie sich seine Hand zögernd auf ihren Leib legte, ihn behutsam abtastete, streichelte, höher ging, ihre Brüste berührte.

Ilona ließ ihn gewähren. Dann richtete sie sich plötzlich auf. »Ich gehe ins Wasser«, sagte sie entschlossen. Sie zog sich aus. »Kommst Du mit?«

»Natürlich«, erwiderte Dietmar. Auch er hatte kein Badezeug bei sich.

Sie liefen Hand in Hand den sanften Wellen entgegen. Das Wasser war zum Baden noch zu kalt. Sie hielten es deshalb nicht lange in der Ostsee aus. Einige Strandwanderer bestaunten mehr den Mut der beiden Meerbadenden als die Nacktheit ihrer schönen Körper.

In der Bucht trockneten sie sich mit Dietmars weißem Hemd gegenseitig ab. Danach lagen sie lange in Gedanken versunken nebeneinander im Sand. Obwohl jeder von ihnen an den makellosen Körper des anderen dachte, berührten sie sich nicht. Ihre Nacktheit sollte nicht als Stimulanz für den geschlechtlichen Akt verstanden werden. Sie war aus einem spontanen Gefühl heraus entstanden, dem Bewußtsein, daß ihre Körper keine Mißbildungen, sondern selbst ein Stück gelungener Natur waren und daß sie den Mut zur Selbstüberwindung aufbrachten, trotz der noch kühlen Wassertemperatur im Meer zu baden.

»Du bist schön, Ilona«, sagte Dietmar.

»Auch Dein Körper gefällt mir, Dietmar«, erwiderte sie.

Als hätten sie eine stille Vereinbarung getroffen, erhoben sie sich und zogen sich an. Erst danach nahm er Ilona in seine Arme und küßte sie leidenschaftlich. Sie erwiderte seine heißen Küsse.

Mit den Schuhen in der Hand liefen sie wieder wie ausgelassene Kinder durch den Sand, vorbei an den brandenden Wellen; sie hatten Mühe, den Pfad wiederzufinden, der sie zu der »Fischerkate« führte.

Hungrig setzten sie sich in der Fischerstube an den klobigen Tisch, der aus einer angeschwemmten Schiffsplanke angefertigt worden war. An den Wänden und der Holzdecke hingen die Symbole der friesischen Fischer: Sturmlaternen, Netze und geschnitzte Kutter und prächtige Segelschiffe, die der Traum aller Friesen sind. Nur wenige Gäste waren in dem Gastraum. Meist stammten sie aus dem Ort und tranken ihren Tee, dem die Ostfriesen einen ordentlichen Schuß Aquavit zugaben. Der freundliche Wirt in traditioneller Fischertracht sah dem jungen Paar seinen Heißhunger an.

»Tja, die Seeluft macht hungrig! Wir kriegen Euch schon satt. Schaut mal in die Speisekarte, was unsere Küche so alles anzubieten hat«, sagte der Friese, der sich mühte, mit seinen Gästen aus dem Binnenland hochdeutsch zu sprechen.

Ilona und Dietmar studierten die Speisekarte. Da gab es eine Aalsuppe oder die von einer Rinderbrust gekochte und mit Kalbs- und Grießklößchen vermischte »frische Suppe«, das mit Spiegelei und Sardellen garnierte »Holsteiner Schnitzel« als Konkurrenz zum »Wiener Schnitzel«, Schweinerippchen, die mit Rosinen, Äpfeln, Zwieback und Rum gefüllt waren. Zu den heimischen Spezialitäten zählte auch das »Holsteiner Würzfleisch« mit Speck, Nieren, Pilzen und kräftiger Paprikasoße. Berühmt war auch der friesische Katenschinken. Natürlich fehlten auch nicht die Früchte des vor der Tür liegenden Meeres wie Krabben und die vielen Sorten von Fischen. Als Nachtisch konnte der Gast die berühmte schleswig-holsteinische »Rote Grütze« probieren.

Ilona wählte die »frische Suppe« und das »Holsteiner Schnitzel«. Dietmar entschied sich für das »Holsteiner Würzfleisch«. Den Wirt bat er aber, die Paprikasoße nicht so scharf zu würzen. Als Nachtisch bestellten beide die »Rote Grütze«, ein Dessert, das aus vielen frischen Obstsorten gekocht wird. Dazu trank Ilona den Aquavit und Dietmar den Doppelkümmel.

Zur vorgerückten Stunde setzten sich auch der Fischerwirt und die noch anwesenden heimischen Gäste zu Ilona und Dietmar an den klobigen Tisch. Man erzählte den staunenden Landratten selbst erlebte oder erdichtete Geschichten, die sich auf der Ost- oder Nordsee und an der Küste zugetragen hätten. In ihrem Fischerlatein verirrten sich noch zu Großvaters Zeiten selbst Haie und Wale in die Nord- und Ostsee. Auf den ehemaligen Räuberinseln »Fehmarn« und »Sylt« versteckten die Seeräuber ihre Beute. Dort sollten Mord und Totschlag an der Tagesordnung gewesen sein – wenigstens den Erzählungen nach.

Je mehr Runden »Aquavit« und »Doppelkümmel« Dietmar

ausgab, um so mehr Seemannsgarn wurde gesponnen. Weit nach Mitternacht, als niemand am Tisch die geleerten Flaschen des scharfen Heimatgetränks mehr zählen konnte, wußte keiner zu beurteilen, wo die Grenze zwischen Dichtung und Wahrheit verlief. Das geistige Getränk hatte die Phantasie beflügelt. Dietmar und Ilona hatten irgendwann im Verlaufe des Abends mit allen Tischgästen der gemütlichen Runde Brüderschaft getrunken. Dietmar versprach hoch und heilig, seinen Bankjob an den Fischerhaken zu hängen, sich einen Kutter zu kaufen und damit zum Fischen oder Krabbenfang auf die Ostsee oder Nordsee hinauszufahren. Die anderen Zechbrüder wollten in der ersten Zeit vorsichtshalber hinter ihm herfahren. Ilona sollte, weil sie so jung und hübsch war, hinter dem Tresen einer echten Seemannskneipe stehen. Nur Neptun wußte, was in vorgerückter Stunde am Plankentisch noch alles versprochen und beschworen wurde. Zum Glück konnte sich später niemand mehr daran erinnern.

Es war schon fast Mittag, als Dietmar aufwachte. Ilona schlief noch oder tat so. Jedenfalls waren ihre Augen geschlossen.

Er verspürte das Verlangen, mit ihr zu schlafen. Aber der erregende Gedanke, in sie einzudringen, versetzte ihn in Angst. Er wußte, daß er zeitweise an Erektionsschwäche litt. Sie war aber seelisch bedingt durch Angst- und Spannungszustände, die ihn jedesmal in Panik versetzten, wenn er vor einer wichtigen und schwierigen Entscheidung in der Bank stand; wer ihm immer wieder die Angst einflößte, war sein herrischer und unnachsichtiger Vater, von dem Dietmars berufliche Zukunft abhing.

Dietmar hatte wenig Erfahrung mit Frauen. Sie hatten in ihm immer nur den reichen Erben der Bank gesehen und selbstverständlich seine Männlichkeit gerühmt, obwohl er wußte, daß sie logen.

Dietmar suchte mehrere Psychologen auf. Alle redeten ihm ein, seine sexuellen Schwierigkeiten hätten psychische Ursachen. Nur einer von ihnen wurde stutzig, als Dietmar ihm alle seine von der Kindheit bis zum Erwachsenenalter durchgemachten Krankheiten aufzählte und dabei auch den Mumps erwähnte, den Dietmar verspätet mit sechsundzwanzig Jahren bekam. Er solle deshalb vorsichtshalber seinen Samen von einem Facharzt untersuchen lassen, ob er zeugungsfähig sei, riet ihm der Psychologe. Dietmar hielt diese nach seiner Meinung peinliche Untersuchung für überflüssig. Doch in Wirklichkeit war es die Angst, er sei »Impotentia generandi«, bei der zwar der Geschlechtsakt ausgeführt werden kann, der Samenerguß jedoch verhindert wird oder aber das Sperma selbst zeugungsunfähig ist. Auch das hatte ihm der Psychologe als mögliche Ursache der Impotenz genannt.

Bevor er Ilona weckte, nahm er ein Psychopharmaka ein, das seine Ängste und Spannungen verdrängte. Die Tabletten waren sorgfältig in seinem abgeschlossenen Koffer versteckt.

Er weckte Ilona. Doch sie war nicht in bester Stimmung. Sie hatte Kopfschmerzen. Wahrscheinlich von den scharfen Getränken in der vergangenen Nacht.

»Ich möchte mit Dir schlafen«, sagte er ihr unverblümt.

Ilona mußte unwillkürlich an das Gasthauszimmer in der Rhön denken, als Thomas Hendrich nach dem morgendlichen Liebesakt kurz darauf noch einmal mit ihr schlafen wollte und sie dazu keine Lust hatte.

»Du mußt das verstehen, Dietmar. Ich kann nicht auf Kommando mit Dir schlafen. Ich brauche die Vorbereitung, die seelische Einstimmung. Das Gefühl der Harmonie und Geborgenheit«, erläuterte sie ihm behutsam ihr Verweigern.

»Das alles kann ich Dir nicht geben oder vermitteln? Liebst Du mich überhaupt, Ilona?«

»Ja, Dietmar!«

»Wie sehr liebst Du mich?«

»So sehr, daß ich Dich heiraten möchte. Sobald wie möglich. Ich möchte ein Kind oder mehrere mit Dir haben. Ich habe Dir erzählt, daß ich nicht auf normalem Wege geboren wurde.«

»Und ich habe Dir gesagt, daß es mich nicht stört, wie und wo Du gezeugt und geboren wurdest –.«

»Ja, ich weiß. Deshalb habe ich Vertrauen zu Dir. Du hast Dich geändert. Ich will Dich!«

»Wirklich?«

»Ja, ich meine es ernst –.«

»Oder willst Du durch die Heirat mit mir nur Deine Enttäuschung mit Thomas Hendrich vergessen?«

»Gut, daß wir so offen darüber sprechen. Aber glaubst Du nicht, daß ich jeden Mann heiraten könnte? Ich bin nicht häßlich, beruflich und finanziell unabhängig, unabhängiger als Du es gegenüber Deinem Vater bist.«

»Dann heirate mich doch!«

»Ja –.«

»Schon morgen, übermorgen – möglichst schnell – ja?« drängte Dietmar.

»So schnell wie möglich! Ohne große Hochzeit. Ich habe noch genug von meiner Geburtstagsfeier. Du weißt ja, was ich alles mit Ingeborg erlebte.«

Dietmar nahm sie überglücklich in seine Arme – küßte sie – wollte noch mehr. Sie wehrte ihn ab.

»Nein, Dietmar, laß uns damit warten! Auch wenn es unmodern sein sollte, ich möchte mit Dir erst in der Hochzeitsnacht schlafen. – Einverstanden?«

»Gut, ich warte! – Los, stehe endlich auf. Wir müssen unsere Hochzeit vorbereiten. Wir reisen gleich ab! – Ich kann es noch gar nicht glauben!« sagte er.

»Laß uns bis morgen bleiben. Wir können hier in Ruhe unsere Hochzeit besprechen. Einverstanden?«

»Lieber würde ich sofort mit Dir abreisen. – Gut, besprechen wir hier ausgiebig unsere Hochzeit. – Verschone mich aber bitte vor einer weiteren Nacht mit Aquavit und Doppelkümmel«, lachte er übermütig.

Ilona hatte bei den Eltern von Dietmar durchgesetzt, daß ihre Hochzeit in aller Stille und nur im engsten Kreis gefeiert wurde.

Dietmars standesbewußter Vater wollte aus der Vermählung seines Sohnes und des zukünftigen Erben der »Wellershaus AG« eines der größten gesellschaftlichen Ereignisse des Jahres machen. Ingeborg Dallberg wurde zu seiner Verbündeten. Auch sie wollte noch einmal mit ihrer Tochter im Blickpunkt der Öffentlichkeit stehen. Doch Ilona setzte sich durch. Dietmar unterstützte sie dabei. Der alte Bankier Wellershaus nahm es seiner zukünftigen Schwiegertochter übel, daß sie so energisch und eigensinnig ihren Willen durchsetzte, dessen Sinn er nicht begriff. Seitdem verhielt er sich Ilona gegenüber reserviert, obwohl von ihrer Seite nie ein herzliches Verhältnis zu Dietmars Vater bestand. Er war ihr zu herrisch und konservativ. Selbst der kleine Ort, wo ihre Hochzeit gefeiert würde, mußte auf ausdrücklichen Wunsch der Braut geheim bleiben.

Natürlich erfuhr die Öffentlichkeit davon. Aber erst nachdem die Hochzeitsfeier in dem Gesellschaftsraum eines Hotels an der Mosel vorüber war. Die Ortszeitung berichtete darüber. Bis das Ereignis aus der Provinz von den überörtlichen Medien aufgegriffen wurde, vergingen einige Tage.

Dietmar hielt sich an die Abmachung, erst in der Hochzeitsnacht mit Ilona zu schlafen. Sie hatte ihm an der Ostsee in dem bescheidenen Zimmer der »Fischerkate« das Versprechen abgerungen, weil die Erlebnisse mit Thomas Hendrich noch so stark in ihren Gefühlen und in ihrem Verstand nachwirkten.

Sie hatte nach ihrem Wiedersehen mit Dietmar in Travemünde und den gemeinsam verlebten Tagen an der Ostsee geglaubt, sie könne Thomas endgültig vergessen. Doch je näher der Tag ihrer Vermählung mit dem Erben des Bankhauses Wellershaus heranrückte, um so öfter und sogar um so leidenschaftlicher sehnte sie sich nach Thomas.

Sie erkannte deutlich den Unterschied zwischen der Welt des Phantasten Thomas Hendrich, der mit ihr die Grenze des Rationalen, des Mystischen und des Unerklärbaren überschritt, mit dem sie schreckliche Gaukelbilder, aber auch die unbeschreibliche andere Sinnlichkeit des Transzendenten erlebte, und dem Bankier Dietmar Wellershaus, dessen Welt von nüchternen Geschäftsbedingungen geprägt war, der jedoch als Kapital für ihr gemeinsames Leben Selbstbeherrschung, Vertrauen und Verständnis in ihre Ehe einbrachte.

Aber wenn sie ehrlich war, mußte sie sich eingestehen, daß sie den Schock ihrer künstlichen Befruchtung nur durch eigene und natürlich gezeugte Kinder endgültig überwinden konnte. Dazu brauchte sie nun einmal den Mann, gleichgültig, wie sehr sie ihn liebte. Die eigenen Kinder sollten das Pfand für die Versöhnung mit der Natur sein, der Ingeborg und ihr unbekannter Vater so leichtsinnig und selbstsüchtig ins Handwerk pfuschten. Vielleicht war es verwerflich, die eigenen Kinder als Mittel zur Befreiung von ihren Ängsten und Depressionen zu benutzen; doch sie wollte den Schock überwinden: Eine nicht vollwertige Frau zu sein. Sie sehnte sich nach eigenen und in der üblichen Weise gezeugten Kindern als Selbstbestätigung ihrer Weiblichkeit und natürlichen Fruchtbarkeit.

Ilona ahnte, daß sie Thomas Hendrich wahrscheinlich nie vergessen würde, obwohl er sie nicht verstand und aus Angst vor den womöglich in ihrer embryonalen Zeit erlittenen Gendefekten es ablehnte, mit ihr Kinder zu zeugen. Doch Dietmar Wellershaus hatte ihr die »unnatürliche Zeugung« verziehen. Er glaubte nicht an die entarteten Erbanlagen als »Rache der Natur«. Er sehnte sich nach Kindern aus ihren Eizellen, aus ihrer Gebärmutter, aus ihrem Leib.

Die Hochzeitsnacht mit Dietmar Wellershaus wurde für Ilona eine Enttäuschung. Die Schuld für seine plötzlich auftretende Impotenz, die Unfähigkeit, den Liebesakt mit ihr durchzuführen, entschuldigte er mit seiner Angst, ihre Erwartungen und Ansprüche, ihr Anrecht auf den Orgasmus nicht sofort erfüllen zu können.

Die Panik, daß seine hübsche junge Frau ihm nun gestattete, in sie einzudringen, lähmte seine Erektionsfähigkeit. Er fühlte sich dem sexuellen »Leistungszwang« als Mann im Augenblick nicht gewachsen. Als er die Schlaffheit seines Gliedes trotz ihres verständnisvollen Zuredens und Streichelns nicht ins Gegenteil verwandeln konnte, brach er in Tränen aus.

Ilona war erschüttert. Sie wollte ihn in ihrer Hochzeitsnacht nicht leiden sehen. Doch sein Versagen gab ihr zu denken. Ihr kam der erschreckende Verdacht, daß es sich bei Dietmar vielleicht um eine unbewußte, noch nicht manifest gewordene Homosexualität handele.

Sie wollte, nein, sie mußte die Ursache seines sexuellen Problems ergründen. Vielleicht war sie selbst schuld daran, weil er glaubte, er müsse sich an den sexuellen Techniken seines früheren Rivalen Hendrich messen lassen.

Ilona hatte versucht, ihn zu beruhigen. »Das kann doch jedem von uns passieren. Meist sind irgendwelche unbekannten seelischen Belastungen daran schuld, Dietmar.«

»Vielleicht habe ich nur zu viel Wein getrunken, Ilona.«

»Nein, bestimmt nicht, so abstinent im Alkoholgenuß wie Du war keiner der Hochzeitsgäste.«

»Dann waren es sicher die Tabletten.«

»Welche Tabletten?« hakte sie erstaunt nach.

»Nur ein Psychopharmaka. Manchmal nehme ich es ein, um meine inneren Spannungen loszuwerden«, gestand er ihr.

»Davon hast Du mir noch nie etwas erzählt, Dietmar.«

»Nur ab und zu nehme ich die Beruhigungsmittel«, schwächte er ab.

»Gibt es noch etwas Wichtiges, was Du mir verschwiegen hast und was vielleicht für Deine Potenzschwäche verantwortlich sein kann?« wollte sie wissen.

»Nein, ich wüßte nicht –.«

»Vielleicht bin ich eine unersättliche Überfrau für Dich, wovor Du Dich unbewußt fürchtest. Ich glaube, Siegmund Freud oder der Amerikaner Kinsey hat diese These aufgestellt. Du solltest zu einem guten Facharzt gehen. Sicher kann er Dir über die Erektionsschwierigkeiten hinweghelfen. Bitte, tu mir den Gefallen! Und denke dabei auch an mich. An unsere Kinder, die wir beide uns sehnlichst wünschen«, bat sie ihn.

»Gut, ich werde den Rat von Dr. Krix einholen. Mich von ihm gründlich untersuchen lassen. Er ist Professor der Urologie und hat seine Privatpraxis am Genfer See. Vater kennt ihn gut. Er soll ihn anrufen und so schnell wie möglich für mich einen Untersuchungstermin vereinbaren. Professor Krix ist sehr bekannt«, berichtete Dietmar.

Ilona wollte das für Dietmar peinliche Gespräch in der Hochzeitsnacht nicht weiter vertiefen. Hoffnungsvoll schmiegte sie sich in seine Arme. Vielleicht war Dietmar sensibler als sie dachte. Sicher waren die überstürzte Heirat, die Auseinandersetzung mit seinem Vater wegen der kleinen Hochzeitsfeier und der

Zwang, sie unbedingt zum Höhepunkt zu bringen, einfach zu viel für ihn gewesen.

Dietmar und Ilona waren vorübergehend in die bankeigene Villa am Grüngürtel von Köln gezogen. Sie wollten in Ruhe eine für beide Ehepartner akzeptable Wohnung suchen. Ilona war die Villa viel zu groß und veraltet. Auch wollte sie aus Prinzip nicht in einer Dienstvilla der »Wellershaus Bank AG« wohnen.

Doch auch in den Wochen nach ihrer Hochzeit litt Dietmar unter seiner angeblich vorübergehenden Impotenz. Er begründete sie immer wieder damit, daß er zur Zeit im Bankvorstand erhebliche Schwierigkeiten bei der Finanzierung von Exportaufträgen für wichtige und langjährige Kunden hätte. Es ginge um hohe Kreditsummen, wofür die Bank Sicherheiten verlangte. Selbst sein Vater schaltete sich in die schwierigen und von den übrigen Vorstandsmitgliedern unterschiedlich beurteilten Verhandlungen ein.

Die Spannungen und die Arbeitsüberlastung versuchte Dietmar durch den immer häufigeren Griff zu den beruhigenden Psychopharmakas zu betäuben. Er sei im Augenblick in der Bank unabkömmlich, um sich am Genfer See von dem Urologen Professor Robert Krix untersuchen zu lassen.

Doch Ilona hatte den Verdacht, daß Dietmar die Untersuchung zur Klärung seiner Potenzstörung absichtlich verzögerte.

Als er eines Nachts ihr abermals seine Erektionsunfähigkeit bewies, forderte sie ihn unter Androhung, die Villa zu verlassen, ultimativ auf, zum Nachweis seiner Zeugungsfähigkeit endlich in die Schweiz zu Professor Krix zu fliegen. Um einen Skandal zu vermeiden, erfüllte Dietmar ihre Forderung. Seinem Vater gelang es, bei dem alten Freund der Familie, den der alte Wellershaus vor einigen Jahren vor dem finanziellen Ruin bewahrte, weil der Urologe sich leichtsinnig an einem riskanten Abschreibungsprojekt beteiligte, kurzfristig für Dietmar einen Untersuchungstermin zu bekommen. Senior Wellershaus beendete seine telefonische Unterredung mit der unverfrorenen und lakonischen Bemerkung: »Das Attest muß in jedem Fall positiv sein. Auch wenn mein Sohn – was ich nicht hoffe – zeugungsunfähig sein sollte. So wie ich meine Schwiegertochter kenne, würde sie sich von meinem Sohn scheiden lassen, falls er ihr keine Kinder machen kann. Unsere Bank kann sich aber in der augenblicklichen Lage eine Privataffäre ihres zukünftigen Erben nicht erlauben, Professor! Ist das klar?«

Doch Professor Krix antwortete dem alten Wellershaus diplomatisch: »Wir werden sehen.«

Gut gelaunt kam Dietmar von seiner Untersuchung aus der Schweiz zurück. »Bei mir ist alles in Ordnung! Ich muß nur noch das Ergebnis der Spermauntersuchung abwarten. In einigen Tagen trifft der schriftliche Bericht ein«, berichtete Dietmar.

»Also bist Du nicht impotent?«

»Mit großer Wahrscheinlichkeit nicht. Meine Erektionsschwäche sei psychisch bedingt. Ich soll einmal gründlich ausspannen, riet mir Professor Krix.«

»Tust Du es? Ich möchte recht bald ein Kind haben, Dietmar.«

»Sobald die Schwierigkeiten in der Bank behoben sind, mache ich eine längere Auslandsreise –.«

»Längere Auslandsreise? Und wohin?«

»Ich besuche unsere Niederlassungen und wichtige Geschäftspartner in Übersee. Ich denke, ich bleibe etwa einen Monat in Amerika. Ich könnte noch ein paar Wochen anhängen und Urlaub in Florida machen. Ich habe das schon telefonisch vom Genfer See aus mit meinem Vater besprochen«, stellte Dietmar sie vor die Tatsache.

»Du hättest doch erst mich fragen müssen und nicht Deinen Vater.«

»Vater ist Aufsichtsratsvorsitzender unserer Bank. Wenn er meine Auslandsreise nicht genehmigt, kannst Du noch so dafür sein.«

»Ich bin aber nicht dafür! Sondern dagegen! Du mußt nicht erst wochenlang durch Amerika und Florida reisen, um eventuell Deine sexuellen Probleme loszuwerden. Vielleicht trittst Du auch nur die Flucht zur Verschleierung Deiner Zeugungsunfähigkeit an«, hielt sie ihm ruhig, aber eiskalt vor.

»Das ist nicht wahr«, schrie er sie an.

»Ich will ein Kind! Ich will endlich meine Depressionen und Ängste loswerden, keine vollwertige Frau zu sein, nur weil ich andersgeboren wurde. Ich werde um meine Schwangerschaft kämpfen. Auch wenn ich Dich wieder verlassen muß und einen zeugungsfähigen Mann heirate.«

Er sah sie bleich und fassungslos an. »Also bin ich Dir nur etwas wert, wenn ich Dir meinen Samen spende –?«

»Deinen zeugungsfähigen Samen –.«

»Als bloßer Kinderbeschaffer –.«

»Was glaubst Du, warum normalerweise eine körperlich und sexuell gesunde Frau heiratet? Um ein oder mehrere Kinder zu bekommen!« erwiderte sie ihm mit der jetzt keinen Widerspruch duldenden Stimme, die bisher alle Männer befremdete, die sie näher kennenlernten.

Dietmar wußte, daß sie in diesem Zustand der sezierenden Logik und Gefühlskälte unbeugsam war. Er wagte deshalb nicht, ihren Widerspruch herauszufordern. Wortlos verließ er die Villa und fuhr davon.

Ilona setzte alle Hoffnungen auf das Gutachten von Professor Krix. Bestimmt ist mein Mißtrauen wegen seiner Impotenz unberechtigt, redete sie sich ein.

Als nach gut zwei Wochen das Gutachten aus der Schweiz immer noch nicht vorlag, obwohl Dietmar ihr jeden Tag beteuerte, er habe Professor Krix angerufen, der Bescheid sei unterwegs und müsse jeden Tag eintreffen, rief sie von ihrem Büro aus selbst den Urologen an. Er war jedoch bei einer Untersuchung und ließ Ilona bestellen, daß er sie so bald wie möglich zurückrufen würde.

Professor Krix hielt Wort. Gegen Mittag rief er an. Ilona entnahm seinen Redewendungen, daß seine Antwort nicht positiv ausfallen würde.

»Bitte, sagen Sie mir die Wahrheit, Professor. Ich habe ein Recht darauf«, erleichterte sie ihm die ungeschminkte Wahrheit.

»Ja, es ist meine ärztliche Pflicht, Sie über Ihren Mann aufzuklären. Um es direkt zu sagen: Sein Samen ist zeugungsunfähig. Wahrscheinlich durch eine als Erwachsener durchgemachte Mumps-Erkrankung. Die Ursache seiner Erektionsschwäche liegt tatsächlich im psychischen Bereich. Sie kann durch eine psychotherapeutische Behandlung höchstwahrscheinlich geheilt werden. Sie müssen sich damit abfinden, daß sie auf Kinder von Ihrem Gatten verzichten müssen. Das ist leider die Wahrheit, gnädige Frau.«

»Ich danke Ihnen für Ihre Offenheit, Herr Professor. Auch wenn sie mich enttäuscht!« sagte Ilona beherrscht.

»Adoptieren Sie ein Kind. Es gibt so viele Waisen«, schlug ihr der Professor als Trost oder Hoffnungsschimmer vor.

Nach dem Gespräch saß Ilona eine Zeitlang wie versteinert an ihrem Schreibtisch. Dietmar hatte sie belogen. Aber konnte sie es ihm verdenken?

Lange überlegte sie, ob sie sich von Dietmar scheiden lassen sollte. Aber wo war der Vater, den sie suchte, der Mann, der zu ihr paßte? Sie wollte nicht noch einmal das Risiko einer neuen Beziehung eingehen, die womöglich wieder kaputt ging, wenn der erhoffte Vater erfuhr, wer sie war, wie sie geboren wurde. Doch sie sehnte sich nach einem Kind, wofür es sich lohnte zu arbeiten, da zu sein, ihm vielleicht eines Tages die Firma zu vererben. Wozu brauchte sie einen neuen Lebensgefährten. Sie brauchte nur einen anonymen Spermaspender. Sie wußte, daß die Insemination mit dem Fremdsamen schnell ging und medizinisch weitgehend unproblematisch war.

Wo könnte sie vorgenommen werden? Dort, wo ich vor rund dreißig Jahren im Reagenzglas gezeugt wurde; in der Eifeler Privatklinik »Humanitas«, durchfuhr es sie. Ihre Mutter sprach nie davon. Vielleicht war es das Schicksal der Tochter, an den Ort ihres Menschwerdens als Frau zurückzukehren, dort selbst Hilfe zu suchen, um Mutter zu werden.

Um einen Skandal zu vermeiden, würde sie mit Dietmar zusammenbleiben. Der Gesellschaft gegenüber so tun, als sei Dietmar Wellershaus der Vater von dem Kind des anonymen Samenspenders. Es gab eine Methode, es ihm glaubhaft zu machen, indem die Gynäkologen seinen unfruchtbaren Samen mit dem fruchtbaren Sperma des unbekannten Spenders mischten. Sie würde die Eifeler Reproduktionsmediziner darum bitten, den Trick anzuwenden, um Dietmar nicht zu kränken. Sie war bereit, diese Lüge für sein Selbstbewußtsein auf sich zu nehmen. Vielleicht auch des Kindes wegen.

Drittes Kapitel
Die Liebenden

Die Eifeler Privatklinik »Humanitas« hatte sich unter ihrem neuen Chefarzt, Dr. Jan Fresar, vergrößert. Neben dem Gutshofgebäude stand jetzt ein moderner zweigeschossiger Gebäudetrakt, in dem die zahlreichen Forschungslaboratorien, gynäkologischen Operationsräume und die Kühleinrichtungen für die Kurz- und Langzeitlagerung der Spermen, unbefruchteten und befruchteten Eizellen untergebracht waren.

Dr. Fresar konnte mit seinem Team aus Fachärzten und Wissenschaftlern auf dem Gebiet der Reproduktionsmedizin erhebliche Fortschritte verzeichnen, zum Teil waren sie in der Fachwelt und bei den Ethikern umstritten. Doch das hielt den ehrgeizigen Leiter und Besitzer der Klinik, Dr. Fresar, nicht davon ab, die Methoden der künstlichen Befruchtung zu verbessern und neue angrenzende Gebiete der Reproduktionsmedizin in seine experimentelle Forschung einzubeziehen.

Große Fortschritte verbuchten die Eifeler Forscher bei der Entwicklung einer künstlichen Gebärmutter, die eines Tages den natürlichen Uterus der Frau ersetzen sollte – so hofften es wenigstens die Fachleute. Doch als Hauptziel schwebte Dr. Fresar vor, einem Mann zur Geburt zu verhelfen. Jahrelang arbeitete er an der Methode, die Gebärmutter in den Männerbauch zu implantieren. Dadurch konnte der Mann schwanger werden.

Der Zufall half ihm, jetzt endlich die Männerschwangerschaft durchzuführen: Vor knapp einem Jahr hatte das junge Ehepaar Winkler in der Klinik »Humanitas« zwei Eizellen im Reagenzglas befruchten und die Embryonen in der klinikeigenen Kryobank einfrieren lassen. Es sollte eine Vorsichtsmaßnahme sein. Denn die Ehepartner hatten eine Flugschule für Sportflieger übernommen, an der sowohl Richard als auch Anja Winkler als Ausbilder tätig waren. Die junge Ehefrau beschränkte sich hauptsächlich auf den theoretischen Unterricht in den Räumen der Flugschule, während Richard Winkler den praktischen Unterricht in der Luft erteilte, für ihn also das Risiko des Abstürzens weit höher war. Diese nüchterne Überlegung stellte das Ehepaar für seine Familienplanung an. Denn Anja Winkler wollte eines Tages, wenn Richard und sie die Kredite für die Anschaffung der teuren Sportmaschinen getilgt hatten und die Flugschule Gewinne brachte, unbedingt ein Kind haben. Dann würde sie sich ganz der Aufgabe als Mutter widmen und nur noch zeitweise ihrem Mann in der Flugschule helfen.

Doch es kam anders: Vor drei Monaten stürzte Anja Winkler aus unerklärbaren Gründen mit einem Flugschüler ab. Weil ihr Mann einen wichtigen Termin persönlich wahrnehmen mußte, hatte sie die Schulungsstunde in der Luft übernommen. Die junge Frau hinterließ ihrem verzweifelten Mann die in dem Kühlbehälter eingefrorenen Embryonen. Aber was sollte er damit? Die zwei Winzlinge von einer Leihmutter austragen zu lassen, lehnte Winkler ab. Dr. Fresar erkannte die große Chance, daß Richard Winkler selbst sein Kind austrug und gebar.

Der Klinikchef war verpflichtet, dem jungen Witwer klarzumachen, daß die eingefrorenen zwei Embryonen, in deren Genen das Erbgut der Eltern schlummerte, nicht auf unbegrenzte Zeit in dem Tiefkühlapparat bleiben konnten. Schon allein aus Platzgründen nicht. Er bat deshalb den trauernden Ehemann, der seine Frau abgöttisch geliebt hatte, zu einem Gespräch in sein Privatzimmer in der Klinik.

In dem behutsam geführten Gespräch deutete der mit seinem grau-melierten Haar immer noch gut aussehende dreiundsechzigjährige Klinikchef Richard Winkler an, daß er sich eines Tages entscheiden müsse, entweder die zwei Embryonen in den Uterus einer fremden Frau implantieren zu lassen oder sie der Forschung zu überlassen.

»Gibt es keine andere Möglichkeit, Dr. Fresar?« fragte der junge Witwer verzweifelt.

»Doch! Sie könnten ihr gemeinsames Kind anstelle Ihrer leider verunglückten Gattin austragen, Herr Winkler.«

»Ich, der Mann, soll schwanger werden?« fragte er ungläubig.

»Es geht. Wir sind soweit. Sie haben dazu alle idealen Voraussetzungen. Sie sind zweiunddreißig Jahre alt, verfügen über einen durchtrainierten Körper, sind also weder zu dick, noch zu dünn und intelligent genug, die Strapazen einer Schwangerschaft auch vom Intellekt her zu begreifen. Außerdem besitzen Sie ein ausgeglichenes Wesen, wobei wir allerdings noch nicht wissen, wie Ihre Psyche während der Wachstumsphase des Kindes reagieren wird. Mit anderen Worten, ob Sie als Mann auch mütterliche Gefühle verspüren. Sie wären wahrscheinlich der erste Mann in der Geschichte der Fortpflanzungsmedizin, der ein Kind bekommt und dabei alle Phasen der körperlichen und seelischen Veränderung miterlebt«, berichtete nüchtern und emotionslos Dr. Fresar.

»Aber wie soll das gehen? Ich besitze keine Gebärmutter.«

»Wir werden Ihnen eine weibliche Gebärmutter in Ihren Bauch einnähen, und zwar oberhalb der Schamhaare, etwa zwanzig Zentimeter über Ihrem Penis.« Dr. Fresar holte aus dem Schrank eine große Skizze, auf der ein männlicher Körper abgebildet war. In dem Männerbauch war die Gebärmutter mit dem Embryo bereits eingezeichnet. »Die Skizze soll einem austragungswilligen Mann verdeutlichen, was mit ihm passiert«, erklärte Dr. Fresar.

Richard Winkler war beim ersten Anblick des Kindes in dem Männerleib schockiert. »Schrecklich!« entfuhr es ihm.

»Vielleicht haben wir uns in den nächsten zehn Jahren an den Anblick von schwangeren Männern gewöhnt, Herr Winkler«, prophezeite Dr. Fresar.

»Ich, der Vater, kriege das Kind! Unglaublich«, sträubte sich Richard Winkler.

»Sie können in Ruhe darüber nachdenken, Herr Winkler. Es zwingt Sie niemand, womöglich der erste Mann zu sein, der das eigene Kind austrägt«, sagte Dr. Fresar gelassen.

»Und wo liegen die Probleme für die männliche Schwangerschaft, Dr. Fresar?«

»Eines unserer Probleme besteht darin, in Ihrem Bauch genügend Raum für das heranwachsende Kind zu schaffen. Weil der Männerbauch nicht so dehnungsfähig wie bei der Frau ist, kann bei der männlichen Schwangerschaft das Kind nicht neun Kalendermonate lang, also vierzig Wochen, im Männerleib bleiben, weil es dann schon zu groß ist. Deshalb muß das Kind sechs oder acht Wochen früher, etwa in der zweiunddreißigsten bis vierunddreißigsten Schwangerschaftswoche, durch Kaiserschnitt entbunden werden. Nicht zuletzt auch wegen des fehlenden Austritts an der Gebärmutter«, erläuterte er Richard Winkler anhand der anatomischen Skizze den Geburtsvorgang.

»Und wo bekommen Sie die Gebärmutter her?«

»Es gibt genug Frauen, die aus den verschiedensten Gründen nicht in der Lage sind, ein Kind auszutragen, obwohl ihre Gebärmutter intakt ist. Oder sie wollen keine Kinder gebären, weil sie mit Erbschäden belastet sind. Diese Frauen bieten uns ihre Gebärmutter oft zum Kauf an, um sie anderen Frauen zu überpflanzen. Manchmal werden sie auch kostenlos gespendet.«

Die ruhige und sachliche Art, mit der Dr. Fresar dem Witwer Richard Winkler wohl die größte Sensation in der Fortpflanzungsmedizin schilderte, blieb nicht ohne Wirkung. Winkler machte sich immer vertrauter mit dem Gedanken, sich und seiner verunglückten Frau zuliebe das Kind selbst zur Welt zu bringen. Auch die Neugier, wie es sein würde, wenn er das Kind in seinem Bauch fühlte, seine ersten Bewegungen spürte, als Vater die Mutter zu sein, und nicht zuletzt der erregende Gedanke, vielleicht der erste Mann zu sein, der das uralte Vorrecht der Frau als alleinige Gebärende aufhob, beflügelte seine Phantasie: Das Notwendige – was sollte sonst mit den befruchteten Eizellen geschehen – mit dem Abenteuerlichen zu verbinden. In seinem Beruf über den Wolken spürte er immer wieder das prickelnde Gefühl, in das ihn die andere Welt oberhalb der Erde mit ihrer scheinbar grenzenlosen Dimension versetzte. Doch was war dagegen der Zustand der Schwangerschaft? Jener von einer Frau stets nur individuell zu erlebende

Zustand des Wachstums, des Heranreifens eines neuen Lebens, das mit der Mutter eins zu sein schien und doch allein war. Wie viele unbekannte und unbeschreibliche Gefühle strömten während der Schwangerschaft zwischen Mutter und Kind. Kein Mann hatte sie bisher erlebt. Es war eines der letzten Geheimnisse zwischen Weib und Kind. Und jetzt kam der Mann, der vielleicht von seinen naturgegebenen Anlagen her gar nicht dazu fähig war, Muttergefühle zu entwickeln, eine innere Zärtlichkeit im Bauch zu verströmen, die für das Heranwachsen des Kindes als Gefühlsnahrung unentbehrlich waren. Konnte der Mann tatsächlich alle Muttergefühle ersetzen, innere Zwiesprache mit dem heranwachsenden Kind in seinem Bauch halten? Oder war er nur Platzhalter für den technischen Vorgang einer sich automatisch vergrößernden Gebärmutter, in der das Kind die Nahrung und den Sauerstoff aus dem Blut, aber keine Gefühle brauchte? Daß ein Mann ein Kind bekam, war vielleicht gegen die Natur – oder der Beweis dafür, daß nicht die Gefühle, sondern die bloße Funktion von gewissen Organen für das angebliche »Geheimnis« des heranwachsenden Lebens nötig waren. Vielleicht würden aus den Männerbäuchen organisch perfekte, aber gefühlsmäßig verarmte Kinder kriechen. Irgendwie war es ein gefährliches Experiment, dem Mann die Rolle des Gebärenden aufzudrängen. Die Natur hatte ihn nicht zum Kinderkriegen bestimmt. Sicher war es nicht allein damit getan, dem Mann einen weiblichen Uterus in den Bauch zu pflanzen, ihm zuvor stimulierende Hormone einzuspritzen und schließlich die befruchteten Eizellen in die überpflanzte Gebärmutter einzuführen. Blutgruppe, Herztöne, Lage – das alles konnte man beim Kind im Bauch messen und bestimmen. Nicht aber die Gefühle, das Geheimnis der seelischen Verbundenheit zwischen Mutter und Kind. Wie sah die Zukunft der Fortpflanzungsmedizin mit den Kindern im Männerbauch aus?

Das Gespräch zwischen Dr. Fresar und Richard Winkler wurde durch einen Telefonanruf gestört. Die Sekretärin meldete dem Klinikchef, daß eine Frau Ilona Wellershaus ihn telefonisch sprechen möchte. Er nahm das Gespräch an.

»Sie werden mich vielleicht unter meinem Mädchennamen

Ilona Dallberg kennen«, sagte die junge Frau am anderen Ende der Leitung.

Dr. Fresar überlegte angestrengt. Der Name kam ihm bekannt vor. »Ilona Dallberg? Warten Sie, war nicht vor langer Zeit Ihre Mutter hier in Behandlung?« fragte er höflich.

»Ja, eine Ingeborg Dallberg, der sie vor fünfundzwanzig Jahren mich als Embryo einpflanzten, nachdem er zuvor fünf Jahre lang in Ihrer Kryobank eingefroren war.«

»Richtig, ich erinnere mich! Sie sind also die Tochter?«

»Ja!«

»Wie geht es Ihrer Mutter?«

»Ich glaube, gut. – Aber deswegen rufe ich nicht an, Herr Dr. Fresar. Ich brauche Ihre Hilfe. Ich will ein Kind. Aber mein Mann kann leider keine Kinder zeugen.«

»Steht das fest, gnädige Frau?«

»Ja. Professor Krix hat es festgestellt.«

»Dann muß es stimmen. Er ist ein ausgezeichneter Fachmann.«

»Ich möchte, daß Sie mich mit dem Samen eines Spenders befruchten. So bald wie möglich!«

»Darüber müßten wir uns erst einmal persönlich unterhalten.«

»Geben Sie mir bitte einen Termin«, bat Ilona.

»Sagen wir übermorgen, gegen Mittag?«

»Einverstanden, Herr Dr. Fresar. Auf Wiederhören!«

Nachdenklich legte Dr. Fresar den Hörer auf. Ilonas Reagenzglas-Befruchtung und ihre lange Einfrierung als Embryo standen plötzlich wieder vor seinen Augen. Er war neugierig, das Kind aus der Kälte nach fünfundzwanzig Jahren wiederzusehen.

Richard Winkler weckte Jan Fresar aus seinen Gedanken. »Ich glaube, ich werde unser Kind selbst austragen, Herr Dr. Fresar.«

»Ich gratuliere Ihnen zu dem mutigen Entschluß, Herr Winkler. Kommen Sie in den nächsten Tagen in die Klinik, damit wir mit den Vorbereitungen zunächst für Ihre Operation beginnen können«, freute sich der ehrgeizige Klinikchef. Herzlich verabschiedete er seinen gebärwilligen Patienten.

Obwohl die Eifeler gynäkologische Privatklinik »Humanitas« gar nicht so weit von Ilonas Wohnort Köln entfernt war, vermied sie es bislang, die Stätte ihrer Befruchtung näher kennenzulernen. Ihre Abneigung und Scham gingen so weit, daß sie nie durch die Eifel fuhr, lieber einen großen Bogen um sie machte. Sie hatte innerlich die Eifel zur Bannmeile erklärt und in ihrem Unterbewußtsein die Bewohner dieser herben Landschaft für die Schmach ihrer künstlichen Befruchtung mit verantwortlich gemacht. Sie empfand ihr emotionales Urteil als Racheakt, obwohl sie niemanden als sich selbst damit schaden konnte.

Es kostete Ilona deshalb eine große Portion Überwindung, zum ersten Mal in ihrem Leben in die Eifel nach »Prönsgens« zu fahren, wo einige Kilometer außerhalb des Ortes die Klinik stand.

Als Ilona in Köln in ihr Auto einstieg, kam es ihr vor, als mache sie eine Pilgerfahrt zu einem unheiligen Ort des Schrekkens, den man vielleicht nur wegen des Nervenkitzels oder in der Hoffnung besucht, daß einem – wenn schon nicht das Gute – dann eben das Böse helfen konnte. Sie empfand die Ärzte der Klinik, die sich an ihr »versündigt« hatten und überhaupt die Methoden der künstlichen Befruchtung anwandten, als kaltblütige und rücksichtslose Technokraten, die Leben um jeden Preis zeugen wollten, selbst unter Mißachtung der Ethik.

Ilona kam automatisch an dem alten Gasthaus in »Prönsgens« vorbei, hielt an, ging hinein und trank einen Kaffee. Sie kannte niemanden, was auf Gegenseitigkeit beruhte; sie fragte weder den jungen Wirt, noch die übrigen Gäste über die Klinik aus. Sie verhielt sich so trotzig wie damals ihre Mutter. Und sie verspürte das gleiche beklemmende Gefühl in ihrer Herzgegend bei dem Gedanken, sich nun blindlings den Kindermachern anzuvertrauen, die auf künstliche Befruchtung spezialisiert waren.

Doch als Ilona schließlich ihr Auto vor dem Eingang des zur Klinik umgebauten Gutshofes mit seiner alten rötlichen Backsteinfassade parkte, regte sich in ihr ein versöhnliches Gefühl. Sie wollte ja etwas von den Gynäkologen – und nicht umgekehrt. Diese Männer beurteilten das Kinderkriegen in erster Linie von der sachlichen Funktion der Machbarkeit her, wofür sie

Spezialisten waren. Die damit verbundene Gefühlswelt der Frau konnten sie lediglich erahnen. Seit Jahrhunderten begriffen sie den Wunsch der Frau nach einem Kind als Statussymbol der Weiblichkeit. Die Echtheit des Weibes ließ sich an seinen intakten Eierstöcken und seiner Gebärmutter messen, die dem Mann Grenzen setzten, weil nur die Frau sie besaß. Ilona verzieh ihnen deshalb. Was wußten die Männer schon von der Schwangerschaft und Geburt, von dem unsagbaren Verlangen nach einem Kind? fragte sie sich, ohne zu ahnen, daß man in dieser abseits gelegenen Klinik den größten Angriff auf die Frau vorbereitete, um ihr das Privileg der Schwangerschaft durch die Männergeburt streitig zu machen.

Als Ilona Dr. Fresar gegenübersaß, betrachtete sie ihn nicht mehr als Feind. Sie mußte ihm ihr bisheriges Leben anvertrauen. Er wurde erst einmal ihr Beichtvater.

Dr. Fresar forderte von ihr die Erklärung, warum sie sich unbedingt das Kind von einem anonymen Samenspender wünschte. Es war praktisch ein Verhör, das der Klinikchef mit ihr anstellte.

Ilona ahnte nicht, daß Dr. Fresar eigentlich verhindern wollte, daß sie, die selbst auf künstliche Weise gezeugt wurde, auch wieder künstlich befruchtet werden sollte. Das Schuldgefühl regte sich in ihm. Wieso konnte diese hübsche und intelligente junge Frau ausgerechnet an einen zeugungsunfähigen Mann geraten? War das die Rache der Natur gegen die künstlichen Befruchter und ihre Opfer? Doch Dr. Fresar war zu sehr Praktiker und Forscher, um an eine Schicksalsfügung zu glauben. Auch mit der Vererbung hatte das nichts zu tun. Die einzige große Unbekannte war die psychische Reaktion bei den nach künstlicher Befruchtung Geborenen, wenn sie erfuhren, wo, wie, wann und von wem sie gezeugt wurden und wer sie gebar.

Dr. Fresar hatte diese Frau als eingefrorenen und schließlich wieder aufgetauten Embryo gesehen und ihn in den Uterus ihrer Mutter gepflanzt. Die anderen zwei mitkonkurrierenden befruchteten Eizellen hatte er jedoch der Forschung übergeben und sie damit zum Absterben verurteilt. Er wollte ihr helfen.

»Verdammt noch mal, warum diesmal nicht auf natürliche

Art?« lehnte er sich innerlich auf. Das Problem war wieder einmal die Zeugungsunfähigkeit des Mannes, die jetzt auch für Ilona, dem damaligen Embryo aus der Stickstoffkälte, zum Trauma wurde. Aber wenn schon der berühmte Gynäkologie-Professor Dr. Krix ihrem Mann nicht helfen konnte, dann blieb ihm, Dr. Fresar, nichts anderes übrig, als ihr den sehnlichen Wunsch nach einem Kind auf andere Weise zu erfüllen. Wozu war er denn sonst Reproduktionsmediziner?

Dr. Fresar besprach alle Einzelheiten mit Ilona. Vor allem, wann der günstigste Zeitpunkt für ihre Befruchtung mit dem Fremdsamen war.

»Ich überlasse es Ihnen, den Typ des anonymen Vaters auszuwählen, der zu mir paßt«, ermächtigte sie ihn.

»Sie sind sich darüber im klaren, daß Sie oder später das Kind trotz der seit einigen Jahren bestehenden rechtlichen Möglichkeiten es immer noch schwer haben werden, den Namen des anonymen Spenders zu erfahren, Frau Wellershaus?«

»Ja, ich weiß es«, gab sie ihm zu verstehen.

»Und Ihr Gatte?«

»Er hat durch Unterschrift seine Zustimmung gegeben. Ich habe nur die Bitte, sein Sperma mit dem Fremdsamen zu mischen – oder so zu tun! Sie wissen warum?«

»Nein, das geht nicht. Man kann nicht den Samen von zwei Spendern mischen«, erläuterte ihr Dr. Fresar.

»Dann lassen Sie sich bitte seinen Samen geben und tun so, als würden sie ihn für die Befruchtung verwenden«, schlug sie ihm vor.

»Nur ungern würde ich diese Täuschung vornehmen«, wandte Dr. Fresar ein.

»Ich bitte sie, das Prinzip der Hoffnung anzuwenden. Mein Mann ist äußerst sensibel. Es würde sein Selbstvertrauen als angeblicher Vater stärken. – Wann glauben Sie, daß Sie die Insemination vornehmen, Herr Dr. Fresar?«

»Innerhalb Ihres nächsten Monatszyklus.« Er überreichte ihr einen Fragebogen. »Füllen Sie ihn bitte aus. Er enthält alle wichtigen Fragen, die wir benötigen. Wir bleiben in telefonischer Verbindung.«

Dr. Fresar verabschiedete sich mit gemischten Gefühlen von ihr. Er unterließ es, Ilona vorzuschlagen, die Klinik zu besichtigen. Vielleicht weckte die Stätte ihrer Zeugung nur Emotionen in ihr. Dr. Fresar war betrübt, daß er ihr nur durch die Fremdsamen-Insemination helfen konnte.

Einige Wochen später wurde Ilona Wellershaus in der Eifeler Klinik durch den Fremdsamen befruchtet.

Dietmar Wellershaus war mitgekommen und spendete seinen Samen durch Masturbation. Man ließ ihn in dem Glauben, daß sein Sperma ebenfalls verwendet wurde.

Ilona wurde bereits nach den ersten beiden Inseminationen, wovon eine zur Erhöhung der Erfolgschancen am übernächsten Tag wiederholt wurde, schwanger.

Richard Winkler war tatsächlich fest entschlossen, die zwei eingefrorenen Embryonen in seinen zur Schwangerschaft vorzubereitenden Männerbauch aufzunehmen.

Doch bevor sich Klinikchef Dr. Fresar die Zusage schriftlich geben ließ, führte er ein Aufklärungsgespräch mit Richard Winkler. Er bat die Sekretärin, ihn bei dieser wichtigen und für Winkler entscheidenden Unterredung nicht zu stören.

»Herr Winkler, bevor Sie mir die Einwilligung zu der Einpflanzung der Gebärmutter geben, muß ich Sie über alle seelischen und körperlichen Veränderungen und die dabei sicher auftretenden Risiken aufklären«, begann Dr. Fresar das Gespräch. »Jahrelang hat man zwar bei Tieren solche Experimente mit Erfolg durchgeführt, man weiß aber nicht, wie sie sich bei einem Menschen auswirken. Gerade bei einem männlichen Wesen hat man damit noch keine Erfahrungen.«

»Sie sagten mir bereits, daß ich später kein vollwertiger Mann mehr bin.«

»Sie müßten sich damit abfinden, daß sie mit ziemlicher Wahrscheinlichkeit Ihre Zeugungsfähigkeit verlieren, weil wir Sie hormonell umstellen müssen. Das heißt, wir werden Ihre männlichen Hormone, also die sogenannten Androgene, durch weibliche Östrogene unterdrücken. Und weil diese hormonelle

Umstimulierung über mehrere Monate vorgenommen werden muß, dürften Sie hinterher kaum noch in der Lage sein, befruchtungsfähige Samenfäden, die wir Spermatozoen nennen, zu produzieren.«

»Aber die Erektionsfähigkeit bleibt mir doch erhalten – oder?«

»Wir wissen es nicht«, sagte Dr. Fresar.

»Und welche weiblichen Hormonpillen muß ich einnehmen, Herr Dr. Fresar?«

»Sie werden zunächst über mehrere Zyklen Präparate einnehmen, die der Antibabypille in ihrer hormonellen Zusammensetzung ähnlich sind. Doch welche körperlichen oder seelischen Nebenwirkungen im einzelnen dabei auftreten können, läßt sich im Augenblick noch nicht abschätzen. Aber lieber gehen wir dieses Risiko bei Ihnen ein, als andere tiefgreifendere Maßnahmen durchzuführen, um Ihre Androgene auszuschalten.«

»Etwa durch eine Operation?«

»Nun, wir könnten beispielsweise die Hormonproduktion in Ihren Nebennieren oder in Ihren Hoden unterdrücken oder ganz drosseln.«

Richard Winkler, der gutaussehende und ideal gebaute Gebärvater, der sich keineswegs aus Sensationslust als Versuchsperson den Gynäkologen für ihr Experiment zur Verfügung stellte, zündete sich nervös eine Zigarette an.

»Darf ich als männlicher Gebärender wenigstens rauchen?« fragte er mehr mit Galgenhumor als zur Aufklärung für eine gesunde Verhaltensweise als männliche Mutter.

»Nein, Sie sollten das Rauchen unbedingt sofort einstellen. – Zum Glück sind Leber, Herz und Kreislauf bei Ihnen gesund, was einfach unbedingte Voraussetzung für die Operation ist«, erwiderte Dr. Fresar.

»Wenn ich in den nächsten Monaten die Antibabypille zur Umstimulierung einnehme, brauche ich deswegen doch nicht in Ihrer Klinik zu bleiben? Oder?«

»Nein. Aber Sie sollten Ihre längere Abwesenheit vorbereiten, Herr Winkler. Am besten wäre es, wenn Sie kurzfristig einen Nachfolger für Ihre Flugschule suchen. Wenn wir glauben, daß bei Ihnen durch die Hormone eine ausreichende Östrogenisierung und eine Art Zyklus erreicht sind und die geeignete Spenderin der Gebärmutter zur Verfügung steht, müssen Sie damit rechnen, daß wir Sie zur Transplantation der Gebärmutter plötzlich in die Klinik bestellen. Danach müssen Sie allerdings hierbleiben, weil einerseits die Übertragung der zwei aufgetauten Embryonen in den implantierten Uterus noch aussteht und wir andererseits Ihre tatsächlich eingetretene Schwangerschaft abwarten müssen. Ist es dann soweit, müssen wir Ihren Zustand hier in der Klinik ständig überwachen.«

»Mit anderen Worten, Sie wollen meinen schwangeren Bauch vor der Öffentlichkeit verstecken«, ergänzte ihn Winkler.

»Auch das, Herr Winkler! Letzten Endes wären Sie eine Weltsensation. Meine Klinik könnte sich dann wahrscheinlich vor Journalisten nicht mehr retten«, wandte Dr. Fresar ein.

»Ja, das verstehe ich«, gab Winkler zu. Fast entschuldigend fügte er hinzu: »Ich möchte kein Aufsehen erregen. Der ganze Rummel wäre mir äußerst peinlich. Aber ich nehme die Veränderungen und Risiken nur deshalb in Kauf, um die befruchteten Eizellen zu retten. Ich will verhindern, daß sie in einem Forschungslaboratorium enden oder in dem Bauch einer fremden Frau gegen Geld für ein kinderloses Paar ausgetragen werden. Ich glaube, die Männergeburt bin ich Anja schuldig«, sagte erregt der junge Witwer, der auf tragische Weise seine Frau verlor, nur weil er an jenem Schicksalstag fort mußte und sie die Flugstunde übernahm.

»Wenn Sie nicht aus persönlichen Gründen die innere Bereitschaft zur Männergeburt aufbrächten, würden wir von dem Experiment vorerst noch absehen, Herr Winkler«, beteuerte Dr. Fresar.

»Sagen Sie mir bitte alles, was mich erwartet. Was ich oder Sie noch tun müssen«, bat Winkler.

»Wir werden zuerst Ihr Blut untersuchen, um Ihre Leukozyten-Antigene festzustellen. Wir bezeichnen das als HLA-Typisierung. Sie ist erforderlich, um die Gewebeverträglichkeit für die einzupflanzende Gebärmutter festzustellen –.«

»Was ist darunter zu verstehen, Herr Dr. Fresar?«

»Es wird Ihnen ein Fremdorgan mit Fremdeiweiß eingepflanzt. Im Grunde ist die Situation die gleiche wie bei Patienten, die für die Übertragung eines fremden Herzens oder für eine Nierentransplantation vorgesehen sind. Wenn das Organ verpflanzt ist, wird Ihr Körper durch die Immunreaktion versuchen, das Fremdorgan abzustoßen. Deshalb müssen wir vorher wissen, ob sich das Spenderorgan mit dem Empfängerorganismus relativ gut vertragen wird. Dies können wir durch eine Untersuchungsreihe feststellen, die durch die sogenannte Gewebetypisierung im Laboratorium durchgeführt wird. Nicht nur meine Privatklinik, auch jede Universitätsklinik hat solch ein immungenetisches Laboratorium«, erläuterte Dr. Fresar.

»Meine Gewebeuntersuchung ist also für die Verträglichkeit mit der fremden Gebärmutter unerläßlich?«

»Ja –, und zwar aus genetischer Sicht –.«

»Was heißt das?«

»Weil das sogenannte HLA-System –.«

»Verstehe ich auch nicht, Herr Dr. Fresar.«

»Unter HLA-System verstehen wir die bei jedem Menschen genetisch auf dem Chromosom sechs festgeschriebenen humanen Leukozyten-Antigene.«

In dem weiteren Aufklärungsgespräch schilderte Dr. Fresar seinem Patienten Winkler, dem seine junge Frau als Erbschaft zwei befruchtete Eizellen im Tiefkühltresor der Eifeler Klinik hinterließ und die dort auf ihr heranwachsendes Leben warteten, die beabsichtigte operative Transplantation der weiblichen Gebärmutter.

»Wer sie spenden wird, wissen Sie noch nicht?« erkundigte sich Richard Winkler bei dem erfahrenen und mittlerweile international bekannten Gynäkologen Dr. Fresar.

»Nein. Außer einer intakten Gebärmutter ist es wichtig, daß sich das gespendete weibliche Organ mit Ihrem Gewebe verträgt, Herr Winkler.«

»Wird es von einer Frau sein, die noch nie geboren hat?«

»Das weiß ich nicht. Für die Uterusspende ist auch eine Frau geeignet, die schon ein oder zwei Kinder geboren hat.«

»Nachdem Sie mich aufgeklärt haben, sollten Sie jetzt umgehend mit den Vorbereitungen für meine Schwangerschaft beginnen, Herr Dr. Fresar«, bat Winkler.

»Gut. Dann unterschreiben Sie mir bitte diese Erklärung, daß Sie mit allen von uns vorzunehmenden Maßnahmen für die Männergeburt einverstanden sind.«

Er übergab ihm das vorbereitete Einwilligungsdokument. Winkler unterschrieb es erst, nachdem er es genau durchgelesen und ungeklärte Fragen mit Dr. Fresar besprochen hatte.

Mit mehreren Packungen Hormonpräparat in der Tasche und weiteren schriftlich genau fixierten Verhaltensmaßnahmen verließ Richard Winkler die Privatklinik in der ungeduldigen Hoffnung, sobald wie möglich zur Einleitung der Schwangerschaft wieder zurückzukommen.

Nachdem Richard Winkler einige Monate später hormonell mit Östrogenen umgestimmt und auch seine Gewebegenetik bekannt war, wurde er an einem Donnerstag in die Privatklinik »Humanitas« geholt, weil er für den anderen Tag auf dem Operationsplan stand. Eine Gebärmutter Spenderin war gefunden worden. Die immungenetische Verträglichkeit ihres Uterus stimmte weitgehend mit dem Organempfänger Winkler überein. Ihr sollte am nächsten Tag der Uterus durch Dr. Fresar entfernt und anschließend Richard Winkler implantiert werden.

Die Eifeler Klinik hatte Richard Winkler mit dem Hubschrauber einfliegen lassen. Das sorgfältig vorbereitete und geheimzuhaltende Ereignis der Männerschwangerschaft nahm seinen Anfang, deren Ausgang und Auswirkungen auf die zukünftige Geburtsmedizin niemand in der Klinik »Humanitas« voraussagen konnte.

Richard Winkler hatte seine Nerven überschätzt. Als er stationär eingeliefert war, überfiel ihn panische Angst. Auch dieses Verhalten war in dem Plan der Eifeler Gynäkologen berücksichtigt. Statt den Patienten durch Beruhigungsmittel zu besänftigen, wurde eine Diplom-Psychologin auf sein Privatzimmer geschickt. Sie war auf die außergewöhnliche Situation des Patienten vorbereitet. Erst schrie Winkler immer wieder voller Angst und Verzweiflung: »Nein, ich will kein Kind kriegen! Laßt mich hier heraus!« Doch der hübschen und recht weiblichen Psychologin gelang es schließlich, Winkler auf seine Rolle als schwangeren Vater einzustimmen. Sie konnte ihn in vielen ausführlichen Gesprächen davon überzeugen, daß es ganz normal und für sein tieferes Empfinden eigentlich wichtig war, jetzt kurz vor dem Eingriff die Ängste und Zweifel zu spüren. Daß er nicht aus Sensationslust und als abgebrühter Effekthascher alles über sich ergehen ließ. Und daß er in Vertretung oder anstelle seiner verunglückten Frau die Schwangerschaft und Geburt ihres gemeinsamen Kindes übernehme. Diese von der Psychologin geschickt vermittelte Erkenntnis: den Embryo vor der Vernichtung in der Petrischale eines Forschungslaboratoriums zu bewahren, ihm sein Recht auf die Geburt durch den noch übriggebliebenen Elternteil einzuräumen und ihm später Vater und Mutter zugleich zu sein, half ihm, seine psychischen Probleme zurückzudrängen.

Für die Nacht zum Freitag wurde Winkler durch ein Medikament in den Schlaf versetzt. Als er morgens aufwachte, lag die Uterusspenderin bereits in Narkose auf dem Operationstisch. Es handelte sich um eine knapp fünfunddreißig Jahre alte Frau, die bereits zwei Kinder zur Welt gebracht hatte, mittlerweile aber an einer Gebärmuttersenkung litt. Das Organ war nicht wesentlich geschädigt, weil es keine Deformitäten durch Myomknoten oder andere gutartige Geschwülste oder Erkrankungen aufwies. Auch die Größe des birnenförmigen Organs im kleinen Becken war mit etwa acht Zentimetern normal. Der Operateur Dr. Fresar, dem der Gefäßchirurg Dr. Peter Boeck und ein Oberarzt assistierten, erläuterte den zuschauenden und zum Schweigen verpflichteten Wissenschaftlern der Klinik:

»Obwohl die Gebärmutter makroskopisch gesund ist, sollte sie dennoch entfernt werden. Der äußere Muttermund steht fast auf dem Niveau des Scheideneingangs. Es handelt sich hierbei um einen sogenannten Deszensus zweiten Grades, der häufig mit einem unwillkürlichen Harnabgang verbunden ist. Die Behebung eines solchen Leidens wird durch die Scheidenraffung und Blasenanhebung erreicht. Nach Auffassung der Medizin hat es aber wenig Sinn, die Gebärmutter zu belassen, weil sie allein schon gewichtsmäßig dazu beitragen würde, den Zustand nach der Operation wieder zu verschlimmern. Dadurch würde erneut der gleiche Zustand wie vorher eintreten. Deshalb entfernt man besser die Gebärmutter.«

Dr. Fresar wandte die vaginale Operation an. Der Eingriff erfolgte von der Scheide her. Dabei war es ihm möglich, links und rechts an der herausgeschnittenen Gebärmutter einen etwa einen Zentimeter großen Stumpf der Uterinengefäße zu präparieren und stehenzulassen. Sie sollten dazu dienen, die Gefäßversorgung des Fremdorgans nach Einpflanzung der Gebärmutter in den Bauch von Richard Winkler durch eine Verbindung mit seinem Blutkreislauf zu ermöglichen.

Die herausgetrennte Gebärmutter legte er in eine Nährlösung, damit die Autolyse der Zellen nicht sofort um sich greifen konnte. Auch hierbei galten alle Kriterien der Organtransplantation, daß innerhalb von zwei bis drei Stunden, spätestens jedoch nach sechs Stunden, das Organ in den Empfängerkörper verpflanzt sein mußte. Der assistierende Oberarzt stellte die nährstoffgefüllte Schale mit der vom Blut der Spenderin freigespülten Gebärmutter in den Kühlschrank des Operationssaals bei plus vier Grad Celsius.

Während die letzten chirurgischen Handgriffe an der Patientin erledigt wurden, hatte man Richard Winkler in den anderen Operationssaal gebracht und bereits narkotisiert.

Um eine spätere Infektionsgefahr auszuschließen, wurden seine Schamhaare rasiert. Sie würden aufgrund seines jetzt weiblichen Hormonhaushalts wohl nicht mehr nachwachsen. Diesmal assistierten dem Klinikchef der Gefäßchirurg Dr. Boeck und der gynäkologische Oberarzt.

Der Klinikchef schnitt genau in die Mitte des männlichen Unterbauches eine runde Öffnung von fünf Zentimeter Durchmesser, so daß die Entfernung nach unten zu den beiden Beckenknochen und zum Nabel etwa gleich war. Die Öffnung war gerade groß genug, um den ganzen Uterus durch die Bauchdecke schieben zu können. Mit dem Skalpell präparierte er bis zur Faszie heran, die die Bauchmuskulatur zusammenhielt. Die dabei auftretenden kleineren Blutungen stillte der assistierende Oberarzt mit der Elektrokoagulations-Pinzette. »Alles muß möglichst bluttrocken sein«, erläuterte der Klinikchef Dr. Fresar den gebannt Zuschauenden, die das Glück hatten, Zeuge der ersten Gebärmuttereinpflanzung in einen Männerbauch zu sein.

Dr. Fresar öffnete die Faszie, indem er sie quer spaltete. Darunter kam der Muskel heraus, dessen Mittellinie er jetzt trennte, bis die beiden Muskelbäuche sich durch zwei runde Haken auseinanderhalten ließen. Dadurch entstand im Muskel wieder eine Öffnung von vier bis fünf Zentimetern, die bis auf sieben Zentimeter ausdehnbar war. Dr. Fresar mußte nun nach oben hin in Richtung des Brustkorbes die Muskulatur unterminieren. Das machte er stumpf mit dem behandschuhten Finger, so daß sich nach oben eine richtige Tasche für die Aufnahme der Gebärmutter bildete. Hier hinein legte er zunächst einmal versuchsweise die aus dem OP-Kühlschrank genommene Gebärmutter, um festzustellen, ob sie überhaupt in dem so geschaffenen Raum Platz hatte. Dr. Fresar mußte sich die Gewißheit verschaffen, daß die Gebärmutter gut unter der männlichen Bauchdecke in dem Raum zwischen Muskulatur und Bauchfell verschwand. Auf diese Weise würde im Bauch praktisch genügend Platz auch zur weiteren Entwicklung nach oben geschaffen und somit während der Schwangerschaft Ausbreitung und Wachstum des Uterus möglich.

Dr. Fresar war mit der Probelage der Gebärmutter zufrieden. So konnte er sie später in die Tasche einnähen. Doch zuvor mußte er sie wieder herausnehmen.

Beim nächsten Operationsschritt wandte sich jetzt der Gefäßchirurg den sogenannten epigastrischen Gefäßen zu, die etwa handbreit rechts und links von der Mittellinie des Bauches von oben nach unten verliefen, praktisch vom Brustkorb bis zur Leistenbeuge. Es handelte sich um zwei relativ kräftige und recht gut ausgebildete Gefäße mit einem Durchmesser von ungefähr zwei bis drei Millimeter. Diese beiden Gefäße wurden von

Dr. Boeck durch jeweils zwei seitliche Längsschnitte links und rechts freigelegt und zunächst vorsichtig mit Klemmen so vom umgebenden Gewebe isoliert, daß man sie betrachten konnte. Das geschah gerade in Höhe der Öffnung, die der Chirurg in der Mitte des Unterbauches angelegt hatte. Die Gefäße wurden unterfahren, zweimal legiert und dann zwischen den Legaturen vorsichtig durchtrennt. Dadurch erhielt der Chirurg zwei Gefäßstümpfe von ungefähr vier bis fünf Zentimeter Länge. Mit einer dünnen und zierlichen Klemme fuhr jetzt Dr. Boeck vorsichtig von der Mitte her, also von dort, wo das Loch saß, unterhalb des Muskels durch und fischte sich die beiden Gefäßstümpfe. Er mußte dabei aufpassen, die Blutgefäße zur Muskelversorgung nicht zu verletzen, damit keine unangenehmen Blutungen auftraten. Die Gefäßstümpfe wurden in Richtung der Mitte gezogen, so daß die Ärzte beim Hineinblicken in das ausgeschnittene Loch die von links und rechts kommenden beiden Gefäßstümpfe der epigastrischen Arterie und Vene sahen.

Nun wurde die Gebärmutter erneut eingepaßt und ihre beiden uterinen Gefäßstümpfe durch Dr. Boeck von beiden Seiten spannungsfrei miteinander verbunden. Es mußten vier Gefäßnähte angelegt werden. Wegen des dünnen Fadenmaterials benutzte Dr. Boeck die Operationslupe, die ihm die Schwester aufsetzte.

Erst dann entfernte er die Klemmen, so daß Richard Winklers Blut die Gebärmutter durchströmte. Dabei mußte geprüft werden, ob an anderen Stellen, wo die Gebärmutter vorher entfernt wurde, nicht Blut austreten konnte. Sorgfältig mußte das Operationsteam den gesamten Absetzungsrand der Gebärmutter, die jetzt an den Blutkreislauf angeschlossen war, rundherum auf undichte Stellen untersuchen. »Falls noch Blut aus der Gebärmutter herauskommt, müssen wir durch Elektrokoagulation oder besser noch durch Aufsteppen von zusätzlichem Gewebe oder Fettläppchen die Blutstillung vornehmen«, erklärte der Gefäßchirurg.

Nachdem einige Leckstellen an der Gebärmutter behandelt worden waren, schob nun Dr. Fresar den Uterus in die fixierte Bauchstelle und nähte ihn rundherum an der Haut fest, sodaß nur noch in dem Grübchen der Muttermund zu sehen war. Oberhalb der künstlich hergestellten Öffnung in der Mitte des Unterbauches blieb – verursacht durch die Gebärmutter – ein leichter Hügel, den man abtasten konnte.

Für Dr. Fresar und seine Mitarbeiter stellte sich nach Beendigung der Operation die bange Frage, ob die Gebärmutter in Richard Winklers Bauch nicht doch noch abgestoßen wurde. Erst dann konnten die zwei aufgetauten Embryonen in seinen eingepflanzten Uterus übertragen werden. In den folgenden Wochen mußte er deshalb mit immunsuppresiven Substanzen behandelt werden, die eine Abstoßung des Fremdorgans verhindern sollten.

Als nach sieben Monaten für die Gynäkologen der Eifeler Privatklinik »Humanitas« feststand, daß der weibliche Uterus von dem Männerbauch akzeptiert wurde und keine Medikamente zur Unterdrückung der Immunabwehr mehr nötig waren, ließ Dr. Fresar die zwei eingefrorenen Embryonen auftauen und durch den Muttermund, der noch in dem Grübchen zu sehen war, in Winklers Gebärmutter übertragen. Noch war nicht entschieden, ob einer der beiden Embryonen tatsächlich die Schwangerschaft einleiten würde. Doch nach vierzehn Tagen war die größte Sensation der künstlichen Befruchtung endlich perfekt: Nach allen Untersuchungsbefunden war der Mann Richard Winkler schwanger.

Von diesem Zeitpunkt an durfte der befruchtete Patient keinen Schritt mehr allein tun. Sein Zustand mußte streng geheim bleiben. Die ehrgeizigen Gynäkologen begnügten sich nicht mit der männlichen Schwangerschaft, sie wollten auch die männliche Geburt durch die aufgeschnittene Bauchdecke ohne Komplikationen vollenden.

Richard Winkler wurde in einem alten Forsthaus untergebracht, das die Klinik schon vor Jahren für alle geheimzuhaltenden Fälle gekauft hatte. Es war innen mit allem Komfort ausgestattet und bot Platz für zwei Patientinnen und zwei Pflegekräfte. Das äußerlich unverändert gebliebene Fachwerkhaus stand auf einer Waldlichtung, zu der man nur auf einem schmalen Weg gelangen konnte. Das etwa fünf Kilometer von der Klinik entfernt liegende alte Haus diente früher den Förstern als Unterkunft. In der Zeit bis zur Übernahme durch die Klinik war es von weltfremden Eigenbrötlern bewohnt.

Die neuen Wohngäste in dem romantischen Waldversteck waren Leihmütter und prominente Frauen, die allen Grund hatten, ihre künstliche Befruchtung geheimzuhalten. Deshalb ließ Dr. Fresar auch den schlecht befahrbaren Weg zu dem alten Forsthaus nicht ausbessern. Für den Pendelverkehr zur Klinik oder zu der Welt außerhalb des Waldes hatte der Klinikchef zwei Geländewagen angeschafft, die zu jeder Jahreszeit und bei jedem Wetter die Strecke bewältigen konnten. Einer dieser Spezialtransporter stand im Schuppen des Forsthauses, der andere in der Klinikgarage.

Seitdem Richard Winkler in dem Forsthaus untergebracht war, wurde er ständig von zwei Pflegern betreut. Sie waren über eine separate Telefonleitung mit der Klinik verbunden. Dr. Fresar, der den schwangeren Richard Winkler fast täglich besuchte, um sich von seinem Zustand zu überzeugen und für die Fahrt zu ihm den Geländewagen selbst steuerte, wußte deshalb über jede Stunde und fast jede Reaktion seines interessanten Patienten genau Bescheid. Zu den »Mutterschafts-Vorsorge-Untersuchungen« kam der befruchtete Mann stets nachts in die Klinik, wo mit modernsten Geräten das Wachstum einzelner Organe des Kindes und seine Durchblutung festgestellt werden konnten.

In den ersten Wochen seiner Schwangerschaft registrierte Richard Winkler zwar seine körperlichen Veränderungen, ohne daß dabei aber zärtliche Gefühle zu dem Kind in ihm erwachten. Im Gegenteil: Depressionen und Niedergeschlagenheit überkamen ihn; er empfand seinen Zustand lästig. Übelkeit machte ihm zu schaffen. Öfter erbrach er sich. Meistens zog er sich dann beleidigt in sein Bett zurück. Die Pfleger versorgten ihn mit Tee und mit der von den Gynäkologen verordneten Diät-Nahrung, die reichlich Eiweiß enthielt. Dann wiederum plagte ihn der Heißhunger.

»Das ist auf Ihren Mineral- und Eisenmangel zurückzuführen«, beruhigte Dr. Fresar ihn.

Besonders erdrückend empfand Richard Winkler seine Abgeschiedenheit in der einsamen Waldgegend, wo er außer den Klinikärzten und seinen ständigen Pflegern keine anderen Menschen sah. Er kam sich entmündigt vor, weil er kaum noch etwas allein entscheiden durfte. Er war der »Fall des einundzwanzigsten Jahrhunderts«, die Sensation für ein Dutzend besessener oder sogar verrückter Ärzte und Forscher, die ihm vielleicht nur aus Rache oder als Revanche gegenüber den Frauen die Gebärmutter eingepflanzt hatten, damit der Mann die Funktion des Gebärens endlich selbst steuern konnte, urteilte Richard Winkler in seinem launischen und labilen Zustand. Er fühlte sich in den einsamen und zweifelnden Stunden als Gefangener, sogar als mißbrauchtes Opfer der Ärzte, obwohl sie ihn überfreundlich hätschelten. Er war ihr Triumph, der Beweis ihres eitlen Könnens. Es gab Tage und Nächte, wo er aus dem einsamen Försterhaus fliehen wollte, um seine körperlichen Veränderungen zu stoppen. Ihn überkamen dann die Wut und Lust zugleich, die wachsende Gebärmutter samt Embryo aus seinem Bauch zu reißen.

Richard Winkler hatte sich aus Langeweile und Neugier mit den kindlichen Entwicklungsstufen in seinem Leib beschäftigt. Dr. Fresar gab ihm dafür ein leichtverständliches Buch, das aber ganz auf die weibliche Schwangerschaft und Geburt abgestimmt war.

»Bei Ihnen verlaufen wesentliche Veränderungen in Ihrem Körper und in Ihrer Gefühlswelt anders als bei einer Frau«, klärte Dr. Fresar ihn auf.

So wußte Richard Winkler, daß der Embryo in seinem Leib nach acht Wochen etwa zweieinhalb Zentimeter groß war und den Status eines Fetus besaß, weil er zu diesem Zeitpunkt über alle Anlagen verfügte, die für ein vollausgebildetes Kind nötig waren; es brauchte nur noch zu wachsen – ohne Fehlbildungen –, damit es vollendet wurde. Bereits nach zwei Monaten schlug das winzige Herz und auch die kleinen Muskeln übten sich in ihren ersten Bewegungen. Trotzdem war das eigene Kind in seinem Bauch noch zu klein und zu schwach, um zärtliche mütterlich-väterliche Gefühle in ihm zu wecken. Im Gegenteil:

Der Fetus war ihm mehr fremd als vertraut; er nahm ihm sogar übel, daß er seinen körperlichen Zustand verschlechterte, oft haßte er ihn.

Winkler erkannte, daß sein Ich durch das kleine Wesen in seinem Leib unauslöschbar verändert wurde. Er würde nie wieder so sein, wie er einmal war. Was würde nach der Schwangerschaft aus ihm werden? Seine Wesensveränderung machte ihn weder zu einer ganzen Frau, noch war er ein ganzer Mann geblieben. Er konnte sich den Zwiespalt seiner Gefühle nicht erklären. Für seine körperlichen Veränderungen fehlte ihm die psychische Reife, über die wohl nur die Frau im Zustand der Schwangerschaft verfügte. Wieso verspüre ich nicht die zärtlichen Gefühle zu dem Kind in meinem Leib? fragte er sich enttäuscht und verzweifelt.

»Die Ärzte haben gut reden! Die ahnen vielleicht, was eine Frau seelisch und körperlich in der Schwangerschaft fühlt, nicht aber, was in dem hormonell umgestimmten Mann, dem Zwitter aus Weiblichkeit und Männlichkeit, vor sich geht«, schimpfte Winkler laut in seinem Gefängnis-Zimmer.

Als er in der zwanzigsten Woche die zarten Bewegungen der kleinen Arme und Beine in seinem Leib spürte, traf ihn der erste wahrnehmbare Kontakt mit seinem Kind wie ein Schock. Winkler war so verwirrt, daß er nicht wußte, ob er weinen oder lachen sollte. Er flüchtete auf sein Zimmer, verschloß die Tür hinter sich, zog sich aus und trat nackt vor den großen Spiegel. Bisher hatte er diesen Anblick vermieden. Als er jetzt so deutlich seinen gerundeten Bauch ansah, schoß ihm die Schamröte ins Gesicht. So sah also ein schwangerer Mann aus? Ein unästhetisches Gebilde aus dickem Bauch mit schlaffem Glied darunter, dem die Schamhaare wegen der weiblichen Östrogene ausgefallen waren. Er war zum Gespött seines Geschlechts geworden, dem er nicht mehr anzugehören glaubte. Er schrie seinen verunstalteten Körper im Spiegel an. Er fluchte und weinte. Was hatten die verdammten Gynäkologen nur aus ihm gemacht?

»Ich werde euch umbringen!« drohte er so laut, daß einer der Pfleger an Winklers verriegelter Tür rüttelte und erschrocken rief: »Was ist los, Herr Winkler?«

»Laß mich in Ruhe oder ich bringe mich um!« schrie er drohend durch die von innen verschlossene Tür nach draußen.

Der Pfleger rief seinen Kollegen zur Hilfe; sie wußten, wie wichtig der Patient Winkler für die Gynäkologen war, sie durften bei dem unberechenbaren Schwangeren kein Risiko eingehen: Sie brachen deshalb die Tür auf und stürmten in sein Zimmer.

Richard Winkler versuchte, mit beiden Händen seinen aufgeblähten Bauch vor ihren Blicken zu verbergen und schrie sie an: »Raus! Seht Ihr nicht, wie scheußlich ich aussehe?« Er brach in Tränen aus. Den Pflegern war es peinlich. Sie trösteten ihn, überredeten ihn schließlich dazu, sich wieder anzuziehen. Sie gaben Winkler ein Beruhigungsmittel und redeten besänftigend auf ihn ein. Über die separate Telefonleitung benachrichtigten sie den Klinikchef.

Dr. Fresar fuhr sofort zu seinem wichtigen Patienten ins Forsthaus. »Herr Winkler, was machen Sie nur für Geschichten? Was bedrückt Sie? Nennen Sie mir Ihre Beschwerden!« bat er ihn.

»Ich fühle mich verdammt schwer«, berichtete Winkler, der jetzt wieder gefaßt war.

»Das ist ganz natürlich. Von den Frauen wissen wir, daß sie während der Schwangerschaft bis zu zwölf Kilogramm zunehmen. Das liegt an der Wasseransammlung im Körpergewebe und an der Zufuhr von überflüssigen Kalorien, die dann meist drastisch verringert werden müssen«, erläuterte Dr. Fresar.

»Eigentlich möchte ich die Schwangerschaft abbrechen. Ich bin zum Kinderkriegen nicht geeignet«, bekannte Richard Winkler.

»Unsinn, Sie werden es schaffen, Herr Winkler! Es ist doch das Kind von Ihrer Frau und Ihnen, das Sie austragen. Wir dürfen es durch den Abbruch der Schwangerschaft nicht töten«, klärte der Arzt ihn auf.

»Ich halte die Beschwerden nicht länger aus. Sie werden immer größer.«

»Fühlen Sie, wie das Kind sich in Ihrem Bauch bewegt?«

fragte Fresar und tastete Winklers Bauch ab.
»Vorhin! Zum erstenmal! Es hat mich erschreckt.«
»Das wird sich bestimmt ändern. Sie müssen sich erst daran gewöhnen, Herr Winkler.«
»Ich glaube nicht, daß ich als Mann – oder was davon bei mir noch übriggeblieben ist – so zärtliche Gefühle für das Kind entwickeln kann wie eine Frau. Es ist gegen die Natur, daß der Mann das Kind kriegt«, sagte Winkler deprimiert.
»Sie dürfen nicht so pessimistisch sein, Herr Winkler. Was hätten wir sonst mit den eingefrorenen Embryonen anstellen sollen? Durch den plötzlichen und tragischen Tod Ihrer Gattin gerieten Sie mit den hinterlassenen Embryonen in eine Ausnahmesituation. Daß Sie anstelle Ihrer Frau das Kind austragen, ist die humanste Lösung, Herr Winkler.«
»Im Grunde bin ich ein Fall für die Wissenschaft! Für Sie und Ihre Kollegen, Herr Dr. Fresar.«
»Natürlich sind wir stolz auf den Erfolg mit Ihnen, Herr Winkler. Doch Sie erleben es ja selbst, daß es in der Geburtsmedizin Grenzsituationen gibt und deshalb der Mann das Kind zur Welt bringen muß«, begründete Dr. Fresar sein Handeln.
»Ein Kind zu kriegen ist für den Mann einfach zu umständlich, viel zu beschwerlich. Er sollte die Finger davonlassen und allein der Frau die Mutterschaft überlassen. Sie ist dafür besser geeignet«, erkannte Winkler.
»Schon bald werden künstliche Gebärmütter den Frauen und Männern die beschwerliche Schwangerschaft und Geburt abnehmen. Sie werden gefahrloser funktionieren, sind leichter zu »bedienen« und verringern die Kindersterblichkeit. Unsere Klinik hat endlich den künstlichen Gebärmutter-Apparat entwickelt. Er steht kurz vor der Vollendung. So eine künstliche Gebärmutter raucht nicht, trinkt nicht, fährt nicht mit dem Fahrrad und kann nicht in einen Autounfall verwickelt werden. Sogar vor Strahlen könnte man sie in einem Bleibehälter schützen. Unter gründlicher ärztlicher Kontrolle wird sich das Kind darin in aller Ruhe entwickeln können. Dabei würde alles getan, um die wichtigen natürlichen Bedingungen aufrechtzuerhalten. Dazu gehört auch der mütterliche Herzschlag, der von einem

Tonband eingespielt würde. Wir haben in unserer Klinik jahrelang mit diesem Gerät im Tierversuch experimentiert.«

»Wie jetzt an mir«, unterbrach ihn Winkler.

»Sie haben sich freiwillig zur Verfügung gestellt, Herr Winkler«, stellte Dr. Fresar unmißverständlich fest.

»Finden Sie es denn gut, den menschlichen Leib durch eine Aufzuchtmaschine zu ersetzen?«

»Es ist nicht alles ideal, was die Natur hervorbringt. Oft sogar schädlich. Deshalb muß sich der Mensch immer mehr von den naturgegebenen Risiken und Schwächen befreien. Durch neue Erfindungen und künstliche Methoden wird er von der Natur unabhängiger, auch wenn es sich dabei um die Menschwerdung, das Heranwachsen aus dem Embryo, handelt. Der Fortschritt ist nicht aufzuhalten«, verkündete der experimentierfreudige Klinikchef. Er versprach Winkler, daß er ab sofort von der Diplom-Psychologin betreut werden würde, die ihm bereits vor Monaten bei seiner stationären Einlieferung und auch in der Zwischenzeit immer wieder bei seinen seelischen Schwierigkeiten geholfen hatte.

Obwohl sich in den nächsten Wochen das Kind immer häufiger in Winklers Leib bewegte, blieben die von ihm und auch von der Psychologin erwarteten tieferen und beglückenden Gefühle bei seiner Schwangerschaft aus. Richard sehnte sich deshalb nach der Entbindung, »damit ich endlich von dem Kind in meinem Bauch befreit werde und wieder Mann sein kann«, sagte er unverblümt der Psychologin, die es aber nicht übers Herz brachte, ihn schonungslos an seine wohl für immer verlorene Männlichkeit zu erinnern.

Eigentlich hatte Dr. Fresar mit einer vorzeitigen Wehentätigkeit bei Richard Winkler gerechnet. Doch weder der Blasensprung, noch die Wehen traten bei dem Mann ein.

Für die Schwangerschaft bei einer Frau errechneten die Ärzte im Durchschnitt 280 Tage. Doch bei 95 Prozent aller Frauen erfolgte die Entbindung zwischen dem 266. und 294. Tag. Da das Kind bis zum 280. Tag seiner Entwicklung in Winklers Bauch keinen Platz hatte, weil es dann schon viel zu groß war und ihm auch der natürliche Geburtskanal fehlte, wurde

Winkler bereits in der 34. Woche durch »Kaiserschnitt« entbunden. Die Operation war trotz der Narben einfach und komplikationslos. Sie unterschied sich kaum von dem jahrhundertealten Kaiserschnitt bei der Frau. Dr. Fresar selbst schnitt Winkler das Kind aus seinem Bauch. Es war ein gesunder Junge, etwa vier Pfund schwer. Wohl zum erstenmal in der Entwicklungsgeschichte des Mannes und der Humanmedizin kam ein Kind aus dem Männerleib.

Es klang befremdend und für manchen aus dem Team sogar makaber, als Dr. Fresar im Namen seiner Ärzte und wissenschaftlichen Mitarbeiter Richard Winkler zur Geburt seines selbst ausgetragenen Sohnes gratulierte.

Der Junge wurde auf den Namen Christian Winkler ins Geburtsregister eingetragen. Die Frage nach der Mutter erhielt den Vermerk: unbekannt. Das für den gebärenden Mann geltende Formular mußte noch entwickelt werden.

Auch das Wochenbett verlief normal, es war kein Fieber aufgetreten. Die Überprüfung mit dem Ultraschall-Gerät zeigte, daß die Rückbildung der Gebärmutter, wie auch sonst bei einer Frau, die durch Kaiserschnitt entbunden worden war, normal verlief. Die Abstoßung des Uterus konnte von den Gynäkologen nicht festgestellt werden. Vermutlich verhinderte ein Faktor im Blut des bis vor kurzem schwangeren Mannes die Abstoßung der implantierten Gebärmutter.

Die sensationelle Geburt wurde von der Eifeler Privatklinik vorerst noch geheimgehalten. Dr. Fresar und sein Team wollten erst abwarten, wie eine zweite Männergeburt verlief, bevor sie die Öffentlichkeit davon unterrichteten. Er brauchte kein Prophet zu sein, um vorauszusagen, daß die meisten seiner Fachkollegen und die Öffentlichkeit schockiert auf die männliche Schwangerschaft reagieren würden.

Drei Monate später, als das Frühgeborene kräftig genug war, reiste Richard Winkler in die Schweiz, wo Vater und Sohn an einem geheimgehaltenen Ort von Dr. Fresars Ärztekollegen weiter betreut wurden. Sie besorgten dem Vater für die Versorgung und Betreuung seines Babys eine Amme.

Auch Ilona Wellershaus wurde von einem gesunden Kind entbunden. Es war ein Mädchen. Der angebliche Vater Dietmar Wellershaus setzte diesmal bei Ilona durch, daß die Taufe der Tochter Eva groß gefeiert wurde. Ilonas Schwiegereltern, besonders der alte Bankier Wellershaus, ließen es sich nicht nehmen, aus Anlaß der Geburt ihrer Enkeltochter ein glänzendes Fest zu veranstalten. Sie mieteten ein Hotel-Schloß am Rhein, in das sie fast hundert Gäste einluden. Die Gäste aus der großen Familie der Wellershaus, aus der Geschäftswelt, die Freunde, Bekannten und Prominenten aus Kultur und Wirtschaft sprengten den Rahmen einer intimen Familienfeier. Der alte Bankier Wellershaus machte aus der Tauffeier seiner Enkeltochter ein gesellschaftliches Ereignis.

Weder vor, noch nach der Geburt der Tochter Eva sprach Ilona mit Dietmar über die Möglichkeit, daß er durch die Abgabe seines Samens doch noch der wirkliche Vater des Kindes sein könnte. Dietmar wollte darüber auch gar nicht mit Ilona sprechen. Er benahm sich einfach so, als sei er der leibliche Vater, dem Ilonas Schwangerschaft nur auf dem Wege der Insemination gelungen war. Der Kunstgriff mit der Spritze, die es ermöglichte, den Samen, aus welchem Grunde auch immer, direkt in Ilonas Gebärmutter einzubringen, betrachtete er als ein erlaubtes Hilfsmittel zur Befruchtung, worum viele aufgeklärte Paare die Gynäkologen baten. Ilona ließ Dietmar in dem Glauben, daß er der genetische Vater von Eva sei.

Daß Dietmar Wellershaus seine aufgezwungene Rolle als vermeintlicher Vater so korrekt und pflichtbewußt erfüllte, machte in den nachfolgenden Jahren das Eheleben für Ilona immer schwieriger. Je älter und hübscher die Tochter Eva wurde, um so heftiger erwachte in Ilona der Wunsch, den tatsächlichen Vater ihrer Tochter kennenzulernen. Sie ertappte sich dabei, daß sie zweifach verliebt war: In ihre Tochter und in ihren anonymen Vater.

Ilonas Verlangen nach dem von der Klinik »Humanitas« geheimgehaltenen Samenspender steigerte sich in Eifersucht. Sie fragte sich, wie der Miterzeuger ihrer hübschen und klugen

Tochter wirklich aussehen würde. Denn je älter das Kind wurde, um so mehr äußerliche und charakterliche Eigenschaften erkannte sie an Eva, die nicht von Dietmar, sondern von dem unbekannten Vater stammten. Das hätte auch Dietmar auffallen müssen. Bevor die Unähnlichkeit alle anderen, nur Dietmar nicht, bemerken, werde ich mich scheiden lassen und von hier wegziehen, beschloß Ilona. Sie liebte ihren Mann nicht mehr, weil nicht er, sondern ein anderer Mann die Potenz besaß, ihr so ein hübsches Kind zu zeugen. Sie wünschte sich ein zweites Kind von dem anonymen Vater. Und sie wollte ihn ganz allein besitzen.

Ihre Liebe und Eifersucht brachten Ilona auf die seltsamsten Gedanken. Sie wollte den Vater ausfindig machen, auch wenn sie dazu unlautere und kriminelle Mittel anwenden mußte. Sie beauftragte deshalb ein Detektivbüro, das den Namen des anonymen Samenspenders herausbekommen sollte. Da ihre Befruchtung in der Eifeler Klinik »Humanitas« erfolgte, müßte er dort auch unter einer zu entschlüsselnden Codenummer in der Kartei zu ermitteln sein. Obwohl der Detektiv der beste und teuerste zur Aufklärung der Vaterschaft war, gelang es ihm nicht, den verschlüsselten Namen in der Eifeler Klinik herauszubekommen. Der Detektiv riet seiner Auftraggeberin, bis zum sechzehnten Geburtstag ihrer Tochter zu warten, die dann womöglich durch Gerichtsbeschluß ihr Recht auf Bekanntgabe der Vaterschaft einklagen konnte. Dann mußte die Klinik den Namen ihres Miterzeugers preisgeben.

Doch so lange wollte Ilona nicht warten. Sie glaubte, die bis dahin noch vergehenden Jahre an der Seite von Dietmar nicht durchstehen zu können. Auch würde sie dann älter sein, und wer wußte, ob sie dem unbekannten Vater von Eva überhaupt gefiel? So ein Mann müßte längst verheiratet oder anderweitig gebunden sein, grübelte sie. Dietmar trotzdem zu verlassen und dann getrennt von ihm zu leben, wollte sie wegen Eva nicht, die ihren vermeintlichen Vater liebte, weil er sie fast abgöttisch verwöhnte.

Ilona mußte oft an ihre Liebe zu dem Architekten Thomas Hendrich denken, die daran zerbrach, weil sie ihm die Wahrheit über ihre unnatürliche Zeugung aufdrängte. Sie wollte damals nicht mit ihm zusammenleben, ohne ihm zu gestehen, daß sie fünf Jahre als Embryo im Kälteschlaf lag. Diese Tatsache glaubte sie als Lüge nicht mit sich herumschleppen zu können. Und jetzt – heute? Warum duldete sie die Lüge, daß Dietmar der Vater von Eva sei? Jedenfalls hatte sie nicht den ernsthaften Versuch gemacht, ihn davon zu überzeugen, daß nur der fremde Samenspender der Vater sein konnte. Ich war es doch, die Dr. Fresar bat, Dietmars unfruchtbare Spermien mit dem fruchtbaren Samen zu mischen. Nur aus Mitleid, als Hoffnungsschimmer, der für ihn zum Glauben an die Vaterschaft wurde. Das Prinzip Hoffnung, die bewußte Täuschung, alles war nur Rücksichtnahme auf seine sensiblen Gefühle! So durfte man vielleicht mit dem Mittel der barmherzigen Lüge einen unheilbaren Kranken täuschen – wenn er nicht stark genug ist, die grausame Wahrheit zu ertragen. Diese Schuldgefühle trieben Ilona oft zurück in ihre Depressionen, deren Ursachen jedoch nicht mehr ihre künstliche Befruchtung und der Wunsch nach dem Kind zur Tilgung ihrer angeblichen Schuld waren, sondern Dietmar und Evas anonymer Vater.

Mit acht Jahren klagte Eva über eine Mittelohrentzündung, die auf ihre Hirnhäute übergriff und plötzlich auftretende Kopfschmerzen, Nackensteifheit, Erbrechen und Fieber erzeugte. Sie erkrankte schwer an einer Gehirnhautentzündung. Monatelang lag sie im Krankenhaus. Immer wieder traten neue Komplikationen auf. Die Ärzte mußten um Evas Leben kämpfen.

In dieser schweren Zeit war es Dietmar, der Ilona tröstete, ihr neue Hoffnungen machte, der ruhende Pol für ihre aufgewühlten und verzweifelten Gefühle wurde. Obwohl Ilona immer wieder die Nerven verlor und Dietmar die unberechtigte und törichte Schuld an Evas schwerer Erkrankung gab, verlor er nie den Überblick und die Beherrschung. Er saß fast Tag und Nacht an Evas Krankenbett, jede freie oder zusätzlich erzwungene Stunde war er in ihrem Zimmer. Wenn Eva die Augen öffnete, war er da. Er streichelte sie, heiterte sie auf, las ihr spannende Geschichten vor und erfüllte ihr jeden Wunsch, sofern er von den Ärzten erlaubt wurde.

Wenn es wieder einmal im Verlaufe ihrer langwierigen und tückischen Krankheit besonders schlimm um Eva stand, fuhr er zu seiner Tochter ins Krankenhaus. Selbst die schwierigste und wichtigste Verhandlung konnte ihn nicht in der Bank zurückhalten. Ilona mußte in diesen für das Leben ihrer Tochter kritischen Stunden die Enttäuschung erleben, daß Eva jedesmal, wenn sie wieder die Kraft oder das Bewußtsein dazu hatte, vorübergehend die Augen zu öffnen, meist zuerst nach ihrem »Vati« fragte. Dann nahm Dietmar ihre Hand und streichelte sie so lange, bis ihr die Augen wieder zufielen. Es gab Tage, an denen das schwerkranke Kind nur den Vater sehen wollte – jedoch mit keinem Wort nach der Mutter verlangte.

»Wo nimmst Du nur die Kraft her, Tag und Nacht an ihrem Bett zu wachen?« fragte Ilona eines Morgens Dietmar, als sie ihn im Krankenzimmer von der Nachtwache ablöste.

»Ich bilde mir ein, daß es meine Tochter ist«, antwortete er ihr ruhig.

Ilona stellte aus Betroffenheit keine weiteren Fragen. Doch Dietmar ergänzte: »Auch wenn sie nicht meine Tochter sein sollte, sie braucht mich trotzdem.«

»Ja – und das ist gut so, Dietmar!«

»Es ist doch unerheblich, ob Eva meine Gene besitzt. Dafür hat sie meine Liebe. Die ist viel wichtiger als äußere Übereinstimmungen. Ich bin ein nüchterner und phantasieloser Mann, nicht gerade ein idealer Vater, der seinem Kind etwas Besonderes vererben kann. Ich gehöre dem Heer der Durchschnittsmenschen an. Wenn Eva eine Menge von Deiner Schönheit und Intelligenz besitzt, dann kann sich ihr Vater darauf beschränken, ihr nur ein paar positive Eigenschaften zu vererben. Und der könnte ich sein.«

»Glaubst Du wirklich, daß Du ihr Vater bist?« fragte Ilona ihn, obwohl sie sich vor der Antwort fürchtete.

Dietmar schwieg lange. Doch dann sagte er entschlossen: »Ich glaube es einfach! Überall in der Welt gibt es Wunder. Auch im Sperma! Auch bei der Befruchtung! Unbewegliche Samenfäden können schnell und beweglich werden – und die angeblich gesunden schwach und langsam sein. Wer weiß das schon? Der Glaube an Wunder und an die Möglichkeit des Unmöglichen bis hin zu übersinnlichen Ereignissen gehört nun einmal zu unserem Leben. Wie könnten wir sonst die schweren und aussichtslos erscheinenden Stunden ertragen? Du siehst es ja an uns. Wie oft machten uns die Ärzte in den vergangenen Wochen nur wenig Hoffnung auf Evas Leben. Daß sie die schwere Meningitis wohl doch nicht überlebt. Trotzdem ging es wieder aufwärts mit ihr. Die Ärzte sagten dann, die Medikamente hätten ihr geholfen. Ich sage Dir, es waren unsere Hoffnung, unser Glaube, unsere Liebe zu Eva, daß sie die kritischen Stunden überstand.«

»Du glaubst also fest daran, daß Deine Samenfäden es waren?« wiederholte Ilona.

»Ich muß einfach an das Wunder glauben, auch wenn keines ihrer äußeren Merkmale auf mich als leiblichen Vater schließen läßt. Was soll ich denn sonst machen, als an Wunder zu glauben? Wenn ich ihr nicht meine Gene schenken konnte, dann wenigstens meine Zuneigung, mein Verstehen, meine Ratschläge – daß ich immer für sie da sein werde.«

So tief hatte Dietmar Ilona noch nie in sein wundes Herz blicken lassen, ihr seine Gefühle, Sorgen und Wünsche mitgeteilt. Ilona erkannte, daß Dietmar es war, an den sie sich in den schweren Stunden klammerte und Halt fand. Allein hätte sie das Auf und Ab von Evas schwerer Erkrankung nicht durchgehalten. Dietmar hatte zwei Menschen trösten müssen: Ilona und Eva. Nein, sie würde ihn nicht verlassen. Nicht mehr den anonymen Samenspender suchen lassen. Eva brauchte Dietmar als Vater. Auch wenn das Spermawunder in ihrem Uterus nicht eingetreten war. Gegenüber Eva brauchte es keine Lüge zu sein, daß Dietmar ihr Vater war. Wer konnte das denn schon beweisen. Die Bluntuntersuchung als Nachweis für die Vaterschaft? Auch dabei konnte man sich irren.

Eva überstand ihre Gehirnhautentzündung. Die überglücklichen Eltern fuhren mit ihr zur Erholung ein paar Wochen nach Südfrankreich.

Ilona führte an Dietmars Seite eine der Tausenden Ehen, in denen meist das Ansehen und die Beachtung gesellschaftlicher

Regeln wichtiger waren als die Liebe. Die ursprünglichen Liebesheiraten dieser meist für ein ganzes Leben eingegangenen Verbindungen verkümmerten im Laufe der Jahre zu reinen Zweckgemeinschaften.

In Ilonas Ehe wiederholte sich, was ihre Mutter und ihr Vater, der schon lange tot war, als Ingeborg sie zur Welt brachte, auch erlebten: Gefühlskälte, Gleichgültigkeit, Anpassung und Vortäuschung einer intakten Ehe. Ilona hatte es allerdings leichter in der nicht gerade unglücklichen, aber bestimmt nicht glücklichen Ehe, die eher eine Mischung aus nüchterner geschäftlicher Überlegung und dem Waffenstillstand der tatsächlichen Gefühle war, die wiederum mehr oder weniger den routinierten höflichen Anstandsformen entsprachen. Denn Ilona widmete die meiste Zeit ihrer Computer-Firma, die sich unter ihrer Leitung einen guten Namen in der Branche erworben hatte und mittlerweile auch die ausländischen Märkte belieferte. Ilona konnte ihre laue Ehe durch ihre geschäftlichen Erfolge kompensieren. Sie war finanziell und beruflich unabhängig. Und sie besaß mit Eva ihr größtes Glück.

Allerdings trat die Tochter weder in die geschäftlichen Fußstapfen der Mutter, noch von Dietmar, von dessen Zweifeln an der tatsächlichen Vaterschaft die Tochter keine Ahnung hatte. Sie war unter seiner Vaterschaft in die Geburtsurkunde eingetragen. Ihre Mutter und ihr Vater waren also urkundlich ihre Eltern.

Eva, die viel von dem Selbstbewußtsein der Mutter geerbt hatte, ließ ihre Eltern schon früh wissen, daß sie keine Geschäftsfrau oder Managerin werden wollte, um als Erbin in Ilonas Computer-Firma oder in Dietmars Bank einzutreten. Die Tochter besaß mehr künstlerische Veranlagungen, die weder in Ilonas, noch in Dietmars Familien so ausgeprägt waren. Nur Ilona konnte sich deshalb Evas kreative Begabung erklären: Sie wußte, daß sie von dem anonymen Vater stammte.

Eva war mit ihren sechsundzwanzig Jahren längst erwachsen und eine hübsche junge Frau. Sie besaß Ilonas Schönheit und auch ihre kühle Beherrschtheit, die sich in schwierigen Situationen zur Eiseskälte steigern konnte. Die künstlerische Ader, die Phantasie, das Kreative in ihr bildeten oft den Gegensatz zu ihrer eisigen Logik. Eva war charmant und klug zugleich, beides schien mit einer Portion Witz und Ironie gewürzt zu sein, wodurch sie sich von ihren vorwiegend geschäftlich orientierten Eltern abhob.

Eva hatte in Paris und München Modezeichnerin und Grafik-Design studiert. Sie lebte und arbeitete nach ihrem Studium nun als freie Diplom-Designerin in München, wo sie sich ihr Geld als Buch-Illustrator und Gebrauchs-Grafikerin verdiente. Ihre Klienten waren Werbeagenturen, Verlage und Industriefirmen. Evas künstlerischer Beruf war bislang der einzige Wermutstropfen sowohl in Ilonas als auch in Dietmars Zukunftsplanung. Wer sollte später einmal die Computer-Firma Dallberg und das Bankhaus Wellershaus übernehmen? Denn Ilona und Dietmar hatten nur eine Erbin, die ausgerechnet Künstlerin wurde. Doch auch damit fanden sich ihre toleranten Eltern ab. Was blieb ihnen bei Evas geerbtem Eigensinn auch anderes übrig?

Eva war zu einem Fachkongreß der Grafik-Designer nach Berlin geflogen. Sie wollte den Berlinaufenthalt mit dem Besuch bei einem noch weitgehend unbekannten Maler verbinden, dessen Bilder erstmalig in einer Galerie in Kreuzberg gezeigt wurden. Die Ausstellung war nur Insidern bekannt. Den Geheimtip erhielt Eva von einem Münchener Berufskollegen. Eva war von der Hauptverwaltung eines süddeutschen Industrieunternehmens damit beauftragt worden, den neuen Sitzungsraum, in dem regelmäßig der Vorstand und der Aufsichtsrat tagten, künstlerisch auszustatten. Sie suchte als Wandschmuck noch einige moderne Bilder. Der Auftraggeber hatte nur die Bitte, daß es sich bei dem Maler nach Möglichkeit um einen begabten Nachwuchskünstler handeln sollte.

»Unsere Wände mit Exponaten bereits bekannter Maler zu schmücken, ist keine Kunst«, hatte ihr der verantwortliche und kunstbegeisterte Auftraggeber, der zufällig auch Vorstandsvorsitzender des Unternehmens war, seinen Wunsch erläutert. Eva hoffte, daß sie diesen begabten und noch jungen Künstler in der Kreuzberger Galerie entdecken würde.

Eva kannte nur seinen Namen, den ihr der Münchener Grafik-Kollege auf einen Zettel gekritzelt hatte. Der Maler hieß Christian Winkler und würde erst seit neun Monaten in Berlin-Kreuzberg in einem Hinterhof-Atelier seine Bilder malen. Zuvor habe er sich vorwiegend in der Schweiz und in Wien aufgehalten. Das war alles, was Ilona über Christian Winkler wußte.

Sie fuhr mit einem Taxi zu der Kreuzberger Galerie, die sich in der Seitengasse einer belebten Straße befand. Die Straße schlängelte sich wie ein Pfad durch die links und rechts aufgereihte Häuserschlucht. Hier, auf dem Hauptpfad, befanden sich zur Eindeckung der menschlichen Bedürfnisse die seltsamsten Geschäfte: Der kleine Gewürzladen für den Feinschmecker, Trödelladen, in dem sich Künstler, Studenten und sonstige unregelmäßig Verdienende für wenig Geld mit getragener Kleidung komplett einkleiden konnten; der Laden, wo man Nippes fand und ausgediente alte Sofas oder das vom Sperrmüll gerettete Vertiko oder schlichtweg alles für die Kitschecke bekam, die in keinem kultivierten Haushalt fehlen durfte. Da gab es das Obstgeschäft mit den seltensten Früchten, den Hundesalon, das Antiquitätengeschäft, ganz zu schweigen von den Metzgereien und Lebensmittelgeschäften, den Bäckereien und den urigen und schummrig wirkenden Kneipen. Der Mensch mit dem kleinen oder großen Geldbeutel konnte hier so ziemlich alles kaufen. Selbst die Kunst hatte ihren Platz in dieser Gegend, wenn auch in der stilleren Seitengasse und nicht auf der volkstümlich geprägten Einkaufsstraße.

Eva betrat neugierig die Galerie, deren Tür beim Öffnen eine Glocke bimmeln ließ. Der verhältnismäßig große Raum wurde von künstlichem Licht durchflutet; an seinen Wänden hingen etwa zwanzig moderne Bilder in Öl, Aquarell, als Bleistift- und Kohleskizzen. Die in dunkleren und schweren Farben gemalten Bilder wurden von Punktscheinwerfern angestrahlt.

Die Mischung der Bilder an den Wänden aus leichten und schweren Farbtönen, dazu der Kontrast der Schwarz-Weiß-Skizzen erregten Evas künstlerische Ader. An den Galeriewänden sah sie die leicht hingehauchten oder mit dickem Pinsel in tiefem Blau oder Rot getauchten und auf die Leinwand aufgetragenen Motive in eigenartiger Farbkombination, die den Betrachter zum Nachdenken bei der Entschlüsselung der Aussage zwangen. Das schattenlose Licht und die große Stille in dem Ausstellungsraum, die Eva wegen der nur wenige Meter von dem lauten Trubel entfernt liegenden Einkaufsstraße nicht vermutete, kamen ihr wie der Besuch in einer anderen Welt vor.

Niemand war in dem Galerieraum anwesend. Daß ein Besucher oder womöglich ein potentieller Bildkäufer in der Galerie anwesend war, mußte der Besitzer oder Künstler durch die läutende Türglocke wissen, kombinierte Eva. Vielleicht war es Taktik oder sogar Höflichkeit, den Besucher sich erst einmal selbst zu überlassen, um den ersten Eindruck ungestört zu erleben, ohne von dem meist begrüßenden Galeristen oder Künstler abgelenkt zu werden. Sie würde sich Zeit nehmen, die ausgestellten Bilder des noch unbekannten Malers aufmerksam zu betrachten, war ihr erstes Urteil.

Eva mußte ihre Neugier auf den Künstler zähmen, der es auf Anhieb verstand, sie zum Betrachten seiner Farben und Motive zu zwingen und dadurch einen Prozeß in ihren Gefühlen und ihrem Intellekt in Gang zu setzen. Letzten Endes hatte sie darüber zu entscheiden, ob ihr subjektives Empfinden für den eventuellen Kauf eines Bildes auch dem Geschmack ihres Auftraggebers entsprach. Es handelte sich nicht um Bilder, die sie für ihre eigene Wohnung aussuchen und kaufen wollte.

Eva vertiefte sich in bestimmte Bilder, die wegen ihrer Farbkombinationen, Motive und hintergründigen Aussage ihr besonderes Interesse fanden.

Sie war so fasziniert von den Arbeiten, daß sie gar nicht bemerkte, daß der junge Maler Christian Winkler durch eine Seitentür in die Galerie gekommen war und sie schon eine ganze Weile betrachtete. Als er sich schließlich bemerkbar machte und sie seinen forschenden Blick spürte, wurde sie etwas verlegen.

Der Maler sah gut aus, er war schlank und mittelgroß; sein dichtes, fast lockiges bräunliches Haar paßte zu den blauen, lebhaften Augen in dem schmalen Gesicht. Er trug eine dunkelgrüne und etwas verknitterte Hose und einen dunkelbraunen Pullover. Seine Kleidung hatte ein paar Farbkleckse, die darauf schließen ließen, daß er soeben von der Staffelei kam. Seine Füße steckten in Turnschuhen, die einmal weiß gewesen sein mußten.

»Verzeihen Sie, daß ich Sie störe. Ich hatte nicht erwartet, daß eine so junge und gutaussehende Dame sich für meine Bilder interessiert. Ich heiße Christian Winkler«, stellte er sich vor.

»Ich heiße Eva Wellershaus«, erwiderte sie und reichte ihm die Hand.

Christian hielt ihre Hand eine Weile fest und sagte freimütig: »Genügt ein Händedruck oder soll es ein Handkuß sein?«

Eva lachte.

»Wirklich, für die Kunst tue ich alles,« spottete er selbstbewußt.

»Ein Händedruck genügt, obwohl bei Eröffnung einer Ausstellung, auf Künstlerbällen, überhaupt in Künstlerkreisen der Handkuß weitverbreitet ist«, gab sie zurück.

Er ließ ihre Hand los und betrachtete aufmerksam ihre Figur. »Verzeihen Sie, Frau Wellershaus, daß ich Sie so prüfend – oder besser gesagt, neugierig betrachte. Ich überlege nämlich, ob Sie vom Fach sind. Vielleicht eine Kollegin?«

»Dann raten Sie mal drauflos«, forderte Eva ihn auf.

»Helfen Sie mir bitte, indem Sie mit kalt, lau, warm oder heiß antworten. Abgemacht?«

»Klar.«

»Sie sind von der Presse – Kunstkritikerin oder so. Jedenfalls vom Feuilleton –.«

»Kalt«, antwortete sie belustigt.

»Dann war es also ein Volltreffer ins kalte Wasser. Sie sind Malerin!«

»Nicht mehr ganz so kalt.«

»Also lau –.«

»Bißchen wärmer, Herr Winkler.«

»Zwischen lau und heiß liegt warm. Sie sind Galeristin und wollen ein Bild kaufen –.«

»Keine Galeristin.«

»Verflixt, dann wollen Sie mir kein Bild abkaufen?«

»Das habe ich nicht gesagt.«

»Antiquitätenhändlerin können Sie auch nicht sein. Die kaufen keine moderne Kunst von unbekannten Malern. – Sind Sie Grafikerin?«

»Ja. Genau gesagt, bin ich Grafik-Designerin, Illustrator und arbeite auf dem Gebiet der Gebrauchsgrafik.«

»Alle Achtung! Dann können wir ja fachsimpeln. Ich habe beides studiert: Grafik und Malerei.«

Eva fühlte, wie der Funke der Zuneigung auf sie übersprang. Sie war sensibel und Frau genug, aus seinen Blicken mehr als die Anbahnung einer nur rein geschäftlichen Bekanntschaft zu lesen.

»Bitte, lassen wir zunächst das Fachsimpeln, Herr Winkler. Ich möchte mir in Ruhe Ihre Bilder ansehen und vielleicht das eine oder andere kaufen«, bat sie ihn.

»Bitte! Sehen Sie sich ruhig um. Ich bleibe im Hintergrund. Wenn Sie mich brauchen –.«

»Dann werde ich Sie bitten, mir Auskunft zu geben«, sagte sie bewußt etwas schnippisch – und bereute sogleich ihre vorlaute Äußerung.

Er ließ sie in Ruhe und setzte sich in die Nähe der Galerietür auf einen Hocker und wartete auf die Dinge, die sich hoffentlich mit der jungen Designerin anbahnen würden. Christian glaubte, so etwas wie Liebe und geistige Begegnung auf den ersten Blick zu spüren. Er tat so, als lese er das Feuilleton in der Berliner Zeitung. Doch keine Zeile interessierte ihn darin. Eva Wellershaus galt seine Neugier und der Wunsch, sie näher kennenzulernen. Er beobachtete sie – und Eva spürte seine Blicke, obwohl sie ihm den Rücken zuwandte. Er konzentrierte sich auf sein visuelles Gedächtnis und prägte sich genau ihr kastanienbraunes Haar ein, ihre blau-graue Augenfarbe – ihre schmalen feingegliederten Hände, ihren schlanken Körper mit dem wohlgeformten Busen unter dem dottergelben Pullover, ihre Hüften, die Beine, die ebenfalls schlank und schön sein mußten, wie alles an ihr. Sie trug eine braune Lederhose und braune Wildlederschuhe.

Eva versuchte, aus seinen Arbeiten mehr über ihn zu erfahren. Etwas Geheimnisvolles lag in seinen Bildern, das er meist nur in seinen Motiven andeutete, damit die Phantasie des Betrachters sie weiterentwickelte, vielleicht sogar entschlüsselte. Dieser Christian Winkler hatte eine andere Form des Malens entdeckt: Er wollte nur andeuten, nie vollenden, dem Betrachter kein fertiges Bild liefern. Er sollte es in seiner Phantasie und mit seinen Gefühlen selbst zu Ende malen. Das war sein Geheimnis: Die Kreativität, die in jedem Menschen schlummert, anzuregen, die sich aber für den Betrachter nie erschöpfen durfte, sondern durch die wechselnde Stimmung, den Betrachtungswinkel und die Beleuchtung ins Unermeßliche, Unbegreifliche und ins Unvollendete erweitern sollte.

Eva entschied sich für drei Arbeiten, die sie ihm abkaufen wollte: Ein Ölbild in dunkelroten Grundtönen, das auf den pulsierenden Blutstrom als Quellen des menschlichen Lebens schließen ließ und nie versiegte, sondern eins würde in den Milliarden Blutströmen. Die andere Arbeit zeigte ein heiteres, in zarten Pastellfarben gehaltenes Motiv, das wie eine nie verblühende Blumenwiese die Liebe darstellte. Bei der dritten Arbeit handelte es sich um eine phantastische Schwarz-Weiß-Skizze als Umkehrung der Dinge und Farben, weil sie einen Mond zeigte, der ein dunkles Licht auf den weißen Schnee einer Gebirgslandschaft warf. Die ausstrahlende Finsternis mußte nicht immer trostlos sein, deutete Eva die Skizze.

Als sie den jungen Maler nach dem Preis der drei Bilder fragte, wollte er sich zunächst nicht von dem Motiv des nie versiegenden Urquell des Lebens trennen. Doch Eva hatte dem Motiv schon seinen festen Platz an der Wand in dem Konferenzraum gegeben. Sie feilschte wie besessen um den Ankauf des Bildes. Dabei ging es nicht um die Höhe des Kaufpreises, sondern allein um den Besitzwechsel.

Schließlich kapitulierte Christian vor Evas Hartnäckigkeit. Er lud sie zum Essen ein.

»Gut, ich nehme Ihre Einladung an, weil Sie mir alle drei Bilder verkauften«, begründete sie ihre Einwilligung.

»Sollen wir zum Kurfürstendamm fahren?« fragte er sie.

»Von mir aus können wir auch in Kreuzberg bleiben.«

»Sie haben recht, auch hier gibt es gute und vor allem echte Berliner Lokale. Sie dürfen nur nicht so wählerisch bei der Speisekarte sein«, beugte er vor.

Draußen vor der Galerie sagte Eva: »Ich zahle das Taxi.«

Doch Christian winkte ab. « Brauchen wir nicht, wir gehen zu Fuß. Das Lokal liegt gleich um die Ecke.« Er schlenderte mit ihr über die belebte Straße. Öfter blieben sie vor einem Geschäft stehen. Eva konnte nicht widerstehen, den Trödelladen aufzusuchen, wo sie sich für ihre »Kitschecke« zu Hause einen Glaselefanten kaufte, dem nichts anderes fehlte als der Rüssel.

»Warum kaufen Sie sich ausgerechnet einen Glaselefanten ohne Rüssel?« wollte er von ihr wissen.

»Weil auch diesem verstümmelten Tier ein Platz in der Wohnung zusteht. Wohl jeder hat so viel Phantasie, um sich vorzustellen, daß der Elefant einen Rüssel hat, gleichgültig, ob er an dem Glaselefanten vorhanden ist oder nicht«, erläuterte sie ihm.

»Da haben Sie recht, Elefanten ohne Rüssel gibt es natürlich nicht. Das braucht man eigentlich nicht zu betonen«, pflichtete er ihr bei.

Sie gingen zu einem italienischen Restaurant. Bevor sie es betraten, sagte er ihr ungeniert, daß er nicht genügend Geld bei sich habe. »Vielleicht gar keinen Pfennig«, berichtigte er sich, als er in seinen Hosentaschen vergeblich nach einem Geldschein kramte. »Sie müssen mir wohl oder übel einen Vorschuß auf meine verkauften Bilder geben«, bat er sie.

Sie lachte. »Mache ich! Ich bezahle das Essen –.«

»Sie strecken mir das Geld nur vor«, stellte er richtig.

»Natürlich! Glauben Sie etwa, ich bezahle, wenn man mich einlädt?«

Innerlich lobte sie seine unverfrorene Dreistigkeit, sie großspurig zum Essen einzuladen und dafür keine Mark zu besitzen. So etwas war ihr noch nie passiert, obwohl sie es in München mit jeder Sorte Künstler zu tun hatte. Aber wie er es sagte, ohne dabei rot zu werden oder zu stottern, bewies ihr sein Selbstbewußtsein, das nicht vom Geld abhing. Sie würde sich in ihn verlieben! Ich bin es schon, gab sie heimlich zu.

Christian war dem freundlichen Besitzer des Restaurants

nicht unbekannt. Der gebürtige Italiener unterhielt sich gern mit Christian, weil er das Dorf bei Palermo kannte, aus dem Luciano stammte. Mit dem üblichen südländischen Temperament wurden Christian und seine Begleiterin von Luciano begrüßt, der dem jungen Maler die allerletzten Neuigkeiten aus seinem italienischen Heimatort erzählen wollte. Doch Christian unterbrach ihn höflich: »Später, Luciano! Du siehst, ich bin in Begleitung. Ich muß mit Frau Wellershaus – übrigens eine Kollegin von mir – noch einiges besprechen«, bremste Christian des Südländers Mitteilungseifer.

»Aber erst müßt Ihr essen«, wandte Luciano ein. Er reichte ihnen die Speisekarte.

»Schlagen Sie etwas vor. Ihr gastronomischer Freund hat bestimmt eine lukullische Spezialität anzubieten«, vermutete Eva.

»Und ob! Lucianos Haus-Spezialität kommt sogar ohne Spaghetti aus«, bemerkte Christian.

Luciano wußte Bescheid. Er grinste über das ganze Gesicht. Denn noch nie, seitdem er den Maler kannte, hatte er bei ihm etwas anderes gegessen, als die für deutsche Zungen bestimmte Haus-Spezialität aus verschiedenen Fischsorten, Gemüsen und südländischen Früchten. Unaufgefordert brachte Luciano den Rotwein, der zu dem Gericht gehörte.

»Kennen Sie den Italiener schon lange?« erkundigte sich Eva.

»Erst seit knapp neun Monaten. Länger bin ich noch nicht in Berlin, genauer gesagt, in Kreuzberg.«

»Wieso leben und arbeiten Sie ausgerechnet in Kreuzberg?«

»Weil ich hier noch das echte urwüchsige Leben der Berliner beobachten kann.«

»Aber in Ihren Galeriebildern ist vom echten Berliner Leben nichts zu sehen.«

»Richtig. Es sind vorwiegend Motive, Deutungen und Farben, zu denen mich meine Aufenthalte in der Schweiz, Österreich, Frankreich und vor allem auch in Italien inspirierten. Seit ich in Kreuzberg lebe, male ich natürlich Motive aus meiner unmittelbaren Umgebung.«

»Welche Motive bevorzugen Sie?« fragte Eva interessiert.

»Die Menschen natürlich. Den Berliner, wie er lebt, oder wie ich mir vorstelle, wie er meiner Ansicht nach leben sollte.«

»Kann man das Unmittelbare, das jetzige spontane Leben in seiner ganzen Vielfalt und Individualität in eine Zukunft versetzen, in der das Leben von anderen Formen und Verhaltensweisen geprägt wird?« zweifelte Eva.

»Sie wissen, daß die Künstler nicht nach den Gesetzen der Logik gestalten. Ihre Phantasie ist nicht an bestimmte Formen der Vergangenheit, Gegenwart oder Zukunft gebunden. Sie überspringt oft Zeit und Raum. Wir Künstler, die mit Pinsel, Farben und Zeichenstift umgehen, sollten uns ausschließlich mit unserem Handwerkszeug auf der Leinwand oder auf dem Papier ausdrücken und nicht mit Worten. Das können wir getrost den Bauchrednern, Journalisten und vor allem den Autoren überlassen«, spottete er.

»Ich würde mir gern auch Ihre neuen Berlin-Bilder ansehen, Herr Winkler.«

»Es sind bisher nur drei Motive, die mir gefallen. Ich bin in meiner Arbeit noch zu sehr von meinem früheren Leben beeinflußt. Kreuzberg soll ein Neubeginn mit dem urwüchsigen, oder besser gesagt, unverbildeten Leben mit seiner ganzen sozialen Armut, Brutalität, Sinnlichkeit, aber auch seiner zarten und unbeholfenen Poesie sein. Dabei brauche ich die tristen Hinterhöfe oder die unmenschlichen Mietskasernen aus dem zwanzigsten Jahrhundert ebenso wie das Stück Rasen zwischen den Häuserfronten oder das irgendwo an einem alten und abbruchreifen Gemäuer im Verborgenen blühende Veilchen. Es müssen nicht immer die Rosen und Orchideen sein, die unsere bewundernden Blicke auf sich ziehen. Auch die Häßlichkeit eines stillgelegten Eisenbahngleises oder des Kreuzberger Hinterhofes kann schön sein, es kommt nur darauf an, wie man sie sieht und umdeutet«, schwärmte der junge Maler.

»Wo verbrachten Sie die meiste Zeit Ihres Lebens?«

»In der Schweiz.«

»Sind Sie dort auch geboren?«

»Nein. Geboren bin ich in einer Privatklinik in der Eifel. Ich weiß nicht einmal, wo sie steht oder stand. Irgendwo auf dem

Lande.« Er leerte etwas hastig sein Glas Rotwein.

»Leben Ihre Eltern noch?«

»Nur noch mein Vater. Doch ich weiß im Augenblick nicht, wo er sich aufhält. Solange ich ihn kenne, reist er in der Welt umher. So als sei er stets auf der Flucht vor etwas, was er selbst nicht weiß. Er schrieb oder schreibt mir aus fast allen Winkeln Europas. Er ist Generalvertreter einer Kosmetikfirma –.«

»Als Mann? Dafür sind doch besser die Frauen geeignet«, wandte Eva ein.

»Aber er ist es nun einmal. Er kann gut organisieren und kalkulieren. Wir waren nie arm. Ich habe meinem Vater viel zu verdanken, nicht nur mein Studium als Maler, auch meine vielen Reisen durch Europa. Er unterstützt mich auch heute noch, wenn ich ihn darum bitte. Ich verdanke ihm sogar mein Leben.« Er sah Eva dabei prüfend an, um zu sehen, wie sie darauf reagieren würde.

Doch sie erwiderte ahnungslos: »Auch ich verdanke meinen Eltern fast alles. Als Achtjährige bekam ich eine Gehirnhautentzündung. Die Ärzte hatten mich schon aufgegeben. Nur weil meine Eltern felsenfest daran glaubten, daß ich so stark sei, die tückische Krankheit zu überwinden, blieb ich am Leben. Sie behaupten, ihr Glaube hätte mir das Leben gerettet. – Haben Sie etwas Ähnliches erlebt?«

»Ich möchte nicht darüber sprechen«, sagte er etwas schroff.

»Ist Ihre Mutter schon lange tot?«

»Sie hinterließ mich als eingefrorenen Embryo, weil sie damals noch keine Zeit hatte, mich auszutragen. Sie wollte es später tun, wenn die Schulden für die angeschafften Sportflugzeuge bezahlt waren. Meine Eltern hatten als junges Ehepaar eine Flugschule übernommen. Meine Mutter verunglückte bei dem Probeflug mit einem Schüler tödlich.«

»Eine Leihmutter hat Sie geboren?«

»Lassen wir das! Vielleicht erzähle ich Ihnen später einmal, wie und von wem ich geboren wurde.«

Als sie Lucianos Fischspezialität gegessen und auch von dem schweren Rotwein getrunken hatten, erkundigte sich Christian: »Wollen Sie tatsächlich meine Berlin-Bilder sehen?«

»Gern«, erwiderte sie.

»Sie stehen in meinem Atelier. Eigentlich ist es eine verglaste Veranda mit Blick auf den Hinterhof. Aber preiswert in der Miete.«

»Macht doch nichts. Auch ich habe als Studentin in Paris und München billig und bescheiden gewohnt, obwohl meine Eltern nicht arm sind. Aber ich wollte auf eigenen Beinen stehen, einfach mit dem auskommen, was ich mir durch verschiedene Nebenarbeiten selbst verdiente«, berichtete sie ihm.

»Ich müßte mein sogenanntes Atelier erst einmal aufräumen, bevor Sie es betreten«, schränkte er ihre Besuchsabsichten ein.

»Für wen halten Sie mich denn? Ich fühle mich selbst als ein bißchen Künstlerin –.«

»Ein bißchen Künstlerin ist gut –.«

»Vielleicht ein bißchen mehr. – Ich kenne mich im Künstlermilieu aus. Ihre Unordnung stört mich wirklich nicht«, versicherte sie.

»Das alte Klischee vom Künstler: Bohemienhaft muß er sein«, spottete er wieder.

»An mir brauchen Sie Ihren Spott über den wahren Künstler nicht auszulassen. Ich bin vom Fach, Herr Kollege! Also gehen wir. Ich bin neugierig auf Ihre Bilder«, forderte sie ihn auf.

Eva bezahlte das Essen. Christian sagte zu Luciano: »Glaube nur nicht, daß Eva mich aushält. Sie streckt mir das Geld nur vor.«

»Habe ich etwas anderes behauptet«, entrüstete sich Luciano gespielt.

»Wirklich, ich strecke Christian das Geld nur vor. Ich ziehe es ihm von dem Honorar ab. Er hat mir nämlich drei seiner Bilder aus der Galerie verkauft«, erläuterte Eva.

»Richtig! Christian hat seine ersten Bilder in der Kunstgalerie gleich um die Ecke ausgestellt. Ich gehe auch noch hin. Aber fehlen jetzt nicht die drei verkauften Bilder an den Wänden?«

»Nein, Luciano. Sie bekommt die Bilder erst nach der Ausstellung«, beteuerte Christian.

»Vielleicht kaufe ich auch ein Bild. Es muß mich aber an meine Heimat erinnern«, sagte der Italiener. Er verabschiedete seine beiden Gäste temperamentvoll mit vielen Umarmungen.

Das Maleratelier in dem Kreuzberger Mietshaus aus dem zwanzigsten Jahrhundert war tatsächlich eine Ansammlung von Unordnung. Außer den Malutensilien lagen überall Entwürfe, Zeitschriften und Bücher herum. Das Atelier wurde durch einen Vorhang von dem Nebenraum abgetrennt, der Christian als Wohn- und Schlafraum diente. Über einer mit Kisten zugestellten Diele erreichte man die Küche und das Bad. Es war nur notdürftig mit einer alten Badewanne und einem Warmwasserbereiter ausgestattet, der immer noch mit Strom beheizt wurde. Die neue Energie des einundzwanzigsten Jahrhunderts hatte sich in dem alten Haus noch nicht durchgesetzt.

Christian führte Eva in sein unaufgeräumtes Atelier und zeigte ihr seine Berlin-Motive, die ihr aber nicht gefielen. Sie sagte es ihm zwar höflich, aber dennoch unmißverständlich. »Ihre Berlin-Motive können nicht mit den ausgestellten Bildern in der Galerie konkurrieren.«

»Ich sagte es Ihnen ja, daß sie mir selbst noch nicht gefallen. Es liegt daran, daß ich noch zu fremd in Kreuzberg bin, um dieses pulsierende Leben von Berlin künstlerisch zu begreifen oder zumindest anzudeuten.«

»Sind Sie verärgert, daß mir diese Bilder nicht gefallen, Christian?«

»Keine Spur –.«

»Wirklich, Christian?«

»Ehrlich gesagt, es ärgert mich doch, daß ich Sie mit meinen bisherigen Berlinarbeiten enttäusche. Ich bin eben sensibel und auch eitel«, gab er unumwunden zu.

Sein unschmeichelhaftes und freimütiges Selbstbekenntnis und der Rotwein verstärkten Evas Zuneigung zu Christian, der ihr abermals sein Selbstbewußtsein durch die entwaffnende Offenheit ungewollt bewies. Die Freiheit seines Denkens, seine Phantasie, seine versteckte Ironie und sein malerisches Können paßten zu dem Mann, den sie suchte und der ihr Herz so wild zum Schlagen brachte. Er war ihr vertraut und doch auch unverständlich in manchen seiner Äußerungen, Andeutungen und Schilderungen. Er hatte seine Welt und sie ihre, die aber wie durch eine verstandesmäßige und gefühlsbetonte Nabelschnur miteinander verbunden schienen. Es war die berühmte Zufallsbegegnung, die zwei Individuen zusammenführt, damit sie miteinander auskommen, sich mögen, lieben, vielleicht zusammenbleiben. Eva spürte das Verlangen, daß er sie male, mit seinen künstlerischen Ausdrucksmitteln.

Als habe er ihre Gedanken erraten, fragte er sie in seiner unverblümten und unerschrockenen Art: »Soll ich Dich malen?«

»Wieso errätst Du meine Gedanken?«

»Nein, ich bin kein Hellseher! Ich erfrage etwas, was ich möchte, wobei ich annehme, daß auch Du es willst.«

»Ja, ich möchte, daß Du mich anders siehst, als ich mich sehe, wenn ich vor dem Spiegel stehe. Male mich mit den Augen des Mannes, der zugleich Künstler ist.«

»Ich weiß nicht, ob ich das kann, Mann und zugleich Maler zu sein. Als Künstler habe ich Lust, Deine Nacktheit in Proportionen umzuwandeln und durch Farben mit Haut zu bedecken. Doch als Mann erregt Dein Körper meine sinnliche Phantasie.«

»Wenn ich nackt bin.«

»Ja, so wie Gott oder die Natur Dich schuf, Eva.«

»Dann versuche beides zu sein, wenn Du meinen Körper siehst: Mann und Künstler.«

»Erst Mann –.«

»Nein, male mich mit den Augen des Künstlers –.«

»Soll ich mich dabei ausziehen?«

»Nein. Trotzdem will ich Dich ebenfalls zeichnen, so wie ich als Künstlerin Dich sehe.«

Sie wurde sein Modell, doch Eva bat ihn, sie nicht zu berühren.

Als Künstler fertigten beide voneinander vorerst jeweils eine Skizze an. Er würde seinen Entwurf später durch Farben vollenden.

»Christian respektierte Evas Scheu, ihrer Blöße körperlich nahe zu kommen.

»Bitte, erzähle mir mehr aus Deinem Leben«, bat sie ihn, als sie wieder angezogen waren.

Er tat so, als habe er ihre Bitte nicht gehört. »Komisch, wir sagen plötzlich Du zueinander, zeigten uns nackt, ohne daß wir uns umarmten und küßten. Trotzdem mag ich Dich, Eva!«

»Ich Dich auch, Christian.«

»Es ist eine Zuneigung, die warten kann –.«

»Warten worauf?« fragte sie.

»Warten auf die Berührungen, Zärtlichkeiten –.«

»Den sexuellen Akt.«

»Natürlich! Aber so drastisch und unpoetisch darfst Du es nicht ausdrücken, Eva.«

»Aber es kommt auf das gleiche heraus.«

»Hast Du etwas gegen die natürliche Sinnlichkeit? Daß wir irgendwann miteinander schlafen?«

»Dazu kenne ich Dich noch zu wenig.«

»Trotzdem hast Du mir Deine Nacktheit gezeigt.«

»Weil dabei nichts Schlechtes ist. Ich sehe in der Nacktheit nicht nur die Erotik, die Aufforderung zum Beischlaf –.«

»Das klingt aber altmodisch«, bemerkte er.

»Ich glaube, daß es auch heute im Jahre 2037 nicht altmodisch ist, wenn eine Frau nicht schon bei der ersten Begegnung mit einem Mann ins Bett geht.«

»Auch nicht, wenn beide Partner das Glück haben, ihre gegenseitige Zuneigung bei ihrer ersten Begegnung zu entdekken?«

»Ich glaube, daß die meisten aufgeschlossenen Frauen vor ihrer ersten sexuellen Begegnung mit dem Mann erst mehr von ihm erfahren wollen.«

»Was meinst Du mit mehr?«

»Mehr, als nur seinen nackten Körper sehen«, verteidigte Eva ihren Standpunkt.

»Ich habe gelesen, daß viele gebärfähige Frauen des zwanzigsten Jahrhunderts und auch in der Zeit davor nur deshalb so keusch und zurückhaltend in der geschlechtlichen Liebe waren, weil sie die ungewollte Schwangerschaft fürchteten.«

»Trotzdem, auch wenn es heute bessere Verhütungsmittel gibt, als sie im vorigen Jahrhundert mit der antiquierten Antibabypille und Spirale gebräuchlich waren, haben sich die Gefühle der Frauen nicht geändert. Sie möchten immer noch von dem Mann erobert werden und von ihm wissen, wer er ist, woher er kommt, was er tut, wie er über wichtige Dinge denkt. Sicher, Kinder können uns die Männer nicht zeugen, wenn wir nicht wollen, weil wir heute sichere Verhütungsmittel haben, aber die Pille zur Manipulation unserer Gefühle gibt es zum Glück auch heute noch nicht«, stellte Eva fest.

»Nicht ganz! Beispielsweise braucht heute eine Frau die körperlichen und psychischen Belastungen einer Schwangerschaft und Geburt nicht mehr zu ertragen, wenn sie es nicht will. Weil es dafür künstliche Gebärapparate gibt. Sie kann sogar mit dem eigenen Mann oder Freund vereinbaren, daß er die befruchtete Eizelle in seinem Männerbauch zur Geburt heranwachsen läßt. Man braucht dem gebärwilligen Mann nur eine Gebärmutter von einer Frau in seinen Unterleib einzupflanzen«, erläuterte Christian.

»Daß Männer Kinder kriegen, glaube ich nicht!«

»Doch, das gibt es!«

»Man munkelt davon. Aber so ein Mann, der seinen eigenen Sohn oder seine eigene Tochter geboren hat, ist noch nie damit an die Öffentlichkeit getreten.«

»Weil er sich vielleicht schämte, daß man ihn zur Mutter machte.«

»Das behaupten nur die Gynäkologen, die sich damit wichtig machen wollen. Ich jedenfalls habe noch nie einen schwangeren Mann oder eines seiner angeblich ausgetragenen Kinder gesehen«, wies Eva das angebliche Märchen von der Männergeburt zurück.

»Glaube mir, es gibt Männer, die ihr Kind selbst zur Welt bringen«, versuchte er Eva zu überzeugen.

»Unsinn!« sagte sie.

»Das ist wahr!«

»Kennst Du jemanden, der so geboren wurde?«

»Ja!«

»Da bin ich aber gespannt!«

»Vielleicht bist Du sogar entsetzt darüber!«

»So ein schwangerer Vater oder sein geborenes Kind müßte

doch nicht ganz normal sein.«

»Das glaubst Du!«

»Dann beweise mir das Gegenteil!« forderte sie ihn auf.

»Der Beweis steht vor Dir!«

»Laß bitte den makabren Witz! Mit so etwas Widernatürlichem darf man selbst aus Spaß nicht spotten«, mahnte sie Christian.

»Ich wurde von meinem Vater geboren. Durch Kaiserschnitt. Wahrscheinlich bin ich das erste Kind, das aus einem Männerbauch gekommen ist. Bevor meine Mutter mit dem Flugzeug abstürzte, ließen mich meine Eltern in der Retorte befruchten und für die spätere Austragung einfrieren.«

»Nein, das ist nicht wahr!« protestierte Eva heftig.

Doch unbeirrt fuhr Christian fort: »Was sollte mein Vater damals mit mir als hinterlassenen Embryo machen? Mich der Forschung für ihre Experimente überlassen oder mich im Bauch einer Leihmutter austragen lassen? Beides lehnte er ab. Die einzige Möglichkeit, mich aus der Eiseskälte der Tiefkühlbank zu befreien, war seine Opferbereitschaft, mich in seinem Leib mit Hilfe einer implantierten Gebärmutter selbst auszutragen.«

»Das ist nicht wahr! Sag, daß es nicht wahr ist!« schrie Eva ihn an.

»Und wenn Du noch so schreist und meine Geburt als pervers ansiehst: Mein Vater hat mich geboren. Weil die Umstände ihn dazu zwangen. Die Gynäkologen und Wissenschaftler hatten endlich jemanden gefunden, der sich zu der Männergeburt bereitfand, weil ihm keine andere Lösung blieb! Mein Vater tat es nicht für Geld oder aus Geltungssucht! Als meine Mutter verunglückte, war ich als Embryo für ihn zum Problem geworden. Daß ich heute gesund vor Dir stehe, verdanke ich meinem Vater«, erklärte er ihr mit belegter Stimme.

»Ich kann es nicht glauben, daß ein Mann Dich geboren hat«, versuchte sie, die furchtbare Gewißheit zu verdrängen.

»Du willst einfach nicht an das Ungewöhnliche glauben! Aber lieber sage ich es Dir jetzt als später. Damit Du weißt, aus welchem Leib ich gekrochen bin, Eva.«

Langsam begann sie, die Wahrheit zu erkennen, ohne sie zu

akzeptieren.

»Niemand weiß von meiner Herkunft. Und die paar wenigen, die es wissen, schweigen weiter. Auch mein Vater.«

Eva sah Christian plötzlich so, wie man einen unheilbar Kranken betrachtet. Je deutlicher ihr die Wahrheit seiner Herkunft bewußt wurde, je fremder wurde er ihr. Sie verglich unwillkürlich sein und ihr Leben. Sie gab zu, daß sie das Glück hatte, von einer Frau auf natürliche Weise geboren worden zu sein und in Dietmar einen Vater zu haben, der nicht schwanger zu werden brauchte, um sie zu retten. Sie glaubte, Christian sei das Produkt eines unnatürlichen Vorgangs. Ihrer sonst so toleranten Auffassung schienen Grenzen gesetzt zu sein. Wie konnte sie ihn weiterhin mögen? Mehr von ihm wollen, vielleicht sogar eine feste Bindung mit ihm eingehen? Trotzdem wollte sie sich bemühen, über ihn nachzudenken, um ihn zu verstehen. Sie hatte das Verlangen, mit ihren Eltern über Christian zu sprechen.

»Ich rechne es Dir hoch an, daß Du mich zu Beginn unserer Bekanntschaft über den wichtigsten Abschnitt Deines Lebens informiert hast, auch wenn ich darüber schockiert bin. Aber laß mir bitte Zeit, in Ruhe über Dich nachzudenken«, schlug sie ihm vor.

»Du willst schon gehen?«

»Ja!«

»Wirst Du mit Deinen Eltern über mich sprechen?«

»Vielleicht – vielleicht auch nicht! Ich wollte ohnehin noch heute zurückfliegen«, behauptete sie.

Er schrieb ihr eine Adresse auf und gab ihr den Zettel. »Ich werde in den nächsten Tagen in die Lüneburger Heide fahren und dort ein paar Landschaftsbilder malen. Es handelt sich um eine Auftragsarbeit, die ich immer wieder hinausschob. Wo Du mich erreichen kannst, steht auf dem Zettel.«

»Gut, ich werde Dich anrufen. Vielleicht auch schreiben«, versprach sie.

Er brachte sie zum Taxistand. Auf dem Weg dahin schwiegen sie. Die Frage war, ob sie sich später noch etwas zu sagen hatten. Es war ein kühler Abschied von Kreuzberg.

Eva konnte erst am anderen Tag von Berlin zurückfliegen. Die ganze Nacht lag sie wach in ihrem Hotelzimmer. Ihre Gefühle und Gedanken waren zu sehr aufgewühlt. Für sie, die glaubte, das Wunschkind aus einer intakten Ehe zu sein, war es kaum vorstellbar, daß Christian in einem Männerleib seine vorgeburtliche Zeit verbrachte. In ihrer tiefen Abneigung vor dem »widernatürlichen« Vorgang mischte sich auch ihre Eifersucht als Frau. Konnte die natürliche oder künstliche Befruchtung womöglich so gesteuert werden, daß von vornherein feststand, ob es ein Junge oder Mädchen wird? Die Konsequenz daraus, die von den Reproduktionsmedizinern wohl als Fortschritt bezeichnet wurde, könnte sein, daß in Zukunft die Söhne nur aus dem Männerbauch geboren würden und die Töchter aus den Leibern der Frauen kamen.

Eva hatte nie verleugnet, daß sie selbst einmal Mutter werden wollte. Aber der Gedanke, daß ein Mann – wahrscheinlich der eigene – ihr das Erlebnis und naturgegebene Alleinrecht auf die Schwangerschaft und Geburt streitig machen könnte, erfüllte sie mit Schrecken. Was blieb der Frau dann noch als Exklusivrecht? Ihre Gebärmutter und ihre Eierstöcke? Künstliche Gebärmütter gab es bereits. Und die Eierstöcke würden die Wissenschaftler durch die Züchtung von Zellverbänden ersetzen, ähnlich der ungeschlechtlichen Vermehrung durch Klonen. Was würde am Ende des einundzwanzigsten Jahrhunderts sein, das Eva noch erleben konnte. Die Frau würde dann die Folgen ihrer Emanzipation deutlich zu spüren bekommen. Ihr erkämpftes Recht auf die alleinige Verfügungsgewalt oder Mitbestimmung über ihren schwangeren Bauch wieder verlieren, weil sie den Akt der Geburt mit dem Mann teilen müßte. Nicht die Verhütung der Schwangerschaft, die im zwanzigsten Jahrhundert noch eines der Hauptanliegen für die Familienplanung war und zur Selbstbefreiung und Emanzipation der Frau beitrug, würde ebenfalls das Zentralthema des einundzwanzigsten Jahrhunderts sein, sondern die Frage, ob die gebärfähige Frau überhaupt noch für die Fortpflanzung gebraucht wird. Selbst der Geschlechtsverkehr würde anders durchgeführt werden, zumindest nicht mehr so, wie seit Jahrtausenden zuvor.

Mit den Erfolgen der Fortpflanzungsmedizin im einundzwanzigsten Jahrhundert war gleichzeitig die Epoche der Gefühllosigkeit eingeleitet worden. Alles deutete darauf hin, daß jetzt im einundzwanzigsten Jahrhundert die Gefühle wegrationalisiert wurden, um sie durch die Logik zu ersetzen. Das einundzwanzigste Jahrhundert konnte nur durch die Gefühlsarmut reich werden. Dabei würde die Frau die große Verliererin sein, weil der Mann ihr auch ihre tiefsten Erlebnisse nahm: Die Schwangerschaft und Geburt.

In allen Jahrhunderten war der Mann durch seine Logik und Gefühlskälte der gefühlsbetonten Frau bei der Durchsetzung seines Willens überlegen. Die angebliche Selbstbefreiung der Frau von der Herrschaft des Mannes würde sich im einundzwanzigsten Jahrhundert als großer Irrtum herausstellen. Die Frau würde im Gegenteil noch abhängiger von ihm werden, weil ihre Gebärorgane und ihre Gefühle nicht mehr gebraucht wurden. Allenfalls könnte sie dem Mann ihre Gebärmutter zur Einpflanzung in den Männerbauch verkaufen oder verleihen. Dabei bestand die Gefahr, daß sie als bloße Gebärmutterzüchterin mißbraucht würde. Das alles ging Eva in der schlaflosen Nacht in dem Berliner Hotelzimmer durch den Kopf.

Eva rief am anderen Tag von ihrem Hotel aus Dietmar in der Bank an: »Ich will mich nur erkundigen, ob Ihr zu Hause seid?«

»Natürlich! – Willst Du uns besuchen?» erkundigte sich Dietmar.

»Ja. Vielleicht bleibe ich ein paar Tage in Köln.«

»Schön! Ich freue mich, Eva. – Wann wirst Du hier sein?«

»Gegen Mittag«, sagte sie.

»Ich will sehen, daß ich dann auch zu Hause bin. – Hast Du den Maler in Kreuzberg gefunden?«

»Ja. Er hat mir sogar drei seiner ausgestellten Bilder verkauft.«

»Gratuliere! Kann ich die Bilder sehen?«

»Nein. Sie bleiben bis zum Ausstellungsschluß in der Galerie.«

»Schade! Aber Du wirst Sie mir erklären!«

»Klar! – Sag auch Ilona, daß ich komme.«

»Ich rufe sie sofort an. Sie wird sich ebenfalls riesig über Deinen Besuch freuen. Damit haben wir nicht gerechnet. Wir dachten, daß Du direkt nach München fliegst.

»Ich muß mit Euch etwas Wichtiges besprechen, Dietmar«, kündigte Eva ihrem Vater an.

»Geht es um den Maler?«

»Auch! Aber nicht nur um ihn allein«, wich Eva aus.

»Mach es bitte nicht so spannend; sag schon, was es ist. Wenn es um Dich geht, bin ich neugierig, Eva«, bekannte Dietmar.

»Es hat etwas mit seiner Herkunft zu tun!«

»Du möchtest, daß ich Erkundigungen über ihn einhole?«

»Nein. Es ist etwas ganz anderes. Etwas, worüber man geteilter Meinung sein kann. Es hat mit der Zeugung, Schwangerschaft und Geburt zu tun«, konkretisierte Eva.

»Dann ist es etwas Wichtiges«, sagte Dietmar.

Eva hatte den Eindruck, daß seine letzten Worte ernst klangen. »Sonst ist alles in Ordnung. Du brauchst Dir keine Sorgen zu machen, Dietmar. Ich brauche nur Euren Rat«, beruhigte Eva ihren Vater. »Vergiß bitte nicht, Ilona Bescheid zu sagen. Ich möchte sofort nach meiner Ankunft mit Euch sprechen. Es ist sehr wichtig für mich«, betonte sie.

»Ja, wenn es so wichtig für Dich ist, wird Ilona ebenfalls früher aus der Firma kommen«, versprach Dietmar.

»Ich mache jetzt Schluß. Bis später!« Sie legte den Hörer auf. Eva blickte nach dem Gespräch mit ihrem Vater hoffnungsvoller in die Zukunft.

Ilona und Dietmar waren schon zu Hause, als Eva mittags zu Besuch kam. Ihre Mutter, mittlerweile über fünfzig Jahre alt, sah immer noch gut aus. Die erfolgreiche Unternehmerin legte großen Wert auf ihre gepflegte Erscheinung. Sie sah im Gegensatz zu Dietmar jünger aus als sie war.

Ilona und Dietmar waren nervös. Denn noch nie hatte Eva bei wichtigen Entscheidungen ihre Eltern um Rat gefragt. Insgeheim befürchtete Ilona, daß Eva die Herkunft des Malers nur vorschob, um mit den Eltern über ihre eigene Befruchtung zu sprechen. Ilona war in all den Jahren auf die peinliche Frage von

Eva gefaßt gewesen, wieso sie so wenig Ähnlichkeit mit Dietmar besaß. Ob ihre Tochter die Frage nach Dietmars Vaterschaft bewußt vermied, um den Anschein der beiderseitigen Elternschaft nicht zu zerstören oder in ihrer Liebe zu Dietmar viel zu blind war, um seine Vaterschaft anzuzweifeln, hatte Ilona bisher nie erfahren.

Auch Dietmar sah dem Gespräch mit gemischten Gefühlen entgegen. Doch beide Ehepartner vermieden im Verlaufe der Jahre das heikle Thema der Insemination mit dem Fremdsamen. Die einzige Absprache zwischen den Eltern bestand darin, daß Ilona kurz vor dem Besuch von Eva gegenüber Dietmar äußerte:

»Wir werden ihr nichts sagen. Sie kann es nicht beweisen.«

»Und wenn sie den Beweis durch Gerichtsbeschluß erwirkt?« fragte er vorsichtig.

»Soll sie es doch tun! Freiwillig geben wir nichts zu. Zumal wir tatsächlich nicht wissen, ob Dein ebenfalls gespendeter Samen an jenem Tag von dem Eifeler Gynäkologen nicht doch noch für meine Befruchtung benutzt wurde«, begründete Ilona ihr Verschweigen.

Dietmar war damit einverstanden. Er glaubte auch jetzt noch an das Spermawunder, daß er der Vater war.

Eva spannte nach ihrer Ankunft Ilona und Dietmar nicht länger auf die Folter. Sie schilderte den Eltern ihre Bekanntschaft mit Christian. Ilona hörte aus den Schilderungen der Tochter, daß der junge Maler einen großen Eindruck auf Eva gemacht hatte. Er war knapp zwei Jahre jünger als sie.

Doch als sie von Christians Männergeburt erzählte, bemerkte Eva, wie die Miene ihrer Mutter immer eisiger wurde. Ilona konnte oder wollte ihr Entsetzen nicht verbergen. Nach Evas Schilderung schwiegen die Eltern betroffen.

Dann sagte Ilona: »Ich bin entsetzt! Fast angewidert! Daß es so etwas gibt, ist doch ein Skandal! Abscheulich!«

Dietmar griff ein: »Übertreibe nicht! Du hast gehört, daß sein Vater mit dem eingefrorenen Embryo in einer Zwangslage war. Ich habe große Achtung vor ihm, daß er den Embryo nicht einer Leihmutter oder der Wissenschaft überließ. Bei Christians

Geburt handelt es sich um eine Notsituation. Um einen Grenzfall, der zum Glück durch den Fortschritt in der Geburtsmedizin zu einer gesunden Geburt führte«, verteidigte Dietmar den Vater des Malers.

»Nein, so etwas ist nicht normal. So weh es mir tut, Eva, aber als Mutter muß ich Dir von einer festen Bindung mit Christian abraten –.«

»Und warum?« fragte sie trotzig.

»Warum? Warum? Du stellst Fragen!«

»Christian ist ein begabter Künstler! Er verurteilt seinen Vater nicht, daß er ihn gebar. Im Gegenteil. Im übrigen gibt es ganz andere Fälle in der künstlichen Befruchtung, die als unethisch bezeichnet werden können. Wenn beispielsweise gebärunlustige Frauen ihre befruchteten Eizellen für Geld von anderen Frauen austragen lassen, weil sie selbst dazu keine Lust und Zeit haben. Es gibt die Befruchtung mit dem Samen von einem fremden Spender, wenn der eigene Partner befruchtungsunfähig ist. Ob es zu verantworten ist, daß eine Frau um jeden Preis ein Kind bekommen will, bezweifle ich. Trotzdem haben wir nicht das Recht, den Stab über die anderen künstlichen Befruchtungsmethoden zu brechen. Doch eines weiß ich genau, daß ich die künstliche Zeugung außerhalb meines Uterus in einer Retorte niemals dulden oder einer Leihmutter meinen Embryo zur Austragung anvertrauen würde oder mich mit dem Sperma eines fremden Mannes befruchten ließe«, erklärte sie zornig und trotzig.

»Bitte, mäßige Dich«, bat Ilona einlenkend, nicht zuletzt aus Angst, daß Eva über die Nichtvaterschaft von Dietmar Bescheid wußte. Vielleicht war jetzt der Augenblick für Eva gekommen, von ihren Eltern die Wahrheit über die Art ihrer Zeugung und den tatsächlichen Vater zu erfahren.

Dietmar wollte dem Versteckspiel ein Ende machen und von sich aus Ilonas Insemination zur Sprache bringen. Evas Anspielung konnte Zufall oder aber die aufgeschobene Rechenschaft über ihre wahre Herkunft sein. Er wußte selbst nicht genau, ob er ihr Vater war, weil zu wenige erbliche und äußere Merkmale von ihm dafür sprachen. Das wollte er ihr sagen. Eva sollte dann selbst entscheiden, ob sie ihn als Vater anerkannte oder nicht.

»Gut, ich will Dir die Wahrheit sagen«, begann Dietmar.

Doch Eva fiel ihm ins Wort. »Du sollst mir nur ehrlich sagen, ob Christian ein Mensch ist, den man wegen der Art seiner Geburt verachten muß.«

»Nein, das würde ich niemals denken und sagen, Eva!«

»Ist Christians Vergangenheit im Männerbauch überhaupt noch wichtig, nachdem er ihn verließ?«

»Nein, wirklich nicht!«

»Würde es Dich stören, wenn ich mit ihm zusammenleben und die Sensationspresse über seine Männergeburt berichten würde?«

»Angenehm wäre es mir nicht! Aber wenn Du ihn wirklich liebtest, ginge mir Dein Glück vor. Ich würde Christians Geburt verteidigen! Das schwöre ich Dir!« sagte Dietmar mit feuchten Augen.

»Danke, Vater! Dein Urteil genügt mir! Ich weiß, daß Du nicht mit zwei Zungen sprichst. Ja, ich liebe Christian. Er gefällt mir! Und wahrscheinlich gefalle auch ich ihm. Christian ist körperlich und geistig gesund. Ein Prachtexemplar aus einem Männerbauch! Ich habe nicht nur seine eigenwillige Malerei entdeckt, auch meine Zuneigung zu ihm. Ich werde zu ihm fahren. Vielleicht schon morgen.« So wie sie es sagte, war es ihr unumstößlicher Entschluß.

Christian Winkler hatte sich in der Lüneburger Heide in dem Gasthaus »Mende« einquartiert. Es stand mitten in der stillen Heidelandschaft, die sich als eine der letzten weiträumigen Naturlandschaften Deutschlands ins einundzwanzigste Jahrhundert retten konnte.

Aus dem pulsierenden lauten Leben der Weltstadt Berlin kommend, war es für Christian in den ersten Tagen schwer, die Stille und Einsamkeit zu ertragen. Über die Weite der Heide, die ihm wie eine Unendlichkeit vorkam, schwebten weiße Wolkenberge, die den farbigen Himmel als Widerschein der meist in kräftigen Farben gehaltenen Heidefläche auflockerten. Diese, nur durch das Summen der Bienen unterbrochene Stille, die grenzenlosen Horizonte und seine Gedanken an Eva Wellershaus machten Christian traurig und schwermütig. Er hätte nach Evas plötzlicher Abreise nicht in diese Einsamkeit kommen dürfen. Als Geborener aus dem Männerbauch war er für die »normal« Denkenden ein unnatürliches Wesen. Noch nie hatte er einem nahestehenden Menschen seine Geburt aus dem Männerbauch verraten. Eva war die Ausnahme. Die erste überhaupt. Ihre Reaktion auf sein Geständnis würde ihn wie ein gebranntes Kind in Zukunft davon abhalten, noch einmal irgend jemandem zu vertrauen und ihm seine Herkunft zu verraten.

Stundenlang lief er durch die schwermütig und melancholisch stimmenden Moore, durch die kniehohen Erikabüsche, über die weißen Sandwege und durch die Wacholder-Haine, die ihm streng und abweisend vorkamen. Auf seinen rastlosen Wanderungen durch die Heidelandschaft begegneten ihm Tannen, Birken und Eichen, leuchtende Wiesen, an deren Rändern sich zwischen den Büschen und dem Heidekraut schüchtern und verstohlen kleine Bäche schlängelten. Er mied in seiner traurigen Stimmung und Enttäuschung den Eintritt in die mächtigen an den Boden gedrückten Bauernhäuser, die plötzlich wie herbeigezaubert aus den seltsamsten Naturverstecken auftauchten. Er war es leid, mit einem »richtig« Geborenen zu sprechen.

Doch nach einigen Tagen regte sich der Künstler in ihm, der den tausenden Motiven und Eindrücken der Heide nicht widerstehen konnte. Er erkannte, daß die Horizonte der Heidelandschaft im Grunde Ruhepunkt waren, die greifbar nahe als Holunder, Birken, Eichen oder Kiefern zwischen dem rot-bräunlichen Heidekraut, dem Ginster und dem weißen Sand standen.

Christian begann, die Landschaft zu riechen, ihren Duft aus Harz, Eriken und den vielen Ingredienzen auf der Zunge zu schmecken. Seine Künstleraugen entdeckten, daß der Braunton die Hauptfarbe der Heide war, der auch an den schneelosen Tagen im Winter die Heide beherrschte. Den Kontrast zu dem Braunton bildeten die silberweißen Birken sowie der weißgelbliche Sand und die braunschwarz gefärbten Erikabüschel.

Christian hatte sich endlich mit der geheimnisvollen und herben, aber auch widersprüchlichen Natur der Lüneburger Heide soweit versöhnt, daß er jetzt auf seinen Wanderungen zur

Entdeckung von Motiven den Zeichenblock mitnahm.

Doch immer wieder wurden seine Gedanken abgelenkt. Die Begegnung mit Eva war zu nachhaltig, um sie zu vergessen.

Er wollte Eva als Geschöpf seiner Phantasie und des künstlerischen Empfindens besitzen. Anstatt die bestellten Landschaftsbilder zu malen, wanderte er mit seiner Staffelei, den Mal-Utensilien und der Skizze von Eva frühmorgens auf eine trostlos wirkende Heidefläche, auf der, soweit das Auge reichte, weder Bäume, Sträucher und Bäche zu sehen waren. Noch lag das bläuliche Licht der Morgenfrühe über der weiten Naturlandschaft. In das Blau der Dämmerung mischten sich die Reste des Mondlichtes; die eigenartige Mischung aus verblassenden Mondstrahlen und der kühlen Morgenbläue verwandelten die Heide in einen silber-blauen Teppich.

Christian brauchte das stimmungsvolle Morgenlicht und die freie Fläche, die seine Blicke nicht ablenkten, für Evas Bild. Er malte sie in bläulichen Grundtönen, die Ausdruck seiner augenblicklichen Stimmung waren. Er wählte Pastellfarben.

Fast den ganzen Tag arbeitete er an dem Aktbild. Niemand war ihm auf der Heidefläche begegnet. Er hatte in der Stille und Weite ihren nackten Körper auf der Leinwand vollendet.

Das fertige Bild gab ihm sein Selbstvertrauen zurück. Es hatte ihn erleichtert und wieder zum Malen gebracht. Der Pakt mit der stillen Heidelandschaft war geschlossen. Er dachte wieder in Farben und Perspektiven. Dabei konnte er beides: an Eva und an seine Malerei denken. Der Gedanke an sie lähmte ihn nicht mehr.

Heiter und voll schöpferischer Ideen und Motive, die ihm die Heide nach vielen Abneigungen erst aufzwingen mußte, kam er mit dem fertigen Bild in das Gasthaus »Mende« zurück.

Er wollte es erst gar nicht glauben, daß Eva da war und schon seit Stunden in seinem Zimmer auf ihn wartete. Sie sahen sich an und schwiegen. Er wußte, daß sie nicht kam, um ihm endgültig adieu zu sagen. Dafür gab es Briefpapier oder das Telefon. Jede unnütze Frage und jedes Wort waren nun zuviel.

Er baute die Staffelei auf und stellte ihr Bild darauf. Es gefiel ihr auf den ersten Blick, wie er sie als Künstler malte und sie sich noch nie im Spiegel sah oder jemals sehen würde. Seine Künstleraugen hatten in ihre Seele geschaut und dort das Blau entdeckt, das im Widerspruch zu ihrer natürlichen Hautfarbe stand. Er hatte wieder einmal eigenwillig die Umkehr der Dinge dargestellt, um dadurch etwas in den Gefühlen und Gedanken in Gang zu setzen. Die blauen Grundtöne ließen viele Deutungen und Aussagen zu. Eva war auf dem Bild gar nicht die, die sie, mit normalen Augen gesehen, war und doch sein mußte, weil er sie so sah.

»Gefällt es Dir?« fragte er sie, wobei er ein leichtes Herzklopfen verspürte.

»Ja! Obwohl ich mich erst an dieses neue von Dir gesehene Wesen gewöhnen muß«, erwiderte sie.

»Ich hätte auch rote Grundfarben wählen können. Aber mit dem Blau malte ich mir meine Traurigkeit von der Seele.«

»Laß das Bild bitte so, wie Du es farblich empfunden hast.«

»Ja, – ich könnte es auch gar nicht anders malen. Die weite Landschaft, das frühe Morgenlicht des untergehenden Mondes und der aufgehenden Sonne – sie alle haben Dich mitgemalt.«

»Verzeih mir, daß ich im ersten Augenblick so entsetzt über Deine Geburt war«, sagte sie spontan.

»Wahrscheinlich wäre ich genau so verwirrt und voller Abneigung gewesen. Reden wir nicht mehr davon!«

»Und Deine anderen Bilder, weshalb Du in die Lüneburger Heide gekommen bist?«

»Ich mußte erst Dich malen, damit ich weitermalen kann. Auch brauche ich etwas Zeit, um mich ganz an diese Naturlandschaft zu gewöhnen.«

Eva betrachtete wieder ihr Bild auf der Staffelei. »Es gefällt mir immer besser! Es ist ein eigenartiges Gefühl, wenn man sieht, wie ein anderer einen sieht.«

»Und ich möchte sehen, wie Du mich siehst. Ist Deine in Kreuzberg von mir angefertigte Skizze schon fertig?«

»Nein! Sie wird es auch nicht. Ich skizzierte Dich, als ich noch wenig von Dir wußte –.«

»Du meinst von meiner Vatergeburt?«

»Nicht allein! Ich zeichnete Dich, als ich noch schwankte, ob meine Gefühle zu Dir Zuneigung oder Liebe waren.«

»Weißt Du es denn jetzt?«

»Ich glaube schon.«

Er wollte es genau von ihr wissen. Doch seine ungeduldigen Fragen verhinderte sie, indem sie ihren Finger auf seine Lippen legte. Er verstand die Geste.

»Komm, ich zeige Dir die Heide. Sie liegt vor der Tür.« Er nahm sie bei der Hand und ging mit ihr hinaus.

Er führte sie durch das Heidekraut und den gelblichen Sand zu einem Hügel, auf dem nur Wacholderbäume standen.

»Sie wirken in der untergehenden Abendsonne wie ernste Friedhofswächter, die stumm herumstehen«, verglich Christian die Urpflanzen der Heide.

»Ja, es liegt etwas Ernstes und Erhabenes über diesen dunklen Wacholdergruppen«, bemerkte Eva.

»Vielleicht sind sie traurig, weil sie so langsam wachsen. Bis sie ausgewachsen sind, brauchen sie immerhin mehr als hundert Jahre. Die anderen Nadelhölzer benötigen dagegen nur etwa zehn Jahre für ihre Entwicklung.«

»Sie sind also die Ältesten und Weisesten auf der Heide; sie brauchen, wie die echte Liebe, lange Zeit, bis sie so stark sind, jedem Sturm zu trotzen«, erwiderte Eva.

»Ja – und dabei besitzen sie nicht einmal starke Stämme. Der Saft ist die Kraft in ihnen, der sie so widerstandsfähig gegen die Unbilden der Natur macht. Selbst die gefräßigen Heidschnukken können ihrem harten Holz und den Zweigen nichts anhaben«, erläuterte Christian.

»Sie brauchen den seit Urzeiten gewöhnten Heidewind und die Einsamkeit«, sagte Eva verträumt.

Er setzte sich mit ihr unter einen ausgewachsenen Wacholder, dem man die Last seiner hundert Jahre an seinem rissigen und verwachsenen Stamm ansah. Christian nahm Eva in seine Arme. Der Abendwind spielte in ihren Haaren. Sie schmiegte sich an ihn.

»Ob wir auch so alt werden wie der Wacholder über uns. Ob wir dann auch so viele Stürme und einsame Nächte überstanden haben? So viele stumme und unaussprechbare Weisheiten sammelten?« fragte sie ihn nachdenklich.

»Ich weiß, was Du damit sagen willst, Eva! Aber wenn unsere Liebe so stark ist wie die Kraft in diesem Wacholderstamm, was kann uns dann passieren?«

»Ich wünschte mir, daß ich ebenfalls aus meines Vaters Leib geboren wäre. Dann wüßte ich, ob Dietmar der andere Teil meiner Zeugung ist«, meinte sie bitter.

Er verstand ihre Worte nicht. Sie ließ ihm auch keine Zeit, weitere Fragen zu stellen. Sie fror. Es war schon Spätherbst und kühl auf der Heide.

»Laß uns gehen. Gleich ist es dunkel. Dann sehen die Wacholderbüsche wie vermummte Gestalten aus. Sie würden Dich erschrecken«, sagte er besorgt.

»Ich habe keine Angst, wenn Du bei mir bist. Du wirst mich doch beschützen, Christian.«

»Nicht nur heute vor den Naturgebilden – nicht nur morgen – vielleicht für immer, Eva?« fragte er, wobei er abermals seinen aufgeregten Herzschlag spürte.

»Ich liebe Dich! Ich liebe auch Deinen Vater, der Dich gebar, Deine Bilder – Dich, so wie Du bist.«

»Ich Dich auch – so wie Du bist, auch wenn ich die Farbe Deiner Haut, Deiner Brüste und Schenkel in einem anderen Licht und einer anderen Farbe sehe.«

Er küßte sie voller Leidenschaft. Sie erwiderte sein sinnliches Werben, spürte seine tastende Hand auf ihren Brüsten. Fühlte seine Männlichkeit!

Sie wehrte ihn sanft ab. »Nicht hier, Christian«, bat sie ihn.

»Wo?« fragte er.

»Bei Dir –.«

»Auf meinem Zimmer?«

»Ja. Ich will mit Dir schlafen! Die ganze Nacht! Und morgen! Immer!«

»Ja!«

»Liebst Du Kinder, Christian?«

»Ja! Ein Kind von Dir wäre etwas Wunderbares! – Komm!«

Sie liefen – die stummen und einsamen Wacholder im Rükken – wie übermütige Kinder durch die Heide, der untergehenden Sonne entgegen, die hinter dem Dach des Gasthauses verschwand.

Neun Monate später gebar Eva ein gesundes Kind.

Im Roman vorkommende Fachausdrücke

Androgene:	Sammelbegriff für Stoffe, die männliche Geschlechtsmerkmale fördern
Anthropogenese:	Lehre von der Entstehung des Menschen
Antigene:	Stoffe, die nach Einspritzung zur Bildung von Antikörpern im Organismus führen. Es handelt sich dabei um Einweißkörper aus großen Molekülen.
Chimäre:	Lebewesen, das aus Zellen verschiedener Herkunft und verschiedener genetischer Information zusammengesetzt ist. Ihre künstliche Herstellung ist durch Zusammenfügen embryonaler Zellen gleicher oder verschiedener Arten möglich.
Chromosomen:	Färbbare Körper im Zellkern. Sie enthalten in stark zusammengedrängter Form die DNS (Erbinformation). Jede Zelle eines Organismus enthält die artspezifische Anzahl von Chromosomen. Der Mensch hat 46 Chromosomen, die je zur Hälfte vom Vater und von der Mutter stammen.
Desoxyribonukleinsäure (DNS, oder auch DNA):	Bezeichnung für den Träger der Erbinformation. Fadenförmiges Molekül von der Struktur einer Doppelspirale. DNS bildet bei den meisten Lebewesen das genetische Material.
Embryo:	Die im Mutterleib wachsende Frucht wird bis zum Abschluß der Organentwicklung als Embryo, danach als Fetus bezeichnet.
Eugenik:	Praktische Anwendung der Kenntnisse der Humangenetik, um die Ausbreitung von

	Erbkrankheiten einzuschränken und die Verbreitung erwünschter Gene zu fördern.
Gen:	Erbmerkmal. Das Gen hat eine spezifische Wirkung auf die Ausbildung vererbbarer Merkmale, die jedoch veränderbar sind.
Genetik:	Vererbungslehre, wissenschaftliche Erforschung der Weitervererbung bestimmter Merkmale der Arten und Rassen, aber auch von bestimmten Erkrankungen.
Genotyp:	Gesamtheit aller Erbanlagen eines Organismus, die in den Genen lokalisiert sind. Er wird bei der Befruchtung festgelegt.
Gynäkologie:	Frauenheilkunde, die sich mit den Erkrankungen der Geschlechtsfunktionen der Frau einschließlich der Geburtshilfe befaßt.
Heterologe Insemination:	Künstliche Befruchtung durch Übertragen des Samens in den Uterus. Das Sperma ist nicht vom Ehepartner, sondern stammt von einem fremden Spender.
Heterologe In-vitro-Fertilisation:	Künstliche Befruchtung einer Eizelle außerhalb des Körpers in einem Reagenzglas oder anderem Gefäß, wobei die Eizelle und der Samen von nicht miteinander verheirateten Partnern stammen.
Homologe In-vitro-Fertilisation:	Künstliche Befruchtung einer Eizelle im Reagenzglas oder einem anderen Gefäß, wobei die Eizelle und der Samen von den Ehepartnern stammen.
Hybride:	Bastard. Organismus, der durch den Zeugungsvorgang von zwei genetisch verschiedenen Eltern entstanden ist, z.B. Esel mit Pferd = Maultier. Nur bei der Kreuzung verwandter Arten kommt es zur Entwicklung eines lebensfähigen Hybriden. Sie sind aber meistens steril.

Impotenz: Zeugungsunvermögen im engeren Sinne, jedoch wesentlich komplizierter. Denn die sexuellen Probleme durch eine vorübergehende Impotenz des Mannes und Frigidität der Frau sind sehr häufig und müssen nicht immer mit seelischen und körperlichen Erkrankungen zusammenhängen.
Beim Mann unterscheidet man die Unfähigkeit, den Beischlaf überhaupt zu vollziehen und eine Zeugungsunfähigkeit, bei der zwar der Beischlaf durchgeführt werden kann, jedoch der Samenerguß verhindert wird oder das Sperma selbst zeugungsunfähig ist. Bei der Frau wird zwischen Frigidität, also die andauernde seelische Abwendung und Abneigung von erotischen Kontakten mit dem Mann, und Orgasmusschwierigkeiten unterschieden.

Infertilität: Unfruchtbar, steril, nicht fortpflanzungsfähig

Inscmination: Einbringen von Samen in den weiblichen Geschlechtstrakt

Keimzellen: Reife Geschlechtszellen des Mannes und Eizellen der Frau. Oder auch Gameten: die männlichen und weiblichen Geschlechtszellen, die sich bei der Befruchtung zur Zygote vereinigen.

Klon: Ungeschlechtliche Nachkommenschaft eines Individuums; alle sind erbgleich.

Klonen: Künstliche Herstellung von genetisch identischen Zwillingen oder Mehrlingen.

Kryokonservierung: Zellen oder Zellverbände werden in einem Gefrierschutzmittel tiefgekühlt und dann in flüssigem Stickstoff bei minus 196 Grad in Spezialbehältern kurzfristig oder für längere Zeit in eingefrorenem Zustand aufbewahrt. In der Kryobank können die eingefrorenen Embyonen über Jahrzehnte und noch länger im Kälteschlaf gehalten werden, so daß sie nach ihrem Auftauen in die Gebärmutter übertragen werden können, um sich im Uterus bis zur Geburt weiter zu entwickeln.

Mutation: Sprunghafte Veränderungen im Erbgefüge eines Organismus. Mutationen entstehen ohne erkennbare äußere Ursachen, oder sie können zum Beispiel durch ionisierende Strahlung oder verschiedene Chemikalien ausgelöst werden. Nach Art der Veränderungen im Kern wird unterschieden zwischen Genom-, Chromosomen- und Genmutationen.

Östrogene: Weibliche Geschlechtshormone; sie werden in geringen Mengen auch im männlichen Organismus gebildet. Bei der Frau haben sie Einfluß auf die Vergrößerung der Gebärmutter, das Anschwellen der Gebärmutterschleimhaut zur Aufnahme des befruchteten Eies, auf das Wachstum der Brustdrüsen und auf die Ausbildung der sekundären weiblichen Geschlechtsmerkmale. Beim Mann bewirken sie bei höherer Dosierung die Rückbildung der männlichen Sexualmerkmale.

Ovulation: Eisprung

Ovulationshemmer: Volkstümlich bekannt als "Pille". Ihre Wirkung besteht in der hormonellen Verhinderung des Follikelsprungs (Ovulation) bei sehr hoher Zuverlässigkeit.

Postnatal: Nach der Geburt

Praenatal: Vor der Geburt

Transplantation: Übertragen, Einpflanzung von lebenden Geweben oder Organen, z.B. Herz und Nieren.